30岁青年的**灵魂**袒露
对生活始终充满**无力感**的

生活隐瞒了什么

对生活始终充满**无力感**的
30岁青年的**灵魂**袒露

● 孙阳 / 著

作家出版社
THE WRITERS PUBLISHING HOUSE

图书在版编目（CIP）数据

生活隐瞒了什么 / 孙阳著 .—北京：作家出版社，2023.9
ISBN 978-7-5212-2516-7

Ⅰ.①生… Ⅱ.①孙… Ⅲ.①长篇小说—中国—当代 Ⅳ.① I247.5

中国国家版本馆 CIP 数据核字（2023）第 174875 号

生活隐瞒了什么

作　　者：孙　阳
责任编辑：史佳丽
封面设计：重庆祺虎平面设计有限公司
出版发行：作家出版社有限公司
社　　址：北京农展馆南里 10 号　　邮　　编：100125
电话传真：86-10-65067186（发行中心及邮购部）
　　　　　86-10-65004079（总编室）
E-mail:zuojia @ zuojia.net.cn
http://www.zuojiachubanshe.com
印　　刷：三河市北燕印装有限公司
成品尺寸：152×230
字　　数：290 千字
印　　张：21
版　　次：2023 年 9 月第 1 版
印　　次：2023 年 9 月第 1 次印刷
ISBN 978-7-5212-2516-7
定　　价：56.00 元

作家版图书，版权所有，侵权必究。
作家版图书，印装错误可随时退换。

目录

第一章　梦境与深渊……………001

第二章　罂粟与善恶……………078

第三章　群像与面具……………130

第四章　精神与诗意……………168

第五章　纯真与躁动……………235

第六章　麦浪与帆船……………292

第七章　自我与救赎……………311

我们来自同一个深渊,人人都在奔向自己的目的地,试图跃出深渊。我们可以彼此理解,然而能解读自己的人只有自己。

——赫尔曼·黑塞《德米安》

第一章　梦境与深渊

1

我正在做一个旷日持久的梦。没有尽头，如同时间。

现在，暮色四合，浓雾紧密，将落日的余晖挟去远方，将阴郁和颓丧丢给夜晚。寒风从雾霭氤氲的旷野里吹起，穿过脸庞，是漫天子弹，亦是吴侬软语。大地在阴郁和颓丧中漂浮。冗长而哀伤的气息款款而至，宛如大地在叹息。宛如风烛残年的祖母步履蹒跚走上冰封的湖面，又宛如飞扬的雪花擦过弟弟脸颊纤细的绒毛。

一个瘦小的身影出现在黑夜中，他赤裸的上身如一张褶皱斑驳的树皮，在细雨飘扬中摇摇晃晃，畸形的六指被宽大的蹼连在一起，握着一只小巧的弹簧青蛙，缓缓向前。他的头顶有一只眼睛，在晦暗的夜色中，射出一股激光般强有力的光，将黑夜刺穿。他的双脚在泥泞中踩出深浅不一的坑洼，身后拖着一条细长的尾巴，在泥水间漾起细细波纹。没有人知道他从哪里来，要去向何处。空旷的雨夜，海浪在翻腾，灰浓的雾气悄然弥漫，只有阴暗和麻木，绝望与执着。飘浮的灵魂和飞舞的精灵，从四处聚拢而来，如破窗而入的风越集越浓，挨肩并足地挤在一起，好奇地议论，那个身影究竟是什么，夜空为何只睁着一只眼睛。怪物？野兽？鬼魂？幽灵？或许都是，或许都不是，不得而知。可以确定的是，他并非人。身影越来越近，却越来越模糊，在茫茫夜幕中渐渐消融，化为黑夜。它们不再去争论这个毫无意义的问题，于是唤出更多的同伴，在属于它们的夜的王国里，挽起红灯笼一样蹦蹦跳跳的鬼火，欢呼雀跃，载歌载舞。声浪滚滚沿梁峁、山洼浩浩荡荡地涌向远方。细雨如线如丝，被这轰轰隆隆的喧嚣震得哆哆嗦嗦。

我醒了——由此进入另一个梦境——生活本身就是由醒着的梦境和睡着的梦境构成的。我潜心谛听梦境的声音。我的耳旁回荡起一种空旷而模糊的声响，像来自一个热闹的集会，抑或一座肃穆的墓园。梦境使我重返日常——那些真实、普通、熟悉、难忘或鸡零狗碎的残片，如血滴集结成血液，在我身体里流淌，使我切实地感受到自己正在活下去。这三十年来，我总是在一心一意地做梦——我陷入了色彩绚丽的梦的旋涡中。我调整呼吸，舒缓情绪，克制欲望，尽量用一种平和、淡然的心境去做梦，我想，任何添枝加叶、故弄玄虚都会损害它的真实与纯净。而梦从来都不是单一的。梦境的河流中重新漂荡起昔日的水草，水面上蹦跳的阳光目睹了水草疯长的情景。风过水面如流浪汉居无定所，游荡而来，游荡而去。此刻，梦境再一次将我带回那个大雨如注的夜晚。三十年来，它那双强有力的大手，将我一次次拽进记忆的深渊。那些使我战栗而绝望的画面，在四季更替中周而复始。我没有办法不去追溯到我生命的源头，因为那些最初的梦境碎片曾在那里萌生。当时，我并不知道，那个平淡无奇的夜晚，实际上已经定义了我生命历程的全部忧伤和耻辱。那些后来很快被公开的秘密，使我一次又一次饱受孤独与恐惧的煎熬。时至今日，依旧如此。

我从雨夜脱胎而来，大雨与黑夜是我的兄弟。我的记忆始终在兢兢业业地工作着，如一台永动机时刻轰轰隆隆蓬勃不休。因此，我无须追忆，记忆主动找到了我，带我来到那个遥远的黄昏。温和的余晖在凉风的驱赶下，炊烟似的恍然散尽了，接替它的是怒吼的狂风和翻滚的烟尘。那时的天色灰蒙，看上去满腹心事。空气里弥漫着煤灰和水泥的混合物，灌进那些仓皇奔往家中的人们的鼻腔里。顷刻间，黑夜如洪水漫卷吞没光亮，也便吞没了一切。

许是出于恐惧，或好奇吧，我是那样急切地想从母亲的肚子里蹦出，融入眼前的世界。我在母亲温润的子宫里寻寻觅觅，浮想联翩。

尽管我无法去自私而又违心地美化自己的出生过程，但我坚信，生，始终是人世间一种永恒的美学现象。我那体弱多病的母亲瘫在炕上，在我的折腾下，发出撕心裂肺的叫喊声，她的额头布满一层细碎的小水珠，在昏黄的灯光下闪烁着温暖而饱含希望的光。她的叫喊声在当初漆黑如鸦的夜里是那样地凄凉和痛苦。我不禁落泪了，我的眼泪极速滑进羊水里。

我祖母守在炕头，轻拍我母亲的胳膊，说着一些莫名其妙的话：叫吧，快活时叫，疼痛时也叫；疼吧，生下来疼，死去也疼。我不明白祖母究竟在说什么，但它却给了我最初的、朦胧而深刻的生命启示。祖母将脸贴在窗上，竖起耳朵像在分辨什么声音。门突然开了，鞭炮似的噼里啪啦的雨声，在鸡窝铁皮顶上疯狂爆起，冲进屋里，撞到墙上。我顿感一股魔鬼袭来的恐怖气息奔涌向我，我在母亲的肚子里东躲西藏，母亲痛苦而徒然的喊叫声如一滴水汇进大海，被惊天动地的雨声吞没。接着，我看到父亲落汤鸡般狼狈模样，从门缝中挤了进来。他快步走到他的妻子乔颂玲跟前，弯下腰，头上坠落的水珠，挂在鼻尖、下巴、耳垂，轰然一声，炸裂开来，碎粒儿飞溅，打在被褥上。我父亲匆匆瞥了一眼，只是匆匆那么一瞥，我的目光与他的目光有了短暂的碰撞，于是我的记忆中烙上了一个深刻的画面——一股燎原野火在我父亲的眼眸中疯狂扑咬，仿佛一只想要逃脱牢笼的兽。不知为何，后来我总认为那股野火在某种程度上预示了父亲日后的命运，我从野火中看到了父亲命运的走向。的确只是一瞬间，我便看清了父亲生命的全过程，所谓瞬间即永恒，我看清了永恒的模样。

我父亲转过身，从门后瓮里舀起一瓢凉水，一口气喝尽，去拿柜子里提前收拾好的包袱。

"别去了，天都漏了，"我祖母淡然地说，苍老的脸侧向窗外，"去烧水吧，烧一锅开水。"她的儿子木木地立在柜前，像栽在屋中的一根梁柱，眼中尽是茫然和混乱。"去吧，"我祖母又是淡然地说，苍老的脸扭了回来，"烧一大锅水。"她的儿子嘴里咕哝了一句什么，转身跑出屋。

狂风怒号，哨音响亮，如一支军队正在进行着一场火热的战事，我听到了急迫而澎湃的战鼓擂声。"使劲！使劲哇！"我祖母有气无力地喊，暗紫色的嘴唇哆嗦不止，不停地重复词儿，"使劲！使劲哇！"在我母亲一声声尖厉的叫喊中，一股神奇的力量将我向外推，我的脑袋感到一丝暖意，一种特殊的新鲜感在我头顶蔓延——是光，光在抚摸我的脑袋。"使劲！使劲哇！"我祖母喊，"就好了，就要好了。"我祖母的喊声使我变得紧张起来。接着，一双干枯冰凉的手抓住了我的脑袋，我想喊想哭，却怎么也发不出声，我绝望地看着自己的整个身子徒然被拽出。我的身上蒸腾着热气，像刚出锅的肉丸子裹着汤汁和油水，呈现出一种人间烟火的壮观与美好。我在壮观与美好中黯然神伤——内心莫名地惶惶不安，总觉将有不好的事情发生。

又是那双手，在我的鼻尖上捏了一下，我人生第一次感到了疼痛，一声响亮的哭喊从我嘴里蹦出，我母亲的叫喊声被我响亮的哭声瞬间吞噬。母亲温柔而疲惫地注视着我，然后微微闭上眼睛，鼻子翕动着，匀称地呼吸，恍若湖面上微波在荡漾。炉膛里的火焰痴迷地舔着壶底，火光在狭窄的屋内耀武扬威，将墙壁和炕头染成一片火红。我的双眼在燃烧，目及之处一片纯净。

一双血淋淋的手从我的额头抚摸到下巴，又在我的大腿根拨弄了一圈，于是我听见祖母淡然地说："是个带把的。"

我父亲走进屋时，脸上应该是带着喜悦和激动的，我故意垂下眼睛不去看他，我内心的惶惶不安有一大部分来自于他。我说不清缘由。

"是个带把的，"我祖母对他的儿子说，"你有儿子了。"

我感到有一只和刚才那只不一样的手，这只手厚实且粗糙，掌心有厚厚的茧子，在后来的岁月里，这只手在我瘦弱单薄的身体上，留下了终生无法抹去的印痕。这只手轻蹭过我的小手，我的余光突然看到一团灰云聚拢在我父亲黑瘦的脸上，这只手迅速拉起我的另一只手，随即又撂开，我的手在空中迅速滑落，跌回炕上。那张布满灰云的脸，月深年久地沉默了。半晌，我听到父亲低声说：

"六指，两只手都是六指。"

我父亲的声音有些颤抖，给我一种虚无缥缈的感觉，好像那声音不是由他发出，而是从窗外飘进来的。我母亲蓦地睁开眼，茫茫然然地望着她的丈夫，像望着一个陌生人，怀疑自己出现了幻听，或仍深陷梦魇中。她那双惊惧的眼睛睁得很大，目光凝固在我身上，我看到她的身体随即战栗了一下，想说些什么，却只是无力地开合嘴巴，如一口废弃的井，没有任何声音从黑洞里传出。

一张黑瘦的脸占据了我的视线，我在父亲的瞳孔中看到一张皱巴丑陋的脸，如一个风干的苹果。直到弟弟出生时我亲眼所见，原来每个刚出生的孩子都是这副糟糕透顶的模样。父亲宽厚的大手落在我的额头上，我感到一种强烈的压迫感正在向我靠拢，我那张丑陋的脸上呈现出惊恐不安。我在心里祈祷千万别出事。父亲猛然抬起胳膊，我的头顶一阵发麻，我看到他旋即像被鞭子抽中般浑身抽搐，脖颈上暴起的青筋如一条饥饿的毒蛇，我被吓了一跳，慌忙闭紧眼睛。我听到父亲几乎是拉着哭声喊出来的，他的声音坑坑洼洼，像受惊的孩子那般慌乱，他惊声喊：

"眼睛！头上怎么会有一只眼睛！"

现在，我已无法说清当时自己是否已经知道命运的真相，父亲的惊呼于我是一种极限恐惧后的短暂解脱，还是更深层次的悲伤？总之，我那时的确是意识到了，忧伤和耻辱乘着命运之舟正在向我袭来，我在恐惧与绝望中等候命运的审判。

我祖母机械地扭过头，伸手轻轻一用力就将我的身体倒了个过，她的手抚过我的头顶，然后在那个凸起的地方揉搓了几下，抠了抠，我感到有点痒，并不疼，像有小猫在舔我的脑袋，弄得我想笑。我在祖母的揉搓中真切地感受到那个东西的存在，像一个被摁进去的杏核，像一个眼睛状的疤，或者说，本身就是一只眼睛。我想抬手摸摸那个东西，但我没有任何力气，我的胳膊和脖子都太软了。

我母亲的身体抖动得更强烈了，她张开双手极力撑着胳膊想坐起身，几番尝试，终于没能如愿。

"世上还有这等奇事，"我祖母一脸惊奇而又认真地说，冷不防地放了一个响屁，"头上还会长眼睛。"

我父亲一脸茫然，目光如惊鸟蹿来蹿去，撞在墙上、地上、立柜上，发出梆梆啪啪的声响。最终，将他那飘飘荡荡的目光落在乔颂玲的脸上，如同一股冷风刮过白雪覆盖的小树，空中飞舞起凌乱的白。时间是静止的，因为每个人都静止了，只有炉膛里的火焰在拼命地往上蹿，蹦蹦跳跳地伸着极不安分的爪子，在墙上和炕头奋力地抓着什么，使屋内发出此起彼伏的如朽坏的木门吱嘎作响的奇怪声音。

"这该如何办呀？"我听到父亲说。

我母亲的脸如同发酵的面团浮肿而蜡黄，暗黑的眼圈散发着晦暗的气息，眼眶中汪满泪水，颤抖着的嘴巴已经干裂，她将头缓缓拧向我，使我感受到了温暖和踏实。那时，我看到一颗晶莹的泪，顺着我母亲的脸颊缓缓滑落，掉在我的额头上，浸入我的身体，那一颗泪蕴育了我日后的真诚与善良。

"这种事咱没有经验，毕竟见得少，"我祖母淡然地说，长吁了一口浑浊的气，"只能去请半仙了，劳烦她老人家来看看。"

我父亲没有多问，起身看了我一眼，我的余光看到他的眼眸被混沌的雾气淹没了，涌出一股冰凉的阴郁，下巴上短硬的胡楂，顷刻由灰黑变成了半青半白混杂的绿，如将枯而未枯的杂草。我父亲倒退几步，拉开门，转身冲进茫茫雨夜中。一阵风趁机钻入，吹动房顶垂下的铁扣，发出清脆而单调的声响。

半个多时辰后，雨突然停了。太安静了。我不相信安静，我知道，越安静就越有鬼。我隐隐听到院外传来一阵沉重的脚步声，那时的我已被什么东西拽进了梦境的深渊。有一双寒冷如冰的手，在我的耳朵上捻了一下，我就惊醒了。我先是闻到一股明亮而又恐惧的气味，接着看到一个裹着蓝格子头巾的女人站在炕边，一层迷雾样的潮气笼罩在她的脸上，蒜头鼻和厚嘴唇上的汗毛中藏着细微的水珠，如同蛾子布在墙上的一层密密麻麻的卵。她那双细长的丹凤眼很亮，像发现腐尸时秃鹫的眼，在火光晃动中显得十分阴森。我感到自己要被那双眼睛吞噬，嚼碎，消化掉。

贺碧凤的到来，如同黑夜迎来了火把，我祖母的脸上顷刻有了明晃晃的光亮，沟壑般的皱纹河水一样流动闪烁了。这个只有一米五高却足有一百八十斤重的瓷器般浑圆体形的老处女贺碧凤——从小就被人们尊称为大师的贺半仙，在益庄是一个响当当的人物，似乎什么学问都懂，九天之上与五洋之下，尤其精通天地鬼神人魔妖。她游走于阴阳两界，栖息于阴阳两界神秘交汇处，既属于阳间，也属于阴间。说起来，的确有点复杂。贺碧凤既是人，又是神；既是鬼，又是仙；既是狐妖，又是天师。人们从不会去质疑大字都不识一个的贺碧凤，权威之于贺碧凤，如同热闹之于益庄，是与生俱来的天赋，是天地赋予的使命，是一种不由分说的能力与担当。因谣传的四件事，使贺碧凤在益庄威风凛凛，受人尊敬，神圣不可侵犯。一是她还是孩子的时候就预言了外地的一场大地震，并在一年后得到证实；二是她曾用一粒药丸治好了曾祖父的心脏病，使其活到一百二八才下世，在人们好奇的追问下，她说那粒药丸是神仙所赐乃灵丹神药；三是她有一双阴阳眼，能看到将死之人的死亡场景，可与游走世间的孤魂野鬼对话，帮其完成心愿，助他们安心投胎转世；四是她能有意识地根据自我意识来做梦，就是说，她能够控制自己的梦，想梦到什么就会梦到什么，在梦境中的世界里，她仍是不可一世的王。我上小学四年级时，学校组织我们去市一中观看一场公判大会，操场上挤满了人，每两名警察押着一个罪犯缓缓走上台阶，在一声声命令中，罪犯们被胳膊粗的麻绳捆绑。我听见喇叭里传出审判人员极有穿透力和震撼力的喊声："贺碧凤！组织传播邪教思想，破坏国家安定，蛊惑人民群众！绑！"我在沸腾的欢呼声中看到，曾经有一百八十斤的胖女人成了眼前稀软的一摊泥，她的精神已经塌成一堆废墟，眼神中早已失去了我最初记忆里的骄傲和自信，代之的是满眼的恐惧与绝望。审判人员独特的音色中包含着一种金属质感，使贺碧凤当场小便失禁。我听到她用微弱的声音喊道："神灵会惩罚你们的，你们都有罪。"随后，我听到大伙在议论不久前发生的一件事，说神婆子贺碧凤告诉邻村因车祸刚刚失去三岁儿子的一对年轻夫妇，他们的儿子很想念他们，想要见到他们，她有办法让他们见儿子一面，结果当天晚上那对年轻夫妇就自焚了。

　　贺碧凤的丹凤眼在我头顶停留了一下，使我感到一阵眩晕。贺碧凤朝我父亲点了点头，我父亲的脸上即刻布满呆滞而又茫然的愁云。

"这'脏东西'不常见，但也不稀奇，几年前倒是领教过一回。"贺碧凤得意地说，脸上露出一丝高深莫测的笑容，两只手交叉到胸前，挤出一个很响的臭屁，随即皱起了眉头，"别看就这么一个小东西，阴气很重，日后会给家里甚至整个益庄带来厄运。"

现在，我常想，当初自己为何没有用哲学思维去反驳贺碧凤，而是选择沉默以对，我应该告诉她唯心主义和唯物主义，如果用唯心主义的角度看待我头顶上的东西，它许是一只眼睛；如果用唯物主义的角度看，它不过是一个肉瘤，说严重点，一个毒瘤，即使毒瘤的形状和气质都宛如一只眼睛，但本质还是毒瘤，纯属巧合，没有任何科学道理。

我父亲问"脏东西"产生的原因，贺碧凤并未搭腔，她陷入沉思，脸上流露出神秘而惊慌的神色，瞪大眼睛盯着我那虚弱不堪的母亲，说道："分娩前是否有奇怪之事发生？比如说，你脑子里想到了什么，或是看见了什么？"贺碧凤故意将声音压得很低，辽远而魔幻的回音四起，仿佛那时她不是在屋里，而是在山洼。

我母亲眨巴着空洞又疲惫的双眼，茫然地摇晃脑袋。我祖母突然变得惊慌，浑身颤抖起来，脑袋不住地晃荡，像犯了什么病，她抬起抖动的右手，抓住抖动的左手，两只手作揖似的忽上忽下，抖动得更厉害了。我祖母的声音如雨后路面上的积水深深浅浅，她惊慌地告诉贺碧凤，在她儿媳分娩之时，她看到了那只老狗——像一只巨大的黑蜘蛛，倒挂在窗户上，炭焦色的脸面，肉皮已经溃烂，眼珠子挂在眼皮上，吞吐着蛇一样的芯子。

"别胡说！"我父亲喊，用一种嫌弃的眼神剜了我祖母一眼，"我爷死了那么多年，你就别再骂了。"

"看来定是他搞的鬼！"贺碧凤坚定地说，又打出一个响亮的臭屁，"家中添喜，未告知他，他心里有气，于是搞了这么一出，在孩子身上做了记号。"贺碧凤说着，从上衣内兜从容地取出一个黑色小瓶，拧开，倒出一把花花绿绿的类似于我长大后吃到的跳跳糖似的药丸，从中随意捏出几粒，交给我父亲，将其余的又装回瓶中。

"请务必收好。"贺碧凤缓缓地说，丹凤眼盯着我父亲，"为他冲服这几粒药丸，可止疼消肿，去除一切恶疾。"

那时候，我感受到了前所未有的恐惧和惊慌，我的心跳到了嗓子眼，我意识到自己已经无法逃脱。我父亲看了我母亲一眼，从他的妻子脸上得到了某种回应的信号。我母亲仄过头，胳膊蜷在胸前，双手无力地想要攥紧，却只是徒劳的重复。我父亲朝我母亲的后脑勺点了点头，然后倒了一杯水，来到我面前。他用手轻轻地捏我的脸，我的嘴巴就无力地张开了，任凭他将药丸丢进去。花花绿绿的药丸在我的舌头上渐渐化开，苦涩的液体触动了我的味蕾，我感到口腔里充满强烈的腥臭味，接下去，我的整个口腔变得麻木，肿胀得厉害，像安装了一个扩嘴器。药劲很快上来了，病毒一样蔓延，迅速占领了我，一阵昏沉使我无法判断自己是处于清醒状态，还是深陷梦境的幻觉中。我的四肢和五官不存在了，意识渐渐变得柔软而微弱，如一条涓涓溪流抚过繁茂柔滑的水草，而我的脑袋却沉得快要陷进炕里了。

贺碧凤嘴里说着什么，两只手向我父亲比画着，我听不清，朦朦胧胧如隔一层纱。父亲手捏一把闪亮的小刀，在我身前晃了几下，我的余光看到头顶上的父亲狰狞的神情和抽搐的嘴巴，在我深陷惊恐和困惑中时，那个眼睛一样的血淋淋的东西被他捧在手里，宛如托着一枚熟烂了的樱桃。

我父亲就那么小心翼翼地捧着它，木木地站在炉火旁，用一种恳求的眼神望着贺碧凤。贺碧凤面露笑容，从袖子里不慌不忙地扯出一条红绳，交给我父亲。我父亲在贺碧凤的眼神中读懂了红绳的使命，他将红绳在那个血淋淋的东西上缠了几圈，用力勒紧，然后打了个死结，朝贺碧凤点点头，示意任务完毕。接下去，贺碧凤开始了她的诅咒——伸出右手食指和中指，对准小东西，在空中不停地画圈，顺时针画几圈，逆时针又同样画几圈，嘴里喊着难听而诡异的咒语，那声音如同范万川的骡子受惊踩死王八斤的老婆李玉梅时的叫声。咒语如同命令，随即开始宣判。从贺碧凤的神情和语气中判断，她给"脏东西"判了死刑——火刑，打破元神，灰飞烟灭，且立即执行。

我父亲揭开炉盖，准备将"脏东西"扔进燃烧着的火焰里，贺碧凤立即制止："糊涂！岂是人间烟火能烧的？有专门的火，阴间的地火！"贺碧凤又从裤兜里掏出一个绿色的小瓶，拔开瓶塞，往炉膛里滴了一滴，火焰立刻变为绿色，猛然蹿高。贺碧凤眯着那双丹凤眼，压低嗓子说："炉膛已通地府，即为地火。"我父亲从贺碧凤的话语中读出了"即刻执行"，将那截"脏东西"扔进了绿色火焰中。看着它燃烧起来，贺碧凤脸上的神情像是正在心满意足地品尝自己的优越和傲倪。接着，贺碧凤又弯下腰，伸长脖颈，在我的伤口上舔了几下，然后用两根圆滚的手指在唾液和鲜血混合的伤口处用力摩擦，我感到自己的头顶像插进了一根钢筋，骨头裂开的清脆声响使我惊恐万分。

　　我突然感受到一股特殊的气息，汩汩从窗缝游进来，聚在我身旁。那是一种莫名熟悉的感觉，我知道有一双眼睛正在炉火旁看着我，我不知道自己为什么会这么认为。这是我第一次看到他，确切地说，我只是感知到了他，他的气息在我的四周充斥着，一种类似于猫念经的声音。几年之后，当他再次出现又再次消失时，我的脑海中产生一个疑问：他的出现与消失，是否与我头顶的那只眼睛有关？不知怎么，三十年后的此刻，我竟想不起第一次感知到他时的模样，他似乎有一种可以从别人记忆里抹去容貌的本领。事实上，我有点怀疑自己是否真的见过他。说实在的，我并未见过妖、魔、鬼、怪、神，所以，真不知道他是个什么东西，我有限的经验难以使我去怀疑他是否是一个未知生物。我想象中，他的样貌丑陋，个头矮小，胆怯怕死，动作却异常敏捷。那么，这样一想，他很有可能就是一只野猫而已。于是，我想象着自己爬到地上，弓起背，模仿猫叫，引他现身。但令我绝望的是，他的气息突然一下子消失了，我无法感知到他的存在。我从地上极力地跳起，往前跃一步，周围的环境就切换成另一片天地了。我看到人形的云朵在山顶上练习柔术，折叠缠绕；我看到身披黑袍的风吹奏着令人胆战心惊的调子，如同祖母讲述的古老而诡异的故事；我看到瀑布状的流石倾泻而下，淹没了山下的房屋和居民；我看到高低不一的树木，如同高举过头顶的双手在空中战栗，呼喊救命……我奔跑着冲下悬崖，突然就醒了。我知道，那并不是梦，一定不是。

整个过程很快,我母亲始终没有扭头看,她一直在哭泣,她的背影颤抖不止。我祖母像一截枯朽的木头靠着墙,呆滞的神情仿佛魂灵早已游离出肉身,仿佛刚才烧掉的不是我身上的东西,而是祖母的魂灵。从那时候起,祖母的魂灵的确是丢了。

"经过我的手法,自然不会再流血。"贺碧凤缓缓地说,又打出一个沉闷的臭屁,"事情还没完。世间万物皆讲平衡二字,水满则溢,月满则亏,需有度矣。那东西阴气太重,消灭以后,孩子体内阴阳失衡,所以要给他取个女孩的名字,才能阴阳平衡,确保今后无灾无难。"

贺碧凤的话使我内心充满绝望,从那时候起,我就对那个愚昧的老女人充满厌恶,每次看到她就远远地躲开,我实在不愿和她共处一片天地中。我希望我父亲可以提出自己的想法,有力地反驳她:去他娘的狗屁女孩名字,他是带把的,是纯爷们儿。但我父亲并未那样做,他的五官凑到了一起,小心翼翼地问:"那要起什么名字合适呢?"贺碧凤恢复了双手插在胸前的姿势,仰面望着屋顶。我父亲哈着腰,脸上溢满恳求的笑意,讪讪地说:"还请您老人家给赐个名字吧。"

"赵细娇。"贺碧凤低声说,丢出一个只臭不响的屁,"就叫赵细娇。你品,你细品吧,味道可都在里头呢。"

"好名字,好名字哇——"我父亲拉着嗓子,像在模仿电视里的拙劣表演。他突然又变得一副若有心事的样子,自言自语着什么,我没有听清,只是听到他的话中有赵顾晚。

听到"赵细娇"这个难听的名字,我一下子就哭了,心里的委屈和悲伤无人知晓,而我母亲却以为我饿了,她揩去眼泪,吃力地将我抱在怀里,撩起衣裳,露出一对肿胀的乳房,喂我奶吃。

贺碧凤突然惊叫一声,浑圆的身体滚到炕上,朝我母亲的乳头吐了一口唾沫,用手使劲一搓,突如其来的疼痛使我母亲呻唤出声。再一口,搓一下,呻唤一声,又一口,搓一下,呻唤一声。贺碧凤连着吐了三口,搓了三下,我母亲呻唤了三声,一声比一声小,显得极难为情。贺碧凤告诉我母亲,那里头有不由分说的门门和道道,她的唾沫里有种神秘的力量和深刻的保障，那种力量和保障，使我母亲的乳头立刻呈现出成熟葡萄样的黑红色，流出蓬勃的白色乳汁。"可以给吃了，"贺碧凤对我母亲说，"吃七七四十九口，多一口不行，少一口也不行，这是规矩。"

我父亲将贺碧凤请到一旁，满脸嬉笑，客客气气地说："这次多亏贺半仙，您老人家的大恩大德，我们永生难忘。等孩子长大，一定当面跪谢您。"我父亲说着就从裤兜里摸出一张褶皱的钱，塞到贺碧凤的手中。贺碧凤立刻拉下脸，推开我父亲的手，不满地说："你这是唱的哪出啊？普度众生怎么能收钱？性质不就变了嘛。"我父亲嘿嘿笑着，把钱往贺碧凤兜里塞。贺碧凤嘴上制止，身体却不躲不闪，盯着那十块钱钻进自己的兜里，然后淡淡地说："好吧，我就替各路神仙把这香火钱收下了。"

这是一九九一年七月的一天。命运的蒲公英随风而动，将种子落到益庄，使我成为赵家的孩子，而我能做的仅是随遇而安。我不知道生命于我究竟会有什么意义，我的出生于大千世界而言，是否仅是一粒沙、一粒尘埃的质量和厚度？在我虚幻缥缈的生命中，我究竟为什么而活？我一度认为，我只是父母一时冲动的产物，而我的父母仅是上帝手里亿万棋子中微不足道的一颗，上帝甩甩身上的灰尘，他们便毫不自知地做了所谓追求真理的试验品，而我就是试验的结果。我的出生似乎带着难以言说的耻辱和污点，就像有什么被隐瞒的丑事需要自我赎罪，而我将要用一生去完成救赎。我的苦思冥想告诉我，我生命中的一切，在时间与空间里，都毫无意义。

我在朦胧中又一次隐隐听到窗外响起哗啦啦的雨声，我看到玻璃上的雨水犹如海水倒流滚滚而下，我是那样焦急不安地等候着黎明的到来。我成年以后回顾往事时，惊诧自己当初为何会将那般大雨如注的场景，理解成是黑夜对一个新生儿此番遭遇的同情与心疼，黑夜放声哭泣，泪水汇集成河，使当初幼小的我对接下去的人生有了一丝勇气和胆量。

之后，我整个人处于一种昏昏沉沉的状态，像漂浮在冰寒彻骨的虚无中，被晦暗阴沉的时间笼罩。我从父亲的目光中，看到了自己无力而又哀伤的神情，充满了对眼前秩序与法则的尊重和妥协。那是第一次，我打量着那个无力而又哀伤的神情，真切地体会到自己内心的孤独，还有羞耻，它比茫茫雨夜更加神秘莫测。

我的脑袋麻木不堪，伴随着强烈的抽疼，我全身的力气只够保持脑袋不会从肩膀上掉下去。我的父母将他们儿子的哭声，只是单纯地理解为，他是一个爱哭的小孩。而我的祖母，在轰然炸响的惊雷中惊厥不已，发疯似的冲出屋子，在雷电交加的雨夜中叫喊。我听到祖母大喊：

"雷公电母劈得好哇，老天爷只惩罚坏人，老狗有罪啊！"

2

我的叔父——比我父亲小八岁的游手好闲的赵顾晚，被我整日的哭声折磨得暴躁不安，几次从隔壁屋冲过来要掐死我，最后都被我父亲两脚踢了出去。

"要掐也是我掐，你算个什么东西！"

我听到赵顾早这样训斥他的弟弟赵顾晚。赵顾晚初二还没上完就从县里逃学回家，任由他的母亲训斥、啜泣，说什么也不上学了，他信誓旦旦地告诉我祖母，他要去北京去深圳去上海去海南，闯名堂，发大财，不枉世间活一回。赵顾晚回益庄当了几天农民，农活干不来，索性什么也不干，整天吃了睡睡了吃。每当我的哭声扰了他的美梦，他便伸长脖子，扯着嗓子喊一句：

"女娇娥，你要是再哭，我就真把你掐死。"

"你不是要出去闯名堂发大财么？"我听到赵顾早对他的弟弟说，"赶快去吧，这家里容不下你。"

"我还没想好要去北京还是深圳，上海还是海南，等我想好就出发，这破地方我才不稀罕。"

赵顾晚整日躺在院里的碾盘上，数天空到底飘过几朵白云，抽着不知从哪儿弄来的纸烟，正午的阳光饱满地涂抹在他的额头上，使他看上去生机勃勃。赵顾晚不时呷一口跟前放着的白毫茶水，嘴里哼哼着我后来才熟悉的崔健的《一无所有》，那位被称为摇滚教父的纯爷们儿，他的许多歌曲在一定程度上多次抚慰了我成长中的失意与落寞。当唱到"可你却总是笑我一无所有"这句时，赵顾晚总是把音拉得很长，故意给旁人听。我祖母躺在炕上，有气无力地喊："懒死的狗，定是一无所有，再懒就得饿死，魂灵都嫌弃你，丢下你，自个儿先跑了。"赵顾晚装作没听见，扯开嗓子继续唱："脚下的地在走，身边的水在流。"

我记得一个清晨，我父亲下夜班回来，我看到他的脸上油光可鉴，鲜嫩的晨光使他脸上的煤渍看上去如同祖母酿制的黄豆酱油，闪烁着酱香浓郁的光芒。我父亲倒好一盆水准备洗脸，我母亲虚弱地斜靠在炕头，那时候我仍游荡在梦境的边缘，寻找脱离梦境的出口，院外突然响起的喊声将我彻底拽了出来。赵顾晚的喊声年轻有力，叫人兴奋，如一只兔子蹦蹦跳跳在日光温暖的院子里。我听到赵顾晚大喊："我找到梦想啦！我知道自己接下去要干什么啦！"他在院子里奔跑、大跳，如一只挣脱缰绳的野马那样撒欢，他的笑声在寂静清澈的上午回荡了许久，前院的狗和后院的鸡许是受到惊吓，发出异常的叫声。

赵顾晚的脚步声在窗前停止了，他掀开门帘冲了进来，同时冲进屋里的还有他激动的喊声。"我要当崔健，我要弹吉他，我要学摇滚！"我看到他光着膀子，下身穿一条蓝色的大裤衩，瘦骨嶙峋的胸口被凉风吹得红中泛白，稚嫩的脸蛋也变得红彤彤的，下巴上的胡楂一夜不见看上去似乎硬了许多。我看到他一脸的兴奋，撑着胳膊，盯着我。"小子，赶快起来，这么好的日子，就知道睡觉，生下来就是为了睡觉？你真好意思睡！"他朝我大喊，伸手揉搓我的脸蛋，剜了一眼赵顾早，"别听神婆子瞎扯！起的那是什么玩意儿，多难听的名字啊！"

我蓦然睁开眼睛，却一声未哭，许是他说出了我的心声，我睁大眼睛充满感激地望着赵顾晚。从那时起，我的内心便埋下了一颗种子，许多年来，我对眼前这个相貌英俊却又放荡不羁的青年充满崇拜和感激,当我大学毕业后回到益庄,和赵顾晚坐在早已废弃的碾盘上聊起往事时,那颗种子孕育出的花朵,依旧开得洁白又美丽,我的内心也依旧保留着,此时这种纯粹真挚而又难以说明的情感。

"闭嘴!别胡说!"我父亲回过头,喊了一声,一边在盆里涮手上的黑末,一边瞪着赵顾晚,"大清早的,你这家伙真是茅坑里打手电,没事找事(屎)呢!你把他弄哭,所有人都得遭罪。"我看到赵顾晚很不屑地看了他的哥哥一眼,起身站到屋中间,坚定地说:"我要当崔健,我要弹吉他,我要学摇滚!就从今天开始!"那时候,我看到从天窗照进来的一束亮光,正好打在赵顾晚的头顶,形成一个神秘而虚幻的光圈,看上去如同舞台中间的聚光灯,赵顾晚就站在舞台中央,即将开始他惊艳四座的表演。

"摇着脑袋赶快滚。"赵顾早不耐烦地说,目光中尽是对他弟弟的不屑一顾,"崔健岂是旁人能学的,要能学我早就学了,我还学北岛写诗当诗人呢,我成诗人了么?照样是个煤黑子。"

赵顾晚伸出手在空中用力一指,用一种威胁的口气告诉赵顾早,如果做哥哥的敢给他买把吉他,那么他就敢和哥哥打赌,他就敢成为第二个崔健。赵顾早冷笑了一声,从锅里取了一个热馍,加了点油泼辣子和咸菜,边吃边对赵顾晚说,他不敢,他要下地去了。赵顾晚噘起嘴,一副很委屈的样子,抱怨做哥哥的本应为兄为父,却连一点钱都不肯借给他,要是耽误一名摇滚巨星的诞生,将是赵家的损失,做哥哥的就是赵家的罪人。赵顾早没有搭话,冷笑一声,打着嗝,又夹个馍,边吃边走出门。赵顾晚瞪着双眼,朝我父亲的背影喊了一句:"你别后悔!"赵顾晚垂下脑袋,失落地叹气,自语似的说,他自己会想出办法的,然后转过身,捏了捏我的脸,兴致勃勃地对我说:"等你长大,人人都会羡慕你有一个摇滚巨星的二爸,你就偷着乐去吧。"我想告诉赵顾晚,我支持他,我喜欢听他唱歌,尤其是崔健的歌,我还未开口,他已哼着歌出去了。"可你却总是笑我一无所有——"院子里又回荡起响亮的歌声。

许是过了三天吧,我记得不大清楚,我记得那天下午,院子里突然传来一阵很特别的声音,那是一段让人舒服的旋律,我第一次听到那种声音，后来我才知道那是吉他发出的。我当时像一把小巧的笤帚疙瘩，被人扔在炕角，被子的两边被两块砖压着，我动弹不得。声音越来越近，越来越清晰。我看到赵顾晚抱着一个奇奇怪怪的东西，在窗前蹦蹦跳跳，嘴里唱着《一无所有》。我想，那东西一定是吉他，赵顾晚得逞了。

我母亲也陶醉在从未聆听过的声音中，她笑着问赵顾晚，哪儿来的钱买那玩意儿？赵顾晚立刻纠正他的嫂子，那不叫玩意儿，而是叫吉他，然后满脸得意地说，是他自己挣的钱，旁人都靠不住。

那天傍晚，益庄西头的袁老汉——见人就夸他的儿女定居国外，过两年就接他去国外养老的倔老头，到死也没能如愿的袁志初，骂骂咧咧地来到我家，站到碾盘上，扶着腰，大声叫嚷："小兔崽子，你给我出来！赵顾早你也出来，你这个当哥又当爹的瓷核儿！"

"是谁？谁他娘的在这儿瞎嚷嚷？"赵顾晚愤愤地喊，手里抱着吉他，冲到院子里，"有话就快说，别耽误人做事，都忙着呢。"

"你忙啥忙，你好意思忙！"袁老汉大喊，涨红了脸，喘着粗气，"你个小兔崽子，人五人六咋咋呼呼，就是不干人事！"

"死老汉，你再胡说我就动手了。"赵顾晚瞪眼大喊，将吉他小心翼翼地放到树下，挽起袖管，指着袁老汉，"我告诉你，你最好别逼年轻人犯罪。"

"没大没小没人样。"祖母有气无力地喊，挪步到院里，伸手朝赵顾晚的脊背上拍了一巴掌，"袁老哥，到底啥事嘛，你甭唬人，我魂灵早都丢了。"

"啥事？大事！要命的大事！"袁老汉愠怒地喊，胳膊在胸前扬起，"十二个儿子，养了一年了，就指望它们陪我过个热闹年，我出去转悠一圈，回来就发现它们不见了，晒场里连个影儿都没有。"袁老汉扯着哭腔，一屁股坐到碾盘上。

"你的儿女不是都在国外吗？做了外国人了嘛，"祖母说，连咳几声，我闻到一串难闻的药味，"哪儿还有儿子呀？"

"那是我国外的儿子，"袁老汉认真地说，脸上骄傲的神色里裹藏了一抹哀伤，"这是我国内的儿子，益庄的儿子。"

"鸡就是鸡，算个屁儿子！我看你就是别有用意，想让大伙帮你寻鸡？要不然，给你把李寡妇叫来？"赵顾晚伸着脖子喊，满脸的讥笑，双手交叉到胸前，把头高高扬起，"我说袁大爷啊，你可真残忍呀，听说你过年还准备杀个儿子吃呢。"

"是你，就是你！有人看到是你！"袁老汉声嘶力竭地喊，身体颤抖不止，伸出脏污的袖管，抹着眼泪，"我不跟你说，我跟你妈说。"袁老汉跟跟跄跄走下碾盘，上前两步，对我祖母说，"我十二个儿子，被你儿子弄走了，卖给了收鸡收狗的贩子。中午见贩子在庄里，我一眼就认出了笼子里我的儿子们。贩子说是我孙子把鸡卖了，我一想，我就一个孙子在美国，哪还有其他孙子。有人说，见你小儿子背了个蛇皮袋子，从巷子里出来了。"

"死老汉，少在这儿冤枉好人。"赵顾晚急冲冲地喊，声音像刮风天的电视信号一样断断续续，"我一直在屋里，就没出过门。"

"有人说你卖了我儿子，就是为了换这个破玩意儿。"袁老汉说，伸手去抓树下的吉他。赵顾晚慌了，扑到袁老汉前头，抢先一步抓起吉他，赶忙背到身上。

后来庄里人都知道，的确是赵顾晚偷了袁老汉家的鸡。为了弄到买吉他的钱，赵顾晚转遍整个益庄，搜寻了一大堆纸盒报纸，一些啤酒瓶和罐头瓶，还有几根铜线和铝线，在老屋的土墙根下，燃了一堆火，把铜线和铝线放在火里烧，剥去线皮，取出纯线。赵顾晚拖着比他还高的一大包破烂，来到南坡下的吕万才家，卖了不到二十块钱。这个靠走街串巷收破烂发家致富的瘦高个——被益庄人唤作"吕破烂"的吕万才，说他干着低人一等的仅次于要饭娃的活计。后来，当吕万才身穿西装，戴着领带，手拿"大哥大"，抽出天线开始联系业务时，人们对他的称呼就变成了"破烂王"。人们从前用来教育孩子的话：要是不好好念书，就跟"吕破烂"一样去收破烂。后来变成了：行行出状元，看看人家"破烂王"，再过两年就开上小汽车啦。人们记得吕万才成过婚，他的妻子在婚后不久，就跟一个打着领带的、开着三轮车的卖货郎跑了。那时候吕万才还一无所有，只是个刚刚入行的臭收破烂的。现在，我可以实话实说，从我第一眼见到吕万才，就觉得他的举止神态有当了多年干部的特征——什么都能装，什么都会说，人前一套，背后一套，你永远猜不透、看不穿他的真实心思。

赵顾晚正为买吉他的八十块钱犯愁时，看到袁老汉的鸡在他家门前晒场里叽叽喳喳叫个不停。益庄人都知道，袁老汉的鸡不是鸡，而是他的儿子，他养了十二个儿子呢。袁老汉在炕角放一个大竹筐，晚上将他的儿子们吆进竹筐，和他一起睡在炕上，白天又把儿子们吆到晒场，让它们自由自在地成长。有人笑话袁老汉，说他真是老糊涂了，把鸡当儿子养。袁老汉抽着烟锅，脸上挂着难为情的笑，慢吞吞地说了一句使我印象深刻的话：

"其实，还不都是因为孤单么。"

赵顾晚想了一阵，确定了目标，眼前袁老汉的十二只鸡不是鸡，更不是什么狗屁儿子，而是一把奔跑着的吉他，是一段飞扬的旋律。他跑回家，从我父亲的酒坛里倒了一碗酒，将半个馒头揉碎，泡进酒里，引诱那些鸡吃了下去。随后它们的爪子就开始在地上画圈，舞起漂亮的醉拳，不多会儿就倒下了。赵顾晚撑开麻袋，捡蘑菇似的，一只一只地拾进袋，卖得一百二十三块钱，跑到益城买了把吉他，又吃了碗羊肉泡馍，高高兴兴地回家了。

我记得那天傍晚，火红的夕阳涂抹在袁老汉枯瘦的脸上，使他的脸看上去如同一颗爆开的红石榴，流出黑红色的汁水。袁老汉扯着嗓子骂赵顾晚，他颤抖的身影在火红天色的映衬下，显得窄细而弯曲，漂浮恍惚如一束即将熄灭的火焰。袁老汉委屈巴巴地说：

"你他娘的为啥不卖你家的鸡？"

"我妈说了，我家的鸡和鸭是买板为她做棺材的钱，我怎么能动呢。"赵顾晚认真地说，望着燃烧的夕阳，用一种苍老的语气，"人活一世，老子和儿子之间，无非就那么一点账算，老子欠儿子一个媳妇，儿子欠老子一副棺材，还了账，就两清了。"

赵顾晚背着吉他朝屋里走去，当他走到门口时，回过头对袁老汉说：

"这也是我妈说的。"

3

有人叫我六指，有人叫我三眼，也有一些人干脆直接叫我六指三眼。我的确有过许多名字，它们在新旧更替中支配着我。当他们看完林青霞和元彪主演的电影《六指琴魔》后，便叫我六指擒馍，说我吃饭时一手能拿两个馍。那样的称呼乌云般笼罩着我，使童年时期的我饱尝孤独与羞辱，直到现在每回想起，都有一股心酸翻涌上心头。我讨厌这样那样的称呼，我想告诉曾经的他们，我现在叫赵佳俊，名字是我自己起的。我时常突然爆发——旁人看来实属莫名其妙的愤怒，使我的妻子万分惊恐。我在回忆中越陷越深，情绪变得越来越糟，那时候我和妻子甚至到了要离婚的地步。

雨又开始下起来了。晨间初升的阳光，在对面棕色的矮楼上稍作停歇就褪去了，天色变得阴沉、晦暗。秋日的凉风将窗外法国梧桐发黄的叶子吹得沙沙作响，那声音像是有一群人，对着天空发出此起彼伏的叹息。窗帘在风的驱使下，旗帜般肆意飞扬着。我关严窗户，缩回沙发里，继续浪迹于梦境中。

我三十岁了。日益衰老的心灵使我常感自己仿佛已过六十。三十岁的年龄，六十岁的心灵——好似一辆开了不到三年的轿车，内燃和动力却已到报废的阶段。我身体里的灰烬和铁锈正在堆积，使我常常有种坠落感。坠落，无尽地坠落。按说，我的人生或许才走过三分之一，但这三分之一的历程，如同穿行在一条蜿蜒而黑暗的隧道里，尽管偶尔会看到星月，闻到花香，但现在，我依旧浪迹在这黑暗的深渊中，只有我的呼喊声给予我偶尔的回应。从三十年前的那个黑夜开始，生活就将我远远地撇开了，将我抛弃在哗哗作响的大雨中，它独自向前走去了。

我是一个彻头彻尾的悲观主义者。黑夜是一座坟墓，而我是唯一的守墓人。这两年我患上了严重的失眠症，每天入夜之后，我都不知道该做什么，怎样才能抵抗这漫漫长夜。我的失眠已经影响到妻子的正常作息，她变得暴躁、不安、失控——给她爸妈讲话时，说不了两句就吵起来；电视剧情未按她的想象去发展时，一个人在房间哇哇大哭，像受了委屈的孩子；嫌我的衣服没有按类分好，嫌我经常乱扔袜子，嫌我吃饭总是不吃菜里的葱姜，还吧唧嘴巴，然后大骂一通，自己坐在厨房哭泣……我感到十分憋闷，胸口总会莫名地揪疼，像有无数双手在抓扯，于是晚上就睡在客厅，避免打扰到妻子。

我常反思，自己跟这个世界为何怎么也处不好？

我没有朋友，只有同事。同事不是朋友，我也不需要朋友。我的孤单是我最后的自尊。我不习惯像他们那样，天黑下来就完全变了个人，兴高采烈地拥进酒吧、迪厅、夜市排档，去享受他们城里人的夜生活。我把自己封闭起来，关在黑夜的囚牢中，蝙蝠一样倒挂着，任凭窗外喧闹沸腾，我也充耳不闻。这么一说，其实我们都像是生活在黑夜的囚牢中，只是他们处于一间，而我身处另一间。

我在离益庄二百公里外的省城教书，我的学生中也有好些从益庄来的，他们做生意的父母，在省城买了不止一套房，把他们送到这所在各个方面都算顶尖的附属中学，让他们能够接受更好的教育。他们的到来使我变得心神不安，整日战战兢兢的，不敢在校园里走动，更不敢打听哪些学生都是益庄的。可我不得不去面对所有的学生，因为我是老师，我要上课。每堂课上，我都会从头讲到尾，不给学生留提问的时间和张口说话的机会。系主任听了一回我的课，在教职工大会上点名，严肃地指出了我的教学问题：好学校好在哪儿？就是要将一部分时间交给学生，多听取学生的感受和想法。

有一回课间，在楼道，我听到几个学生小声议论着什么三只眼四张嘴，我整个人一下子变得燥热，内心愤怒的火焰熊熊燃烧，不可控地大喊了一句："都给我滚进教室里去！"之后，我常听到学生们说着关于三眼、六指的花絮，有时还能听到同事们的一些闲话，当我走进办公室时，他们就潮水一样退去了，瞬间变得死一般寂静。我知道，我担心的事情终于发生了，尽管我头顶的那只眼睛现在已变得如一颗青春痘，而我的六指，在父亲死后，母亲就带我去市医院做了手术，将多余的两根切除掉了，却怎么也切除不了它们带给我的耻辱和伤痛，我永远也挡不住闲言碎语，永远也甩不掉压在我身上的负重，永远也不可能脱离那个使我厌恶又深刻的益庄。但是，我愿意切实地说，在省城生活久了，我时常会不可名状地想念在益庄的时光。我在心里对自己说，你是一个背负罪恶的人，活着就是为了赎罪，只有疼痛才能让你清醒，终有一天你会完成自我救赎。

我坐起身，点燃一根烟，抽了起来。这时，有敲门声传来。这强有力的敲门声，我太熟悉了。

"乌烟瘴气的，你又抽烟啦。"她用一种严肃又认真的口气说，"那件事就是个意外，你也该放下了，好好面对接下去的生活。休完假，赶快去上班。千万别摆烂啊！"

她眯着眼睛，抬起手在鼻前扇了几下，把手里的花伞放到鞋柜旁，取下肩上的背包，拿出一把香蕉放到茶几上的果盘里。"早饭肯定都没吃吧？"她走到窗前，拉开帘子，把窗户打开一条小缝儿。我把烟头在烟灰缸中捻灭，喝了口杯子里昨晚的茶，然后告诉她，我知道是她来了，只有她不按门铃，用拳头砸门。她嘿嘿笑着，烧水去了。

她在音乐学院读书，现代音乐专业，主修吉他。她今天穿了一件宽大的棒球服外套，黑色阔腿裤，几乎完全遮住了鞋面。她的学校离我家不远，倒一趟地铁，再走一段路，总共用不了四十分钟。她时常在周末或周内没课时来看我。说是来看我，其实无非是说一些甜言蜜语恭维我，让我借给她一些零花钱。每回她都会给我说同样的话："我都在账本上记着呢，以后会还你的。"这孩子聪明，我挺喜欢她的。每回过来都不会空着手，有时提一袋水果，有时拎一根腊肠，有时拿一把野花儿。她笑起来很好看，像台湾的一个演员，叫陈什么涵。我想，他们学校里的男生们定会为她着迷的。她脱去宽大的外套，露出紧身内搭，早已发育成熟的肌体在我眼前晃来晃去，宛若一团柔软的白云，总带给我一些不着边际的遐想。

"你想吃啥饭呀？我请客。"她说，吃完两根香蕉，抽了一张纸，边擦嘴边看手机，"还是出去吃吧，外卖已经吃够了。"

我没有说话。已经快十二点了，我仍没感觉到饿。天色灰蒙，雨下大了，尖锐刺耳的鸣笛声像离弦的箭，穿透雨帘，射在过往行人的身上。

"昨天晚上我们学校出事了，"她兴致勃勃地对我说，一脸的认真，"一个女生跳楼自杀了，还是我隔壁宿舍的，听说是被学校哪个教授给玩弄了。长得比我漂亮，太可惜了……"她每回到我这儿来，总是喋喋不休地讲述她们学校一周内发生的热点新闻，根本不会在意我有没有听进去。我想说这样的事情太常见了，我们学校也有女孩为情自杀的，割腕，才十四岁；有个学生放学回家吃饺子，她提前点了大肉香菇馅的，家里没有香菇，她妈妈出警忙，没来得及去买，就包了韭菜大肉馅的，女孩一听，不是她爱吃的，什么话都没说，打开卧室窗户，一跃而下，二十三楼啊……

一阵讲述后，她说饿了，要吃羊肉泡馍，优质的，把我推进卫生间，让我赶快洗漱，换衣服出门。我正刷牙，她又慌张跑来，说有事要去办，来不及吃饭了，她得赶紧走。她总是这样，我早就习惯了，这孩子有点神经大条，想一出是一出，总是风风火火的。她跑下楼的时候，外面的雨下得更大了。我看到她撑着那把花伞，猫着腰向路对面跑去，不远处商场的大喇叭在没命地吼叫。已经是大甩卖第八天了。

我洗漱完，倒了杯水，缩回沙发里。突然门又响了，听响声就知道是她，怎么又回来了？还没等我开口问，她就大口喘着气，告诉我，刚才接了个电话。这时，她的呼吸已经平顺了，那双迷人的大眼睛盯着我，莞尔一笑，平静地对我说：

"他死了。就在刚刚。"

4

当赵顾晚的死讯从赵小彤的口中说出时，带给我的仅是短暂的震惊与难受，但赵小彤表现出的异常平静却使我惶恐不安。我想起祖母常说的话，她说这人的生与死，就如同庄稼的出苗与收割，一茬下去一茬上来，衰老死去，复入于土，化为肥料，滋养新生，周而复始，自然规律使然。树倒了，变成桌椅和柴火；人倒了，变成泥土和养分，改变的是形态，不变的是魂灵。

当赵小彤告诉我赵顾晚死了的时候，我并未意识到他已离开尘世，离开早已脱去煤灰和水泥色外衣、日新月异的美丽乡村益庄。我的眼前所呈现的画面，依然是赵顾晚抱着他的吉他，在那些微风拂面的日子里，单调而又高昂地唱着崔健的歌曲。那样的歌声在益庄的上空飘荡了一个完整的春夏秋冬。

那天，赵顾晚沿着那条唯一通往外界的土路去了县城，多年以后当我开着汽车，沿着早已被黑亮的柏油取代的那条路回到益庄时，我都会想起那个潇洒不羁的身影，似乎还能看到赵顾晚留下的一排坚实的脚印。

时间来到后响，太阳落到黄土崖半腰时，赵顾晚回来了。我父亲那天没有去矿上，他亲手做了一锅手擀面，用陈炉镇的老碗给他捞了一个盖帽，放上满满一层辣椒面和葱花。躺在炕角的我，听到了"刺啦——"令人身心愉悦的泼油声，且闻到了香味。我父亲将锅里剩下的面多煮了一会儿，倒上我祖母做的柿子醋，放入葱花和香菜，又淋了几滴香油，给他的母亲和妻子各做了一碗酸汤面。

赵顾晚追着香气进了门，看到桌上那碗刚做好的油泼面，没顾及取下背上的吉他，就扑上去大口吃起来。"土匪进屋啦！"我父亲大喊，把我母亲的面挪到一旁，就去拽赵顾晚的筷子，"谁让你吃呢，鬼混了一天还知道回来？我以为西北风把你能喝饱呢。"赵顾晚不吭声也不抬头，右胳膊护着碗，左手拿筷子，把面往嘴里刨。我母亲躺在炕上，仰着脑袋，有气无力地笑了。

"吃吧，吃吧，"我父亲说，退了回去，"不跟土匪一般见识。"我父亲给他母亲端完饭，又将那碗加了几滴酱油的面端到他的妻子跟前，从盆里拿出一个黑瓷碗，舀了碗面汤，放到赵顾晚面前。"慢些吃，别噎死了。"我父亲边说边从笼布下摸出一个冷蒸馍，夹了一层油泼辣子，蹲到灶火边，就着大葱吃起来。

赵顾晚吃饱喝足，从怀里抽出几本薄薄的书，将其中一本迅速卷起，塞回怀里，将手里的两本放到炕上，脸上呈现出骄傲得意的神色，语速缓慢而有力地说："现在，我要宣布一件事情。看到我手里的两本琴谱了吧，从今天开始，就从今晚开始，我就要认真研究谱子，发奋练习吉他啦。你们就等着庆祝第二个崔健从这个破院子里诞生吧！"赵顾晚认认真真地说着，把琴谱重重地拍在左手掌心，发出啪啪声响。

"别在这儿碍眼，赶快回你自己的屋里去。"我父亲不耐烦地说，又像是突然想起了什么，满脸狐疑看着他弟弟，"书是哪儿来的？又是偷的？"

"这你就别管啦。"赵顾晚笑着说，将琴谱卷起来，放到嘴边，仿佛拿了一个扩音器，"山人自有妙计。"我父亲指着赵顾晚，气愤地说："小时偷针，长大偷金。你就不学好吧。"赵顾晚哼了一声，没有接话，从裤兜里掏出一个东西，朝我扔来，差点砸到我的头，我吓了一跳，身子一激灵，看到一个深绿色的奇怪玩意儿。

"一个弹簧青蛙都能把你吓死，"赵顾晚不耐烦地说，满脸嫌弃地看着我，"真是没出息，以后还怎么在社会上混？"

我父亲站起身，对他的弟弟说："谁让你给他买东西的？以后别给他花一分钱。"

我父亲的话使我感到莫大的委屈，就像对我今后的人生进行了某种宣判，而我只能接受。不知为何，自那以后——也许是我出生后不久，家里那条黄狗莫名其妙地死掉之后，父亲对我似乎就只有厌弃，也许从我生下来，他第一眼看到自己的儿子是那样一副糟糕透顶的模样时，就只剩厌弃了。他的严肃和冷漠使我的童年岁月充满心酸与悲伤。

我母亲叹了口气，把碗放到炕沿上，抱起我，要给我喂奶。

"别给他吃奶！"我父亲喊，"给喝碗面汤就行！"

"你是喝面汤长大的？"我母亲没有抬头，解开了上衣的扣子。

赵顾早听到他的妻子那样说时，他的脸上呈现出的奇怪神情，在后来很长一段时间我都觉得可笑。

之后的几天里，天还未亮，美妙的旋律就在院子里响起了。赵顾晚坐在碾盘上，跟前放一壶茶，只是从头到尾他都没有喝一口，也不会再仰起头去数天上的云彩，他完全沉醉在与吉他有关的所有时间里了。在我成年以后，每当这个画面在我脑海里出现时，我都特别羡慕赵顾晚，这世上再没有什么比拥有梦想和信念更值得称赞了。

美妙的吉他声和赵顾晚稚嫩的歌声穿过院墙，在湿漉漉的拂晓时分飘荡飞舞，湿漉漉地唤醒睡梦中的日头和村民。南坡下的吕万才听到了，西头的袁老汉听到了，庙堂里教书的梁复贤听到了，醉梦中的酒爷听到了，村里的牛呀鸡呀狗呀猪呀驴呀骡呀都听到了，它们跟着旋律也哼叫起来。一墙之隔的石中发和李兰英夫妇跑车送煤还没回来，可惜未能听到。开始大伙都很疑惑，那是什么声音？从哪儿来的？到了第二天，大伙的议论与喧闹便沸腾了，都说那小子真不错，还真有春晚那些歌星的派头。

赵顾晚的第一次演出是在半个多月后，那是一个霞光染尽天空的黄昏，温暖又轻柔的光芒挥洒在益庄广场的戏台上，将整个戏台装扮得充满诗意。霞光涂抹在年轻又英俊的赵顾晚的脸上，使站在戏台中间的他看上去遥不可及，宛如一个幻境。我母亲坐在广场角的石头上，我在她的怀里急切地想要挣脱束缚，离舞台近一些，可她从来都不凑热闹，离得远远的，好像脸上脏了或是衣服破了，怕被人看到似的。身旁的赵顾早站在一块大石头上，扯长脖子望向戏台，我听见他说了一句："此情此景，我还真想吟诗一首。"

那天赵顾晚共演唱了三首歌，两首是崔健的，另一首是我后来才知道的香港乐队 Beyond 的，蹩脚的粤语使众人激动的神情中多了一丝困惑。台下挤满了益庄的村民，他们从田间回来，扛着锄头，提着粪笼，怀里抱着挖来的野菜，停下脚步好奇地望着戏台中央。不多会儿，邻村的一些乡民也闻声赶来，他们全都沉醉在往常只能在电视上听到的新鲜、美妙的声音中了。

舞台右侧站着一个身穿黑色紧身外衣和黑色紧身裤子的女人，她平静地立在人群后，并未像众人那样欢呼鼓掌。我至今仍记得，当时她那忧郁冰冷而又使人着迷的神情，还有她调整站姿时晃动着的蓬勃的肉体……这个我不久后认识的寡妇李美芝，男人们对她的迷恋和女人们对她的厌恶，使她在益庄如名人般存在。

那时候，我和最好的朋友石未树，喜欢在广场上玩顶牛游戏，抱着自己的左腿，单脚跳着向对方顶去。天色黑下来了，我们因没玩尽兴而垂头丧气回家时，常会看到在戏台角落坐着的寡妇李美芝，她轻声哼着柔情似水的调子，当我上初中时看了电视剧《红楼梦》后，我才知道原来她一直哼的是《枉凝眉》，那时候她已经消失多年。

李美芝的声音使扛着农具从田间或矿上回来的男人们身体酥麻，差点跌倒。有时被同行的女人听到，故意朝其他方向喊一句："快看，那只臭鸡又在发骚了。"

李美芝仿佛并未看到有人走过，兀自哼着歌。

有时，李美芝看到我和小树，会微笑着朝我们点头，看到瓜燕儿，会问她冷不冷，吃了没。大人们将我们拉到一旁，严肃而气愤地告诉我们，一定要远离李美芝，她是狐妖，是蛇精，会把小孩吃得连骨头都不剩。后来，当我们看到李美芝时，都吓得撒腿跑开了。

赵顾晚唱完三首歌，戏台下响起了震耳欲聋的欢呼声，他朝台下鞠了一躬，故作镇定地说："本场演出到此结束，感谢大家的观看。"台下随即响起此起彼伏的喊声："再来一首呗，就整那奥语的。"有声音立刻纠正："那叫粤语，广东话，还什么奥语。"赵顾晚难为情地挠了挠头，吞吞吐吐地说："目前就会这几首，其他的还没练好。"又赶忙喊，"不过马上就好了，以后每周我都在戏台表演一回，大家都来啊。"

一眨眼的工夫，黑夜悄然袭来，吞没了火红的霞光，台下的村民已经散尽，广场又恢复一派沉寂，就好像从来没有热闹过似的，只有乱飞的蝙蝠在编织着黑夜的巨网，遥远的荒野隐隐传来叫声：幸乎——幸乎——如黑色幽灵之歌，撕裂着夜空。

一个礼拜飞逝而过，我记得那天的场景和一个礼拜之前一样，时间被按下了暂停键，所有的一切都是复制粘贴过来的。赵顾晚圆满完成了他的第二场演唱会，回到家得意洋洋地对赵顾早说："哥，就问你服不服，看我弄成了没？"那时候赵顾早正在洗脚，头也没抬，重重地哼了一声，说道："有人给你一分钱？能当饭吃？趁早跟我去矿上下井拉煤。"

"你就是目光短浅。"赵顾晚喊了一声,伸手指向窗外,"等我在北京表演的时候,别怪我不带你去。"然后气冲冲地走了。

"我等着去北京呢。"赵顾早笑着说,故意把声音拉得很长,"我还要去爬长城呢。"

那样的日子大约持续了一个多月,天气越来越冷,再也没有人去广场了,那几首歌大伙早就听腻了。赵顾晚一个人孤零零地坐在戏台中央,木木地望着片片雪花从空中飘落下来,寒风吹过红扑扑的脸蛋,他微微眯起眼睛,一副失魂落魄的样子。

听到动静,赵顾晚扭过头,看到舞台侧面出现一个虚幻的黑影,他先是感到惊讶,身体一颤,接着便心生一种特殊的情愫,一种失而复得的惊喜,一种茫茫黑夜中看到光亮的兴奋,他站起身,想对李美芝说些什么,却没有开口。

"往回走!"赵顾早朝戏台大喊,"天都黑了,还等着给鬼表演呢?"

赵顾晚没有回应,也不扭头看我们,好像什么也没听到。站了一阵,我父亲就跟在我母亲身后朝回走。我在母亲怀里挤着脑袋往后看,不见赵顾晚的身影。

"再胡瞅就把你扔到雪地里,"我父亲指着我说,剜了我一眼,"把你冻死去。"

快到家时,我隐隐看到身后有什么东西在晃动,愈来愈近,赵顾晚嘿嘿笑着,冲到我们前头进了院子。

"这下想通了吧?"赵顾早说,脸上挂着轻薄、冰凉的笑,"早给你说别瞎折腾,老老实实地跟我去矿上。"

赵顾晚停下脚步,扭过头,我看到洁白的雪花落到他长长的睫毛上,瞬间消融进眼角湿润的液体中,清澈的眼眸中仿佛汪了清泉。赵顾晚甩了一下头发,满脸自信地说:"你们等着看吧,一个礼拜后,演唱会继续。"赵顾晚跑进屋,放下吉他,冲出院子,他的身影在当初雪花飘飞的夜晚宛如一颗流星。

第二天早上,赵顾晚又抱着吉他,出现在碾盘上。赵顾早问他昨晚去哪儿了,他也不说,仰面望着天,嘴里哼着崔健的《新长征路上的摇滚》:"听说过没见过两万五千里,有的说没的做怎知不容易……"被放在窗台上的我,隔着玻璃看到,一片黄叶从樱桃树上缓缓飘下,落在赵顾晚的头顶,看上去像戴了一个秀气的发卡。

一个礼拜后的一天,赵顾晚背着吉他出了门。那天后晌是他的演唱会时间,一整天他都看上去忐忑不安,在寒风瑟瑟的院子里转了许多圈,嘴里念叨着什么,一会儿抬头看看天,一会儿又进屋看看表,反反复复的,赵顾早问他话,他也不吭声,饭没吃一口,就冲出了院子。我父亲吃完面,顾不及洗碗,就嚷嚷着要去广场。我躲在母亲怀里,仅露出鼻子和眼睛,远远地跟在我父亲身后。

广场上的情景使我万分惊讶,至今难忘。热闹又一次慷慨地光临了广场,盛况空前的场面笼罩在轰轰隆隆的喧闹中。戏台下围满了人,周围几个村子的人都来了。一眼望去全是男人,我看到吕万才、袁老汉、梁复贤、酒爷、李巨兴都在前排,掖在厚厚的棉衣和火车头帽子里。倭瓜王九斤冒着被踩死的风险,挤在几条棉裤腿中间,他们嘻嘻哈哈地起哄,此起彼伏的欢笑声,在当初寒冷的黄昏时分,给人以欣慰和满足。只有六七个妇女木木然地立在戏台侧边,湖水一样平静地看着激动的人群,脸上浮现出让人难以琢磨的表情,似乎蕴藏着某种神秘而强大的力量,随时都会有沸腾决堤的可能。

"不要脸的婊子货!"我听到母亲这样骂了一句。

于是,我看到了寡妇李美芝的身影,她缓缓走上戏台,平静地望着台下乌泱泱的一片。我父亲扯着脖子望,听到我母亲的骂声,下意识地缩回脖子,咳了两声。

赵顾晚抱着吉他,坐在戏台中央,李美芝坐在他身旁的小凳子上,远看像屁股上长出四根短小的木棍,看不到板凳的面貌。不知是冷的缘故,还是由于紧张,赵顾晚的脸上生出一层小水珠,在暮色中隐隐闪动冰冷的光。看着台下嘻嘻哈哈的无数张脸庞,赵顾晚的脸上露出极不自然的笑,仿佛做错事的孩子,一瞬间又小心翼翼地收回笑容,咧开嘴"哒——"了一声。

李美芝说了一句什么,我没有听清,我在喧闹中看到人群瞬间排兵布阵似的，列队定位，一致抬头，望向台上。那天赵顾晚唱了五首歌，两首是崔健的，一首是BEYOND乐队的，另外两首是齐秦的《狼》《大约在冬季》，许是新学的，我第一次听到他唱。在唱最后一首时，不觉间天空就飘起了雪花，赵顾晚微微闭着眼，表情深邃而陶醉，嘴里反复唱着"不是在此时，不知在何时，我想大约会是在冬季……"琴声，歌声，风声，落雪的声音，将普普通通的广场装扮成了另一番浪漫世界。当然还有李美芝微微啜泣的声音。李美芝望着茫茫雪夜，两行浑浊的泪水顺着脸颊滑落而下，掉在衣服上。

"快看，那只臭鸡又在发骚了。"旁边妇女堆里传出声音。

直到台上的赵顾晚谢幕鞠躬、打包吉他，直到台下的男人们失落不舍，在自己女人骂骂咧咧的叫喊声中离去，直到广场上只剩下黑夜与白雪，李美芝仍抬头望着深邃的天空，轻声抽泣着，眼泪在脸上刻出弯曲的痕迹，像两条滑冰道。

赵顾早唤了几声，让赵顾晚回家，赵顾晚斜挎着吉他，跟在我们身后，回头望了又望。一路上他都垂着脑袋，丝毫没有往常唱完的兴奋和满足，而是一副蔫巴巴的样子，似乎觉得是自己搞砸了什么事情，才会出现那样的局面。往后的许多岁月里，我常会想起仰头哭泣的寡妇李美芝，在那样一个雪夜中，她到底想起了什么往事呢？还是仅仅是因为当时的情与景，才会使她陷入一种旁人难以体会的情绪旋涡中？为此，我想了很久，却不得而知。白雪覆盖了大地上所有的丑恶与污秽，却无法覆盖一个人的心事，再也没有比置身于空旷的雪夜里哭一场更加使人感到孤独与悲伤了。

之后的几个礼拜，赵顾晚的演出可以说都是大获全胜，因为只要寡妇李美芝在，那群男人就在，观众就不会少。赵顾晚的曲库如夏收时节的粮仓，被饱满而醇香的颗粒塞得鼓鼓的——除了原有的几首歌外，他又学了新歌，有毛阿敏的《渴望》、叶倩文的《潇洒走一回》、杨钰莹的《我不想说》、王杰的《一场游戏一场梦》，当然还有齐秦唱的《花祭》《独行》《外面的世界》。赵顾晚知道李美芝喜欢听齐秦的歌，所以他就多学了几首。赵顾晚不分日夜地弹着唱着，在炕头，在碾盘上，在鸡窝里，在房顶上，在荒坡间，甚至在坟地……都能看到他的身影，听到他的琴声和歌声。赵顾晚那时的状态，就像我祖母常挂在嘴边的那首毛主席的四言诗《手里有粮》：手中有粮，心就不慌。脚踏实地，喜气洋洋。

5

很快就过年了。腊月二十三日清晨，住在前排的桂荣奶奶家里要杀年猪，桂荣奶奶八十有一，身体还算硬朗，平时一个人住，与她为伴的是一条狗、六只鸡、两头猪。桂荣奶奶有三个儿子，住得很分散，整天都在忙各自的事情，很少回来看她。但遇到杀年猪的时候，天还未亮三个儿子就来了，似乎一下子变得不忙了。

天擦亮，我父亲就起来了，他刚推开门，我便闻到了那股清爽寒冷的气味，同时听到他喊了一句："好家伙，雪落大地。"我似乎也听到院里樱桃树的枝干，被雪压折发出断裂的声响。不多会儿，院外响起雨点似的嘈杂声，接着我就听到猪的惨叫声。母亲用双手捂住我的耳朵，我闻到了浓浓的血腥味。过了一阵，赵顾晚哗哗笑着从院外跑进屋，我看到他手里拿着一个白腻腻的皮球，他在我眼前拍了几下，又在我脸上蹭了蹭，那种感觉很特别，黏糊糊的，冰凉凉的。我母亲立刻摆出一副嫌弃的表情，拉长嗓子喊了一声，让赵顾晚把手里的猪尿泡拿远些，弄得满屋子都是臊臭味儿。

午饭前，我父亲回来了，我第一次听到他哼哼着调调。我父亲咧嘴笑着，向他的妻子展示手上的东西，一条肥瘦相间的猪肉和一根大骨。大骨是桂荣奶奶偷偷给的，让给我祖母熬汤喝。我母亲问他，人是不是很多。我父亲说，益庄的男女老少都去了，猪都不够分，给桂荣奶奶就剩了点大油和一根大骨。我母亲又问，刚才听到的吵架声是怎么回事？她看到自己的丈夫摊开手笑了，于是她便知道，定是那三兄弟又吵架了。

我父亲坐到板凳上，捧着一杯茶，开始详细说起。猪卖完了，桂荣奶奶的三个儿子开始分钱。老大秦有才说，他上个月托人给母亲捎了一棵白菜，得从猪钱里扣回来；老二秦有钱说，他母亲这边没有茶叶，得拿茶水招待杀猪匠郑屠户，他早上从家里抓了好茶叶，裹在报纸里带过来的，这钱也得从猪钱里扣；老三秦有福说，他是老小，四十好几了还打光棍，老母亲和哥哥们不管他，他得多拿钱。说着就吵起来了。范万川上前说劝，三兄弟反而恼了，觉得他在拉偏架，说自家的地里长自家的荒草，长不出外人的一根毛。大家就都散了。桂荣奶奶坐在门前石板上，偷偷抹眼泪，随后从身上摸出皱巴巴的两块四毛钱，放到卖猪钱里，三兄弟不说话，也不再吵了。

我母亲长叹一声，下炕去烧热水了。那天下午，我喝到了平生第一口骨汤，也在我母亲手里拿的那块骨头上舔了一口，油油的，腻腻的，香香的。

大约是除夕的前一天，我应该不会记错，那天早上益庄人都在讨论一部白蛇和青蛇的电视剧，还有一个白胡子老和尚，当时我没记住他的名字。我父亲在清扫院子，兴高采烈地喊着什么咒语，手上比画着动作。我听到隔壁的石中发和李兰英哈哈大笑，用咒语回应我父亲。我母亲困惑地看着院外的丈夫，她和我一样，听不懂他们的话。那时候益庄有电视的家庭寥寥无几，直到两年后我家才拥有了第一台黑白电视机，十七英寸，黄河牌。下矿回来吃罢饭，在石中发两口子不跑夜班的时候，我父亲就去他们家看电视，闲聊喝茶。

我记得，那天晚上，赵顾晚几乎是哭着跑进家里的。那时我父亲刚看完电视剧，我母亲跟在她的丈夫身后，一起从石中发家里回来，他俩还沉浸在刚才的剧情中，说着笑着，模仿剧中人的动作和腔调。我被父亲拴在炕上动弹不得，泪水在脸上自由地流淌。赵顾晚掀开门帘，我看到他的眼睛和鼻子如益庄唇枪舌剑的妇女，毫不相让，嘴巴上前拉架，却被误伤，最终扭打成团，一塌糊涂。赵顾晚取下背上的吉他，扔到炕上，肩膀抖动着，嘴里发出板胡一样的抽泣声，一脸的鼻涕涎水在昏黄的灯光下闪着亮晶晶、油腻腻的凌乱的光。

我父亲憋着笑，故作坦然地问他的弟弟，发生了什么事？演唱会怎么样？赵顾晚坐到地上，哇哇大哭着告诉他的哥哥，广场上连个鬼影都没有，就连李寡妇也没去。我父亲绷不住哈哈笑了，我母亲也跟着笑了。在赵顾晚疑惑而惊讶的神情中,他的哥哥平复气息,神色自得地告诉他:"全世界都在看《新白娘子传奇》,谁还会去广场呀。白娘子没你好看?还是《千年等一回》没你唱的歌好听?"

赵顾晚呆呆地坐在那里,一语不发,脑袋埋在两腿之间,眼泪吧嗒吧嗒滴到地上,灯光映照在他的头顶,像那个大年夜被冻死在街头的卖火柴的小女孩。几年后,我看了重播时,才知道当年在中央电视台播出的《新白娘子传奇》到底是怎样一部电视剧。赵顾晚在一九九三年二月二日夜里哭得稀里哗啦,想来似乎一点也不冤,甚至有点好笑。

第二天早上,一阵欢快的敲锣打鼓声从天窗传进来,将我从梦境中拽出。我母亲正在切菜,嘴里哼哼着《千年等一回》的调调。她放下刀,摇摇晃晃着走到我跟前,给我穿好棉衣,抱起我循声而去。没走几步就累了,她把我放到地上,拉着我的手,让我慢慢朝前走。

广场上已围满了人,邻村的乡民也闻声赶来。隆隆的鼓声,是召集大伙儿的讯号。我父亲站在大鼓前,脸上乐开了花。我母亲拉了拉她丈夫的胳膊,示意把儿子交给他了,我父亲胳膊一甩,大声喊了一句:"谁让你带他来的?拴到炕上去!"

周围的妇女们叽叽喳喳,开始议论我的六指和脑袋上眼睛一样的疤痕。母亲尴尬地瞅了瞅四周,然后拉着我,到一旁石头上坐下。桂荣奶奶坐到我母亲跟前,拉我的手说:"小家伙长得真俊呢。"

有妇女问:"今天咋不见臭鸡来凑热闹呢?"

有妇女答:"人家过年接了新单,两倍酬劳呢。"

有妇女说:"当鸡来钱真容易,腿撇开,钱进来。"

有妇女起哄:"那你也去撇腿呗。"

几个人追赶着扭作一团,嘻嘻哈哈的笑声将戏台两侧挂的大红灯笼震得左右摇摆。瓜燕儿围着她们疯跑,跟着哈哈大笑。

有妇女故意对旁边妇女说:"把瓜燕儿给你儿子定个娃娃亲,郎才女貌,多配呢。"

那个妇女就捂着嘴笑说:"把瓜燕儿给你男人领回去,你们三人睡到一个炕上。"

"跟谁睡？"瓜燕儿似乎听懂了，停下脚步，做了个鬼脸，"睡你爹！我跟你爹睡。"然后撒腿就跑。

妇女们骂道："他娘的！又犯病了！"

接着话茬，人们说起了瓜燕儿，说瓜燕儿刚出生时，看起来并无异样。长到两三岁时，同龄娃儿都开始说话走路，而她嘴里只会咿咿呀呀，说不清词儿，脚下站不稳，一走就跌跤。如今这么大了，仍旧疯疯癫癫，路走不稳，话也说不清，要是给益庄最傻的人排名，冠军非瓜燕儿莫属，王九斤只能拿亚军。

鼓手，锣手，钹手，沟壑似的皱纹间夹杂着岁月的烙印，呲溜溜的寒风，吹过他们细长的脖颈，坚挺的胸膛像一面结实的鼓。他们挽起袖子，摩拳擦掌，喊响口号，各就各位。他们的神情严肃而沉稳，高举的鼓槌，如满弓之箭，等候令下，离弦中靶。

几个年轻的后生，看得心潮澎湃，双手比画着。站在一旁的赵顾晚早已按捺不住，挽起袖管，跃跃欲试。猪鼻子李巨兴和驴头王八斤递过他们手上的锣和钹，赵顾晚赶忙接过锣，钹被一个染着黄毛的家伙拿到了。这个名叫范江鸿的英俊小伙，在后来很长的一段时间里，与赵顾晚形影不离，他们被大伙儿称为益庄的"小虎队二人组"。

敲鼓的白胡子老汉范万川是范江鸿的二爷，这个平日里走路颤颤巍巍要随时跌跤的老跛子，一拿起鼓槌就摇身变成了四十来岁的壮年，手下抡槌有力，青筋暴起，鼓声高亢激昂，震撼人心。范万川放下鼓槌，捋着白胡子，一脸慈祥地说：

"以后这天下的世事都是你们的，益庄的社火也是你们的，这不是课本上的文化，却是民间的传统文化，当学哩。我来问你们，谁知道益庄社火的历史？"

赵顾晚和范江鸿都摇摇头，其他几个年轻人也拨浪鼓似的摇晃脑袋。

"我知道！"一个年轻有力的声音传来，我看到一个瘦高的小伙举着手，站在人群最后，"益庄社火曾经在省上表演过，省长也看过呢！"

"说得对！不愧是名牌大学生！"范万川朝他竖起大拇指。

这个名叫李志刚的年轻人，是小树的叔父，他在一九九一年的全国高考中，以优异成绩考入了清华大学汽车工程系，成为益庄第一个上清华的人，也是益庄第二个考上大学的人。第一个是和文顺，一九七五年被推荐上了省城一所大学的中文系，成为首届工农兵学员，后来成了蜚声文坛的著名作家。

"你们听好了，也一定给我记牢了。"范万川让其他人把手里的家伙什先放下，也让旁边闲扯的几个妇女先安静，然后扯开嗓子讲，"益庄的社火，历史悠久，源远流长，拥有高跷、秧歌等多种表现形式。八十年代末我和石家的有贵老兄，组建了益庄最早的旱船表演队，名震方圆十里八村，以古典戏曲《白蛇传》《三娘教子》《花亭相会》等为故事内容，继承传统道德文化，寓教于乐，深受人们喜爱，曾多次前往省城演出，还准备去天安门广场哩，后来没去成。"

坐在一旁的贺碧凤，正吃着村民献给她的一根香蕉，听范万川讲完，她很不屑地哼了一声，把香蕉皮又还给身旁的那个妇女，用怪里怪气的口吻说："没有神灵的暗中保佑，你们能干成？恐怕连益庄都出不去吧，还甭说进省城了……"贺碧凤还没说完，范万川就扯着嗓子打断她的话："别在老布尔什维克跟前整天神长神短的，他娘的我都快入土了还会信你？有本事你也给我弄个药丸吃一吃，让我活个一百二八。"许是用力过猛，范万川的白胡子瞬间硬了不少。

范万川的话音刚落，我母亲的喊声几乎同一时间迸发出来。她的声音清脆如锣声，划破长空，震颤众人。她慌忙喊："我不行了，娃儿又闹了。"我母亲抚着肚子，几乎躺到了石头上。

我母亲口中的娃儿，是我的弟弟赵佳琦。

6

那年夏天，雨水特别多。哗啦啦的响声是那个夏天唯一的声音，空气中弥漫着潮湿、阴郁、沉闷的气息，形成一张巨大而密实的网，笼罩了整个益庄。道路泥泞不堪，像我祖母爱吃的一锅黏搅团。人们的脸上布满了愁云，彼此之间不愿多说一句话，各自忙碌，各自活着。

我父亲照常去狼沟矿，只是那时候他不用再下井驾辕拉煤了。我父亲以他年轻时爱看书读诗、能编说快板的优势，混了个宣传员的差事，负责矿区日常工作宣传和黑板报制作，摇身一变成了坐办公室握笔杆的人。相比以前，时间上自由得多，不用整天待在矿上。我母亲抱着我弟弟在屋里转圈，轻拍他入眠，她总抱怨自己的丈夫比以前更忙了，晚上也不回家，说是要加班写材料，凑合睡在办公室。我母亲虽心里有气，但也不敢明说，她知道自己的丈夫如今在矿上算是个有头有脸的人——文化人的脸面，比命贵。

我躺在祖母的炕上昏昏欲睡，祖母正在给我讲述，关于她做过的每一个梦。"我的胃里结了许多冰块，"祖母低声对我说，两个凹陷的眼窝里仿佛有两只蜘蛛，"你听到它们日夜哐哐当当碰撞的声音了么？"祖母忽高忽低的音调和她那短促而响亮的臭屁，使我一次又一次猛然惊醒，被窝里的跳蚤也像是受到惊吓，一阵战栗。我常会在祖母打盹时，轻易地掉进梦境的深渊，从而进入祖母的梦境中。我分不清哪些是我的梦，哪些是祖母的梦，甚至分不清现实与梦境，我一度以为梦境里的一切才是真实的。那些古怪而惊悚的梦，被我复制和编排，成为我童年时期不可或缺的记忆。

"门外有个人影。"

祖母总这样对我说，又像是她的自言自语。有时她会大声呼喊着什么，我听不清楚，她的脸上尽是恐惧和惊讶，身子筛糠似的抖动不止。只有我弟弟突然而起的哭声给予她回应，将她拽回梦境中。

雨又停了，依旧没有太阳，一派阴暗沉郁的气象。那天午后，母亲正在给我弟弟洗尿垫子，我父亲一个多月来第一次回家，他坐在小凳子上翻看着一本什么书，我蹲在门口光亮处，和我的那只弹簧青蛙玩。赵顾晚早就跑出去了，去找他的好朋友范江鸿了，他们那时形影不离，都染上了金黄色的头发，益庄人常说，那对孪生兄弟，又在密谋什么惊天动地的大事业呢。

门外的确有个人影。

通过敞开的栅栏门，我看到一个高挑的女人沿着小路缓缓走来，她身穿红色上衣和黑色阔腿裤。近些，我看清了她的脸——一张陌生而漂亮的脸，白白净净的，像挂历上的演员，年龄大约和赵顾晚差不多。她的脚上那双隐隐显露的我后来才知道名字的"飞跃"牌小白鞋，早已被泥巴糊浆，失去了原有的容貌。显然她是朝我家走来的。她看上去宛如宴会上一位优雅的公主，提着华丽的裙摆，微笑着望向那些为了能够与她共跳一支舞而争先恐后地做出邀请手势的王子们。然而事实上，她双手提着裤腿，小心翼翼地迈着步子，像踩着高跷似的，从泥坑里拔出脚，又踩进新的泥坑里。那双羊羔般水润乌黑的眼睛，惊恐地张望四周，脸上露出难为情的笑，好像周围还有其他人正在看她。她站在栅栏门外，抻长脖子朝院里望，仿佛在寻找一张熟悉的脸。

"门外有个人影。"我听到自己朝屋里喊了一声，"是个女的。"

母亲从盆里抽出双手，甩了甩手上的水，又在衣襟上抹了抹，站起身，朝外头望。母亲先是愣怔住了，脸上随即又露出一丝奇怪的笑，缓缓向外走，立在栅栏门前，挡住了那女人，我无法看到她的表情，也无法听到我母亲对她说了什么。

"谁啊？"我父亲喊。

我母亲没有应答，转身朝屋里走来。

我父亲从书上挪开目光，抻着脖子向外望，猛地站起身，像被弹簧整个弹起来似的，脸上露出惊恐紧张的神色，随即又不自然地笑了笑，说他要去看看。

我始终蹲在地上，捏着上紧发条的弹簧青蛙，看着门外。那女人看到跑出来的赵顾早时，脸上露出了欢喜而踏实的笑容，那笑容像是对上一刻惊恐紧张的原因的有力回答，仿佛雨后的天空出现了久违的太阳。女人朝院里快步走了几下就刹住了，兀自站在那儿，脸上的神色显得不知所措。

躺在炕角的赵佳琦哇的一声哭了，母亲抱起我弟弟，转着圈哄他。在母亲的安抚下，我弟弟很快停止了号哭，呼吸平缓而细柔。稍不留神，弹簧青蛙蹦出了我的手，撞击地面发出呱呱声响。母亲瞪了我一眼,抬脚将弹簧青蛙踢到门外,狠狠地警告我,不准玩了,一会儿再捡。这是母亲第一次对我发脾气,委屈的眼泪顺着我的脸蛋不听话地滑落,我拧着脸,靠墙坐在地上。

我父亲在那个女人跟前停了下来,我听不到他在说些什么,也看不到他的神情,他的肩膀许是因语速过快而颤抖。那个女人什么也没有说,张开的嘴巴合上又张开,张开又合上,脸上的笑容蓦然消失了,涌动着悲伤的灰云。她抬起胳膊,用袖管抹了把眼泪。我父亲往她跟前走近了些,还没定住脚,又向后退了一步。

父亲回头朝我们这边看了一眼,咧嘴笑了一下,又把头扭过去了。

我看到那个女人平复了哭泣,突然变得像什么事也没有发生过,脸上露出淡淡的却使我莫名伤感的笑容。她平静地看着我父亲,我父亲也不再说什么,他们就那样沉默了。接下去,我看到女人侧身朝我们这边笑了笑,轻轻点了点头,然后转身离开了。她没有像来时那样提着裤腿小心翼翼地迈步,而是径直从泥水里蹚了过去。她那单薄的背影在湿漉漉的空气里摇摇晃晃,很快便消融进朦胧中了。

父亲转身朝我们走来,他嘿嘿笑着,嘴里哼哼着熟悉的调调。我父亲那魂不守舍的神情给我留下了深刻的印象,以致多年以后,当燃烧着的父亲出现在我眼前,我被当时那惊恐的场景弄得快要窒息的时候,看到熊熊火焰中出现的竟是父亲此刻的形象。而那时的形象,已被荒诞的生活抽去了原本的内容,取而代之的是另一种混蛋、无耻之徒的面目,它给我往后的生活带来了不可磨灭的恐惧、忧郁和无尽的耻辱。

"是迷路了吧?"我母亲轻声说,将我弟弟轻放到炕上,盖好被子,走到她的丈夫跟前,"刚问路呢。"

"是迷路了。"我父亲赶忙说,目光落在屋顶上,挠着下巴上的胡楂,"外地来的,去什么秀坊村。她妈多年前改嫁到那儿,她跟她爸过,前几天有人捎话,说她妈得病去世了,哭得伤心呢。头脑一热,坐错大巴,到咱县上了,晃晃悠悠迷了路,就摸到益庄了。这不,我给指明了路,先坐车回县上,再打听打听。"

"我说，你怎么不说话呢？"我父亲说，语速很快，脸上露出一团困惑，皱着眉，盯着他的妻子，"我说了这么多，你都不问一问？"

我母亲依旧没有说话，兀自扫地。

我父亲咕哝了一句什么，然后坐回小凳子，拿起书开始翻。

"老狗日的！"我母亲大喊，将手中的笤帚甩到门外，"别挡道！"

7

半夜就起风了，狂风怒吼卷席了大地，我在梦境中瑟瑟发抖，霎时间看到照彻黑夜的一道闪电，接着是一声震耳欲聋的清脆的霹雳声。赵佳琦吓得大哭，我母亲赶忙将他抱在怀里。暴雨哗哗而至，像无数条鞭子抽打在后院的铁皮顶柴棚上，发出惊天动地的炸裂声响。

我缩成一团，把头蒙进被窝里。一双手伸进来，拍了拍我的脸蛋，告诉我别怕，有她在呢。我父亲在炕的侧面用砖头和木板做了一张简易的小床，那是我平时睡觉的地方——在我出生后不久，我听到我父亲对我母亲说，有了这小子，炕上怎么能睡得下？于是我就被他安置在属于自己的位置上。每当我父亲晚上不回来时，母亲就把我抱到炕上，跟她睡在一起，后来有了弟弟，我就睡在弟弟旁边。我喜欢睡在母亲身边，那种感觉让我很踏实，我希望父亲一直都不要回来。

雨越下越大，我的睡意消失殆尽，睁开眼盯着闪烁的屋顶，脑子里跳出许多奇奇怪怪的画面。在一声接一声的响雷中，记忆悄然来到我出生时那个大雨如注的夜晚。一阵战栗掠过我的身体，我伸手摸了摸头顶眼睛状的疤痕，除了微微的粗糙感，好像再没有什么了，什么也没有发生过，一切都只是一场梦。当我痴迷于最初的记忆而陷入梦境的深渊时，一声哭腔使我瞬间跳了出来。我悄悄起身，将头塞进窗帘里，我看到祖母站在大雨中，高举着双手，仰起头大声呼喊着什么，雨水在她凹陷的眼窝处积了两个小水池，溢满后顺着那张枯树皮样的脸流下来。

我把耳朵贴在玻璃上，终于听清了我祖母的喊声。

"雷公电母劈得好哇，老天爷只惩罚坏人，老狗有罪啊！"

我祖母似是用尽了全身的力气，押长脖子，每喊一声，她的双脚就略微离开地面，但尽管如此，一切都是徒劳——她的呼喊声一瞬间便消融进雨水中，哗啦啦地流进碾盘旁的水窖里。

"雷公电母劈得好哇，老天爷只惩罚坏人，老狗有罪啊！"

不知怎么，我竟泪流满面了，眼前的景象使我感到一种莫名的心酸和无力，大雨漫卷着的孤独感吞没了我，恍然间我竟哭出声来，突然又意识到不妥，赶忙躺下去，将脑袋藏进被窝里，无声地痛哭起来。

天微亮，我就醒了，穿上衣服悄悄来到院外。不知何时雨已经停歇，空气里飘荡着一股雨后的清新和淡淡的土腥，使我有一种想要奔跑的冲动。棚里那几只鸡看上去也异常活跃，说着一些我听不懂的暗语。我看到大人们急匆匆地走在泥水交融的小路上，议论着什么。我知道一定有事情发生了。人们的脚步声此起彼伏，涌动的嘈杂声迷天遮日，犹如一群紧急集合的士兵，在坑洼不平的道路上荡起滚滚浓烟，益庄在煤灰与尘土中乌烟瘴气，虚幻迷离。有小孩哭闹着呼喊他的爸爸妈妈，要跟着一起去，他自己却走不快，只好躺到地上，在泥水里打滚耍赖，他的爸爸妈妈拉着脸，气冲冲地折回来，把他从泥水里提溜出来，照屁股上就是几巴掌，孩子响亮刺耳的哭喊声在湿漉漉的空气中显得混浊干燥。爸爸妈妈指着孩子，让他的哭喊声即刻消停，于是孩子的哭喊声戛然而止，爸爸妈妈抱起孩子，奔跑着追赶前边的人群，一同奔向欣欣向荣的充满热闹的地方。我想起不久前的一个雨后，村里的黑娃爬上电房玩耍，触电身亡，身上几处被烧焦，那时候大人们就是现在的状态。好奇心促使我跟在他们身后，向未知的地方奔去。

我跟着他们来到竹柳庙，看到一群人围聚在院里那棵古老的柏树下，赵顾晚和范江鸿也在。我不敢进去，因为脊背上的疼痛和血迹至今还在，我只能站在门外远远望着。脑袋里愈想那件事，脊背上就愈感疼痛。大约十来天前，那是我第一次走进竹柳庙。当时我母亲还在睡梦中，我悄悄穿上衣服溜出院子，我看到一条很可爱的小狗（也许是狐狸)在门口蹦跶,我跑到它跟前,蹲下身抚摸它,刚要伸手它就逃窜了。我在后边追它,跑累了就停下脚步喘气,它也停下来回头瞅我。我撒腿去追,它就疯跑进竹柳庙。我没多想就跟着跑了进去。进门时,一阵琅琅读书声传到我的耳朵里,我悄声细气地走上前,隔着窗户看到许多孩子坐在教室里读书,教书先生梁复贤握着一根枣刺棍,正绕着他们走来走去。

孩子们手里拿着书,摇头晃脑地念着我后来上学时才知道的诗句:"床前明月光,疑是地上霜。举头望明月,低头思故乡。"我当时不知道他们念的是什么,但就是觉得好听。我幻想着自己也坐到教室里,手里捧着书,跟着他们一起念。他们大声,我也大声,他们大笑,我也大笑,我就是他们中间的一员。梁复贤会走到跟前,摸着我的脑袋,微笑着夸我念得很好。想着想着,我就咧开嘴笑了,可我竟笑出了声。教室里的孩子们立刻停止了念书,齐转过头看着窗外的我。

"谁家的捣蛋鬼!"梁复贤大喊,两步冲出教室,揪着我的衣领,满脸诡谲的笑,耳朵上的肉瘤在阳光下散发着黑红的光,"我还当是谁呢,原来是三眼娃呀。"说完,他就用手中的枣刺棍,在我背上狠狠地抽了一下,大声呵斥我:"滚远些!别影响我上课!"

要命的疼痛使我麻木片刻后,一下子尖叫出声,声音像镰刀一样锋利,我不由得倒退几步,一个趔趄,跌倒在地。我下意识伸手去摸后背,鲜血已经粘到了手上。那只小狗(也许是狐狸)听到我的尖叫声,跟着嗷嗷叫起来。梁复贤抬脚去踢,小狗(也许是狐狸)往后一躲,他身子一斜,差点把自己闪倒,孩子们哄堂大笑,梁复贤立刻跑进去制止。我赶忙起身,摇摇晃晃向大门外跑去,小狗(也许是狐狸)也撒腿向外跑。我跑着跑着才意识到,自己竟忘记哭了。我边跑边哭,我再也不敢去竹柳庙了,我恨死梁复贤了。

我坐在竹柳庙的门槛上,正承受着内心好奇与恐惧的搏斗,一个和我年龄一般大的男孩走了过来。我至今仍记得,当时他那张苍白如雪的脸上笼罩着惊恐的气息,他那瘦弱的身体在微风中晃晃悠悠,他结结巴巴地对我说:

"那边有个死人。"

好奇心战胜了恐惧，再一次驱使我向前走去。但事实上，听来的恐惧比眼见的恐惧更加使我感到害怕，因为前者包含了我的无限想象。我钻过几个大人的裤裆，来到最前边。我看到那个死人躺在树下的石板上，就是昨天站在我家门口的那个年轻又漂亮的女人。现在，我已无法准确回想起当时自己的情绪了，对于四岁的我来说，当面对死亡时，或许只是对眼前气氛的好奇和惊讶，而不会有对于死亡本身更多的想象。我第一次看到死去的人——漂亮女人安详地躺在那里，脸上是一副熟睡中的模样，嘴唇红红的，像是涂了口红。那双小白鞋上的泥迹已经不见了，露出了它的"飞跃"牌标识。红色上衣落了几根柏树枝，看起来像故意放上去似的。漂亮女人在喝药前精心打扮了自己，一副体面美好的少女形象，这是三十岁的我的真实感受。

那个脸色苍白的男孩和我在台阶上坐了一上午，我们并没有说过多的话，似乎情绪长久地留存在上一刻的场景中了。我们看着警察检查一番后，将女人的尸体抬上车拉走了；看着最早发现尸体的梁复贤坐着警车去录口供了；看着那群大人激情澎湃地讨论漂亮女人的死因，又在你是我非的争论中红脖涨脸，最后竟动手打起了架；看着酒爷拎着酒瓶，坐在地上，背靠柏树，说着一些醉生梦死的话；看着赵顾晚和范江鸿站在众人跟前，边抽烟边煽风点火，狗日的把驴日的打死去！然后哈哈一笑，这群老东西真不让人省心呀！

那时候我还不知道眼前这个脸色苍白的男孩是猪鼻子李巨兴的儿子，这个天生就少了一个睾丸的男孩李未树，自此之后便成了我形影不离的好朋友。尽管他不久后改名为石未树，但丝毫没有影响到我们之间的友谊。我的好朋友自出生起就守护着自己的秘密，他的秘密也从那一刻起便成了全家人的秘密，一团乌云时时刻刻笼罩在李巨兴四口之家的屋顶，也笼罩在他们的心底。李巨兴对他的二儿子很好，他不敢想象当益庄人知道了小树的秘密后会怎样戳他的脊梁骨，他宁愿背负愧对列祖列宗的罪名甚至死后进了阴曹地府遭受他们唾骂和鞭打，也不要在活着时饱尝更深层次的耻辱和揶揄。当然，这些都是后来小树慢慢告诉我的。那天，两个天生就有缺陷的孩子，在竹柳庙里以一种不言而喻的默契，分享了彼此的秘密与耻辱，得到的是另一种从未有过的欣慰和踏实。

小树站起身，将他的裤子脱到脚踝上，一个丑陋的小东西毫无遮挡地展现在我眼前，他用手扶起它，使我看得更清楚些。我拨开头顶的头发，低下脑袋让小树看，那时候我竟没有感到丝毫的羞怯。小树伸手摸了摸我头顶的印记，他告诉我，摸上去软软的，有点湿润的感觉，看上去还真是一只眼睛，他嘿嘿笑着，牙齿熠熠生辉，阳光在他尖瘦的下巴上打出一团阴影。我抬起头也笑了起来。随即我感到自己的眼泪快要夺眶而出了，我听到自己语无伦次地说了一些莫名其妙的话，我的话使小树激动不已，他的眼眶变得湿润了。

我永远忘不了和小树坐在台阶上的那个上午，因为那些难以表述的感受，我开始愿意将父亲常说的"美好"这个词儿，用在我那一刻的生活上了。太阳从云层深处探出了脑袋，不远处的树木和鸟群在阳光的抚慰下生气蓬勃。有时候，我觉得小树更像是从我内心深处长出的一棵树，他是这个世界上的另一个我自己，是我自身的补充与完善。甚至在多年以后，因为一些事情，我发誓不再理他时，竟在心里鄙视我自己，将长久的悲伤和痛苦留给我自己。直到我得知他死去的消息，有一半的我也随他而亡了。

所有的人都离开了，我向小树讲述了祖母讲给我的，那个使我战栗的故事：

在我父亲小的时候，益庄的学堂就在竹柳庙里，至于庙里的和尚是什么时候消失的，祖母也说不清楚。那时候人们还住在沟底的旧宅里，天不亮就要起来去学堂上早自习。教室是和尚曾经诵经的大堂，教室里点着煤油灯，等到上完早自习，孩子们的脸都被熏成黑的了。有一个小孩，名叫范国生（范江鸿的伯父），年长我父亲两岁，因身材高大，看起来像是比同龄人长了五六岁。教书先生让他当了班长，负责保管班里的钥匙，所以他平时都要早到一些，提前打开教室的门。有一天，和往常一样，他早早起床去学堂，到教室门口时，发现教室里有光亮，里边热闹非凡。他心想，这下完蛋了，定是今天早上天亮得晚，大家都到了，先生已经把门打开了，自己要挨批评了。

他在门口纠结了一阵,还是决定推门进去,向先生承认错误。他推门时发现,门依然是紧锁着的,于是他顺着窗户往屋里望,发现教室里有一群小和尚盘腿坐在地上,正在喝酒吃肉,嬉嬉闹闹着。范国生吓得腿都软了,脑袋一蒙差点跌倒,晕晕乎乎地拖着身子到后院去找先生。那时候益庄只有一个先生,就住在庙里。

先生正在穿衣,听范国生说完,扑哧一声笑了,披上褂子,随即抄起门后挂着的那根放羊的皮鞭,往教室走去。打开门一看,哪有什么小和尚,与平时并无两样,分明是范国生在调皮捣蛋,先生抬起腿照他屁股来了一脚,然后无意挥起鞭子,对着课桌抽了一下。这时候两人都惊呆了,教室里响起了凄厉的惨叫声,鞭子上出现斑斑血迹。后来这位先生大病一场,不久就去世了。范国生脑子出了问题,整天在庄里疯跑,嘴里喊着:我乃无敌小和尚,各路妖魔通通现身受死!半个多月后的一个晚上,范国生跑到那位先生家里,跳进茅坑,把自己淹死了。之后再没有先生愿意来益庄,更没有孩子敢去庙里上学。当年在县里跑过差事的梁复贤自告奋勇,到县政府去申请,益庄不可一日无先生,孩子们不可一日不上学,若领导们信任,村民们看得起,他愿做益庄的先生,教孩子们识文断字。在他的积极顺导下,村民们同意将自己的孩子送回庙里,继续上课学习。后来就再也没有出现过那样的怪事。

当我讲完后,小树的脸又变成一张苍白的纸,我能感受到他的身体在发抖,他愣怔一阵,忽地站起身,嘴里喊叫,鬼啊!然后撒腿就往外跑。我哈哈大笑着追他,告诉他,这些都是我自己瞎编的。

那天,我父亲回来已是夜深人静之际,他的面容看上去很疲惫,衣服上粘了许多泥渍,他在沉睡的赵佳琦的脸上轻轻捏了捏,然后扭头看我。我赶紧起身,朝我的床位走。他轻声对我说,今晚就睡炕上吧,睡得下。我母亲问自己的丈夫,一整天去哪儿了,矿上不是检修放假么?她的丈夫没有吭声,没脱衣服就躺下了。

"你晓得么,昨天那个女的死了。"我母亲突然说,放下手中缝补的衣裳,一脸认真地看着自己的丈夫,"听说已经怀孕了,她自己可能都不知道,太可惜了。该死的男人。"她的丈夫没有接话,扭过身微微颤抖着。

那个夜晚深远漫长,我整夜未眠,我知道我父亲和我母亲都没有睡着,我听到了彻夜的叹息声和轻微的抽泣声。我看到了一个无法说明的秘密,在漆黑的屋顶缓缓浮荡,我长久地注视着它,默默无言,在悲伤的夜色中等候黎明的到来。

8

一九九五年的夏天,是五岁的我度过的人生中最快乐的一个夏天,那个夏天阳光猛烈,可我丝毫没有感到燥热,反而是极度地舒适。我父亲日夜待在矿上很少回家,我母亲忙于照看我弟弟无暇顾及于我,而我祖母因冠心病躺在炕上无时无刻地呻吟着,叫嚷着她的魂灵丢了,身体快要融化了。没有人理会我,仿佛我是一个透明的存在。

我和小树通常会在上午去漆水河玩耍,那时候的河水还没有被太阳晒热,依旧如夜晚一样凉爽舒心。两个脱得精光的小孩,在细长的河道里奔跑嬉闹。不知从哪儿听来的做法,我们也模仿着,将几十条小蝌蚪装进灌满水的瓶子里,仰起头一饮而尽。小蝌蚪顺着喉管游进我们的肚子里,和血液一起流遍全身。我们躺在草地上翻滚,耳边不断响起青蛙的叫声,我们害怕极了,张大嘴巴倒立,想将蝌蚪倒出来,或是它们自己游出来。回到家我们不敢吃饭,怕蝌蚪吃到饭菜后会活得更旺盛,游得更欢实,最后长成小青蛙,在肚子里呱呱叫,然后产卵繁殖。

"以后永远也不准吃饭!饿死你个小王八蛋!"

我父亲那天突然回来了。当我在他的威逼下,告诉他实情时,他竟笑得上气不接下气,差一点从凳子上翻过去。一个礼拜后,我的身体并没有出现丝毫异样,我也并未像父亲说的那样会变成蛙人,我知道我获得了解脱,那些蝌蚪也许早就死了,在我拉屎的时候掉进了粪坑里。

到了下午，我们将偷来的土豆拿到沟里去烧着吃。后来当我回想起这件事时，我才突然意识到，其实从我们第一次偷土豆，就已经被桂荣奶奶发现了。她知道是我和小树干的，知道我们把土豆拿到沟里去烧着吃了，而不是浪费或糟蹋掉了，所以她会给树下的竹笼里多放两个土豆，有时还会把从地里摘的梨、西红柿和草莓等等一堆好吃的放进去，等我们去拿。毫不知情的我们，以为桂荣奶奶早已老糊涂了，每次都沉醉于得手后的兴奋自豪与满满的成就感中。

益庄共有两条沟，槐树沟和鹞子沟。鹞子沟很深，树冠遮天蔽日，常会传出可怖的嘶叫声，不知是什么怪物，没有人敢去。听说有狼，曾经吃掉了庄里的小孩——那是一个秋天的黄昏，狼进村找吃的，看到一个小孩在塬畔玩尿泥，就偷偷藏在麦秸堆后边。祖母在屋里喊："天黑啦，快回屋里来！"小孩答："马上就回来啦！"过了一会儿，祖母等不及了，又喊："还没回来呀？快进屋，天已经黑实啦！"却没有了声音。祖母慌了，出门去看，已不见孩子的踪影。村民说有狼进村了，孩子让狼给吃了，刚才与祖母对话的不是孩子，是狼学着孩子的声音欺哄祖母的。范万川带领几个身强力壮的村民，手持铁叉和镐头，郑屠户手握杀猪刀，一路人马威风凛凛，跟随狼的叫唤声下了鹞子沟，没能找到狼的藏身之处，却听到了老虎、豹子的啸叫声。这个故事是祖母给我讲的，它曾使我毛骨悚然。临了，我祖母冷笑一声，淡然地说："人怎么可能找到狼大仙呢，它老人家早都飞回南山喽。"

我和小树跟着他的哥哥，把羊儿吆到槐树沟里吃草，然后就坐在半腰上烤土豆。那个比我们大四岁的哑巴男孩李未东，有着一双梦幻般的眼睛，永远于我有一种无法抵御的魔力，我时常可以在他眼睛里看到变幻莫测的景象：有清澈见底的湖水，有欢快游动的鱼群，有漫山遍野的鲜花，有软若面团的白云，有一望无际的麦田，有熊熊燃烧的大火，有雪封万里的冰川……他的声音宛如百灵鸟动人的吟唱——据说在他出生时，院外落了成百上千只百灵鸟，演奏着令人陶醉的乐章，益庄人都听到了，纷纷跑去看热闹，认为那是百年难遇的吉祥之兆，是好运的降临，益庄即将诞生一位多年以后要名扬世界的歌唱家。当人们得知新生儿竟发出百灵鸟歌唱一样的哭声时,每个人的脸上都露出难以置信的神情。

神婆子贺碧凤将大伙儿召集在一起,她站在戏台上,面露惊恐之色,用一种急切而吓人的语气告诉众人,她其实早已算出来了,只是天机不可泄露,而现在事实得以验证,不可不告诉大家真相:虽说孩子是白阿妹生的,实则是百灵鸟借用白阿妹的身体,落在她肚子里的一颗蛋,生出来的是百灵鸟的孩子,是人模人样的百灵鸟,那并非吉祥之兆,而是凶祸之象,是厄运的开始,必须要除掉那个不祥之物,来保益庄平安无灾。李巨兴嚷嚷着,气急败坏地要亲手掐死怪物——他那刚降生的儿子。李巨兴的妻子白阿妹以死恳求,留下她的骨肉,倘若日后有灾祸,她愿以死谢罪。当小东长到三岁时,仍不会像人一样说话,李巨兴就每天打他,要他说人话,到四岁时依然只会发出百灵鸟歌唱一样的叫声。神婆子贺碧凤面露神秘之气,眯着那双丹凤眼,低声沉气地告诉大伙儿:"看吧,一切都验证了,益庄的厄运即将降临。"

小东放羊已有四个年头了。小东干瘦的身体看上去比小树还要单薄,我真怕山腰里忽然刮起一股大风,把他吹到沟底去了。这个可怜不幸的男孩,在他的名字改为董未东后不久,他就死掉了。我最后一次见到他时,他蜷缩着身体躺在农具棚里,看上去如一只脱光毛的小鸡,浑身抖动不止,仿佛置身于寒冷的冬夜中,嘴里发出百灵鸟啼鸣般婉转的声音——使我终生难忘的钻心般疼痛的声音。那时候我看到死亡的影子正在上空降落,急速滑向小东。

小东对槐树沟再熟悉不过了,他到过沟里的角角落落,认识沟里的每一朵花和每一株草,那些飞舞的虫子和蹦跳的蚂蚱,是他童年最亲密的玩伴。他常用他的语言和它们说话,诉说内心深处的秘密与孤单,也只有它们听得懂他的心思。

我们从怀里掏出土豆,和一堆尿泥,给土豆表面抹上厚厚的一层泥,燃一堆火埋在里面烧。对于烧土豆这件事情,小东是极有天赋的。小东找来石头和干柴,拿石头垒成一个简易吸风灶台,加入干柴,塞入土豆,再将柴点燃。火一会儿就燃旺了,小东热得满头大汗，我们趴在他身后，可汗还是不停地流，流进眼睛和嘴里，最后只好把衣服脱下来扔到地上。我看到小东的脊背上全是汗，年轻精瘦的脊背，线条分明，骨质紧实。光影被交叉的树枝切割成许多奇怪的形状，投射在他的脊背上，看上去宛若健美运动员比赛时，涂抹了一层油光闪亮的橄榄油。

起初从火里飘出来的是一股浓浓的尿臊味儿，然后飘出来的是淡淡的烧土豆的香味儿，紧接着香味儿越来越浓，弥漫在槐树沟。我盯着那堆火，火苗呼呼往上蹿，直往我的脸上扑，我的脑子里开始出现一些虚幻的影像，在跳动的火焰里，我看到一张虚幻缥缈的脸，那双眼睛忽闪发亮，像熟透的山葡萄那般黑亮，正在注视着我。那两颗山葡萄突然就破裂了，流出鲜红如血的汁水，渐渐模糊了整张脸，紧接着就消失不见了。

小东一脸的兴奋，无声地笑着。他的笑容很干净、清爽，像井里的水——这和长相没有关系，是一种单纯的让人很舒服的表情。我突然醒了，闻到了浓浓的香味儿。小东用木棍将柴火堆拨开，拨出了四个土豆，又用木棍对着其中一个轻轻敲打，外表泥壳就全脱落了。小东捧一个在手上，对着吹了吹气，递给我，又敲了一个，递给小树。小东伸出两根手指，意思是我和小树每人吃两个。我疑惑地问他："你不吃吗？小东哥。"小东腼腆地笑着，摇摇头，表示他不饿，让我俩吃。小树赶忙把自己手上的土豆递给小东，笑嘻嘻地说："你也吃，哥。咱俩一人一半。"小东拿着半个土豆，脸上溢满幸福纯真的笑容，他趴到一块大石头上，用小石块在上边写写画画。那块陪伴了他四年的石头，既是他的课桌，也是他的床，他的大部分时光都在槐树沟里度过。小东早已到了上学的年龄，但他的父亲猪鼻子李巨兴却不让他上学——这个连人话都不会说的怪胎，这个使他这些年饱尝羞辱和绝望的累赘，怎么会让他去上学呢？不如拿学费多买几只羊，专心放羊多挣钱。

小东照着捡来的纸片上的字，认认真真地抄着画着。很快几个小时过去了，小羊吃饱了，卧在青草上，斜着脑袋晒太阳，一副饭后慵懒的样子。老羊饭量大，还在闷着头吃。小东这时候站起身，将小石块揣进兜里，拿起镰刀开始割草，他必须得赶在老羊吃饱之前，给竹笼装满草，否则就该耽误吆羊回家的时间了，那样的话，他的父亲就会狠狠训斥他，给他两脚，不给他吃饭。小东迅速地割着草，发出"咔嚓咔嚓"的声响，宛如不停催促的钟表声。我和小树蹲在地上用手拔草。老羊很快吃饱了，也摆出和小羊相同的姿势，享受着午后暖阳。小东的手上仿佛安装了马达，镰刀划过，青草如海浪般向一边翻开，不多会儿就出现好几个小山堆。小东装满竹笼，汗水已浸湿了衣衫，他顺势平躺到草地上，望着眼前欢快飞舞的蝴蝶咧嘴笑。小东朝我们摆了个手势，然后叫了几声，我没有听懂，但几只羊听懂了，它们站起来，咩咩咩地叫着，向我们跑来。

回家的路上，一只老羊不小心掉进坑里，石头卡住了肚子，上不来下不去，四蹄乱蹬，痛苦哀号。小东急得直冒汗，我和小树也犯了愁，想不出任何办法。小东跳进坑里，硬是用手抠掉了羊肚子旁的几块石头，他的手上鲜血直流，几个指甲盖像熟透的石榴一样裂开了。小东在坑里抓了一把土，撒在伤口上。"面面土，贴膏药，不到三天就好了。"小树嘴里念着。小东望着小树，咧嘴笑了，使劲把羊往上推，我和小树在上边拽，费了九牛二虎之力才把它弄了上来。小东长吁一口气，吆着羊一路小跑回家。

我们并未发现羊肚子上蹭掉了一点皮，直到第二天清晨，我和小树去河里抓泥鳅时，他才告诉我，昨晚他的哥哥小东又挨打了。李巨兴许是打牌又输钱了，他抓住小东的耳朵，把他提溜进羊圈，照他的屁股和脊背，狠狠地踢了几脚。那时候小东正在门口给羊铡草，他不知道发生了什么事情，还未反应过来，就感觉自己的耳朵快要被扯掉了，耳根烧辣辣地疼。

李巨兴问小东："以后还听不听话？"

小东被揪着耳朵，没有办法点头，嘴里又说不出话，只能不停地眨巴眼皮子。

"你还不给老子吭声！"李巨兴的右手使劲往起一拧，小东就喳喳叫了几声，像只受伤的小鸟。这么一叫，李巨兴反而更恼火了，他的脚狠狠地踢在小东的屁股和脊背上，几根粗壮的指头塞进小东的嘴里，胡乱掏着。"你给老子吭声呀！"小东的嘴角流出鲜血和唾液，他再也不敢发出声音，他怕自己的父亲会像以前那样莫名地激动起来，手脚的力气变得更大了。

我和小树坐在河边，他说着就哭出声来。他边哭边说，昨晚回去后，他发现哥哥一个人蜷缩在羊圈的角落，抱着一只小羊偷偷掉眼泪，哥哥就像一只小羊，一只没有爸妈的小羊羔。爸爸总是殴打哥哥，有时是因打牌输了钱，有时是因喝醉酒，有时是打妈妈时捎带打哥哥，但大部分时候是没有什么由头的。爸爸从来没有打过他，即便在他为哥哥出气而故意打碎爸爸最爱的黑瓷老碗时，爸爸也只是皱着眉头轻轻拍拍他的脑袋。去年，哥哥在沟里跑了一个冬天，把割来的干草，一捆接一捆地背回家，有时还会背一些很重的树根，家里烧火做饭用。每天晚上哥哥都觉得自己不是在睡觉，而是短暂性地死去。身子还没有完全躺到储料室的硬木板上，头还没有找到枕着的那块砖头，人已经睡着了。哥哥实在太累了，他觉得一晚上自己都在下沉，往鹞子沟底沉，却怎么也到不了地面。有一回，筋疲力尽的哥哥刚放下比自己还高的树根，爸爸就让他用独轮车推两袋麦子去邻村磨面。许是太饿了，哥哥怎么也捆不住麻袋，就悄悄溜进厨房，摸了一个蒸馍。馍太硬了，咬不动，哥哥就用开水泡着吃。哥哥早上只喝了一碗米汤，根本不顶饱，几泡尿就没了，他早早就饿了，在树梢吃了几个遗漏的挂了霜的冻苹果。哥哥抱着碗蹲在墙角，还没吃一口就被爸爸发现了，他觉得哥哥不听话，故意和他对着干，二话没说就把哥哥手里的碗踢翻了，开水从哥哥的脖颈灌了进去，哥哥失声尖叫，一下子蹦起来，赶忙扯开自己的破棉袄，露出瘦骨嶙峋的光肚子，喳喳喳地叫，像受惊的鸟儿，满院子乱窜。

那天上午，小树说完就长久地沉默了，我也没有说话。我们一直坐在河边。天空深邃，无限遥远——其实也不远，抬头就能看见，伸手，伸手，也许再伸手就能触碰到。几只大鸟在我们的头顶飞旋了很久，它们也许发现了什么，婉转又徘徊，偶尔发出几声惊叫。

"我们什么时候才能长大呀？"小树说着，拉着我的手，望着逐渐远飞的大鸟，"我想离开益庄。"小树的神态在那一瞬间使我感到陌生,好像坐在我身边的是成年以后的小树。他低声说:"到那时候,哥哥就不会挨打了。"我没有说什么,只是把小树的手攥得更紧了。

下午,我和小树在戏台会面,跟着小东去槐树沟,这个单纯善良的男孩,依旧笑盈盈地为我和小树烧土豆。他趴在地上,噘着嘴吹火,被烟熏得泪流满面,扭过头朝身后的我们笑,又赶忙捂着那只像冻茄子似的青黑色的耳朵,嘴里哈着气,示意他以后再也不能大笑了。

晚上,我和小树通常会去老宅周边逮蝎子。小东从来没有去过,他的全部时间都在给羊铡草,铡完草又得清理羊圈,担羊粪,挑水,干农活。那时,逮蝎子的专用紫光灯还未兴起,我们用的是矿灯。两道透亮的光柱,宛如黑夜的一双眼睛,穿透黑色幕布,扫视四周,浩浩荡荡,无与伦比,没有什么能躲得掉。我们相互多次警告,请勿将灯光照到自己的脸上,以免对方误以为见到鬼而当场被吓死。

天擦黑,我背上矿灯出了门,在广场戏台与小树碰面。小树从兜里掏出一沓画片,将最上边的三张给了我,借着灯光,我看到那是我最喜欢、最想得到的魂斗罗画片,却一直没有钱去买。小树笑盈盈地告诉我,他知道我一直想要那几张画片,现在他要送给我。意外的惊喜使我兴奋地大叫了一声,我抱起小树,原地转了三圈,激动地喊:"感谢我的好兄弟,一辈子的好兄弟。"我又拿出我兜里的一沓画片,将三张圣斗士送给了小树。因为魂斗罗和圣斗士,我们获得了满足与幸福,差不多有一个星期都沉醉在美好的喜悦中。

我们手拉手,一步一步朝老宅走去。我们用笨拙生硬的自以为准确的粤语哼唱着《铁血丹心》,并且互称彼此为赵大侠和李大侠。我们拉满用竹棍做的弓箭,射向头顶乱飞的密密麻麻的蝙蝠,结果可想而知,我们什么也没有射到,箭离弦不到六七米远就掉下来了。没走几步,天就黑了,繁星在头顶闪耀,月亮挺着黄亮亮的脸,不时能听到野兔跑过的声响,各种昆虫此起彼伏的鸣叫声汇成一支夜的交响曲。

我和小树每晚都能碰到袁老汉,他向我们展示他的收获,问我们逮了多少只蝎子,我们告诉他,加起来也没有他的一半多。袁老汉总是哈哈大笑，一脸傲气地说："你们脱了裤子也撑不上爷！爷放过的屁比你们吸过的气都多！爷告诉你们，墓地的蝎子最多，墓碑上爬满了蝎子，你们敢去逮么？"我们自然是不敢去墓地逮蝎子，我们怕遇到鬼灯笼，怕遇上鬼打墙，迷迷糊糊原地转圈，趴到地上吃土，直到把自己撑死。小树小声咕哝："希望死老汉一步踏空，跌到沟底去，摔死他个老尿货！整个益庄的蝎子都快被他一个人逮完啦！"

那晚也真是奇怪，和袁老汉分开后，我们一只蝎子都没有逮到，难道袁老汉真的把老宅的蝎子都逮完啦？我们的答案是肯定的。做生意的，面临市场经济不景气，生意难做时，生意人不得不自寻出路，在困境中另觅突破口——可千万别小瞧逮蝎子，我们也是正儿八经的生意人。我和小树商量后，决定放弃老宅这块昔日的宝地，重新开辟一片新天地。我们手拉着手，小心翼翼地朝老宅最深处走去。我祖母曾说，站在塬畔朝下望，那条沟的形状像根烟囱，所以益庄人都把那儿叫烟囱坡。

大约过了二十多分钟，我和小树来到烟囱坡，拐了一个大弯，目光被眼前的两间老房子吸引住了。胡基垒成的土墙，与坡上的老宅并无两样。东侧玉米秆搭成的茅房，和我刚出生时家里的差不多，飘散着原始的粪味，如今庄里家家户户早已换成了砖厕。微弱的灯光透过纸糊的窗户，窗下映出一片光亮，我看到一个小男孩靠着土墙，坐在光亮中，看上去和我弟弟赵佳琦的年龄不相上下。

小树一脸惊讶，小声说："这么破的老宅怎么还有人住呢？"

这时，我听见屋内传来女人微弱的哭声，接着又传来一串奇奇怪怪的笑声。

"不会是鬼吧？"我惊恐地说。

"鬼怕光，有光就没有鬼。"小树说，一副胸有成竹的神气，"走，咱进去看看。"

小男孩看到我们，忽的一下起身，脸上立刻显现出一种惊恐慌张的神情，挺起胸膛张开双手，下意识挡住门口，瞪大眼睛盯着我们。

"你们，"小男孩结结巴巴地说，"你们是谁？"

"你别害怕，小弟弟。"小树说，嘿嘿笑了一下，"我们是上头庄里的，做生意的，逮蝎子路过这儿。"

小男孩这才放松了警惕，垂下胳膊，身子似乎一下子软塌了。他盯着我们脖子上挂着的罐头瓶看了半天，一脸的笑意，看看我又看看小树。小男孩跑到我们跟前，把眼睛贴到瓶子上，嘿嘿笑出了声。小男孩满脸骄傲地说："我家里蝎子可多呢，我睡觉时候，被窝里都有蝎子，它们在我腿上跑，钻到我的裤裆里，往我屁股里钻，吓得我每回睡觉都拿块小石子把屁眼塞住。我妈身上被蜇了好多个红疙瘩，疼得满地打滚，我二爸把蒜嚼碎了，吐到手上，抹到我妈身上，第二天就好啦。"

"你不害怕吗？"我问小男孩，满心的疑惑，"蝎子都不蜇你吗？"

"你就吹牛吧。"小树说，很不屑地看了小男孩一眼，"你又不是蝎子生的。"

"真的，我不骗你们。"小男孩赶忙解释，脸上露出慌张的神色，"我大爸说了，你只要不动，蝎子就不蜇你，等它从你身上跑走了，你再动，就啥事也没有。我妈不听，吓得尖叫，用手拨蝎子，就被蜇了。我妈是神经病。"

这时，屋里突然响起"啪啪"拍门声，像是一阵急促的暴雨，伴随着焦急的哭喊声。小男孩慌忙冲上去顶住门，哀求似的喊道："妈，妈，妈，我是小蒿草，我在这儿呢，你别敲啦。"拍门声越来越猛，哭喊也越来越急，震得小男孩一晃一晃，呜呜大哭起来。我和小树赶忙跑上去顶住门。透过门缝，我看到一双眼睛，一双使我大吃一惊的眼睛，我突然意识到，这就是我从火中看到的那双像熟透的山葡萄一样黑亮的眼睛。两颗山葡萄已经破裂，往外涌着浑浊的泪水，那张脸已被泪水模糊，我看不清楚。她看到了我，眼里尽是一种难以描述的情绪。多年以后，当我回想起这张脸时，才真正理解了那时的情感，那是长久身处黑暗中的人，突然看到一丝生的光亮，从而表现出的兴奋和激动，固执与麻木。那张脸无数次出现在我往后的梦境里。

"你们快走吧，这是我妈第二次见陌生人。"小蒿草急迫地说，眼泪在脸上流淌，"上次来人说是要给我家里拉线通电，惹得屋里有了动静，电没拉成，被我大爸撑出去了。幸亏我二爸不在，要不然他就要杀人了。"

小蒿草的话使我极其困惑，心里有点害怕，我和小树对视了一眼，他的眼睛里蕴满了无限想象的恐惧和不安。小树朝我摆了摆头，我立刻领悟了他的意思。我们悄声细气地向院外跑去。我回过头，小心翼翼地朝小蒿草喊："白天来庄里找我们耍。"我把声音压得很低，不知道他有没有听清楚，他的眼睛里有一种大人一样的成熟和稳重，夹杂了许多难以说明白的东西。

刚跑出院子，我就听见有沉重而紧促的脚步声传来。我拉着小树，赶忙躲进旁边的茅房里。一张布满褶皱的脸出现在我们眼前，借着明亮的月光，我看清了那张脸。驴头王八斤叼着旱烟锅，提着煤黑子的馍袋，像是刚放工，从狼沟矿回来，慌慌张张走进院里。我听到王八斤喊了一句："谁刚说话呢？是不是来人了？"屋里的女人一下子安静了，什么声音也没有了，就像屋里根本没有人一样。"没有来人，大爸。"小蒿草的声音颤抖着，像站在门前大风口，"我妈刚唱歌呢。"王八斤把旱烟锅在门口靠着的镢头上磕出清脆的声响，他连咳几声，吐了一口痰，愤愤地说："把你妈给我看好，别让她没事寻事！还是拴住的好！"又说，"你二爸呢？"

"逛去了吧。"小蒿草说。

"他娘的！迟早要死到外头！"

9

小蒿草口中的二爸，这个在益庄名人一样存在的"倭瓜"王九斤，不单单只是一个人名，我常想，益庄若是少了王九斤，就会少了许多热闹。

我曾见过王九斤三回，印象极其深刻。一回是在广场上，王九斤调侃几个妇女的奶子干瘪得像他的蛋，说女人就是"三十如狼，四十如虎，站着吸风，坐着吸土"，她们整天只知道坐到地上吸土，有本事和他大干一场，结果被一个彪悍的胖女人扒掉裤子，抓着他裤裆里的玩意儿,说那东西是一截发霉发臭的腐竹,在妇女们的哄堂大笑中,胖女人揪住那截"腐竹",把王九斤拎起来,扔进了水渠里。

二回是王九斤抢范江鸿手上的锣,说你小子会敲个锤子,让爷敲!范江鸿不是吃素的,他可不好惹,益庄人都知道。范江鸿抓住王九斤的领口,把他提了起来,像夯地基那样将他重重地砸到地上,大伙当时都听到了骨头断裂的声响。范江鸿抡起锣槌,在王九斤的头上敲了一下,王九斤的头当场就冒血了。王九斤倒在地上,面目狰狞,呼噜呼噜喘着粗气,躺了半天才费力地拾起身,一手捂着头,一手扶着腰,晃晃悠悠地走了。

还有一回,是在我家门口。那天后响,我在地上蹲着,和我的弹簧青蛙玩得不亦乐乎。"叫爷!"突然蹦出一个声音,吓得我一激灵,猛然抬起头,一张丑陋的脸出现在我面前,红鼻头像涂了蜡一样又硬又光,厚实的嘴唇像两条圆滚的黑青色毛毛虫。他的个子和我差不多一样高,又短又小的身体躲藏在宽大的衣服里,我能想象出来他的身体在衣服里晃荡的样子。他的脸上挂着瘆人的笑,有鲜血顺着那颗谢顶的头汩汩流下,染红了右耳和右脸。我被眼前的怪东西给吓住了,丢了魂儿似的站在那里,过了十来秒,吭哧喘了口气,这才意识到,刚才自己一直在憋气。在我逐渐恢复意识时,一双粗糙的手塞进我的裤裆,在我的睾丸上捏了几下,又使劲拽我的阴茎。这一拽,将我从失魂落魄中拽了出来,我感到裤裆里的玩意儿被他拽掉了,我听到自己尖叫了一声,一个趔趄跌倒过去,连哭带喊,跑进院里。

我母亲听到哭喊声,抱着我弟弟跑出来了。我赶忙跑到母亲的身后。王九斤看到我母亲就嘿嘿笑了,那张脸变得更丑陋了。王九斤说:"真是儿子随娘,跟你长得一样漂亮。大奶子圆咕隆咚的,真想咬一口。"我母亲气得大骂:"你个老不死的东西,小心我一脚踩死你!"王九斤哈哈大笑,伸手朝脸上抹了一下,整张脸就被血涂抹得模糊不清了。王九斤盯着我母亲,将带血的指头放进嘴里吮吸,哼了一声,然后说:"别给爷嚣张!爷在脑子里把你已经干了几回了。"王九斤说完就扭头晃晃悠悠地跑了。"真是倭瓜泼皮无赖!"我母亲扯着嗓子骂道。

晚上，我父亲回来了。我母亲一见到她的丈夫就呜咽起来，她告诉赵顾早，自己被倭瓜王九斤欺辱了。我父亲怔住了，愣了几秒才回过神，慌忙问自己的妻子："那狗日的咋欺辱你了？"我母亲抽泣着说："那该死的倭瓜在言语上欺辱我了。"我父亲突然笑了，咧着嘴说："那家伙死猪不怕开水烫，嘴上不把门，整天被人打得头破血流，等下回见了，再给他添点彩。"我记得我父亲曾说，王九斤天生小个子，也就是人常说的侏儒症，站起来没蛋高，蹲下去没鞋高，眼睛不像眼睛，鼻子不像鼻子，号称益庄第一丑。王九斤的母亲高翠娥第一眼看到自己的儿子时，以为自己生下了一疙瘩烂肉，肉上长着一张奇奇怪怪的脸，脸上一张大嘴哇哇地哭。高翠娥一口气没上来，当场被吓死了。王九斤的父亲王广源也讨厌这个儿子，打小就对他吹胡子瞪眼。但这似乎并没有给王九斤造成多大影响，他照样没心没肺地瞎跑，在县上饭店的恶水桶里吃鱼吃肉，不但没吃出啥毛病，反而长得肥头大耳。王八斤新婚的第一天，王广源将他叫到跟前，郑重其事地告诉他，今后照看王九斤的任务就交给他了，并让王八斤承诺，想法子给王九斤寻一门亲事。作为兄长的王八斤，虽说也不怎么待见他的弟弟王九斤，可打断骨头连着筋，他王九斤再不是个人，毕竟和他王八斤是一个妈生的。那天上午，王广源就因急性心肌梗死死掉了。绳从细处断，这话一点也没错。王广源死后不多会儿，王八斤的新婚妻子李玉梅，就被发疯的骡子给踩死了。两条生命如秋日落叶般来到时间的尽头，顺着漆水河不紧不慢的水流，恍然流逝了。天塌了。王八斤抡起斧头，嚷嚷着要杀人，哭闹了几天，消停了。两个光棍支起锅台，搭伙过日子，二十来年过去了，如今两人也都年过半百了。

那天，我和小树溜出茅房，撒腿就跑远了。一路上我都在想，那个女人到底是谁？小树说，很明显啊，那女人是小蒿草的妈呀。我说我知道她是小蒿草妈，但她是谁的媳妇呢？小树说，刚才小蒿草叫王八斤大爸，很显然王九斤就是他亲爸呀。我没有说话，总觉哪里不对劲，一想到王九斤那张丑陋的脸，还有门缝里那双黑亮的眼睛，我就感到无比心痛。我加快步伐朝回走去。小树在后边喊："今晚不逮了么？"我没有回头，回了一句："我肚子有点疼，回家吧。明晚再逮。"

第二天晚上，我们没有去烟囱坡，像往常一样在老宅找寻。我们没有碰到袁老汉，第三天、第四天，连着一个礼拜，都没有看见袁老汉。我们有点发慌了，难道愿望成真了？他真的摔死了？我们跑去袁老汉家门口偷听，屋里传出一阵有气无力地呻唤声。在众人的议论纷纷中，我们得知，袁老汉真的跌了一跤，摔裂了盆骨，才从医院回来。那晚，袁老汉打道回府都快十二点了，逮了两百多只蝎子，可想而知他有多么兴奋，像中了五百万，抽着旱烟锅，哼哼着秦腔。路过竹柳庙时，袁老汉看到门缝里闪过一个红影儿，他吓了一跳，好奇心驱使他走上台阶，他猛抽一口烟，缓缓吐出，像是把所有的恐惧都吐了出去。袁老汉将脸凑到跟前，眯着眼睛，朝门缝里望。一个穿着红色上衣的女人在跳舞，动作优雅曼妙，使他着迷。突然一眨眼就不见了，院里什么也没有了。袁老汉睁大眼睛去看，门缝里突然闪现一双血红色的大眼，诡异地盯着他，接着看到一颗血淋淋的头颅出现在他眼前。袁老汉大叫一声，两条腿像被瞬间锯断，整个人从台阶上翻进水渠，昏死过去，过了许久，醒了过来，用双手吃力地爬到路上。送完煤回来的石中发夫妇，看到路上有个影子，以为是一摊水，差点冲过去，到跟前才感觉不对劲，猛刹住车，发现是个人。他们将袁老汉抬进车厢，那时候袁老汉已大小便失禁，屎尿裹满了裤裆。

袁老汉不逮蝎子了，我们却碰到了瓜燕儿。我和小树正拿着手电筒往老宅走，我们大声唱着电视剧《大侠霍元甲》的主题曲《万里长城永不倒》，当走到豹子窝时，一个黑影忽地窜了出来，带着惊天动地的叫声，蹦到我们面前。我和小树不约而同惊声尖叫。瓜燕儿看到惊慌失措的我们，就兴奋地手舞足蹈。她手里拿着一根蜡烛，燃着微弱的光，宛如一只萤火虫。

"傻瓜！"小树讥笑说，"瓜燕儿，你在这儿干啥呢？"

"你才瓜！你全家都是傻瓜！"瓜燕儿大喊，斜着眼睛瞪小树，噘起嘴巴，"我逮蝎子呀，还能干啥！"

"你拿啥逮蝎子呢？"我笑着问。

"自己不会看吗？"瓜燕儿一脸认真地说，指着手里的蜡烛，"各逮各的，和你们一起，我会吃亏的。"瓜燕儿捂着蜡烛，小心翼翼地走开了。两只脚拖着快要冒出趾头的布鞋，擦着地面，吧嗒吧嗒的，像是在为火光边起舞的飞虫打着拍子。

我们的逮蝎子生涯，随着两天后一场电影的结束而宣告终结了。我现在依然清晰地记得那场电影里的每一个精彩画面和每一句经典台词，在后来的许多年里，我无数次回看这部电影，以及它的同系列影片，当初的恐惧和不安早已随着时间的推移而消逝殆尽，留给我的是更多的温暖与怀念——当初有多少恐惧和不安，现在就有多少温暖与怀念。人总是这样，或许世间万物都是如此，总会在某一天突然慨叹，时间这个神奇的魔法师在不经意间便改变了一切，留给我们的无非有三种：嘴角微微地上扬，心尖隐隐地作痛，面不更色地哭泣。

那部电影名叫《一眉道人》，剧中的吸血僵尸和红衣女鬼，时常悄无声息地光临我的梦境，在我眼前飘来飘去，含情脉脉地看着我，使我如临深渊，快要窒息了。我尖叫着从梦魇中逃出来，汗水浸湿了被窝。我怕鬼，怕得要死，这么多年过去了，我没有碰到过鬼，坏人倒是见了不少。鬼的脸上写着"我是鬼"，但坏人脸上不会写着"我是坏人"，他们从来都是突然现出原形，露出尖牙，将你身上的血吸干，看着你痛苦死去，临了，一脸无辜的样子，在胸前比画着十字架，嘴里默念：阿门。直到六年级那年暑假，另一部电影《猛龙过江》的出现，使我获得了彻底的拯救，它给予了我莫大的鼓励和无穷的力量，我甚至觉得这部热血澎湃的电影就是为我而生的。我开始疯狂地迷恋李小龙，我知道自己已不是当初那个懦弱的少年了。

夏天快结束时，我见到了王九斤。那是我第四次见到他，也是最后一次。那天，天刚擦亮，我就起来了。我走出屋，听到了我祖母冗长的呻吟声。我在院里樱桃树下撒了一泡尿，然后走进祖母的屋。我问祖母，问什么我一进来，她的呻唤声就休停了？祖母的脸上堆满杂乱的笑容，慈祥地说，因为看到她的孙子了，啥病也就没有了，比任何药都灵。我爬上祖母的炕，钻进祖母的被窝，让祖母给我讲她的梦境。祖母有讲不完的故事，她无须在脑子里搜寻，故事自己就蹦出来了。讲故事的祖母就如同一个柜子，把世界上所有的祖母一并收入其间，柜门上的那面镜子——梦境似的无边无际，千态万状，云谲波诡——映照出所有祖母的故事。我聆听着，品味着，激动着，理解着。我在祖母那里认识生活和岁月，学习思考和幻想，懂得人世可畏、苦难可敬、孤独可亲、死亡可往……我贪婪地吸收语言的养分，同时又被画面所吸引，我深深地陷入一种成瘾的恐惧和爽快的疼痛中而无法自拔。

我让祖母给我讲关于我祖父的故事，她便不再吭声，将头拧向窗外，年深岁久地沉默了。我望着风烛残年的祖母，渐入梦境。我看到一位年轻美丽的姑娘，她就坐在炕头，温柔地注视着我，我知道，那是年轻时做姑娘的祖母。过了一阵，她就开始流泪了，脸上浮现出一种淡淡的忧伤，使我感到莫名的伤感。她抚摸着我的脸，我闻到了淡淡的花香，有蝴蝶在我眼前翩翩飞舞。正当我沉醉于眼前的美妙幻境中时，那双细嫩的手就变得枯树皮样粗糙了。我睁开眼，眼前出现的又是风烛残年的祖母那使人心酸的笑容。

我听到院外有叫叫嚷嚷的声音传来。我赶忙跳下炕，穿上鞋跑了出去。我看到一群人的背影已经远去，石中发夫妇刚走出门，一脸兴奋地说着什么。石中发看到我，笑嘻嘻地说："娃儿起来这么早，都不知道多睡会儿，我们跑了一夜车才回来，还没来得及睡觉呢。"我问他们着急忙慌地去干什么，李兰英笑我还会说"着急忙慌"这个词儿，一副大人腔。她告诉我，去广场看热闹。大清早能有什么热闹呢？我紧跟他们小跑着的背影，朝广场跑去。

广场上围了益庄的几十号人，赵顾晚和范江鸿也在，赵顾晚这家伙已经有半个多月没回家了。还有一些陌生的面孔，许是周边的村民，来看热闹的。在那个年代，"热闹"是益庄村民使用最多的一个词语，如果像现在网上每年盘点的"最火网络流行词"排行榜那样去盘点当年的益庄，"热闹"一词肯定占据榜首位置。它包含了益庄的方方面面，涵盖了益庄人全部的喜怒哀乐。比如，去赶集，人山人海，大伙儿说是去挤热闹；年轻人结婚，鞭炮齐鸣，大伙儿就说去凑热闹；老人去世，有唢呐秦腔，大伙儿就说去看热闹；两口子干架，房前屋后站满了人，大伙儿就说真他娘的热闹啊……事件不同，热闹对象自然不同。这次的热闹对象是"倭瓜"王九斤，也就是说，热闹是由王九斤生产出来的。

还没到广场，我就听到了杀猪般的惨叫声。我从几个老汉的拐杖中间挤到前排，看到王九斤赤裸着身体躺在地上，捂着裤裆缩成了一团，看上去如同一块沾满泥灰的猪肥油。我看到有鲜血从王九斤的指缝间流出，血流很细，不易觉察，像指头上缠了几根红线。围观者指指点点，嬉笑玩闹地猜测和点评眼前的这场"热闹"。

石中发说："这家伙肯定是嘴上犯贱，让人给打了，还把裤子给扒了。"

秦有福说："这家伙定是扒窗户偷看人家两口子干事，让人发现把蛋给踢碎了。"

最终，醉醺醺的酒爷对这件事情做出了恰当的总结，赢得众人拍手称赞，酒爷吞吐着满口的酒气，严肃地说："不论由头或东或西，这他娘的真是一场精彩的热闹啊！"

站在一旁的范江鸿也发言了，范江鸿将双手插在胸前，一脸不屑地说："真他娘的看热闹不嫌事大！一个个没见过世面的笨狗样！"

在众人你一句我一句的议论中，王九斤的惨叫声逐渐变为冗长的呻唤声，很快又变为断断续续地哼唧声，就像已经提示电量低的蓝牙耳机，随时都有断电关机的可能。王八斤突然跑来了，呼哧呼哧地喘着气，身上的衣服已经被汗水浸透。众人立刻停止了议论，让出一个过道。王八斤从旁边土堆中找到王九斤的裤子，准备给他穿上。王八斤刚碰到王九斤的腿，王九斤就开始惨叫起来。王八斤怔住了，不知该如何下手。王八斤咽了一口唾沫，像吞下一块石头发出咚咚响声，他猛地一下提起王九斤的两条腿，像给小孩换尿垫那样，把裤子垫在王九斤的屁股底下，然后迅速一裹，把王九斤抱了起来。王八斤顾不得王九斤的号叫，小跑着把他扔进路边停着的三轮车里。三轮车是吕万才的，车厢里铺了一层废纸箱。众人赶忙凑到跟前，询问去向。吕万才笑着说："当然是直奔县人民医院。"一脚油，一股烟，三轮车蹦蹦跳跳着飞了出去，空气里飘荡着王九斤的惨叫声。

"去医院多花钱呀！怎么不去请贺半仙？"

"鬼知道！"

广场喧闹一片。车开走后，有村民才赶到，拍着自己的大腿抱怨，都怪他那死婆娘，偏偏那个时候让他去挑水，耽搁了看热闹。末了又问，出啥事了呀？只见一辆三轮飞过去了。

"啥事？大事！"范江鸿缓缓地说，抽了一口烟，"蛋都让人割了，你说啥事？"

"谁的蛋？"

"还能有谁，"赵顾晚说，哼笑了一声，"倭瓜的。"

傍晚，赵顾晚回到家，我才知道事情的缘由。那晚我父亲也回来了，他至少有一个多礼拜没有回家。赵顾晚告诉赵顾早，他去医院凑热闹了。

赵顾早问："一个还是一双？"

赵顾晚说："什么？"

"蛋。"

"一双。"

下午四点多，王九斤才清醒过来，他向在场的大夫、护士、病人、家属以及益庄的闲人，描述了"割蛋事件"（赵顾晚这样说的）的整个经过：

我看了一夜的麻将，天亮后回到庄里，到广场时，老远看到一个人骑着自行车，嘴里喊着："劁猪骟羊喽！劁猪骟羊来咧！"听那家伙说话，像是河南口音。走近些，我才看到他的脸，约莫四十多岁，黝黑壮实，车子上斜挂着一个油腻的羊肚包。我走到跟前看他，他就停下车子，靠着电杆，坐到地上。我嘿嘿笑了笑，然后问他："你这包里都有啥？"他抽着烟，慢悠悠地说："你想看？"我说："想看。"他就站了起来，取下包，把里头东西全部倒到地上，让我蹲到跟前看。我看到有两把小刀，一短一长，一个钩子，能有胳膊那么长，有一捆纸，还有一些针线，一包黑灰。我问他："你一个人就能把活儿干啦？"他说："主家把猪抓住，我只管操作。"我又问："这堆家伙什都咋用呢？"他笑了一下，吐掉烟头，卷起袖管，拿起家伙什，边比画边说："主家抓住猪，把猪摁倒在地，我抽出左腿，用小腿用力压住猪，右脚使劲儿蹬紧地面。拿起劁猪刀，先用嘴叼住，双手抓住公猪裆下的一对蛋，这你可得捏住喽，然后腾出右手，拿过刀，准备干事。劁猪刀前端有半个鸭蛋大小，呈三角形的刃口，看见么？不是，你往这儿看！顶尖和两边都是锋利的刃口，用来划开猪皮。你再看这个手指长的把，末端带的这个弯钩，用它钩出猪肚里的'花花肠子'，'花花肠子'你晓得吧？就是猪的卵巢。算了，你肯定不懂，这个你只需晓得，干的就是它的活儿。接下来就是重点了，你甭管猪惨叫有多厉害，你手底下必须得麻利——将刀对准捏起的蛋，轻轻划两下，两个肉蛋就掉出来了，刚好掉在事先放好的麻纸上边，两个像去了外壳的桂圆似的肉蛋，就落在纸上了。这时候，迅速缝上几针，抓点草木灰，照伤口上一涂，然后松手起身，拾掇工具，拿钱走人。三下五除二，整个过程也就五分钟吧。"

"这活儿好哇！"我兴奋地大喊，接着问，"那割下来的蛋直接扔喽？"

"瞎说！那玩意儿可是宝贝！"他认认真真地说，伸出双手搓着，"若是主家不要，你就顺手揣兜里拿走，积少成多，就够一盘下酒菜了，那玩意儿可是吃哪儿补哪儿。另外，有的人还会把猪蛋放到房顶上，你晓得么，这里头的讲究可大着呢！你可就会'高升'，将来做高官呢！"

我越听越起劲，激动地说："听你这么一说，我感觉这活儿我也能干。"

"别说大话！首先胆子得正，没胆量心肠软，就干不了这事儿。"

"我心硬得很，比石头还硬。"我用一种恳求的口气说，"让我跟你学个手艺呗。"

他点燃一根烟，递给我，然后又点了一根，塞进他的嘴里，朝我笑着说："你想试试不？让你开开眼界。"

他笑得很奇怪，我有点胆怯。我故作镇定地说："那当然想么，你带我学手艺，你说啥都成。"

他的脸上露出一窝神秘诡异的笑容，一双秃鹫似的眼睛直直地盯着我，故意压低声音，缓慢地说："我想要你的蛋。"

我想着他肯定是开玩笑呢，于是嘿嘿一笑，对他说："想要你就拿去呗，反正我要那玩意儿也没用。"

他让我把裤子脱了，我二话没说就脱了，他让我躺到地上，我就照做了。我觉得他是在考验我，想看看我的诚意和决心，然后就会让我把裤子穿上。谁知他一把抓住我的蛋，使劲捏了一下，我感觉我的蛋可能已经爆了，我一下子疼得浑身都软了，根本动弹不得。我流着两股眼泪，嗷嗷直叫唤。他拿起刀划拉了两下，我没感到异样的疼，只看到他把啥东西揣进兜了。我突然意识到，他把我的两个蛋拿走了。我操你妈！你敢割我的蛋！我动弹不了哇！我嗷嗷地叫，你他娘的也不给我缝几针，也不抹点草木灰啊。他朝我嘿嘿一笑，然后把家伙什装进羊肚包里，背到身上，跨上车子就走了。

赵顾晚讲得很投入，目光炯炯，神采飞扬，我听得入迷。赵顾晚讲完，喝了一杯水，哼哼着调调，缓缓蹲到地上，从怀里掏出一副扑克牌，抽出一张，塞到鞋底，摇着头说："一根烟的工夫，蛋叫人拿了。"赵顾晚将鞋底的牌拿到手上，眯起眼睛，看了一眼，脸上露出神秘的笑意，又将牌放到两手之间，闭紧双眼，搓了三下，缓缓翻开，摔到地上。动作神情到位，整个过程一气呵成。赵顾晚长叹一口气，捡起牌，这才抬头看着赵顾早，说："为啥不是3啊？我为啥不能像赌神高进一样，变出一张3呢？人家范江鸿都可以呢。"赵顾早剜了一眼赵顾晚，鼻子里哼了一声，低头翻着手上捧着的那本书，像是自语了一句："都是糊弄鬼呢，多看点书就知道了。"

赵顾晚和赵顾早后来的对话，我都没有听清楚，或者说我压根儿就没有听，我的心思不在他们身上。我只是看见他们都站起身，嘴巴不停地一张一合，像是在吵架。我的脑子里灌满了困惑的泥浆：王九斤不是小蒿草的父亲，小蒿草把王八斤叫大爸，那谁才是他的亲爸呢？那女的又是谁呢？我有点糊涂了，甚至有点心焦气躁了。我看到赵顾早抓过赵顾晚手中的那副扑克牌，掀开门帘，扔了出去。牌像樱桃花瓣一样散开了，落到地上和碾盘上，被风吹进园子里和鸡窝里，还有其他什么地方。

"走着瞧吧！"我听见赵顾晚喊了一句，"等我当了赌神，非让你高攀不起！"

10

当我沉醉于夏日赐予的早中晚的美妙时光中时，赵顾晚跟随范江鸿，开始了他的"赌博"生涯。说是赌博，的确有些夸张。赵顾晚将落了一层灰的吉他扔到我母亲的炕上，说他不弹了，留给我玩。赵顾晚手上拿着一副扑克牌，垂着脑袋无时无刻地研究着。我母亲说他干啥事都是三分钟的热度，等不到泡开一杯茶。赵顾晚抬起头，严肃而认真地说："我今天对灯发誓，嫂子，等我学成之后，跟着范江鸿挣到大钱，请你天天吃鱿鱼海参。"那天是个什么节日，我想不起来，我母亲准备包饺子，我记得是萝卜豆腐馅儿的。当时我母亲正在拌馅儿，头也没抬，回了一句："别把自己弄进高墙里，等我去给你送饺子。"

这几年，我常会想起范江鸿。那张英俊的脸庞和潇洒不羁的身影，在我眼前不断出现。自从那年他消失后，没有人再见过他。我住在城里已经好多年，没有人再向我提起过，关于范江鸿的任何事情。他要是还活着，我想他的生活肯定会很不错。关于范江鸿的事情已过去很久，所谓恍若隔世，但那些事情使我此刻回想起那时的我，感到欣慰又充满悲戚。尽管那些记忆早已凌乱不堪，像老宅土屋墙角的蜘蛛网，被灰尘和蝇虫尸体所覆盖。但我实在是有必要拨开这些杂物，好好看看那些事情。于我而言，回忆往事就是一个人在海上的独自漂流，你永远也不知道自己将要面对的是什么。我没有办法，我必须得这样做。我这样做，不为别的，就为我那时候崇拜的偶像范江鸿吧。就这么简单。

我穿着那身宽大的不知是母亲从哪里找来的红色衣服，我真怀疑是她年轻时候穿过的。上衣很长，盖过了我的膝盖，裤子轻飘飘的，风起时走在路上，像有穿堂风吹过裤裆。赵顾晚说我像披着床单的细狗，以为自己能撵兔呢。除了小树，没有人愿意理我，甚至不看我一眼。从那时起，我就深刻地意识到这样一个真理：冷漠比嘲笑更加使人难受，再也没有什么会比冷漠更加使人感到孤单了。可无论怎样，这些事情都不能阻挡我对范江鸿的崇拜。

现在想想，的确如此，当时的我是偶像崇拜情绪最狂热的时期，有着用不完的精力和热情，无论家人对我怎样地不关心甚至嫌弃，丝毫影响不了我对范江鸿痴迷般的崇拜。不只是我，还有小树，还有益庄几十个小孩都崇拜范江鸿。范江鸿身上有一种独特的气质，一股隐形的力量，能聚人心，能带给我们欢乐，能散发出一种令我们无比神往的光芒。那时候，我切实感受到，我的生活因为范江鸿而绽放出了别样的色彩，那种别样的色彩使我有了抵抗命运的勇气和信念。然而，随着时间的推移，当我来到二〇二二年的今天，被生活抽掉了筋骨，烂泥一样瘫在沙发里，坠落进黑暗的梦境深渊中时，我愿意承认，我的勇气和信念早已被命运吞噬了。我整个人麻木得像一截被虫子掏空的木头，等待腐朽，化为尘土。

事实上，我对范江鸿痴迷般崇拜，始于一场热闹。那是一个黄昏——黄昏总能散发出神秘的气息，给人一种特殊的情绪，就像天边的火烧云，使我心生缭乱。我听到风声，随即奔出院子。我跑到广场，小树和几个小孩已经到了，瓜燕儿也坐在旁边，伸长脖子嘿嘿笑。我看到范江鸿坐在戏台中间，正和两个陌生男人玩扑克。赵顾晚坐在范江鸿身旁，他看见我时，剜了我一眼，气冲冲地说："一群小屁孩凑什么热闹，狗看星星一大片，看得懂吗？"小树拉着我的胳膊，让我站到他身边，他问我怎么才来，已经错过两个精彩画面了。范江鸿嘴里叼着烟，身穿一件蓝格子衬衣，他那黑得发亮的皮夹克，像一张黑油布，被他折叠得四四方方，铺在戏台中央用作放牌的台面。

我们十几号人站在台下，目光里流露出无限的羡慕和激动，像在欣赏一部香港大片。我目不转睛地盯着范江鸿，他那骄傲的神情和发牌时潇洒的姿势，让人好生崇拜。但除了崇拜之外，我似乎并不能做点什么。在他潇洒地拿起牌时，嘴角上扬的神情传递出一个信号：他赢定了。我们高兴地拍手叫好，但很快又在赵顾晚的呵斥声中闭紧了嘴。

陌生人中的胖子对瘦子说："你会给牌做手脚，牌品不好，我不放心。让娃儿发牌。"这憨货竟把范江鸿当成不会给牌做手脚的娃娃了，当我们听到胖子说这话时，都捂住嘴发笑，就像听到了一个天大的笑话。我能看得出来，台上的赵顾晚也在憋着笑。大伙儿可见识过范江鸿的本事，牌就像长在他手上，泥鳅一样地滑溜，任由他来回玩转，变出绚丽的花子。他那双眼睛已经和手巧妙融合了，照相机一样快门闪动，捕捉任意画面，没有牌能躲得过。

起先，范江鸿伪装成一副不会发牌的样子，右手大拇指和食指笨拙地捉起牌，一张张推开，放到面前，拿起，假装思考，顺势将牌扔到台面上。不多会儿，范江鸿已有二十几张钱跑进那两个人的口袋里。从他们的表情可以看出，他们对此时此刻的形势非常满意。小树气得直拍大腿，抱怨道："范江鸿今天是怎么回事呀？怎么都输了那么多钱呢？"对于当时年幼的我来说，还无法从脑子里蹦出"欲擒故纵"这个词儿来。大伙都没有吭声，扯着脖子望，等待范江鸿施展绝活儿。又过了十来局，小树突然喊："快看，范江鸿要出手啦！"现在，我想到一句话来形容当时的情景：鱼儿终于上钩啦！

我睁大一双圆鼓鼓的眼睛，紧紧地盯着范江鸿。只见泥鳅跳出水面，激起千层浪花，宛若天上的云朵，肆意变换姿态；照相机闪动快门，捕捉眼前一丝一毫。范江鸿不时抬头看一眼那两个已经发蒙的男人，同时露出骄傲的神情。巧的是范江鸿每一把牌的点数，正好比那两个人大了一个点。直到今天我也好奇，当时范江鸿在那么多双眼睛紧盯下是怎样做到的呢？这的确是一个谜。

我看到范江鸿面前的票子，已经堆成一座小山。胖子和瘦子表情木讷，额头上渗出豆大的汗滴。瘦子用发黑的袖管抹了抹汗水，深吸一口气，坚定地说：

"我来发牌，一局定胜负！如何？"

"行！"还没等胖子开口，范江鸿已抢先应答。

他们把身上所有的钱都压在台面上，钱差不多已经把黑皮夹克遮完了。瘦子很快给每个人面前排出三张牌，然后看了一眼胖子，嘴角露出神秘而诡异的笑。两人通过眼神交换了某种信息，显然，那对范江鸿很不利，我在心里打起了鼓。范江鸿拿起牌，淡淡一笑，手指轻轻一弹，推开一条小缝，不慌不忙地翻到台面上：清一色黑桃QKA。

"赌神范江鸿！赌神范江鸿！"我们高兴地呼喊起来。

胖子和瘦子像泄了气的猪尿泡一样变得蔫巴巴，将手里的牌摔到台面上。胖子是连牌QKA，瘦子是清一色红桃JQK。胖子指着瘦子的鼻子，大声骂道：

"你能发个毛！"

瘦子歪着脑袋，一语不发。

赵顾晚咧嘴笑着，抽出一根烟，递给范江鸿，给他点燃。范江鸿长吐一口烟，骄傲的神色溢满脸，双手开始整理钱堆。胖子和瘦子满脸沮丧，像脱去水的萝卜干菜，失去了鲜活。胖子骂骂咧咧，搓着脑袋，抱怨自己出门没看老黄历，点儿背，一个月算是白干了。瘦子长叹口气，低声自语着，就当买了个教训，以后不能小看娃儿。二人拉起收破烂的架子车，灰头土脸地消失在云彩艳丽的黄昏里。

"赌神范江鸿！"我们激动地高呼，"赌神范江鸿！"

范江鸿甩着长长的斜刘海，伸出手，向我们做出"V"手势。

赵顾晚问范江鸿："你是赌神，我是谁啊？"

范江鸿搓着下巴上若隐若现的胡楂，若有所思地说："小赌神？"

"不行！"赵顾晚愤愤地说，一脸的不乐意，"那不成你儿子了么！"

"小刀。"范江鸿又说，脸上带着自信的笑容，"小刀赵顾晚。"

"好！我是小刀！"赵顾晚神气满满地喊，右手搭在范江鸿肩膀上，一脸的兴奋，"一个周润发，一个刘德华，好兄弟一起打天下！"

台下的我们欢呼了很久，日头都被我们的呼喊声震得沉下山。

范江鸿手头确实有钱了。按赵顾晚的原话说："人家范赌神掌握了生财之道，人家有手艺，人家走到哪里都是人上人。人家赌神范江鸿就是年轻人的偶像，人家是益庄的榜样。后人得把人家范大师供起来呢。"

那些天，通常在早饭后，院子里就飘荡起赵顾晚的哼哼声。调调响起，就表示赵顾晚要起床了。那是赵顾晚给我母亲传递出的一种信号：我起来了，把早饭准备好。我母亲通常会自语一句："功臣起来了。"接着传来一阵脚步声，我躲在窗帘后偷瞄，赵顾晚哼着调调，对着鸡窝撒尿。随后，赵顾晚端着一盆水放到碾盘上，洗罢脸，对着镜子，用梳子沾水，一遍一遍地捯饬他的脑袋，使每根头发都在他的操控中呈现出他想要的势态。我母亲说赵顾晚的头发像被牛舔过一样油滑，苍蝇飞到头上都得打滑、劈叉。捯饬完毕，赵顾晚吃一个蒸馍，喝一碗红豆汤，嘴一抹，走了。当然，有时赵顾晚也不在家吃，他捯饬好头发，蹲在地上擦他的白球鞋，他对白球鞋说："能穿到我脚上，真是你的福气！又要跟着我去城里吃羊肉泡馍喽。"赵顾晚满脸得意，他知道我母亲和我祖母都能听到，也知道我们就躲在暗处看他，所以他才故意那样说，像是在告诉我母亲和我祖母：你们就在家里羡慕去吧。

赵顾晚与范江鸿在广场碰面，一起到村口乘坐通村面包车，直达益城街道。他们变着花样吃，羊肉泡馍、荞面饸饹、炒凉粉、羊杂碎、粉汤羊血、油糕、油茶麻花、水煎包子、甑糕……统统吃了个遍。有时还会去秦有才的饺子馆里，吃一碗纯肉馅儿的酸汤饺子，再要一盘荤菜，喝点小酒。秦有才回益庄挖他的母亲桂荣奶奶种的萝卜时，逢人便说，小虎队二人组常去他店里吃饺子，每人吃一斤，必须是纯肉馅儿的，一丁点儿素菜也不搅，兜里掏出来的都是整钱，块块钱都没有，更别说毛票了，就像三条腿的鸡一样少见。当秦有才的话被"破烂王"吕万才听到时，吕万才扯了扯胸前的领带，认真地告诉秦有才和闲扯的众人，小虎队二人组把益城的牌场都跑遍了，他们赢了钱就去吃吃喝喝，去游戏厅玩游戏，去艳粉巷里洗脚。

听到艳粉巷，听到洗脚，众人就嘿嘿笑起来，笑声中充满暧昧，凑上脸，痴迷似的问吕万才：

"光是洗脚么？不洗点儿别的？"

"你说呢？"吕万才挑眉说道，耸了耸肩，"男人光洗脚，生活还有什么意思？"

"艳粉巷本就不是洗脚的地儿。"秦有才满脸陶醉地说，面露诡异的笑，看看吕万才，又看看众人，"那玩意儿真是水哇，叫人真他娘的回味啊。"

众人激动了，像是吸了两口大烟，瞬间起了劲儿，裤裆里的长虫也苏醒了，吞吐着芯子，一副饥渴的样子。众人此起彼伏地问：

"咋样么？秦老板给咱详细说说么。"

"有寡妇李美芝那玩意儿爽么？"

"没见过世面的样子！"秦有才说，冷笑一声，猛抽一口烟，缓缓吐出，"谁他娘的会像李寡妇那玩意儿，松松垮垮的，烂包袱一样。"

众人哈哈大笑，前倒后仰，直不起腰。

"你们两个碎崽子敢在这儿偷听！"笑得连咳了几十声的袁老汉，差点从轮椅上翻下来，他抻长脖子，大喊了一句，"滚一边去！"他的一口黄痰，在他的喊声中飞了出来，掉到瘫痪的腿上，他抬手抹匀了。

我和小树蹲在墙根，让手里的两个弹簧青蛙顶牛打架，正玩得不亦乐乎。

"娃儿听不懂，"吕万才说，又扯了扯领带，"毛都没长齐呢，还怕他们听？"

吕万才又告诉众人，前两天他在街道碰到了赵顾晚和范江鸿，他们耷拉着脑袋，蹲在路边，蔫巴巴的颓丧样子，像是有什么心事。吕万才问他们回不回益庄，捎他们回去。他们没有吭声，不情愿地上了三轮车。在回来的路上，赵顾晚向吕万才讲述了那些事情，并告诉吕万才，他们赢来的钱都用来耍老虎机了，耍一把，输一把，身上的钱像面前的可乐一样，一溜气儿，就见底了。赵顾晚委屈地喊，要不是输光了钱，谁他娘的愿意坐破三轮啊。范江鸿望着天上的流云，说走着瞧吧，他已经摸清了老虎机的规律，下次一定赢回来。赵顾晚平复完情绪，满眼真诚的笑意，捏着范江鸿的胳膊，坚定地说："你一定可以的，赌神！大伙儿都相信你，大伙儿都支持你！"

我和小树那时候并不知道老虎机是什么玩意儿，也不知道那玩意儿会使人上瘾，更不知道使人上瘾的原因是逢玩必输，却总想赢回来，恶性循环，最后输得一塌糊涂。当听到范江鸿输光钱的时候，我是那样地失落与难过，如同我的弹簧青蛙被人抢走了，被汽车碾碎了，我的心也跟着一起碎了。我知道，小树比我更难过，我在小树的眼睛里看到了跳动着的泪花，像清晨的露珠一样清澈而纯净，却在初升的暖阳里逐渐变得绝望。小树将弹簧青蛙揣进兜里，伸出袖管抹干眼泪，拉着我的胳膊跑开了。小树边跑边回过头大喊：

"死老汉！看来老天爷对你太好了，只让你摔瘫痪，没让你摔死！赶紧把你自己咳死去吧！"

小树拉着我的手奔跑在日光飞扬的午后，我们年轻而爽朗的笑声在绿意盎然的小路上生机勃勃。我听到袁老汉怒气冲冲朝我们骂着什么，但我们没有回头，他的叫喊声和咳嗽声被我们远远地抛进路边的臭水沟里了。

11

每当有三轮车行驶在路面上发出颠簸的响动时，每当院外有嘈杂的说话声和杂沓的脚步声时，每当鸡窝里传出此起彼伏的鸡鸣时，每当有突然而起的大风将门帘刮得呼呼作响犹如旗帜般飘扬时，每当屋内响起我弟弟赵佳琦的号啕大哭声时……赵顾晚都变得异常惊慌。那几天，只要有任何赵顾晚觉得异常的响动而被他感知时，他都会表现出令我迷惑和莫名想笑的举动。比如，正在吃饭，他突然丢下碗筷，钻进柜子里；正在睡觉，他猛然睁眼，跳下炕躲到桌子底下；正在后院茅房拉屎，他提起裤子就往屋里奔……我母亲问赵顾晚，到底做了什么亏心事，竟如此慌张？赵顾晚扭头不吭声，眼珠子如猫眼般灵动，目光却飘忽不定，躲避着外界的所有目光。

我记得一个绚丽迷人的黄昏时分，那时的微风轻拂脸庞，宛如恋人的耳语。我许久未出屋的祖母，晃晃悠悠地坐到碾盘上，闻着草木的清新和泥土的芬芳，陷入了自我的想象与陶醉中。绸缎似的光芒，像一群飞舞的蝴蝶，缓缓落到我祖母的脸上，又一点一点地散在我祖母那单薄的肩上和弯曲的背上。我的祖母不是坐在碾盘上，而是坐在时间里。时间呈现为五彩斑斓的颜色，使周围的一切看上去美妙而梦幻。我祖母凹陷的双眼微动着，在她的感知里，时间是一束光、一抹余晖、一只飞虫、一撮黄土、一滴水、一口气……事实上，时间就如同一栋无形的房子，万物皆是置身于这栋房子当中。

当警车的鸣笛声真切地传进屋里时，正在吃饭的赵顾晚扔下碗筷，嘴里的面条也没来得及下咽，慌忙吐到桌子上，身体像被弹簧从凳子上弹起，把自己弹进了柜子里。许是觉得不妥，又从柜子里跳出来，一头扎进柜子后的粮仓里。当赵顾晚急迫地恳求我母亲帮他盖上盖子时，警车的鸣笛声已经渐远，警车似乎也已远去。赵顾晚竖起耳朵听了一阵，确认无疑后，脸上的惊恐与不安瞬间消失，取而代之的是满眼的激动和冗长的喘息。赵顾晚挣扎着从粮仓里爬出来，麦粒哗哗啦啦流了一地，溅得到处都是，仿佛家里进了鼠群。我跟在赵顾晚身后跑出院子。我母亲在后边大声喊叫，我装作没有听见。

赵顾晚跑得很快，我渐渐跟不上他了。当我跑到广场上，赵顾晚已经跑到大坡口。警车的鸣笛声忽隐忽现，忽远忽近，却看不到它的身影。我站在大坡口，看到赵顾晚的身影一点点地矮下去，矮下去，最后变成一个黑点，像一只上下浮动的老鸹。警车在烟囱坡底的平路上出现了，像一叶小舟往更深处划去。我突然想起了小蒿草，眼前出现了那张被泪水模糊的脸庞和那双山葡萄一样黑亮的眼睛。我知道，警车要开往王八斤家里。

我气喘吁吁地跑到坡底，听到此起彼伏的嘈杂声，接着是一阵惨厉的喊叫声，震彻山谷。我跑得更快了。我看到停在王八斤家门口的警车，看到躲在警车后的赵顾晚，正抻长脖子望向院里。我走了过去，赵顾晚看到我，先是一激灵，然后压低声音说："你跑来干什么？"我嘿嘿一笑，来看热闹。

乌压压的人群挡住了我的视线，他们有的站在小凳子上，双手插在胸前，像电视里选秀节目的评委那样神气；有的脚底下仿佛装了弹簧，蹦跳着抻长脖子看热闹。现在想想，益庄人看热闹的激情和动力，着实叫我钦佩，哪里有热闹，哪里就会有他们的身影。倘若在工作和生活中，我也能拥有他们的激情和动力，那么恐怕我早已当上年级主任，也许早已拥有一个明朗开阔的生活，而非现在这样，被生活抽掉了筋骨，挖空了血肉。

我钻过大人们的裤裆来到前排，有人突然扯掉我的帽子，我捂住脑袋，惊慌地回过头，看到许多个插有双手的袖管，越过袖管，显现在眼前的是一个个尖瘦的下巴和一张张粗糙的脸庞。大伙儿都在紧张而激动地看着眼前的热闹。我刚扭回头，有人又拽了我一下，我猛然回头，看到一张熟悉的脸，清澈明朗的笑容使我感到踏实、温暖。小树给我戴上帽子，说是在人群中捡到的，他拉起我的手，我们一起盘腿坐到地上。

我看到三名身穿制服、头戴大盖帽的警察站在那里，两名年轻的警察蹲在地上，压着一团黑乎乎的东西，像是一只黑狗。我仔细辨认，那团黑乎乎的东西并不是黑狗，而是裹满煤灰的王八斤。王八斤那张枯瘦凹陷的长脸紧贴地面，脑袋被压在一个壮实的膝盖下，两只手反铐到背后，嘴里不断发出惨痛的哀号声，两个鼻孔里涌出紧凑而有力的气流，如两个鼓风机，将鼻子下方的地面吹得干干净净。这使我联想到桂荣奶奶家杀年猪的场景。我看到一位漂亮的女警察拉着号啕大哭的小蒿草，安抚他的情绪。小蒿草撕心裂肺地叫喊："大爸，大爸——"挣扎着要扑向地上的王八斤。

站在一旁的胖警察蹲到小蒿草跟前，微笑着说："小朋友，他是你大爸，谁是你亲爸呢？"

小蒿草的哭声戛然而止，满脸疑惑地望着眼前这个肥头大耳的男人，小心翼翼地问："亲爸是什么呢？"

小蒿草这么一问，胖警察显得有点不知所措，他看看四周的人群，抿了抿嘴唇，缓缓说道："亲爸就是你亲生的爸，就是你妈的丈夫。"

"我没有亲爸，"小蒿草天真地说，突然提高了嗓门，"我只有大爸和二爸，没有亲爸。"他低头想了想，又说，"我有两个亲爸，大爸和二爸都是我亲爸。"

胖警察没有再继续说下去，他捏了捏自己的鼻子，又摸了摸小蒿草的脑袋，站起身，紧了紧皮带。

当警察砸开锁，推开门时，一股恶臭扑面而来，众人慌忙捂住了口鼻。胖警察手里的手电筒发出明亮的光，将黑暗的屋子烫出一个洞,蝇虫在光洞里慌乱飞蹿,地上和墙上尽是粪便与不明物。角落里有一个浑身裹满污秽的、带着恶臭的牲口一样的东西,在光亮中影影绰绰,缩成一团。在场的人都愣怔住了。那团黑乎乎的东西是人——女人赤裸着身体,一根生锈的铁链,一头固定在墙上,一头缠绕过她的脖颈,将她拴在墙角。干瘪的乳房像泄了气的猪尿泡,挂在瘦骨嶙峋的、血迹斑斑的胸前,血淋淋的下半身沾满粪便。显然,她是遭受了毒打。身旁的杂草上放着两个歪扭的铁盆,里边凝固了黑乎乎的发臭的东西。

胖警察从短暂的麻木中抽离出来,轻咳了一声,脱下自己的外套,交给那位漂亮的女警察。女警察领会了胖警察的意图,赶忙将外套裹在女人身上。宽大的外套,遮盖了她瘦小的全身。几名警察走上前,弄开了铁链。警察将女人从屋里带出来时,众人再次怔住了。女人的头发像麻绳拧在一起,脏污的脸上有一道疤痕时隐时现。女人呆呆地望着院子里几十张陌生的面孔,丝毫没有害怕的意思——她的脸上没有任何表情,如同一个木偶,不具备表达情绪的能力。当她的目光下移,落在地上呻吟不止的王八斤身上时,她表达情绪的能力瞬间被激活,脏污的脸顷刻被惊恐和痛苦覆盖了,面部可怕地扭成一团,浑身战栗不止,摇晃着脑袋,挣扎着往警察身后躲。女人先是哗哗大笑几声,接着转为低声抽泣,然后流着泪嘿嘿笑——一种瘆人的比哭还要悲伤的笑。小蒿草挣脱警察的手跑向女人,抱住她的腿,拉着哭声,慌忙叫喊:"妈,妈,你别害怕。我在呢,有我在呢。"

那样的场景持续了很久,我的鼻腔一阵难受,心头涌上一股酸楚,我侧眼看到小树的眼圈变得通红,眼泪顺着脸颊掉到地上。女人逐渐平复了情绪,漂亮警察就问了她几个问题,女人翕动着嘴巴,却没有任何声音,脸上只有麻木和呆滞。女警察一头雾水,不知如何是好,她突然想起屋里墙上的字,用各种污秽和鲜血涂满了"跑""家""回家",她赶忙从兜里拿出笔和本子。

漂亮警察边写边念:"你是哪里人?"将笔和本子递给女人。女人看到本子上的字,艰难地握住笔,颤颤巍巍地画出两个字。漂亮警察激动地大喊:"云南!"那位胖警察的脸上涌出难掩的兴奋,他边整理皮带,边对几位警察说:"都带回去吧,随后再详细询问。"

人群中不知是谁喊了一句:"小蒿草,你以后就见不到你妈了。"

小蒿草愣了一下,突然扑上前抓住警察的腿,不断地捶打,嘴里喊叫:"不准带走我妈,我妈叫六十,不叫云南,你们不准带走我妈。"

那位警察满脸无奈,往回扯自己的腿,不知如何是好。

漂亮警察蹲到小蒿草跟前,拉着他的手说:"你听阿姨说,阿姨告诉你,我们是要带你妈妈去医院,给她看病呢。"

听到警察阿姨这么一说,小蒿草停住喊叫,也松开了手,泪眼汪汪地看着她,委屈巴巴地说:"你们一定要把我妈妈的病治好呀。"

漂亮警察微笑着点头,捏了捏小蒿草干巴巴的红脸蛋。

两名警察将王八斤拎起,像拎着一只老狗,丢进警车里。小蒿草拉着妈妈的手,跟着漂亮警察上了警车,众人也跟着围了上去,却不见赵顾晚的身影。小蒿草看见了人群中的我和小树,笑着朝我们挥手,大声喊:"等我妈妈病好了,我去找你们玩。"多年以后,我仍会想起小蒿草的那个笑容,那是一个令我心碎的表情。

胖警察问围观的众人,谁和这家人比较熟悉,大伙儿都机械似的摇头。小树突然喊了一声:"我们和小蒿草是好朋友。"小树指向我。胖警察问还有谁,人群中传出一个声音:"我!"众人扭头去看。吕万才咧嘴笑着,推开人群的肩膀,走到警车前。吕万才告诉胖警察,王九斤的蛋被人割走后,是他开三轮送王九斤去医院的,并和王八斤聊了一路,知晓了很多秘密。胖警察摆手让吕万才上车。吕万才小跑着蹦上车,第一次坐警车,并且以"特邀"的身份,难掩内心的激动和兴奋,他面露喜悦,朝投来羡慕目光的众人挥手,嘴里喊着:"都回去吧,别凑热闹了。等我回来给你们讲热闹。"

"热闹"是在第二天上午七点拉开序幕的。我被院外叽叽喳喳的说话声吵醒,我知道定是吕万才回来了,他要向大伙儿讲述只有他知道的精彩热闹。我的弟弟赵佳琦已经醒了,这个蹒跚学步的孩子正拽着母亲的衣襟,在案板前玩耍。我穿好衣服下炕,揉搓着惺忪双眼,在樱桃树下痛痛快快地撒了一泡尿。我母亲揭开门帘,剜了我一眼,指着我说:"整天只知道乱跑,正事上从来都没有你。都在那儿攒着呢，等你爸回来再美美收拾你。"我随口喊了一句："我爸都一个多月没回来了，他永远都不回来了。"我母亲的情绪突然变得异常激动，她扯着嗓子喊："没回来咋啦？一个月咋啦，两个月咋啦，就是死到外头再也不回来，又咋啦？离了他咱还不活啦？地球还不转啦？"我母亲拉着哭腔，声音颤抖着，像三轮蹦子行驶在坑坑洼洼的路面上。"没回来就收拾不了你啦？看我现在就收拾你！"我母亲快步走到我跟前，拽着我的领口，使我整个身体斜靠在她的腿上，她照着我撅起的屁股打了十几巴掌。她一边抡圆胳膊，一边大喊："叫你以后还敢顶嘴！叫你以后再乱跑！"

在我的记忆中，那是母亲第一次也是唯一一次打我，我的脑袋在她的巴掌下摇摇晃晃，我的哭喊声跟随巴掌的节拍，呈现出忽强忽弱的节奏。母亲打累了，也喊累了，她将我甩到地上，然后站起身，抱起咯咯笑着的迈步碎步满院乱跑的赵佳琦，头也不回地进屋了。我隐隐听到我祖母长叹了一声。我祖母常年坐在炕头，歪斜着脑袋，紧贴窗户，无休地呻唤着。

我在地上趴了很久，也哭喊了很久，除了樱桃树上那几只麻雀叽叽喳喳叫个不停，再没有其他声音给予我回应。院外匆忙的身影不见了，嘈杂的声音也消失了。我的内心变得慌乱而矛盾，我知道热闹已经开始，广场上围满了人，吕万才站在戏台中央，正手舞足蹈、滔滔不绝地向众人讲述惊天秘密和奇趣故事。我知道小树此刻正听得津津有味，想我为什么还没有到，并为我错过了精彩部分而感到遗憾。我忍着屁股上的疼痛，从地上爬起，捡起我的帽子，踉踉跄跄地向院外走，腿突然一软，一个后趔趄栽倒，头磕到碾盘上。我伸手摸了摸碰处，确认头上并未流血，再次晕晕乎乎地爬起，向院外走去。我想，只要不回头看，母亲就发现不了我。我的样子难看且滑稽——一手捂着屁股，一手捂着脑袋，拉着腿往前走。

走到半路，脑袋里猛然而生的抽疼，使我的双腿瞬间丧失了行走的能力。我立刻摔倒在地，抱着脑袋翻滚。我摸了摸头顶眼睛状的疤痕，一种难以描述的疼痛感，血流般迅速蔓及全身。我感到有什么东西想要从那块疤痕处蹦出，像即将破壳而出的小鸡。我有种想要拉屎的感觉，也许疼痛感会随着屎的落地而脱离我的身体。我尖声喊叫，周围空无一人，几只麻雀慌忙飞蹿。疤痕上似有东西顶破了皮，我赶忙用手捂住，却感到我的手被一点点地顶了起来，我使劲想要把它压下去，但怎么也压不住。我蜷缩着身子，双手抱住膝盖，任由它破壳而出。

一阵猛烈的剧痛后，疼痛感蓦地消失了，梦境一样抽离出去了。我感到自己的身体似乎变得轻盈而舒适。我翻过身，使自己完全趴在地上，伸手去摸头顶。我摸到一颗宛如眼球一样滑溜湿润的东西，新鲜而充满活力。我的脑袋里突然嗡的一下，条件反射将我从地上弹起。我看不到它的样子，但可以确定，它完全是我出生时的模样，只是长大了一些，水润了一些。我摸着它想象了一会儿，突然意识到有大事等着我去做，就赶忙起身，戴好帽子，朝广场走，激动与喜悦又重回我的脸上。

戏台下已围满了人。吕万才站在戏台中央，胸前深红色的领带使他平添了一股威风和洒脱，正是这股威风和洒脱，造就了他神情的生动和动作的浮夸，使他看上去更像一位资深演说家。我猫着腰，从缝隙间往第一排钻，有人弹了我一个脑瓜崩，接着是第二个，第三个，有人骂我三只眼，裤裆里没带把，还他娘的瞎钻。我也顾不上回头看。

小树看到我的脑袋从大人的裤裆里伸了出来，赶忙伸手去拽，拉我坐到他身旁。小树捏着我的胳膊，眼睛睁得很大，压低声音说："哎呀，你错过了精彩部分，一会儿我给你讲。"这时，我听到台上的吕万才说了一句："真是老太太钻被窝——给爷整笑了。"惹得大伙儿轰然一笑。我前倾脑袋，左右张望，看到一身黑衣服的寡妇李美芝平静地坐在那里，那张小凳子，在她丰满的屁股下，呈现出痛苦而狰狞的面容，用"咯吱咯吱"叫唤声来做最后的抵抗与挣扎，却无济于事。李美芝已有三个多月没出现在益庄，大伙儿私下议论，说李美芝去省城接生意了，人家挣大钱呢。有人说李美芝当了县上某一位领导的二奶，人家住进楼房里了。也有人说，李美芝去远方了，一个人流浪，环球旅行去了。总之，李美芝已经很久没有出现在大伙儿眼前。她的突然出现，使我略感惊讶，同时又有一种不可名状的欣慰和踏实。多年以后，当我看了意大利电影《西西里的美丽传说》，便觉得莫妮卡·贝鲁奇饰演的美丽少妇玛莲娜就是我想象中的李美芝，而圭塞佩·苏尔法罗饰演的少年雷纳多就是我自己。

在吕万才的滔滔讲述中，大伙似是走出了时间，进入了梦境，来到真实的生活里。台下一片沉默，无数张仰起的脸庞，沉醉在已知的和未知的热闹中。只有在吕万才的咳嗽声突然响起时，大伙又重新回到时间里，纷纷起哄：

"老吕讲得好哇！真是老太婆纳鞋底——头头是道呀！"

"老吕就是益庄的演说家，以后要上电视呢。"

"老吕讲得这么辛苦，让李寡妇今晚伺候你去吧。"

众人哈哈大笑，嗡嗡的嘈杂声混成一片，如同一群狂乱的野蜂。李美芝一脸淡然，仿佛众人的起哄，仅是湖面一吹而过的风，什么也没有留下。李美芝仰头望着水流般的云彩，像是自语了一句：

"说得好，不如唱得好。"

倭瓜王九斤常对病友们说，在益王县人民医院住院的这些天，是他人生中最舒坦、最享受的一段日子，当然，除了和女人干那事的时候。王九斤似是早已将丢失两颗蛋的悲伤抛之脑后了，整日沉醉在美好的幻想中。王九斤躺在病床上，咧嘴笑着，望着病房的天花板，向病友们讲述自己的"英雄故事"——好像房顶上写满了各种故事，足够他讲述完自己的一生。病房里的五位病人，在王九斤的换牌事件、割蛋事件、扒澡堂事件、钻女厕事件、投机倒把事件等众多离奇、尴尬的故事中捧腹大笑，齐夸王九斤是不可多得的人才。

有人问："王九斤，你干过那事么？"

"啥事么？"

"男女之间的事么。"

"嗨，那你就直说么！"王九斤不耐烦地说，伸出两根手指，"艳粉巷去了不下二十回，每回都换人，干过的女人，比你们认识的女人都多。给你们说，甭看咱模样差点儿，咱也是有老婆的人。"

病友们一脸的惊讶，眼神中流出不可思议的光芒。

"胡萝卜丝拌辣面子——吃出没看出呀！"有人说，凑近脑袋，"媳妇是啥地方的人？"

"外地的。"

"那你咋认识的么？"

"出去打工认识的。"

"昨晚不是说你一直在村里，省城都没去过么，"有人说，故意套话，"不会是拐骗来的吧？"

"真他娘的瞎说！"王九斤喊，神情变得慌张，将头塞进被窝，"我给你们说得着么，没见过世面的样儿。"

第二天中午，三名警察来到医院，站在王九斤的病床边。正在吃烩面片的王九斤，抬头看到身穿制服、头戴大盖帽的陌生面孔，吓得打了个嗝，放了一个响亮的屁，勺子掉到了地上。原来是临床的病友出院后，觉得王八斤昨天的讲述很可疑，于是就告诉了他的弟弟，益王县派出所所长。胖所长派人暗中前往益庄，间接打听王九斤住址，了解一些情况。在几位民警的厉声质问下，早已尿湿裤裆的王九斤，结结巴巴地讲述了他所知道的全部事情。随后，胖警察安排其中一位年轻警察留下，看守王九斤，待伤势好转后带回派出所。他另带一队人马前往益庄，抓捕可疑人物王八斤。

王八斤坐在审讯室的椅子上，冰冷的手铐铐住他的双手，一盏明亮的灯打在他的脸上，使他感到前所未有地恐慌和不安。审讯警察告诉王八斤，王九斤交代了一切，他们已掌握了整个事件的来龙去脉，现在就想看看王八斤的态度。坦白从宽，抗拒从严，自己看着办吧。说完，带上门，走了。

吕万才对胖警察说，他把自己所知道的通通说出来，劳烦警局派车送他回益庄。警察告诉吕万才，送他回去可以，甭着急，今晚先待在派出所，等王八斤如实交代后，看他是否有撒谎，完了之后再送他走。不到一个小时，王八斤的心理防线就崩塌了，垂下脑袋，呜呜大哭。胖警察和一高一低两名警察，还有吕万才，坐在玻璃外，观察着审讯室里的一举一动。

随后，王八斤向审讯警察交代了所有的一切——

第二章　罂粟与善恶

1

益庄恐怕没有人不知道，我王八斤就是个泼皮无赖，我弟弟王九斤也不消说。我年轻时在庄里晃荡，专干一些小偷小摸的事情，后来就去县里混，终于在十九岁那年，把自己混进了大牢。两年后出来，我没有回益庄，而是跟着在监狱里认识的狱友去了省城。这个人称龙哥的肌肉男，本身就是省城人，他告诉我，他干一些运输生意，到益王县送货，被人陷害，当成运毒犯，坐了六年的牢。服刑时他跟我说，等出去后带我去省城干大事，挣大钱，发大财。听他那么一说，我瞬间开了窍，在监狱里做着发财梦，给他不停地献殷勤。

坐了一天的火车，又倒汽车，到了地方，我一看，山清水秀，简直就是块宝地，一点也不像益王县，煤厂水泥厂，煤灰水泥灰。龙哥安顿好我就离开了，留下我在一家农场搞种植，他说那是生意的第一步，也是最关键的一步，交给我把控好。我问龙哥，种的是什么？龙哥警告我，不该问的别问。当时的情景，我在电影里见过，少说话为好。

我和十一个工友住在一间废弃的厂房里，男女混合，中间用帘子隔开。工友们各个眼神空洞，神情木讷，互相之间不说一句话，也不会点头问候，像机器人。有一个女孩，一直盯着我咧嘴笑，看起来十四五岁的样子，身上的衣服脏污不堪，面容却姣好。没多久，我就发现，这个叫韩雨的姑娘只会咧嘴傻笑，不会说话。

几天后，我终于知道，他们种的是罂粟，也就是益庄人说的大烟土。我的腿都吓软了，那是犯罪啊，那是害人的东西啊，当年我祖父就是抽大烟把自己抽死的。虽说我坐过牢，平时小偷小摸惯了，可这事儿坚决不能干，这要命的玩意儿，给再多钱都不能碰，等发财了，怕是没命花呀。这么想来，我觉得自己得离开那儿。白天我常看到几个年轻力壮的人，手握棍棒，站在地头，我亲眼看到，有一位工友因踩断一棵幼苗，就被那家伙照背上给了一棍，工友立刻瘫倒，无声地抽动。

我客客气气地对一个站岗的壮汉说，我想见龙哥，是他把我带来的，劳烦叫一下他。壮汉很不屑地看了我一眼，对我说，这里每一个人都是龙哥带来的，天天嚷嚷着要见龙哥，嚷嚷了五六年了。我一听就慌了，难道我也要在这儿待五六年？我赶忙告诉他，我跟其他人不一样，我是龙哥的兄弟，是要一起干大事的。那个壮汉抡起手中的棍子，指着我的鼻子，狠狠地说：

"这里谁不是龙哥的兄弟？你特殊个毛啊。"

我支支吾吾地说不出话，伸手去拨开他的棍子，我看到那根棍子直直抡下来，我的眼前猛地一黑，我的肩膀估计是断了。突如其来的外力，使我的身体瞬间软塌，瘫了下去。我的鼻子和眼睛挤成一团，大张着的嘴巴却没有发出喊声，我感到有滚烫的泪水流过挤作一团的肉皮，流进我大张的嘴巴里。干涸的口腔瞬间变得湿润，我听到一声大喊从里边蹦出，接着是两声、三声，连贯的一串。大地寂寥，群山静卧，我撕心裂肺的喊声在那个暗淡的黄昏里飘荡开来，回声阵阵，无比凄凉。我的喊声使正在埋头干活的工友直起了腰，他们停下手里的活，盯着我看。有人喊了句什么，我没听清，我只看到另外一个壮汉举着棍子出现在那个人面前，接着我就看到那个人捂着腿满地打滚，空中回荡着他杀猪般的叫唤声。

我感到呼吸困难，胸口憋得难受，挣扎着想要从地上爬起，但身体是软的，肩膀在不断下沉，要沉入地下。我的两条腿螺旋桨似的交叉画圈，身体的小船却搁浅在礁石上，动弹不得。打我的那个壮汉拽起我的胳膊，将我拖进厂房里，我的脊背在地上都快磨出火花了。

　　我在床上趴了两天，他们不给我吃，说我不干活，没资格吃饭，只扔给我几个发臭的玩意儿。我顾不了那么多，心想，管他呢，总不能饿死在这儿，抓起烂果子就往嘴里塞。第三天早上，我拖着软塌的身体站在了田间，我的肩膀依旧往下沉，拽着我往下倒，我极力克制，保持身体平衡。我暗下决心，一定要逃出去。

　　一天夜里，刚准备下工，对面树林间乍然传出撕心裂肺的号叫声，我被吓了一跳。听声音像看管我们的其中一个壮汉，我以为他被扑兽夹给夹住，或是被野兽给咬了。我们站在地头上，惊奇地望向远处。过了一阵，我看到两个高一点的壮汉，架着平时看管我们的那个矮一些的壮汉，从黑暗里走出，近些我才看到，矮壮汉的裤子上布满鲜血，血像从他裤裆里流出来的。他们走过我身边，剜我一眼，急匆匆地闪了过去。我听到动静，扭过头，看到黑暗里走出一个瘦弱的身影。韩雨衣衫不整，身上沾满了泥，一瘸一拐的。她看到我时，咧嘴笑了，鲜血顺着她的嘴角流出，嘴里满是血，牙齿也是血红色，脸上的神情使我感到阴森恐怖。我大概猜出到底发生什么事了，那家伙裤裆里的玩意儿被韩雨咬掉了。

　　那天晚上，我正挣扎着从噩梦中逃离，门突然被猛地踹开，大伙儿都吓醒了。架着矮壮汉的那两个壮汉怒气冲冲地冲进来，直奔角落几个女工的睡处。紧接着我就听到拳头撞击骨头的声音和韩雨尖锐的惨叫声。他们把韩雨拖到门口，将她的头按进冰凉的水瓮里，韩雨的两条腿伸在空中，像将被宰杀的鸡那样胡乱扑腾，没一会儿工夫，就只剩微微晃动了。他们把韩雨从水瓮里拉出，死鸡一样丢到地上，朝她的胸口使劲一拍，韩雨的嘴里就喷出了水，大口喘息着。圆脸壮汉对方脸壮汉说："他娘的，没死就好。"他们摔上门，走了。

　　韩雨瘫在地上，急促的呼吸好像随时要中断，湿淋淋的脸面分不清是冰水还是泪水，悲伤的呜咽声飘荡在沉寂的深夜里，那场景使我心碎。没有一个人上前去安慰她，将她扶起，我自然也没有动，眯着眼睛偷看她。不知过了多久，韩雨艰难地从地上爬起，在嘈杂的呼噜声中，拖着自己伤痕累累的身体回到睡处。

黑暗绝望的日子过了三个多月，我在浑浑噩噩中变得麻木，忘记了自己还是一个活着的人。那天傍晚，我听到那个圆脸壮汉对其他几个壮汉说，龙哥卖了一批货，赚了一笔钱，给兄弟们分了点。我看到他从兜里掏出一沓钱，分给他们。他们约定晚上去什么酒店喝酒，我没有听清楚，嘻嘻哈哈的笑声里传出他们不醉不归的决心。

　　晚上，听到动静，我赶忙起身，透过破窗看到那几个狗腿子穿着很体面的衣服，齐往外走。我听到他们中间有人说：

　　"那群畜生不用看着么？"

　　"六年了，魂儿都死了，要跑早跑了。"

　　"变天了，不会下雨吧？"

　　"下就下呗，不影响喝酒。"

　　我的心头猛然一颤，听到自己说："机会来了。"

　　我躺在睡铺，等待雨的到来。过了很久，在我绝望之际，雨真的来了。窗外的夜空在雷雨交加中忽明忽暗。我小心翼翼地穿好鞋，什么东西也没带，悄悄溜出门。我知道，这是我离开这里的最好时机，必须得抓住。刚准备跑进雨里，一只手拽住了我的胳膊。惊吓使我差点尖叫出声，猛然扭头去看，我看到韩雨正咧着嘴笑。我的心里顿时变得如大雨般急躁，要是被人发现，不但走不了，有可能会被打死。我没多想就问韩雨，想不想离开这儿？韩雨仍咧着嘴笑，我抓起她的手，猫着腰，轻手轻脚地跑进雨里。

　　我们忍受着扑面而来的使人难以呼吸的雨弹，每当闪电出现的那一刹那，我就拽着韩雨趴到地上，将脸埋进泥水里，等雷声响后再起身，猫着腰，向大门口跑。这样一来，就避免了忽闪的亮光将我们暴露在明亮中。韩雨制止住我，用蹩脚的普通话告诉我，门房有人把守，出不去的，她知道一条小道，可以通往外头。我那时突然感到韩雨似乎不那么傻里傻气了，脸上的神情看上去像是一个睿智、沉着的师范生的形象。那种形象曾在益城师范学校门口见到过，出出入入的学生令我羡慕不已。虽半信半疑，却也没有其他办法，只能跟着韩雨走，毕竟她到这儿已有四个年头了。

　　我们跑得很谨慎，速度很慢，好在雨越下越大，我们也渐渐加快了步伐。绕过几间废弃的矮屋,来到一块池塘边,韩雨告诉我,顺着水边一直走到西头,就可以看到一截不高不低的土墙,爬上土墙,外面就是树林,树林并不大,穿过之后就安全了。借着微光,我吃惊地望着韩雨那张被雨水模糊的年轻的脸,问她怎么知道的,为何这么久不逃跑?韩雨没有说话,走在前边,她越走越慢,忽然停下脚步,回头看着我。我分辨不清韩雨脸上流淌的是雨还是泪,我听见韩雨说:

"有许多回,他们把我拖到墙外,在那片小树林里轮奸我。"

这时候天空划过一道闪电,接着炸出一声惊雷,我没来得及拽韩雨趴下。我直觉自己像是从梦中惊醒。再去看时,韩雨已走出我的视线,我赶忙追了上去。

的确,那是一截不高不低的墙,一个人无法爬上去,两个人的话,勉强还可以对付。瘦骨嶙峋的韩雨被我托了起来,扶着墙,慢慢将双脚移到我的肩膀上,然后又踩着我的头,身子向上一跃,抬腿搭到墙上,双手抠紧泥地,爬了上去。墙上的韩雨调整好位置,左腿伸直用力蹬地,右腿弯曲踩实地面,身子微微前倾,向我伸出右手。试了几次,总觉只要我抬脚蹬墙,韩雨就会被拽下来。她实在太瘦了,力气也太小了。我告诉韩雨,那样不行,上不去的。韩雨四周瞅了瞅,缩回身体,消失在我的视野里。

我蓦然感到一丝慌张,倘若韩雨一个人先跑了,我只好认命,溜回睡处。在我即将被恐慌与悲伤吞没时,一根棍子从墙上伸下来,顶住了地面。顿时有一股莫名的力量拽着我,我抓住棍子,上下齐用力,跃到墙上。我抓起韩雨的手,一路小跑,再累也不敢停下,我们边跑边寻路,根据直觉辨认路——其实根本就没有路,只是矮一些的草罢了。我们低头摸索,像是要把路从草里揪出来。我们和时间一同向前奔跑,当时间来到黎明前,我看到不远处有几家小店,像是一条街道,抬头往远处看,一张写有"汽车站"三个大字的标识出现在视线里。严格来说,"汽车站"前面还有两个字,只是随着年代的久远,已模糊不清。

上车就安全了,就能到城里,我难掩心中的激动,说话都有点破音,我们咬着牙加快步伐。我没有听到回应,扭过头去看,韩雨双手扶着膝盖，一脸的疲惫，雨水与汗水使她的脸看上去影影绰绰。走吧，再坚持一下，我听到自己说，到车上再休息。迈着兴奋而疲惫的步伐，朝车站走去，我听到自己肚子里发出"猫念经"一样饥肠辘辘的响声，一种翻江倒海的势态正在肚子里发生。同时，我也听到身后韩雨肚子发出的饥饿信号。

小店刚开门，走进去时，正在柜台里忙碌的店主，停下手中的活计，用异样的眼光看着我们，脸上露出惊讶、疑惑的神色。许是我们满腿的泥水和狼狈的样子惊到他了，许是另有别的什么原因。我朝店主笑了一下，问他有什么吃的。店主恍然回过神，咧嘴笑着，用磕磕绊绊的普通话回应我。我扭头问韩雨想吃什么，却发现她趴在桌子上已经睡着。看了墙上的菜单，我告诉店主，一块钱的面随便来两碗，顶饱就好。十多分钟后，面条上来了，卖相看上去不错，只是量不大，吃第一口时感觉味道有点奇怪，但肚子不停地叫唤已使我顾不上细细品尝了。很快吞完一碗，三成饱。韩雨实在是太累了，就让她多睡一会儿吧，于是我又吃了另一碗，喝了三碗面汤。店主递过一根烟，我抽了起来。我从鞋底抽出皱巴巴的五块钱（来省城前塞进去的），交给店主。店主笑着告诉我，两碗面的确是两块钱，但总钱不是两块，还有一根烟呢。他伸出两根手指，我以为他说的是两毛，他冷笑一声，摇了摇头，我心想这下不好了，一根烟两块的话，给韩雨买不了吃的了。他又冷笑一声，淡然地告诉我，不是两毛，也不是两块，而是两千。

我愣怔住了，站起身，准备开口大骂店主是黑心商家，这是家黑店，还没喊出口，就看到五六个魁梧的汉子从后院冲出来，站在店主身旁。我长吸一口气，又坐回凳子，故作镇定地说："那你说，准备怎样解决？我没有钱。"店主嘿嘿一笑，走上前，坐到我跟前，低声说："我本想卸你一条腿，做成炸酱。但现在我的想法变了，把这个女的留下，我正好缺个老婆。"

我的脑子里闪过许多凌乱的画面，邪火攻心的我开了窍，我告诉店主，那是我妹妹，亲妹妹啊，不能白给。

店主咧嘴笑了，对我说："姐夫啊，你放心，肯定不会低于市场价。"

"那你能给多钱么？"

"市场价在五百到八百之间，根据姿色和智慧来决定。"店主笑盈盈地说，"货分三六九等，这你是知道的。你妹妹相貌俊俏，我就给你八百吧。"

我没有搭话，看着眼前睡得深沉、呼吸声连贯而平缓的韩雨，心里很不是滋味，鼻子一酸，仄过头抹眼泪。我想象不来，眼前这个年轻女孩，得知自己被我卖掉时，会是怎样的情绪。我不敢再往下想了。我在心里告诉自己，我没有其他办法，必须得这样做，我要活着回去，回到益庄去。我咬咬牙，对店主说，拿钱来吧，我把妹妹留下了。店主却告诉我，我还得给他一千二百块钱，烟是两千。我怒不可遏却不知如何是好。"算了，都是一家人了，"他说，递给我两张十块钱，"路费够了，路上还能吃点好的。"又说，"我知道你是从哪里逃出来的，别想着报警，否则你活不安宁。"我没有说什么，把钱揣进兜里，站起身，头也没回地跑了。

先乘汽车，后转火车，一路上我都听到韩雨在叫我，睁开眼却没有人。回到益王县已是第二天早上，我在县老电影院对面的小吃店买了七个油糕，用牛皮纸裹好，揣进口袋里。走到街口，我看到一辆送炭的驴车停在路对面，范万川坐在车辕上，正兴致勃勃地吃油糕。我走过去，恭恭敬敬地叫了一声叔。范万川身体一激灵，抬起头看到眼前这个衣衫褴褛的年轻人正一脸笑意地盯着他。我告诉范万川，我是王八斤，刚从外地回来。范万川那张田地一样布满纵横交错的褶皱的脸，长出了困惑和惊奇，似乎根本就不知道王八斤是谁。我走近些，猫着腰将自己的脸送到范万川跟前，说我是益庄王广源的长子，我还有个弟弟，叫王九斤。

范万川听我那么一说，更加困惑了，他怎么也不会将眼前这个乞丐模样的年轻人和昔日风光满面的王八斤联系在一起。他惊讶而急促地问：

"你真是王八斤？有两年多没见了。我常见王九斤在街道转悠，逢人便说，他哥哥王八斤去外地挣大钱了。"

"一言难尽啊。"

范万川让我坐他的驴车回益庄,说他今天运气好,陶瓷厂要了整车煤。他告诉我,他之前的那头驴,不知吃了什么有毒的东西,嗷嗷叫了一阵就死了,重新买了头骡子,花光了老汉所有的钱。我枕着胳膊,斜躺在煤灰残渣上,闭上眼,脑袋里全是梦幻、诡异的画面,还有韩雨悲伤的呼喊。好奇心促使范万川的疑问接踵而来,不时扭过身,拍拍我,获取他想知道的答案。大笑声、叹息声、呼噜声、骡叫声、微风声和车子发出的吱呀声,兴高采烈地相拥在一起,在那条坑坑洼洼的路面上蹦蹦跳跳,回荡在正午清冽的阳光里。

一路上,话到嘴边,我都给咽了下去,总觉有点难为情,进了益庄,我吞吞吐吐地说:

"叔,拉煤生意咋样么?我想跟你干,成不?"

范万川长吁一声,将骡子叫停,转过身,吃惊地打量我。

"你不是在外跑生意么?庄里人都知道哇。"

"别提了。经历了一些事,想开了。就想跟着你干,行么?叔。"

"又脏又累还挣不下钱,你不嫌?"

"我不嫌,叔。"

"只是你没有牲口,这是个问题。凭人拉,太费劲了。"

"我浑身的力气,劲比驴大。"

范万川哗哗笑了,告诉我,明早四点拉上架子车,在广场碰面。

我拉着架子车,跟在范万川的骡车后,朝狼沟矿走去。装满车,架起辕,猫下腰,用力拉,车轮滚滚,骡蹄声声,驶出狼沟,朝县城进发。一老一少,一前一后,两辆车,一头骡,一步一步,把天走亮,约莫八点,就能看到益王县城黄洋楼上闪闪发亮的玻璃了。

两辆架子车沿东西街道的东头驶向西头,又沿南北街道的南头驶向北头,接着又朝相反方向走,往返三趟。体力劳动使我感到踏实,心思变得唯一,不再去想混乱的事情。我扯开嗓子拼命地喊:

"煤来咧!狼沟矿的煤来咧!"

一天下来,我的嗓子变得像进村的路一样尘土飞扬了,沙哑地说不出话来。范万川告诉我,要用肚子喊,别用嗓子喊,不然的话,几天过后,人就成哑巴了;也别一直喊,要学会观察,瞅准时机再喊,这里头也讲究门门道道呢。在范万川的指引下,我很快就掌握了叫卖的技巧和时机,喊声像唱歌似的,大伙一听,就知道是那个瘦高开朗的年轻人来了。我人勤嘴甜,人和煤一样深受商户和住户喜欢。

议论之声四起,风刮似的吹遍益庄,大伙都说我完全变了个人,知道过日子了。他们怎么会知道我到底经历了些什么。我爹王广源看到他的儿子每天早出晚归,忙碌于奔波之中,脸上显露出无比的欣慰;看到他儿子的肩膀由血肉模糊变为黑红硬痂,仿佛是一道铁青的山脉,我爹王广源脸上的神情告诉我,他心里生出一种难言的辛酸和疼痛。我的弟弟王九斤,时常与我在街道上相遇,看到我将一袋袋煤扛到肩上,送到商户铺子里,他脸上显露出吃惊和鄙视,之后每次看到我,他都瞪着眼,远远地躲开了。

我的弟弟王九斤嘴里咕哝着,我听到他对自己说了一句:

"他娘的!世道变了!"

2

我拉着架子车,跟在万川叔的骡车后,日出与日落般周而复始。我从秋风习习里,将车子拉进寒风凛冽中,从艳阳高照中,拉进大雨倾盆里。车轮驶过一年四季的春夏秋冬,留给我一脸硬朗的胡楂和一身精健的肌肉,使万川叔的胡子变得斑白,脊背如麦穗般谦卑地弯了下去。

当时间来到第二年四月的一天,我花去一晚上,用红布、红绳、红花和红灯笼,将拉煤架子车装扮成一辆喜庆庄重的接亲马车。车篷是用竹竿搭成的,铁丝固定,系上红绳,再用红布装裹。我借来万川叔的骡替代马,给骡的脖颈系上一朵大红花。接亲的骡车行驶在清晨的迷雾中,骡蹄嘚嘚敲击着坑坑洼洼的路面,溅起阵阵沙雾。也敲击着我单薄的胸膛,使我的心跳像骡蹄声一样隆隆咚咚。车后跟随由庄里十八个年轻人组成的迎亲队伍，在万川叔的带领下，敲起锣打起鼓，喊着响亮的口号。

万川叔：今个儿天气好晴朗，处处好风光！

众人：好风光啊好风光！

万川叔：拉煤忙啊种地忙！

众人：忙不过我们接新娘！接新娘啊接新娘！

几只麻雀在锣鼓喧天的节奏中，在整齐响亮的口号中，在大伙哗哗如爆竹般的大笑中，上下飞蹿，叽叽喳喳，像在为队伍和声伴舞。益庄的山路变得热闹非凡，声音喧哗而繁杂，仿佛一支浩浩荡荡的军队，行进在宽广坦荡的道路上。我坐在车前，脸上洋溢着生动活泼的笑容，在初升的阳光里蹦蹦跳跳，熠熠生辉。

我的新娘是益王县城李家裁缝的姑娘，时年二十岁，身材有些胖，走起路来像母鸡似的摇摇晃晃，但脸蛋漂亮，甜甜的笑容刻在脸上，使她看上去宛如一朵雍容尔雅的牡丹。李家裁缝是从七十多公里外的三星县搬过来的，开张有一年多时间，我当年在街道瞎混时，那里还是一家包子铺。

我到李家裁缝送煤，第一次见到李玉梅，就被她大方而爽朗的笑容给迷住了。同样，眼前那个瘦高的年轻人，如阳光挥洒般的笑容，也使李玉梅的心里生出一种不一样的情愫。李玉梅为我倒了一杯水，从抽屉的牛皮纸袋里取出一个她最喜欢吃的白皮点心，笑盈盈地递给我。白皮点心是裁缝李明楼为女儿二十岁生日买来的小吃，还有麻饼、江米条、鸡蛋糕、黄桃罐头，李玉梅最喜欢吃白皮点心。我怔住了，木头一样杵在那里。令我怔住的原因，不是我见到了自己从未吃过的那种叫白皮点心的玩意儿，而是白皮点心从李玉梅白胖细腻的手里递了过来，是专门给我吃的。

李玉梅的脸上绽开花一样的笑容，带着露水般的娇柔和羞涩，使我如沐春风般迷醉了。李玉梅轻轻咳了一声，我这才恍然清醒，赶忙将背在身后的那双黑手在衣襟上抹了抹，伸出两根指头，接过李玉梅递来的白皮点心。我的眼睛始终没有看李玉梅，更不敢与她对视。李玉梅说，要不先洗一下手，吃完再走。我难为情地笑了一下，说不用洗了，还得干活呢，随即将手里的白皮点心塞进嘴里。干酥的白皮点心占满了整个口腔，吭哧一声，差点喷出来，我赶忙用手挡住嘴，艰难地咀嚼。李玉梅看到我狼狈又有趣的样子，咯咯地笑了起来，把水杯递到我手里。我把嘴里的白皮点心冲下去，这才腾出表情，咧开嘴嘿嘿笑，我看了一眼李玉梅，又赶忙将头转向一旁。我的目光落在周围那些花花绿绿的布匹上，嗫嗫嚅嚅地对那些布匹说：

"我要去干活了。"

之后，每当从李家裁缝门口路过，我总要放慢脚步，偷偷朝店里望一望。那些天，李玉梅让父亲李明楼在里屋织布，她要坐在外头替父亲看店，她告诉父亲："您就在里屋好好歇息，有事再叫您。"这是她后来告诉我的。

城里的路不同于乡间的路，城里的路穿着一身名叫柏油的黑光明亮的外衣，骡车行驶在路面上，骡蹄敲击地面发出响亮而清脆的响声，当响亮而清脆的响声伴随着架子车发出的吱吱扭扭响声，在东西方向的那条街道上骤然响起时，李玉梅便知道，她的心上人来了，顿时变得像一只刚被放出笼的猫那样兴奋不安。当我的目光与李玉梅的目光交织在一起时，彼此传递出一种心领神会的爱意——这种爱意是无声胜有声，什么话也没说，却好像什么话都已经说过了。

当骡车从东走到西，又从南走到北，再一次回到东头时，我早已按捺不住内心的兴奋，我让万川叔坐在街口旁的石堆上抽烟休憩，我独自一人驾着骡车朝西边走去。这时的我就不再叫卖了，因为我的嘴要用来笑。我咧嘴笑着，灿烂的阳光涂抹在这个奔跑的年轻人的脸上，看上去光彩熠熠。骡子踩着微风，仿佛一只奔跑在云端的天马。

我将车子停在裁缝店对面，脸上挂着激动的喜悦，一边押长脖子朝里头望，一边弯下腰去抓煤袋。当我将一袋煤扛到肩膀上，小跑着穿过街道来到店门口时，李玉梅已经走上前迎接我了。李玉梅拽着自己的衣襟，微微扭动身子，对我说：

"你怎么又来送煤啦，昨天才送过嘛。"

"昨天是旧的，今天是新的。"我嘿嘿一笑，说了一句连自己都没听懂的话，"今天永远是新的。"

我将煤放到库房，听见身后的李玉梅说："这么多煤，好几年都烧不完。"我没有搭话，对着眼前的煤堆，又是嘿嘿一笑。我曾向李玉梅这样解释：就剩最后一袋了，卖不出去，不多跑路了，也不想拉回去，就送给你们店吧。每当听到我这样说，李玉梅总是莞尔一笑，难为情地点点头。李玉梅聪明着呢，心里明镜儿似的，她怎么会不懂我的心思呢，可她总是装作不懂，就像益庄人常说的，糊涂女人才有好福。

走出库房，回到店里，李玉梅倒了一杯水，放到我面前，从抽屉里拿出一个白皮点心，羞怯地递给我。我接过白皮点心，始终不敢与李玉梅有眼神上的交流。我将点心塞进嘴里，仰头喝完整杯水，起身又对那些花花绿绿的布匹说：

"我要去干活了。"

我记得自己一共吃了二十七个白皮点心，在我刚吃完第二十七个白皮点心，兴奋地跑回街口时，坐在石头上抽旱烟的万川叔告诉我，刚才裁缝李明楼来找他了。我瞬间愣怔住了，灵魂飞走了，只留下空空的躯壳。"李明楼"这三个字，对于那一刻的我来说，如一块大石挡在面前，使我感到压抑慌张的同时，又无法看到前方的路。

一辆农用车闪过，发出尖锐的鸣笛声，将我从幻境中拽了出来，我这才感到自己的心快跳到嗓子眼了，我的声音也变得像鸣笛声一样尖锐。我听到自己惊慌地问：

"李裁缝？有啥事么？"

万川叔深吸一口烟，将目光从天上的流云间移到我那张惊恐不安的脸上，吧嗒着烟锅，深沉地看着我。我意识到坏了，有不好的事情发生了，我的脸上立刻呈现出一种烈日暴晒菜苗后的萎蔫样儿。我萎蔫的模样使万川叔扑哧一声笑了，连咳五声，嘴角滋出一团唾沫，一部分挂在灰白相间的胡子上。他伸出脏污的袖管擦去唾沫，抽了一口烟，笑着对我说：

"好事呢！李裁缝以为我是你爹，让去商量你跟他家女子之间的事情。"

听到万川叔这么一说，我感到卡在喉咙里的那团烟雾瞬间消散了,悬着的心又重回肚里,眼前的大石也消失了,脸上的惊慌和萎蔫瞬间被喜悦和开朗取代了。我挠了挠自己的脑袋,结结巴巴地对万川叔说:

"叔,还得有劳您亲自给我爹说说,您和我爹一起去商量事。"

万川叔点点头,将目光重新移到云彩间,抽着烟说:"好说,好说。"

裁缝李明楼的心里比他的女儿李玉梅还要明镜,他常躲在里屋的窗台下,观察着店里的一举一动,眼前憨厚又木讷的年轻小伙,使他既感欣慰又觉好笑,等他打开门走进库房时,呈现在他眼前的是一屋子的煤,整整齐齐地摞在那里。这样的情景使李明楼一阵吃惊,接着便发出断断续续如咳嗽般的笑声。李明楼的笑声已说明一切,就像一盘复录的磁带,里面装满了他的心思。我就这么一个女儿,从小就没了娘,未来的女婿不但要照顾我的女儿,还要接手我的裁缝店,这样的人必须是正派、可靠、善良、上进的。每当李明楼这样想时,他的脑海里都会出现我的模样,那张乐观又透露着些许憨气的脸庞,那条高大精瘦又硬朗结实的身板,都会使他不由得露出满意的笑容。尽管左邻右舍对他说过一些关于我当年的混蛋事迹,说我是怎样一个无所事事、令人反感的街溜子,说我怎样顺手牵羊和小偷小摸……但经过观察和考验,李明楼真切地认为,如今这个年轻人早已不是当年的混球无赖了。时间并未刻意安排,却有力地证明了一切。李明楼告诉左邻右舍,他是不会看走眼的,并且严肃而认真地告诉他们这样一个真理:对一个年轻人最大的伤害,就是将他一棒子打死,使他在黑暗深渊里了却一生。后来当李明楼把这些话告诉给我时,我的心和两条腿都在紧张的喜悦里抖动不已。

李明楼的正派和慷慨在益王县是出了名的,他自然没有向我爹王广源要多少礼金,只是象征性地走走过程。李明楼为女儿李玉梅准备了在当时看来极其丰厚的嫁妆,并给他的女婿买了一辆"凤凰牌"自行车。这样的举动使我和李玉梅这对新人的佳话,在益庄乃至益王县广为流传。

我的新娘玉梅,坐在我精心装扮的婚车里,脸上洋溢着激动而娇羞的笑容。我坐在婚车前,双腿垂在空中,快乐地摇晃着腿,手舞足蹈般向过往的行人打招呼。那样的场面,使我看上去如同一位君王。在众人的簇拥下,这支浩浩荡荡的队伍风风光光地走向益庄。

那天益庄的男女老少都来了,也有一些生面孔,是十里八乡前来凑热闹的人。我花光了所有的积蓄,席上摆着光瓶西凤酒和宝成牌香烟,还有条子肉、八宝甜饭、拔丝红薯、萝卜丸子、酸辣肥肠、肚丝汤等几样过年才能吃到的菜品。"有尿没尿抽个宝成!"大伙故意调侃我,热热闹闹坐了一场席,个个吃得油光满面,喝得三颠五倒的。那天我喝了不少酒,醉倒在地,吐了至少有五六回,朦胧中被人抬到炕上,一觉睡到天大亮。我爹王广源难掩心里的高兴,在大伙的起哄下,也喝了十多杯,他觉得胸口有点闷,舀了半瓢凉水,喝进肚子里,舒服多了,送走众人,晃晃悠悠回屋躺下了。我的弟弟王九斤不顾众人议论,兀自低头大吃,几杯酒下肚,打了个饱嗝,起身放了一串臭屁,躺到麦秆堆里睡去了。

洞房花烛夜,玉梅看着身旁迷迷糊糊的丈夫,像孩子一样吧唧嘴巴,发出哼哼唧唧的声音,既生气又觉好笑,她长吁一口气,使劲朝我的耳朵上捏了一下,羞怯地钻进被窝。我感到了疼痛,却只是哼咻一声,抬手抓抓耳朵,挠挠鼻子,转身又睡了。我隐隐听到玉梅朝着被窝骂了一句:

"死样儿!这是你睡觉的时候么?真他娘的没正调!活脱脱的缺心眼!"

3

拂晓时分,院子里飘荡起我爹王广源的呼唤声,八斤、九斤的名字在初升的晨光里游荡了许久。只是我爹的喊声太微弱了,玉梅听到了声音,只觉像虫子的嗡鸣声,又像是自己梦中的幻觉,就没有在意,继续睡去了。不多会儿,不知怎么,像是被什么东西拽了一下,玉梅蓦地坐了起来,这才分辨出,那声音不是虫鸣声,更不是梦中的幻觉,而是我爹的呼唤声。玉梅将梦境中的我拍醒,我赶忙穿上衣服，跑了出去。

我的弟弟九斤躺在院里的梨树下，嘴角叼着一根麦秆，一副悠然自得的样子。我看到他的脸上挂着一行字，那句话怎么说的？对，叫"事不关己，高高挂起"。他分明听到了他爹的喊声，他的无动于衷源于他认为他爹从来不会有什么正事，都是一些"咸吃萝卜淡操心"的蠢事。"关我屁事！棒不打头，狗不咬腿！去他娘呢！"我爹王广源的喊叫声被他的二儿子王九斤高高挂起了。

我狠狠地剜了一眼九斤，小跑着推开门。一股令人窒息的恶臭味扑面而来，走进屋，炕下几摊呕吐物招来许多苍蝇和飞虫，死亡般的气息弥漫在整个屋内，浓郁而贪婪。我干呕了几声，要不是昨晚已经吐光，我定会吐出来的。玉梅轻咳了一声。我爹撅着屁股，斜趴在炕上，身体扭曲成畸形，找不见头埋在哪里，只听到有微弱而颤抖的呻吟声从身子底下传出。好像自我搏斗了一番，最终又败给了自己。

我像是被什么东西给催眠了，不由自主地挪步，慢慢靠近，靠近炕边，靠近我爹，靠近一个摆在眼前的事实。又在一瞬间清醒过来。

"爹，你咋啦？"我急促不清地喊，"哪儿不舒服？肚子疼么？"

"浑身都不舒服。"一颗亮铮铮的光头，豆芽似的从被子里扭出来，呻吟不止，吐字极其吃力而又断断续续，"气儿不够用，爹的胸腔快要炸开了。"

玉梅赶忙拿起桌上的水壶，给我爹的瓷碗里倒了一碗水，端到我爹跟前。瓷碗很好看，虽说摸起来很粗糙，有几个豁口，但釉色和花样都是上乘。我爹年轻时，常拉架子车到陈炉镇拉瓷货，拉到三星县去换粮食。他捡了不少好货呢。

我的心里急躁不安，觉得眼前这个人不是我爹——那张扭曲褶皱的脸使我感到陌生。我爹一夜之间变得风烛残年了。我不知该说些什么，眼前的情景让我以为只是一场梦，二三十年后的场景在梦中预演了。就在半梦半醒中，一个声音拯救了我，将我从幻象中拽出。我听到玉梅说：

"送爹去卫生院，去县卫生院。"

我恍然回过神，看着玉梅，又看看正在炕上呻唤的王广源，我对他说：

"爹，我送你去卫生院。"

我爹吃力地将自己的身体扭正，使屁股与炕板尽可能地接触在一起，摇晃着脑袋，发出微弱的如推门般的吱呀声："去把你兄弟叫来。"

我将正在树下躺着哼小曲的九斤从地上揪起，小鸡似的拎在手里，什么话也没说，任由他叫喊挣扎，一把丢在我爹的炕前。

我爹颤颤巍巍地抬起脑袋，看到眼前一摊烂泥似的九斤，呼吸顿时变得冗长而沉重，他艰难地抬起颤抖的手指，指着他的二儿子，眼睛里流出一种悲凉哀伤又无可奈何的气息，喉咙里的风箱拉动了，发出急促而响亮的喘息声。片刻，手放下了，脑袋也垂下了，房间里只剩下我爹的喘息声和呻唤声。九斤躺在地上，嘴角仍叼着一截麦秆，脸上露出似笑非笑的神情，对他爹的举动视若无睹。

"爹，咱去卫生院吧。"我说。

"是啊，抓紧时间去卫生院。"玉梅说。

我爹挣扎着要坐起身，他让我把枕头从他身子底下抽出，垫在背后，扶他半靠着，我爹郑重其事地对我说："从今儿起，照看他的任务就交给你了。"我爹望着躺在地上哼哼的二儿子，"你是兄长，他再怎么扶不上墙，也是你的亲兄弟，打断骨头连着筋呢。你俩好好过日子，给他一碗饭吃，别让饿死。"话还没说完，他的二儿子就扯开嗓子喊："傻子才会饿死，我天天在县城吃酒席呢。"

"你都不如傻子！"我指着九斤喊，"狗肉上不了席！"

我爹的表情变得极其痛苦，眼里微弱的光像即将耗尽灯油的火星子，在灰暗的屋里扑闪了几下，旋即就熄灭了，蜡黄的脸上浮现出一层降霜后的寒白。我爹眯着的眼睛，咣当一下坚硬了，石头一样砸在我身上，他有力地说：

"我要你应承，想法子给他寻一门亲事，讨个老婆。"

我扭头看玉梅，玉梅将脸拧到一边，朝着被烟熏黑的墙点了点头。我又拧过头，朝我爹点了点头。然后告诉他，我去借万川叔的骡子，拉他上县卫生院，并让玉梅装几个蒸馍，带去卫生院。

万川叔再三叮嘱我，早上架子车车胎爆裂，骡受了惊，要多操点心。我对他说，放心吧，骡和我熟。我牵着骡子，刚走到戏台前，就看到不远处边跑边喊的玉梅。我使劲拽着缰绳，加快脚步。玉梅眼眶湿润，结结巴巴地告诉我，爹快要咽气了。我愣了半晌，松开缰绳就往回跑，玉梅牵起骡子，急急忙忙追我。

我跑到门口，听到了哭喊声，我感到有些诧异，赶忙跑进屋。我看到九斤趴在炕边，摇着爹的胳膊，哇哇大哭着，像小时候饿肚子闹着要吃东西的样子。我爹直直地躺在炕上，神情狰狞，眼睛半开半闭着。我大哭起来，扑到他身上，摇晃着他细窄的肩膀。两股响亮凄惨的哭喊声交汇在一起，充斥整间屋子，又从窗户间隙溢出，飘荡在空落落的院子里，飞虫听到了，老鸹听到了，走到半坡的玉梅听到了，手上拽着的骡子也听到了。哭喊声在风的驱使下，引来成群结队前来看热闹的人。益庄沸腾了。人们堵在屋里、过道、院外，竭尽全力去抢占看热闹的有利地形和最佳位置。能占的位置都被占领了。为了抢占最佳视觉角度，人们爬上院里的梨树，蝙蝠一样挂满了树。

有人告诉我，先给我爹把眼睛合上。我伸手从我爹的额头抚到下巴，他的眼睛就闭上了，脸上的神情变得安详了许多。

一个奇怪的喊声，如一声急促的笑，穿过嘈杂而混乱的议论和响亮而冗长的哭喊，来到我跟前：

"你媳妇让骡子给踩了，快去看看吧。"

消息穿过人群，准确无误地传到我的耳朵里，如一团火焰落在我结冰的心脏里。我先是一怔，瞳孔因受惊而变得很大，九斤的哭喊声戛然而止，黑压压的人群顿时阒然无声，日光穿过窗户洒在发黑的墙上，如清风吹动树叶般沙沙作响，声音甘洌酥脆。屋里静得出奇，仿佛压根就没有人。这样的静是有它的潜台词的，说明突如其来的"热闹"太强大了，太震撼了，人们惊愕了，一时之间还难以接受和承受，人们不得不把嘴闭上，静观事态走向，好确定"热闹"下一步如何发展。

恍惚间，我失声惊叫了一声，抬起自己的腿，跳下炕。许是因腿麻，刚挨着地就歪倒了，也顾不了那么多，拖拉着腿往外挪。屋里全是人，密不透风，几乎迈不开步子。我摆着胳膊，使劲拨开人群，面目狰狞地朝那堵肉墙吼了一句：

"都他娘的闪开！"

我的声音颤抖得厉害，仿佛置身于冬夜里。我跑到院外，看到那头骡子发疯一样在沟畔晒场上撒欢，我急忙朝看热闹的人群喊了一声，快去叫万川叔。我看到那边有人在朝我急迫地挥手，这时我感到自己的腿已不再麻木，于是撒腿跑了过去。我那时的目光如一把船桨，将围观者潮水般推开，让出一条道。小道的尽头，是躺在地上的玉梅。

鲜血已经染红玉梅胸口的衣裳，我哭喊着扑过去，两腿发软跌倒下去，嘴巴大张如一面深渊，没有任何声音从里头传出。我伸出自己的一双手，徒然地在空中晃来晃去，晃了一阵，我将双手放到玉梅的胸口，嘴里叫喊着玉梅的名字。玉梅两眼瞪得很大、很圆，直直地盯着我，身体不住地抽搐，胸腔发出骨头碎掉的声响。我感到玉梅正在努力，在用她最后的一丝力气，想要说些什么，喉咙里含了一句话，想说，说不出来。这股力气实在太弱了，根本没有起到任何的作用。突然，玉梅的嘴里又涌出一股黑红的血，散发着浓浓的铁锈味儿。我拉着哭腔，朝围观看热闹的人喊了一声："谁帮我去叫姚万虎呀！快啊！"下意识赶忙拿手去捂，可手怎么能捂住血呢？鲜血在我的手中没有停留几秒，就毫不留恋地从指缝间流到胸口，血红的衣裳变得更加艳丽，如一块涂抹了油漆的铁皮。我的喊叫声子弹似的射在众人的身上，使蓬勃的议论声戛然而止，取而代之的是死一般的寂静。无数双眼睛望着我，却没有任何声音和任何行动给予我回应。那头骡子正在土堆上打滚，尖锐的嘶叫声，响彻天际。

整个世界在颤抖，眩晕而狂乱。在我凄惨无助的哭喊中，玉梅终于有了妥协和放弃的迹象——目光变得空洞而僵硬，眼皮如幕布缓缓垂下，上演了自己最后的谢幕。玉梅已经尽了全力，身子松了，就全松了，轻飘飘地落在我的胳膊上。那时的晨光新鲜而活泼，照射在玉梅年轻而圆润的脸上，使她的脸看上去虚幻迷离。我感到一股强烈的光芒蜂拥而至，穿透我的身体，艳丽的光芒映照在我那悲伤绝望的脸上，使它自己熠熠生辉，可光芒顷刻消失，我的身体顿时千疮百孔。

一个鲜活活的生命从这个世上消失了，气泡一样破灭了，油灯一样燃尽了，水汽一样蒸发了。

我拉动自己的腿和胳膊，从地上爬起，抱起玉梅，往前挪了几步，感到自己的身体在势不可挡地下沉，快要沉到地里去。我吃力地朝众人喊了一句：

"谁帮我去拉个架子车啊！"

在经历了冗长的死寂后，我的喊声仿佛一股灼热的风，吹向所有的围观者，我看到众人顷刻间化作无数粒尘埃，悄无声息地消散了，只留下大地裸露的胸膛和血红的筋骨。

在我绝望万分，感到快要窒息而死时，我看到万川叔拉着架子车朝这边跑过来。车子里铺了褥子，万川叔让我把玉梅安顿好，他自己去牵骡子。万川叔着急忙慌地跑着，手挥皮鞭，嘴里大骂：

"狗日的畜生，看我不抽死你！"

骡子听到主人的声音，住了叫唤声，从土堆上站起，眼巴巴地看着主人。万川叔抓住缰绳，抡起鞭子，照骡子的脊背抽了一下，鞭子的响声和骡子的嘶叫声几乎是同时响起的。骡子撒腿往前冲。万川叔差点被甩出去，赶忙松掉手里的缰绳。他看到跟了自己不到半年的骡子，像离弦之箭径直冲下塬畔，连滚带翻摔到沟底。

万川叔蹲在塬畔，哎哟哇呜地哭出声来，大喊："没了你这畜生，我以后日子可咋过呀！"他的喊声惊得旁边的西瓜虫和蚂蚱仓皇逃窜了。

那天中午，万川叔以每人一斤骡肉为报酬，招呼六七个不舍得走远，爬在槐树上看热闹的年轻小伙，把骡子从沟底拖上来。他们脸上露出不屑的表情，纷纷喊道：

"驴肉香，马肉臭，打死不吃骡子肉。万川叔，你又不是不晓得。"

"难吃？那是糊弄鬼呢！"万川叔说，一脸的严肃，"俗话说得好，天上龙肉，地上驴肉，公驴配母马杂交出骡，你说它能不好吃么？我可是吃过骡肉的，不比天上的龙肉差。"

几个年轻小伙叽叽喳喳吵闹起来，有人说："庄里人都知道，骡子没有生育能力，生不了崽子。我爷说过，人要是吃了骡子肉，以后就没有生育功能，也生不下崽子。"笑容在万川叔的脸上没有停留，一溜烟就消失了，他慌忙喊："真他娘的瞎说。谁敢说吃了骡肉生不出娃儿？那是他自个儿裤裆里那玩意儿不行。你们几个小兔崽子，这么年轻裤裆里那玩意儿也不行么？"年轻小伙们尴尬地笑了笑，争抢着告诉万川叔，他们那玩意儿比铁还硬，比钢还坚，一回能生七八个。

在万川叔似哭似笑的奇怪声中，几个年轻小伙跳下树，吵吵闹闹着冲下沟，将骡子尸体从沟底拖了上来，由杀猪匠郑屠户的父亲，这个在益庄很有威望的老郑头宰杀。老郑头杀了一辈子的猪，这是头一回杀骡子，按照他的话说，这就好比益庄的女人，那玩意儿都差不了多少，一个道道，一撮毛毛，只是有的紧紧实实，有的则松松垮垮。

不多会儿，老郑头就把那头骡大卸八块了，林林总总地码了类。老郑头没有向万川叔要费用，而是拿了一副骡下水。万川叔问老郑头："都说吃了骡肉生不了娃儿，你不怕么？"老郑头哈哈大笑，肚皮一鼓一鼓地上下起伏，他揉搓着活跃的肚皮，调侃似的说："我半截身子都入了土，如今拉尿都他娘的费劲，还生个屁啊。"老郑头歪斜着脑袋，说悄悄话似的，"再说了，这骡肉啊，其实和驴肉都是一个味。"老郑头向万川叔指了一条卖骡肉的门路，并再三叮嘱，定要保密。下午，万川叔按照老郑头的指示，把剩下的骡肉送到临县一家驴肉馆，拿到了优渥的肉钱。当即要了一碗驴肉水盆，他心想，我可不吃他娘的骡肉，我还想多活几年呢，然后又买了一块卤好的驴肉，带回了家。

我拉着玉梅奔跑去卫生院，还没出益庄，就碰到出诊回来的赤脚医生姚万虎。姚万虎看了一眼正在熟睡似的玉梅，手背放到她的胸口停了几秒，目光落到我的脸上，淡淡地对我说：

"拉回去准备后事吧，人已经断气了。"

我将妻子玉梅的尸体拉回，放到院子里，又将我爹王广源的尸体从屋里搬出，放在玉梅的旁边。九斤拿来两张床单，盖在尸体上。面对叽叽喳喳的围观者，像欣赏一台舞台剧似的看热闹的益庄人，我爆发出了洪水般的愤怒，抡起身旁柴堆上的斧头，哭喊着要把这群爱看热闹的王八蛋通通劈死。我的弟弟九斤在哥哥精神的鼓舞下，举着一把比他还要高出许多的洋镐，哇哇大叫着，看上去英勇无比。但他的重心不稳，没走两步就被自己给绊倒了。在不要命的兄弟俩面前，围观者如受惊的麻雀惊慌失措，惊叫着逃窜了，一瞬间消失得无影无踪，好像从未出现过。只有我们兄弟俩凄凉而悲伤的哭喊声，在春日午后生机勃勃的微风里肆意飘荡。

　　凄厉的哭声随着落日西沉渐渐销匿，尘土和煤灰飞扬的道路上，出现了我们兄弟俩扛着洋镐与铁锹的身影。我和九斤背着矿灯，朝益庄的公墓老鸹洼走去。一群看热闹的村民跟在我们身后，始终保持二三十米远的距离，我们走，他们就走，我们停，他们也停。到了地方，他们就蹲在不远处的荒草里，猫头鹰一样盯着我们，眼神深邃诡异，使人毛骨悚然。

　　我们费力地刨去蒿草，准备刨坑时，不远处响起窸窸窣窣的脚步声和阵阵咳嗽声，几个身影在矿灯黄光里影影绰绰。我听出来了，是万川叔的咳嗽声。万川叔手上提着茶水和蒸馍，身旁跟着十来个扛着工具的年轻人。看着我那张已被泪水、汗水和尘土模糊了的脸庞，他什么也没有说，脸上露出一丝苦涩的笑容，拍了拍我的胳膊，递给我一个蒸馍，然后抡起手中的铁锹，开始翻土。

　　两个坑挖好了，要回去拉我爹和玉梅了。我爹在几年前已给他置办好了棺材，半辈子过去了，也没攒几个钱，勉强请到方圆百里出了名的木匠葛建国，为他做了一副好材。我爹常说，人活一世，到头来图的就是一副棺材。我爹有棺材了，玉梅却没有啊。置办婚礼花光了所有的钱，我总不可能去找我岳父李明楼吧？他年纪大了，要是知道女儿走了，他在世间的光景就屈指可数了。我对不起玉梅，活着时候连个像样的睡处都没有，跟我在土炕上睡了一晚，就那样走了，死了我连个棺材都没办法给她置办，让她到了那边也没有炕睡。一想到这些，我的心就揪得疼，忍不住呜呜哭起来。

　　万川叔知道我的情况，他晓得我的难处，拍拍我的肩膀，对我说："我跟你爹一样，前几年就做好了棺材，先拿给玉梅用吧。这人啊，手上见了钱，就想赶紧给自己补贴点实用的东西，还能有啥么？不就是一副棺材嘛。"

看着万川叔，我不知该说什么好。

"我这身板还硬朗呢，"万川叔笑着说，"当下还用不上，过几年等你手头有钱了，给我重新置办一副。"

回去拉棺材，那群"猫头鹰"早已不见了，或许眼前的热闹使他们感到无趣，不如回家睡大觉。跑了两趟，我们将两副棺材拉到了老鸹洼，我爹和玉梅静静地躺在里头。要封盖埋他们了，我怎么也舍不得，看着我的玉梅，我就不住地掉眼泪。万川叔长叹着气，对我说，多看一会儿吧，天亮前入土。他和那几个年轻人窝在杂草堆里歇息去了。九斤疲惫不堪，早已打起了呼噜。我趴在棺材上，双手紧紧拉着玉梅的手，泪水在我脸上无声地流淌。我将玉梅的手贴在我脸上，她的手像是冻坏了，冷冰冰的，像一块石头，一直往下坠，快要陷进我的脸里了。

春夜的风多少有些寒气，柏树枝在风中微微晃动，玉梅的身体被夜晚的水汽润湿了。我的脑海里全是我在裁缝店初次见到玉梅的情景，嘴里顿时仿佛有一股白皮点心的味道，甜丝丝的，玉梅爽朗的笑声在我耳边一遍遍响起。一想到那么活泼善良的玉梅，就要静静地躺在山洼里，我的心脏疼得快透不过气。

眼看天要亮了，不埋不行了，万川叔也醒了，他将我拉开，招呼其他人把棺材盖封住，放进坑里。望着坑里的两副棺材，我又开始号啕大哭。他们抡起铁锹，往棺材上扬土。

那时候的我，突然像疯狗一样往坑里扑，九斤死死抱住我的腿，眼看两个人要一起跌进坑里了，万川叔抬起手，给了我一个耳光。他喊了一句：

"胡闹！"

带着潮润与朝气的晨光，从梦境中醒来，在崖畔上闪闪烁烁，跳起欢愉的舞蹈。一不小心踩到了碎瓷片，立刻涌出一股耀眼的光芒，透过柏树间隙涂抹在我那泪水纵横的脸上。初升的光芒使我的脸看上去亮晶晶的，万川叔说我的脸像那种剥开的水果，他想不起名字，只知道是那胖女人杨贵妃爱吃的。我感受到一股新生的气息从崖畔徐徐而来，仿佛寒冬里的一股暖流沁入心脾，我的嘴角莫名地微微上扬。

荒草丛生的老鸹洼里，添了两个新的坟冢，犹如撂荒的田地又重新开垦了。

当温润的阳光直射到山洼里时，众人扛起工具，拖着疲惫的脚步，往回走去。万川叔告诉我，要想在益庄活人，就要学会做人做事呢，甭管旁人如何看如何说，咱不能短了自个儿的精神，也得为后辈立德。万川叔的话随着清爽的晨风吹进我的耳朵里，吹进我干涸皲裂的心田间。我似乎领悟到了什么，朝万川叔谦卑地笑了笑。

回家后，顾不及歇息，我就拉着两袋面粉去郭老三家，轧了一百斤饸饹面，又请来在县里开面馆的黑球儿，黑球儿带来自己的铁皮炉子和两口大锅，一口锅炼猪油，一口锅熬酸汤。按照我的吩咐，九斤跑遍益庄，挨家挨户请人去吃悼念死者的饸饹面。

那天，益庄差不多所有的人都来吃饸饹面了，挖一大勺猪油放入滚汤里，再撒一把韭菜上去，油花拥抱着韭菜花，像是某种化学反应所产生的香味儿，弥漫在益庄的上空。我把婚礼剩下的光瓶西凤酒、宝成牌香烟，还有条子肉、八宝甜饭等吃食，全部端上桌。而我孤零零地蹲在一旁，看着他们热闹。他们的动作千姿百态，有埋头快吃的，有哈哈大笑的，有抽烟咳嗽的，有喝酒划拳的，有哼着小曲儿的，个个吃得油光满面，肚皮圆鼓鼓的，咧开嘴发出满足的笑声，牙上的韭菜在黄昏的霞光里闪闪晃晃，看上去像是一个豁口。吃罢饸饹面，他们坐在一起扯着家长里短的闲话，一直将日头扯得西沉，黑夜悄然袭来，才拍拍屁股，嘻嘻哈哈地走了。

这就是哀悼生命离去的整个过程了。死亡就如同一个过程的结束，另一个过程的开始，生者以自己的方式悼念完死者，继续以自己的方式若无其事地生活着。随着日头再次升起，益庄又在燕飞鸟鸣中恢复了往日的嘈杂与冷清。

玉梅死后，我像害了场大病，浑身无力地瘫在院里的梨树下，泪眼汪汪的，一会儿唉声叹气，一会儿又发出唢呐般的呜咽声。阳光照在脸上，凉风钻入裤管，虫子爬进耳朵，我都无动于衷，身上的泥巴结痂犹如朽烂的树皮。我的弟弟九斤像什么事情都没发生一样，一早就跑到县里去了。他的脸上布满昏黄的光晕，双手交叉在胸前，如同一位智者，每个字都像一颗钉子，扎进我的肉里，发出瓷器裂开般的声响。他坚定地说："活着，像牲口一样活着，只要活着，比啥都重要。"然后头也不回地走了，去县里了。

对于玉梅的死，我不知如何开口告知我的岳父李明楼。一条活生生的生命啊，新婚第二天，女儿就死掉了，做父亲的怎么能承受得了啊。然而，天下没有不透风的墙，就像没有秘密能被益庄人藏着掖着一样，"秘密"要是能被保密，那"热闹"就不再热闹了。你不去说秘密，但你只要放开它的手脚，秘密自己就会像小孩、像兔子、像蚂蚱似的，蹦蹦跳跳地跑到外头去。

埋葬完玉梅的第二天，正当我深陷于如何告知岳父李明楼关于这一切时，有人慌慌张张地跑进了我家院子。

吕万才还未平复气息，就哼哧哼哧地告诉我，他提着麻袋在街道收破烂时，看到李家裁缝店里围满了人，凑上前去看，发现李明楼躺在中间，旁边看热闹的人告诉他，李明楼死了，被他的女婿王八斤给气死了。

听到这个消息，我像被火焰烫着似的从地面跃起，惊恐不安的神情如同闯了祸的孩子，眨巴着那双疲惫不堪的眼睛，眼珠子滚来滚去，两行浑浊的泪水顺着斑驳的脸流了下来。片刻，惊恐不安消失了，代之的是麻木不仁。我顺势瘫倒在地，坠向黑暗无底的梦境深渊。

在声声呼唤里，我缓缓拧过头，看到一张沾满煤灰的脸正望着我，那张脸上干裂的嘴巴一张一合，没有发出任何声音，一双黑乎乎的糙手，抓着我的衣领，晃动了几下，接着我就看到那双手抽向了我的脸，我听到了响声，并且感受到了疼痛。有疼痛，证明自己还有知觉，还没有死去。我猛然发出紧促的喘息，像被人从水里捞了上来。这时，我听到那张嘴发出的声音：

"你可要振作哇，要好好活啊。"

听到万川叔这么一说，泪水又模糊了我的双眼。

万川叔和吕万才如两棵树栽在我跟前，看着我被厚密的树叶遮盖。他们将我拉起，要我稳稳地站住。万川叔告诉我，有人路过李家裁缝店，看到李明楼坐在柜台旁的躺椅上，吧嗒着烟锅，哼哼着秦腔调调。那人感到诧异，就走进去问："你咋还这么高兴呢？咋跟没事人一样？"李明楼从秦腔的陶醉中抽出来，看着眼前陌生的瘦小老太婆，满脸疑惑地说："我咋不能高兴？我又不欠人钱。"然后又把眼睛闭上，哼起了秦腔。

"瞧你这话说的！"老太婆说，情绪变得有些激动，"女子都死了，有你这么当爹的么？"

"你他娘的才死了！"李明楼大喊，猛地睁开眼，从躺椅里拔出屁股，"有你这么说话的么？"

"当我闲得慌，"老太婆说，气得直跺脚，指着李明楼，"当我吃饱撑的，不信你就看去！"谩骂着出了店，对围观的人群说，"真是奇了怪了，有这么当爹的么？"

李明楼只觉自己的呼吸有点沉重，胸口有些发闷，他看到围观者的裤裆间有一个熟悉的面孔。李明楼抓住王九斤的胳膊，把他拉进店里，怒吼着质问他，到底怎么回事，是不是有事情瞒着他？王九斤吞吞吐吐地说出了实情。李明楼的脸顿时拧作一团，脑袋微微晃动，眼睛直直地盯着王九斤，鼻子里发出拉风箱般紧促而沉重的气息。他吃力地抬起颤抖的手，抓住自己胸前的衣裳，连咳三声，一口血喷到王九斤的脸上，踉踉跄跄跌回椅子里。

王九斤大张的嘴巴如一口深井，突如其来的恐惧从里面喷薄而出，一个后趔趄使他跌倒在地，拉着哭声连滚带爬到外头。这时，他看到了不远处的范万川，驴一样拉着装满煤的架子车，一根麻绳深深勒进他窄细的肩膀里，腰快弯到地上了。

王九斤惊慌叫喊："万川叔，万川叔……"

范万川听到喊声，缓缓抬起头，看到是王九斤，于是褪下肩膀上的麻绳，一手扶着车辕，一手顶着后背，艰难地抬起腰。

王九斤脏污的袖管在他沾满鲜血的脸上抹来抹去，哆哆嗦嗦地告诉范万川：

"又死人啦。"

"李明楼死啦。"

4

有人耷拉着脑袋搓手,不说一句话。有人长久地愣怔住,深陷梦境的幻象之中。有人长吁短叹,自语着一些惋惜与心疼的话。有人仰起脸面,像在望着自由飞翔的大鸟和流动的云彩。那时候的太阳已经升高,挥洒着耀眼的光芒,使戏台侧面的铁皮熠熠闪光。阵阵晨风从广场上吹起,轻抚众人的脸庞。

我感到胸口有点发闷,鼻子一阵作酸,侧过头去看小树。小树低着头抠指甲,眼睛和眉毛挤在一起,鼻尖上挂着一滴晶莹的水珠,不知是泪还是汗。我伸手去拉小树的手,他猛然一激灵,扭过头对我嘿嘿笑。小树这么一笑,我也跟着咧嘴笑了。

台上的吕万才捋着胸前的领带,面露得意之色,咳了几声,朝侧台吐了口痰,盘腿坐下,抿着干裂的嘴巴,对台下的人群说:

"先讲到这儿吧,剩下的后晌再讲。嘴皮太干了,比做生意还累人。"

台下瞬间炸开锅,有人跳上戏台,拽住吕万才,急忙忙地喊:"不行,今天必须得讲完,哪有讲热闹讲到一半的?"

"是啊,没有你这样做事的。"有人喊,伸手指着天,"把人吊在半空,比摔死还难受。"

"先静一静,我来说两句。"人群里有人喊了一声。我赶忙扭头去看,秦有福挥着胳膊,一脸的严肃。秦有福在大伙的目光中走到最前排,双手交叉放在胸前,看着台上的吕万才,若有所思地说:

"你讲了这么多,有两个小时了吧,大伙也听了两个小时了。我想替大伙问一句,这和那个年轻女的有啥关系?她怎么还没出现呢?"

"你甭着急。"吕万才不满地说,嘴里"咝——"了一声,"没有前边的铺垫,就没有小蒿草他妈的出现,好热闹都是一环套一环,哪有那么简单啊。"

"你根本就不晓得后边的热闹吧?"又有人喊,"你就直说呗,大伙见怪不怪的。"

"谁说我不晓得？"吕万才急迫地喊，从地上跳起来，指着大伙，"没有谁比我更晓得。"

"那你就快讲呗，"台下众人起哄，"大伙可都等着听热闹呢。"

我和小树也跟着喊："快讲呀，你快讲呀。"

台上的吕万才扯了扯领带，撸起袖管，右脚使劲往地上一跺，搓着手说："那我就继续讲，让你们知道什么叫真正的热闹。"

说起来，我岳父李明楼也挺可怜的，他的妻子坐月子时，吹了一阵风，人就受症死了。那天李明楼上地去了，玉梅娘躺在炕上，没一会儿就睡着了，瘦小的玉梅像玩具似的躺在娘身旁，睡得香甜。风掀开帘子，呼呼往里钻，玉梅娘觉得自己的头冰冰凉凉的，整个身子软弱无力，想翻身却起不来。等李明楼回来，玉梅娘的头已如炭火般发烫，鼻子里发出冗长而浑浊的气息，接着就呕吐不止，还没来得及送卫生院，人就断气了。

热心肠的邻居给这个善良上进的年轻人介绍亲事，李明楼微笑着通通婉拒，他怕女儿玉梅会受气，自己委屈点也罢了。李明楼打了大半辈子光棍，既当爹来又当娘啊。多年前跟师傅学裁缝手艺时，李明楼将女儿放进脊背上的背篓里，后来玉梅长大了一点，就把她绑在自己的腿上，让女儿在他跟前玩。一堆碎布，玉梅能玩一整天，不哭不闹。女儿长大该上学了，李明楼便从师傅的裁缝店出来，开始自己单干。李家裁缝在方圆百里渐渐有了名气，日子一天天好起来，玉梅却被我给害死了。一想到这些，我的心就抽得疼，我恨不得把自己给揍死。

我整日百无聊赖地躺着，天晴日晒时躺在院里的梨树下，天阴下雨就进屋躺到炕上，饿了就随便找点吃的，只要能拉住命，别让它离我而去就够了。我不知道自己要做什么，还能做什么。自玉梅死后，我就随她而亡了。万川叔来过多次，让我和他去拉煤，见我无动于衷，说让我跟着他就行，不用我出力，我仍不吭气，万川叔骂我丢了魂，比死人多一口气，唉声叹气地走了。九斤整天也不见人，吃在街道睡在街道，有一回他回来了，把半只鸡放到我跟前，一声没吭又走了。

如此浑浑噩噩的日子过了三个多月，直到万川叔折了腿，我才从梦魇中逃出来。那时候天气已经变得炎热，我在梨树下铺了一张席子，白天躺在上边，晚上也睡在上边，跟前放着一盆凉水，渴了就把头塞进去喝两口。那天，我正在树下睡觉，九斤着急忙慌地跑进院子。我已经有七八天没见到他了。九斤满头大汗，全身都被汗水浸湿了，他脱下上身的半袖，裸露着松松垮垮的肉皮，端起我跟前的那盆水，灌了几口，随即从他的头上浇下去。九斤大口喘着气，用手抹了把脸，然后告诉我，万川叔摔断腿，住进益王县卫生院了。我愣怔在那里，好半天回过神，抓起身下的半袖就往卫生院跑。

万川叔是在拉煤途中，被一辆飞驰而过的三轮车剐进水渠的。三轮车没有停，冒了一股黑烟就溜了。万川叔的右腿折了，脸上、胳膊上和脊背上几处蹭伤，躺在水渠里，低声呻唤着。过往的拉煤三轮车像没有看到他似的，呻唤声全然被三轮车的声响掩盖了。两个多小时后，一位捡垃圾的流浪汉看到了万川叔，那时他已被烈日晒得奄奄一息。流浪汉给万川叔喂了一些水，背着他叫叫嚷嚷着跑进县卫生院，医护人员听到喊声就围了上来，将万川叔送进抢救室，流浪汉在嘈杂忙碌的人群中离开了。

我跑进病房，从未见流过泪的万川叔，第一次哭得像个小孩，捏着我的手，像是要说什么。我将耳朵送到他跟前，他抽泣着告诉我：

"这地方来不得哇，又他娘的得花大钱了。"

万川叔焦急而活灵的神情在沉寂而弥漫着死亡气息的病房中显得很不协调。饱经沧桑的万川叔躺在病床上，慨叹时间验证了他无处可逃的命运的捉弄，命到这儿了，由不得自个儿。一位白净圆润的大夫走到病床前，问我是不是病人家属，我说是的，他让我尽快去把费用结了。我先是一愣，然后赶忙点头。万川叔有气无力地喊着，声音如一把锈迹斑驳的剪刀，任凭使尽全力也无法剪开冷冰冰的铁皮。万川叔悲伤地喊：

"过路的三轮车撞翻了我，医药费应该让他掏哇。"

那位大夫机械似的笑了一下,问万川叔:"三轮司机在哪儿?没有看到啊。"

万川叔拉着哭腔说:"早他娘的飞走了。"

大夫又机械似的笑了,缓缓地说:"那就等他飞回来吧。药也先停了,我们陪你等。"

"别说了,"我对大夫说,"我去结账。"

大夫板着的脸立刻变得滑润了,长出一株奇怪的植物,朝挂起的药瓶点点头,转身走了。

我顿时有一种强烈的压迫感,不可名状的悲伤如刺鼻的药味从走廊里飘来,我像病人哆嗦着身子,喘着粗气。万川叔低声呜咽,喉管里发出砂纸正在打磨铁棒的声音,时轻时重的,听得我头皮发麻、心绪缭乱。我坐在床边,垂着脑袋,手足无措。九斤坐在角落,靠着墙打盹。我转过身,抬起头看万川叔。这时他也抬起了头,用被角擦拭眼泪,难为情地看着我。我想告诉他,我去筹钱吧,回益庄试着借一借。万川叔又一次捏住我的手,另一只手从枕头底下抽出一串钥匙,放到我手上。他告诉我,最大的那把钥匙,是屋门锁的,系红绳的那把是立柜锁的,最小的那把是木匣子的,木匣子就放在立柜的最底下,取出所有的衣服和杂物就能看到。木匣子里头的那些钱,是他攒了一辈子的积蓄,全部拿来交给卫生院吧。接着又小声嘀咕了一句,像是对自己说:

"日他娘的卫生院。"

我找到木匣子,取出钱,清点一番,四百二十八块钱,医药费是五百一,根本不够啊,我身上又没有钱,屋里更没有。实在没办法,只能在庄里借,我挨家挨户去借,跑了十几家,一分钱也没拿到。大伙都是难为情地挠挠头,故意打马虎眼,扯别的话题,问我吃了么,准备接下来待庄里还是去外头闯?完了就夸我两句,说我有魄力,有脑子,能成事。我只好笑笑,扭头走了。

眼看天要黑了,钱还没有凑够,我是干着急没办法啊。走着走着就来到马三家门口,我看到有两只羊拴在门前槐树上。通常这时候马三放羊刚回来,进屋喝茶去了,让羊在外头卧一阵,拉完屎再进羊圈。我没有多想，解开绳拉着羊就走。不知是我运气好，还是羊本身就很听话，没闹没叫跟着我出了巷子。于是我就更大胆了，拉着它们朝前跑。跑了一阵，羊就累得跑不动了，咩咩叫个不停，我就使劲拽，就算把它们拽死，也得拖去县里的羊汤馆。事后要是马三打听到是我把羊牵走了，那我也不怕，要杀要剐随便吧，更何况死无对证，咱不欠理儿。费了好大的劲儿，我才把羊弄到桥下偏僻的一家羊汤馆，这样一来也不怕马三打听。喝了两碗羊汤，吃了三个坨坨馍，从羊汤馆里出来时，除去万川叔木匣子里的四百二十八块，我兜里还揣着一百三十四块。

从缴费室出来，已是十点多了，天色看上去依然明晃晃的，繁星布满夜空，宛若无数双眼睛，神仙的眼睛，注视着凡间的一举一动，凡人们的喜怒哀乐看在眼里，却无动于衷，只会眨巴着冰凉的眼睛，像在欣赏一场舞台剧。我讨厌神仙，讨厌他们那副高高在上的样子，只视人间烟火，却不食人间烟火。我坐在台阶上盯着那些眼睛，它们居然不会感到害臊，反而愈发闪亮。我却感到十足地无力和悲伤，起身回病房了。

万川叔挂着药水，眼睛闭着像是睡着了，眉头紧锁使脸上的纱布扭在一起。九斤早已不知去向，许是饿了，去街道找吃的了。我坐在床边的小马扎凳上，脑子里匆匆闪过无数个虚无的画面，什么也没有，却好像什么也都包含了。在那种混混沌沌的状态中，我进入了梦境。醒来时已是深夜，只觉脖子僵硬，浑身疼痛无力，脑海里却烙下一个深刻的印记：我要想办法弄钱。

伤筋动骨一百天，怀胎生娃十个月。在万川叔出院回到益庄调养的三个月间，我换了几茬活儿：去矿井下驾辕拉煤，当了半个来月的煤黑子，出憨力不挣钱；又去镇上的羊场当学徒，学习养殖行业，见效太慢，不挣钱；随后又到县上的欢乐饭店当服务生，那是益王县最大的饭店，空闲时间跟着后厨师傅学做菜，颠勺是个苦差事，也不挣钱。几个月就那么折腾过去了，又回到院里梨树下，浑浑噩噩地躺日子。而那时万川叔早就下地干活儿了。农家人是耐不住清闲的，骨子里就是出力劳作的贱命，做牛做马的贱命，累死累活的贱命，稍许停歇就觉自己像是在路边撒尿被人看到一样害臊，脸上挂不住。

万川叔不再拉车送煤了，也拉不动了，他拖着一条跛腿，侍弄几亩庄稼地，种玉米和小麦，成天在田地里忙活。不知从什么时候开始，他钻研起民间社火了，利用农闲当儿制作了高跷和旱船，张罗着要给益庄成立锣鼓队和旱船队，并信誓旦旦地告诉大伙，总有一天他们的旱船要划到北京去，他们的锣鼓声要在北京城里四处飞扬。

北京？我为何不去北京闯荡一番呢？可又一想，我去了能干什么，干什么能挣钱？我突然没来由地想到了龙哥，接着便想起韩雨。不知韩雨如今过得怎么样？她会不会恨不得将我碎尸万段？想到这些，我的心里又是一阵揪疼。突然而起的一股小旋风，从不远处的园子里旋来，将散落的树叶和飘浮的尘土归为一团，变戏法似的向前移去。我的思绪如同那团树叶，在旋风的驱使下整合为一，于是我听到自己脱口而出两个字：

"罂粟。"

我要种罂粟。我顾不了其他的了。我要让殷红的罂粟花开满益庄的山野田园。我要靠种植罂粟发家致富。我的想法使我激动不已，我听到了自己内心的欢呼声。旋即从地上蹦起，追上还未远去的旋风，跳进去，用脚乱踢树叶，张牙舞爪似的在尘土飞扬的院子里耀武扬威。

5

我重回狼沟矿，驾辕拉了一个月的煤。这个过程我是兴奋的，是幸福的，我整日有着用不完的力气和精力，因为我正朝着我的梦想迈出了第一步，坚实的一步。一个月下来，我拉够来回省城的路费，还余下一部分钱，我要全部用它买罂粟种子。我用手帕把钱裹好，揣进衣衫内兜里，给灰布包袱里塞了十个蒸馍，路上饿了吃。火车上有水，渴了就拧开水龙头，用嘴直接喝。那天傍晚，我背上包袱出了益庄，夕阳的余晖将我的影子拉得很长，像一条无限延伸的乡间小路，通往理想的灯塔。晚风吹拂脸庞，虫鸣窸窸窣窣，我兴高采烈地奔向火车站。

在摇摇晃晃的火车上，整个人一直处于迷迷糊糊的似睡非睡的状态，隐隐听到耳旁有嘈杂的说话声，可我无法醒来。在我痛苦挣扎与无声呼喊中，我感到有什么东西一点一点地涂抹在我的脸上，暖暖的，痒痒的，我的心顿时变得平静。我咧开嘴笑了。这么一笑，将我自己笑醒了，望着窗外，我的脸上依然挂着笑容。原来是光亮。初升的晨光从窗外移动的旷野中露出半个脑袋，暖烘烘的阳光映照在玻璃上，使清晨的水汽夹着长长的尾巴恍然消失了。不多会儿，阳光就变得猛烈，于是我拧过头，打开包袱取出蒸馍。一口气吃罢两个蒸馍，又去水龙头上喝了个饱，走回车厢时，我看到座位对面坐了一位老汉，花白的胡须垂到胸口，像过年县里戏台上吼秦腔的演员。他的胡须在清风中微微飘荡，细看样貌也并非年迈，只是胡须给人以假象，其实也就五十来岁的样子。老汉歪斜的脑袋，紧贴在左肩上，眼皮耷拉着，如同两片炒焦的花生皮，整个人看上去很是疲乏。老汉怀抱一个包袱，看不到里头装的是什么。我坐下去时，他微微抬起眼睛，看到了我，便长久地盯着我。被这么一双眼睛盯着，我有点不好意思了，把头拧到窗外，望着天上棉花似的朵朵白云，远处的树木和群山被远远地抛在身后，又迎来新的树木和群山，梦幻般无穷无尽。

良久，对面的老汉开口说话了。我以为他睡着了，他却笑盈盈地问我要去哪里。他的头仍偏着，在笑声里上下晃动。他的口音很像那个小店老板，使我又想起了韩雨。我告诉他，我要去发财。他问我发什么财。我心想多一事不如少一事，索性不理他。老汉的好奇心被吊了起来，如一口痰卡在喉咙，上不来下不去，看上去很难受，咕哝着嘴，胡子也上下涌动。老汉眨巴眼睛望着我，坐立不安的样子让我觉得好笑。

过了一阵，老汉咧嘴一笑，宛然一副成竹在胸的模样，悠悠地说："我家那地方，除了罂粟，再没什么能发财的。可只要谁碰了那玩意儿，迟早都得完蛋。"老汉的脸上闪过一丝忧愁和凝重。他的头始终紧贴肩膀，我真怀疑他天生就那副糟糕模样。

　　老汉的话使我充满激动，他似乎看出了我的兴奋，长吁一口气，神情凝重地说："我就是完蛋的例子。"老汉告诉我，大烟抽死了他的爹和哥，抽出来的债全部落到他的头上，要债人一棍子抡到他的肩上，他就成了这副狗熊样，头始终贴着肩。老汉翻着眼皮，无力地说："他娘的，到现在了，还在还账。"老汉叹了口气，捋着白胡子，严肃而坚定地告诉我，人活着，比啥都重要，命要是没了，还图个啥？像王八一样活，活他娘的二百岁。

　　我对老汉说："没钱，活也是白活。白活一世。"

　　老汉吃力地晃晃脑袋，前倾身子问我："啥最重要？"

　　我说："当然是钱。"

　　"错了，是媳妇。"老汉说，眼睛盯着我，"有了媳妇就如虎添翼，慢慢地啥都有了；没有媳妇就雪上加霜，快快地啥都没了，人就死了。"

　　老汉抱紧包袱，挪动屁股，对我说："你还年轻，这世界都是你的世事，甭着急。"他歪着脑袋盯着我，像是要在我脸上找到答案。

　　老汉问我："你成家了么？"

　　我告诉他："我不成家，忙着挣钱呢。"

　　"这样可不行，"老汉说，"男大当婚女大当嫁，这是老规矩。你能遇到叔，说明跟叔有缘。这样吧，叔给你说个媳妇？怎么样？"

　　我突然想到，我爹闭眼前交与我的事情，要我给九斤寻一门亲事，于是我假装想了想，对他说："行呀，哪里的姑娘？"

　　老汉的脸上立刻浮现出笑容，他告诉我，是他家的姑娘，要是我乐意，跟他在下一站下车，去他家里。虽说这事有点蹊跷，有点不可思议，可我也没管那么多，先跟着去看看呗。一个残老汉，怕他害我不成？

　　下了火车，走到城外，我跟着他上了辆破旧的大巴。汽车绕着坑坑洼洼的盘山土路，爬了两个多小时，在一个荒无人烟的路口停下。我跟在他身后，不安地走了一段路，那时不远处出现了稀稀拉拉几间房屋，老汉告诉我，就快要到地方了。这个名叫鸡窝沟的偏僻山村，四处荒凉不堪，笼罩在黄土飞扬的沙尘里。我愈发觉得奇怪，走上前挡住他，质问他是不是在骗人，是不是压根儿就没有什么姑娘？看着他那张布满皱纹的脸已被飞扬的黄土涂抹得模糊不清，我就知道自己的脸成了什么样子。我瞬间感到怒不可遏，抡起拳头准备照他头上砸去。老汉赶忙喊了一声，拉住我的手，要给我说实话。老汉吞吞吐吐地告诉我，姑娘确实有，他没有骗我，只是那姑娘不是他的闺女，而是他的嫂子。我感到自己又被他给耍了，气冲冲地要动手。老汉嚷嚷着，说他没撒谎，他的嫂子其实才二十来岁，是他哥花了二百块钱买回来的。

老汉摁住我举起的拳头，要我听他慢慢道来。两年前的一个深夜，他哥扛着一个麻袋回来，第二天他就看到了那个姑娘。他哥告诉他，姑娘是从别人手上买来的，姑娘被她的丈夫强奸后，生下一个女娃，她的丈夫和公公就将她捆起来打，打了个半死，身上全是伤。生下来的女娃被她丈夫带出去丢掉了，至于丢到了哪里，她永远也不会知道。那年头女娃不值钱，根本没人愿意买，索性像丢掉一条狗娃猫娃那样丢掉。之后的一个来月，她趁他们不注意，偷偷喝下一瓶煤油，吞下三根铁钉，妄想被送医院救治，她就有机会逃跑或让人报案，但他们并未送她去医院，而是找来村上的赤脚医生，给她开刀救治。不久后那男人出去寻生男娃的秘方，途中遇车祸被撞死了。她的公公婆婆觉得要她也无用，就给卖掉了。这家人当初也是从别家买来的，前后被卖了好几茬，说不清经了几手。也不知道她叫啥名字，二百块钱买来的，干脆就叫她二百。老汉喘着粗气，说道：

"我哥把那姑娘扛回来，她昏迷了一晚上，第二天早上就不见了，最后还是被追回来了。掏了钱的，咋能说跑就跑？被我哥狠狠打了一顿，锁进屋里。后来还跑过，被村人抓住给送了回来，我哥就拿铁链子把她拴到屋里。"

老汉兴致勃勃地告诉我，二百越是拼命反抗，换来的毒打就越凶狠，打了不知多少回，头破血流的，人就老实了，成了闷罐子，不哭不闹的。渐渐地，村里人都知道他哥娶了个年轻漂亮的大学生当媳妇，笑盈盈地来家里看。谁家的母猪生下了大象，谁家的公鸡下了蛋，谁家新媳妇刚生出的娃儿长着尾巴……大伙带着这般好奇赶来了，饶有兴趣地参观被铁链子拴着的满身污秽的二百。大伙见状，对二百的来历也就能猜出个八九不离十了。他哥也干脆不隐瞒，直接告诉村民，二百是他花了二百块钱买来的，并让大伙帮忙留意，别让她跑了。大伙并没有指责他哥，而是开起了玩笑，说他哥有福气，老牛吃上了嫩草。几个老不正经的男人向他哥打听人贩子的信息，嚷嚷着自己也要换个年轻漂亮媳妇，结果被家里的悍妇手持擀面杖追着打。村上的老太太哼哼着小曲儿，扭着小脚，隔三岔五来家里，劝说二百要认命，好好过日子，生个一儿半女就踏实了，女人嘛，怎样都是活一世。二百听不懂她们在说什么，但只要看到她们的笑脸，就挣扎着唾骂回去，换来的又是他哥的毒打。时间一长，二百精神有些崩溃，整天呆头呆脑的，死狗一样蜷缩在墙角，一儿半女没见个影儿，倒是生出一身毛病。后来，他哥死了，他也拿二百没办法，放了吧，怕惹来麻烦，索性就那样拴着，不饿死就行。

一股狂风吹过，尘土眯了我的眼睛，我才回过神，赶忙拉衣襟去擦。我突然感到自己的两条腿在打抖，心脏跳得很快。

老汉继续说："好赖还是个大学生呢，不吃亏的，就给你当个媳妇吧。"

"我可没钱，"我说，"谁他娘的愿意要一身毛病的。"

"其实没啥毛病，只是人有些闷。"老汉压着嗓子说，用手挡着嘴，怕被人听到似的，"其实我哥那方面有问题，他不生，不是二百不生。"

"你怎么知道？"

"他自己去检查后晓得了。这事多丢人啊，不能声张呀，要是村人知道了，不得把他笑话死。后来在城里一个名医那儿定期抓药，说是吃够十八个疗程，准能生儿子。药没吃完，人就抽大烟死了。"老汉取下背着的包袱，打开让我看。"我以前给他取过药，知道那地方。人没了，寻思把剩下的药拿回来，兴许以后用得上。"

老汉又说："你给一百，把人直接带走。"

"我没那么多钱。"

"你有多少？"

"六十。"

"六十就六十吧，算是叔扶你一把，"老汉说，"年轻人都不容易，好好过日子吧。"

我跟着老汉来到坡底几间破破烂烂的房屋前，歪歪扭扭的木棍拼成的栅栏，围挡着屁股般大小一个院子。老汉小跑着，扯开嗓子朝屋里喊：

"老婆子，来客人喽。"

帘子被掀开，闪出一个戴红头巾的老女人。老女人细长的眼睛在我身上停留了一下，又回到老汉的脸上。老汉轻声细气地向老女人说明情况，老女人的脸上瞬间出现了奇奇怪怪的笑容，她拨开老汉，笑盈盈地朝我打招呼，让我进屋喝茶。

老女人倒好水让我喝，天干灰大，润一润嗓子，然后示意她要出去。老汉告诉我，老婆子去领人了。半杯茶的工夫，我听到窗外有动静，一阵窸窸窣窣的声音，于是侧过头往外看。老女人拉着一根铁链子，链子另一头是一个女人的细脖子。年轻女人瘦小单薄，面容呆滞，身上裹着一块絮絮落落的脏污的布单，机械样挪动步子。

"别进来！"老汉对着窗子喊，站起身，"先给收拾一下再来见人。"嘿嘿笑着坐回凳子，对我说，"搞得有点脏，洗洗就体面喽。"

我听到院外有舀水的声音，又侧过头往外看，西边草棚里，老女人将年轻女人拽进水瓮，一瓢一瓢地舀水，往她头上浇。年轻女人惊叫了几声，老女人就照她头上拍了几巴掌，骂骂咧咧着："又不是杀猪，叫啥叫？你他娘的可真臭呀。"我不时侧过头往外看，又扭回头呷口茶。过了好一阵，我听到一串哗哗笑声从院里传来，接着就看到老女人走进来，手上拉着一个模样俊俏的姑娘。老女人停下嘴里哼哼的调调，笑盈盈地说：

"这模样，不比唱戏的演员差吧？"

"野鸡变凤凰！"老汉哗哗笑着说，看着我，"你赚大了哇，小伙子。"

姑娘的肤色有点黑，看上去像是少数民族，脸上和脖子上有几块淤青，额头上有一道长长的伤疤，延伸到侧脸上。她木木地杵在那儿，耷拉着脑袋，好像什么也听不见。

老汉告诉我，回去时不能坐火车，以免惹出不必要的麻烦，坐汽车好，安全省事，别人问起，就说是妹妹，生病了。老汉从立柜里取出一包药，告诉我那是可以让人安宁的药，吃下去就只顾睡觉了。然后吩咐老女人给姑娘吃下。

我背着姑娘，老汉执意要送我上车，有他带路，我也省事。路上，我无意间侧过脸，发现老汉正眨巴着皱巴巴的眼皮上下打量我，猪大肠一样褶皱的脸上笼罩着神秘而又诡异的气息。老汉的神情使我瞬间感到全身发热，莫名的恐慌席卷全身，两条腿没有了力气。我停下脚步，故作镇定地盯着他。这时候老汉解开衣襟，把手伸了进去，从内兜里掏出一包东西，递给我。我捏了捏，正面背面翻看了几遍。牛皮纸包裹着，看不到里边是什么东西。老汉嘿嘿笑了，笑出了声，拍着我的肩膀，悠悠地说：

"你不是一直想找这东西么？"

老汉的话使我感到困惑，那时候风吹得更紧了，尘土飞扬一层又一层涂抹在我的脸上。我赶忙扭过身，闭紧双眼。我的眼前并不是一片黑暗，而是被红色所覆盖，殷红的花朵热烈而奔放，正在争先恐后地飞速盛开。血红的汁水从花瓣上流下，汇聚成无数条血管似的河流，向前汩汩流动。我知道，那是大地的经络，我断定，那是生活的希望。我突然哗哗笑了，笑声将我拽回尘土飞扬中。我的恍然大悟使我感到前所未有地激动和满足。我连声感谢老汉，将牛皮纸揣进兜里，恭恭敬敬地告诉他，是他拯救了我。

回来的路上，我不禁回想与老汉相遇的那些事情，老汉递给我牛皮纸时脸上的诡谲神情在我眼前不断闪现，不知怎么，我感到一阵后怕，我开始怀疑老汉说过的话，一切都是他编造出来欺哄我的，甚至怀疑他压根就没有哥哥，他就是倒卖姑娘的，一直寻找买主，碰巧遇到我。这事说给任何人听，都没有人会相信的，但这的确是事实。事已至此，我也顾不了那么多，怎么说，我都赚了。

6

  我是在第二天深夜回到益庄的,悬着的心终于落地了。姑娘昏睡了一路,我真怕她会死过去,过一阵摸一下她的心跳。一路上没吃没喝,更没敢停歇一分钟,到县城下了车,已是后晌。人多眼杂,我在没人的地方坐着,困得要命,扇自己耳光保持清醒,一直等天黑,才起身往益庄赶。

  九斤睡在梨树下那张席子上,嘴里发出哼哼唧唧的声音,银盘似的月亮被黑夜的大手托在半空中,月光穿过树枝间隙照在他身上,那模样真像一只猪。我把背上的姑娘放到地上,刚一落地,九斤就咕噜一下坐起身,眼睛直直地看着我。我说他做梦娶媳妇呢,真是傻人有傻福,梦还成真了,平时睡觉沉得跟死猪一样,知道娶媳妇呀,猪就变成猴了。九斤满脸疑惑,看着地上的姑娘,又抬头看我。我告诉他,人是你的,你的媳妇,爹要我给你寻一门亲事,我做到了,他老人家在天上该安息了。

  九斤的胀泡眼睁得很大,像骡子的眼,呆木的神情在他脸上转瞬即逝,代之的是激动和喜悦。九斤从地上蹦起,抱着我的腰,朗朗地笑了,发出一连串镢头与铁锨碰撞般咣咣当当的笑声。又赶忙松开我,扑到姑娘跟前,凑近脸细看。我告诉九斤,六十块钱买来的媳妇,名字就叫六十,人有些呆滞,但不影响生孩子。九斤头也没抬,盯着他的媳妇,激动的声音在月光笼罩的院子里蹦蹦跳跳着,连声说,太好了,太好了,是个女的就行。看着九斤那副模样,既可怜又可憎,我真想照他屁股给一脚。过了一阵,九斤问我,他媳妇有啥病呢?跟死了一样。我告诉他,六十吃了迷药,估计很快就会醒,再三叮嘱他,把六十看紧,别让她跑了,千万别让庄里人知道这事,以免惹来不必要的麻烦。

  六十是在天快亮时醒来的,她既没有哭也没有闹,目光木木地落在灰暗的屋顶。九斤嘿嘿笑着,抓住六十的手,暧昧地说:

"从今以后,我就是你男人,你就好好给我生儿子。"

六十长久地仰着头,眼前的一切仿佛乌有,仿佛远久的一场惊梦,又仿佛一个令人厌恶却又无力的恶作剧。九斤的笑声在我耳边响起,我睁开眼,发现他正奋力地往炕上爬,如一只蚕蛹往树上爬。九斤爬到炕角拿走我的裤子,盖在六十身上。我没有说什么,闭上眼睛睡去了。

在梦里我又看到那片热烈而奔放的殷红的花朵,鲜嫩柔软的初升的阳光一样,在益庄的山沟梁峁、角角落落迅速铺展开来,梨树般高的枝干和碾盘大的花苞,在阳光的挥洒中生机勃勃,舞动着优美而灵巧的身姿。我在殷红的世界里奔跑嬉戏,等待果实的成熟。突然我就醒了,着急忙慌地跳下炕,那时九斤正在呼呼大睡,六十死了般坐在木板床角,神情木然地望着屋顶。我跑过去,一把从六十身上扯过裤子,手伸进兜里去掏那包牛皮纸,这么一掏,就把我给套住了,一下子陷进绝望的境地,顿感脸烫耳烧,像犯了什么错误。我将手里的衣服上下抖搂了几遍,扔到一边,一把抓起六十抡到地上,将床板翻了个过。九斤被惊醒,疑惑而惊恐的目光落在我身上。我抓住他的脖子,狠狠地瞪着他,大声朝他喊:

"东西呢?"

"啥东西啊?"

"兜里揣的,牛皮纸裹着。"

"没有看见啊。"

我又扭过身,一把掐住六十的脖子,问她兜里的东西去哪儿了。她依旧望着屋顶,呆滞的眼睛变得通红,两股浑浊的眼泪涌了出来,大张的嘴巴发出微弱的咿呀声,怪异诡谲如将死老鸹的叫声,抑或被病痛折磨的呻吟声。九斤慌忙扑上来,抓住我的手,嘴里支支吾吾着,央求我放开他媳妇,有话好好说。我松开六十,看着她像一棵断头的菜苗溜到床板上,鼻子里发出沉闷而急迫的喘息声。我告诉九斤,牛皮纸里裹着发家致富过好日子的法宝,裹着我的命,要是弄丢了,我得死,咱都得死。九斤没有吭声,木木地看着我,眼睛里是一种一无所知的苍白。我一把将他推得栽了两个跟头,撞到墙上。我拾起衣服，匆忙跑出院子。那时候天已经亮了，松软的阳光照在我焦急而苦闷的脸上，使我有一种丑事被公之于众的感受，无数双眼睛如冰雹噼里啪啦打在我身上。我一路猫着腰，沿着昨晚回来的路找了个遍，一直到县上，除了煤灰和尘土，什么也没有。晚上回到家，我瘫在梨树下的席子上。我的梦碎了，破灭了，猪尿泡一样泄气了。殷红的花朵蔫了，死了，被烧着了，化成灰了。我感到自己的骨头也被烧着了，大火熊熊燃烧，天空和大地葬身火海，世界化为灰烬。

我就那么浑浑噩噩地躺了三天，往事如群羊进山般争先恐后地从我脑子里蹦出，秦腔戏一样在我眼前重新上演，我笑了，哭了，怒了，哀了，慌了，乏了……突然好像就想开了。在那个月光冷清的夜晚，所有的情绪萤火虫般聚作一团，忽高忽低地飞，飞过树梢，飞过院子，往远处去了，越来越远，越来越高，光亮越来越暗，如一片微弱而繁盛的星，最终消失在天际。月亮的小舟缓慢划着，划呀，划呀，白昼与黑夜正在缓慢而有序地交替着。

第二天，我来到狼沟矿找崔矿长，告诉他我要到井下驾辕拉煤，请他帮我安排。崔矿长是我和万川叔吆骡子拉煤时认识的，人高马大，有情有义，对我们很照顾。有一回拉煤，三轮车插队挤在我们前头，说跳蚤一样的架子车还来拉煤，装不下羊屎蛋大小的煤块，都没有他三轮车一路上漏得多。崔矿长正好出现了，对三轮车主说，你当年不也是拉的架子车呀，只要肯吃苦，肯出力，架子车就能变成三轮车。三轮车主嘿嘿笑了，难为情地搓着自己的下巴，说崔矿长说得对，架子车变三轮车，离不开崔矿长一直以来的照顾。说着就把三轮车开到后边，让我和万川叔先装。还有一回，几个三轮车主因装煤发生口角，大打出手，都头破血流地住进了卫生院。最后崔矿长出面调解，挨个给讲道理，告诉他们，过日子都不容易，大家起早贪黑跑车拉煤，为了啥，不就是为了把日子过好么？有智吃智，没智吃力，咱下苦的人就应该团结起来，像一支部队，像亲兄亲弟一样相互帮扶，把日子搞好，随后又帮每个人付了医药费。

去年早春，因意外事故，矿上出了人命，一名下井工人偷偷将一大卷铝线塞到自己裤裆里，缆车升到半空，裤裆里的铝线掉了出来，挂在缆绳上，这名工人慌了，眼看到井口，被人发现就不好了，挨骂是小事，主要是丢人啊。他赶忙解开身上的保险绳，前倾身子伸手去抓铝线，差一点，就差那么一点，再多倾一些，多伸一点，于是整个人就摔下八百多米深的矿井里。井上人发现异常，赶忙下井去看，过了许久，几个人连呕带吐上来了，声音颤抖地叫嚷，没啦，死啦，脸面模糊啦，黏糊糊的稀泥一样，摔烂的红瓤西瓜一样。按说这事和崔矿长没有多大关系，就是有，也不是他一个人的责任，因为是联办矿，合股制，但他还是将全部责任揽了下来，赔了家属人命钱，又忍辱负重坐了十多天牢。当我听到这些事情时，打心眼里敬佩崔矿长，崔矿长的佳话在十里八乡风吹一样传开了。后来我才得知，崔矿长自幼农耕，卖柿子担草，吆骡子驮炭，靠自学识文断字。农业社时是突击队标兵，去铁路当民工，社教后当过多年生产组长、副队长、队长、大队农机站长，平整农田，兴办煤窑，劳心费神，料理村政，改善社员生活。这样一位德高望重的人，谁能不敬佩呢。

　　之后，我一边在狼沟矿井下驾辕拉煤，一边干地里的农活，起早贪黑，苦乐并存。我告诉九斤，每天屋里都要留人看住六十，别让她跑了，以免生出事端。九斤像变了个人，不再瞎跑了，整天扑在六十身上干那事，心急火燎地要造个娃儿。六十哇哇大叫了好几回，我怕她的喊叫声被庄里人听见，就警告九斤，一个礼拜只能干一回，而且每回要把六十的嘴堵住，别让她喊。九斤虽说很不情愿，但也只能照办。以防万一，我让九斤在屋里大干一场，我在院里的梨树下躺着听，实验三回，最终确定了合适的力度和速度，确保不会有任何桃色音传出。

　　梨树开花结果落叶发芽，时间就这样叮叮咚咚地来到第二年，而六十的肚子始终干瘪得如同烫死的种子，更别说发芽开花结果了。九斤急了，也害怕了，他能不急不害怕么？在六十身上扑腾一年了，干了不知多少回，各种姿势都来过了，自己累得腰酸背疼，到头来一场空，蛋也没生下。九斤把这样的结果归咎于六十的身子，说六十的身子已经败坏，那玩意儿就如同一把笊篱，把种子全给漏了，跟着尿哗哗啦啦流到地上。九斤死狗一样瘫在梨树下，一句话也不说，就那么瘫了一整天，到了晚上突然站起身，像被人扔远的土疙瘩一样轰轰隆隆地滚进屋，扯住六十的头发，一顿脚踢拳打。

我回来看到九斤还在抢着他的胳膊，就赶忙冲上去推开他，恶了他一眼，嚷嚷着，他娘的心真硬，下手没轻重。那时六十早已昏死过去，血从口鼻里涌出来，腥腥的一大摊，黑乎乎的，带着一股腐烂味。脸上、胳膊上、脖子上、腿上，黑一片青一片红一片的，如废弃矿井架上斑斑驳驳的铁锈。我指着九斤的鼻子训斥他：

"要是把她打死了，钱就白花了，你就打一辈子光棍，让王家到咱手里断后，让爹在九泉下不得安宁。"

九斤的脖子梗直伸得像一根铁棍，眼眶通红如血泊，目光凶狠地瞪着我，气冲冲地喊："你是大哥呀，你怎么不给王家续上香火？"

他这么一问，就把我给问住了，喉咙里像卡了一口浓痰，上不来下不去，呼吸都艰难了，那个难受劲啊，憋得我只好抬起腿，朝九斤的身上踹了三脚。我喘息着告诉九斤："自玉梅死后，我就没打算再成婚，以后要再敢对我这样说话，我就踢死你。"九斤趴在地上，哭哭啼啼的，鼻涕涎水糊满脸，斜眼瞪我，一副委屈样。我指着他，淡淡地说："别急着哭，传不了宗接不了代，续不上香火，有你哭的时候。"

日子如火车在铁轨上飞奔前去，离弦之箭一样射向远方，没有任何犹豫与寡断。门前的梨树、槐树、桐树、柳树、皂角树越长越高，刺荆、尖草、索草、蒿草、禾谷英越长越旺，而人却越长越少，活着活着就炊烟般消散了，没影儿了。烟囱坡前前后后几十户人家，病的病死了，老的老死了，年轻的外出打工了，年长的怯怯地跟着子女，累赘一样好赖活着。剩下中间那些不少不老的，随着世事的发展，就都搬出烟囱坡，到上头庄里住了，盖了新房，打了水井，拉了电线，日子有眉有眼了。只剩我和九斤还在沟里，吃的是沟渠的水，住的是土房，用的是煤油灯。我们死活都不搬，也不能搬，因为我们有六十，不能让人知道六十呀。

三年的光景，煤块一样被我手中的铁锨装到车上，运往远方的世界；精液一样从九斤的裤裆里喷射而出，涌进六十双腿之间那朵腥臭而赤红的蔫花般的穴地里。六十的肚子依旧平坦如土地，而九斤的肚子却像孕妇一样胀起，整个人看上去如同一个浑圆的肉球。我骂他好吃懒做，家里没有什么粮食，居然能肥成那样，要是整天大鱼大肉，还不得肥死。九斤反倒一副委屈样，说他变成那样都是为了啥，不就是想给王家延续香火嘛，不就是想让爹地下安息嘛，不就是想完成哥哥的愿望嘛。说着便流下眼泪，垂着脑袋哭泣。说起延续香火，我就更来气，抬起腿狠狠地踹他一脚，我问他，这些年拢共干了多少回了？不下一百回吧？结果呢？成绩呢？蛋呢？崽儿呢？九斤哭得更来劲了，哇哇喊叫着，双手在我面前挥来挥去。

"咋？想咋？"我大喊，瞪着他，"你还想打我？"

"我没有。"九斤说，赶忙收回手，抽泣的模样像一个被丢弃的孩子，"这不怪我，都怪她，"九斤指着墙角死人一样的六十，"她身子败坏了，她根本就生不了，浪费我的弹药，我都快弹尽人亡了。"

听九斤这么一说，我忍不住想笑。"人不行怪路不平？拉不出屎怪茅坑？"我指着他，训斥道，"说到底就是自己裤裆里那玩意儿不行，割下来喂狗吧！"

"你行你来呀，"九斤哭喊，歪着嘴，斜着眼，"我不生了，我那玩意儿是废物，不如喂狗去，满意了吧？"

从那天起，白天我照常去狼沟矿井下驾辕拉煤，晚上回来吃罢饭，就在六十身上干两回，若是有些疲乏，就只干一回，要是兴奋了，那就得干三回。六十干枯如柴的身子骨，在我身下发出咯咯嘣嘣的声响，每当我用力顶去时，都会听到雪压枝断般的咔嚓声，这种咔嚓声使我感到兴奋和激动，于是更用力地去顶，咔嚓声也愈加响亮。在咯咯嘣嘣与咔咔嚓嚓的美妙交响乐中，六十脸上冰块样的气息恍然消散，接替它的是一层白森森的迷雾状的气息，影影绰绰，琢磨不透，叫人着迷。

九斤白天在家看着六十，有时出于赌气，他会爬到六十身上，吭哧吭哧地干一场。这样的日子又过了一年，仍然没有什么结果。九斤嘲笑我，说我和他一样，也是不生，裤裆里的玩意儿是个摆设，不如喂狗去吧。我冲上去，照九斤屁股就是一脚，踢得他栽到了地上。我每天都在郁闷烦躁中度过，为此六十也挨了不少打。

之后不久，有一回我提前下工回来，想看看九斤在干什么，就悄声细气地走到屋前，隔着窗玻璃看。眼前的场景使我咣当一下怔住了——六十平躺在地上，不断用拳头狠狠地砸向自己的肚子，如益庄的妇女用碓锤砸碓窝里的辣子。每砸一下，她的身体都蛇一样蜷在一起，脸上涌出短暂而强烈的痛苦，很快就转为喜悦而满足的享受，抽大烟似的，在吞云吐雾间缥缥缈缈。我的脑袋嗡地一响，如一声炸雷劈在身上，双腿像狂风中沉甸甸的麦穗一样摇摇晃晃，快要折断了。一些模糊不清而又使我惶恐不安的画面，如一群苍蝇在我眼前飞来飞去，赶不走，打不散。我听到拳头砸在肚子上发出沉闷而厚实的声响，一阵钻心的疼蔓及全身，好像无数双拳头砸在我的身上，空气也跟着惊慌慌地抖动起来。

我一下子明白为何三五年过去了，六十的肚子一直平淡得如同庄稼地，为何一直不下蛋，生不出崽儿。我明白了，我全明白了。这样突然的"明白"，使我身体猛然一软，顺着墙如稀泥流到地上，蚂蚁、苍蝇和一些小虫子倏忽惊慌失措，跌跌撞撞闪开了。我的脸紧贴地面，天旋地转使我头晕目眩想要呕吐，天和地混沌一体，我深陷梦魇中，这种感觉比我失去爹还难受。这或许就是人常说的，真相往往会叫人眩晕，叫人付出代价，甚至丧命。半响，我好像有了点意识，黄土的温热使我清醒了一些，那些蚂蚁、苍蝇和小虫子不知何时又回来了，爬满我的身体，在我身上蹦跶跳舞，嬉嬉闹闹。我试着动了动胳膊，发现身体有了一些力气，我用手支撑地面，两腿蹬地，好让身体蜷曲，缓缓立起。良久，我的力气恢复如初了，愤怒和狂躁随着力气的恢复也占据全身，火焰一样蹿到脑子里。积聚的热量火山般轰然喷发，将我冲了出去。我抬起脚轻轻一踹，门上的锁子就咯嘣一声断裂了，子弹一样射到院里。

六十惊叫一声，身体触电般弹起，又重重摔下。那声惊叫又似乎不像是六十的声音，好像屋里还有别人，或是本身就有什么东西，它被关在墙缝里，关在土块中，关在炕洞里的草木灰中。六十的惊叫使我猛然一颤，然后打了个喷嚏。在喷薄而出的唾沫中，我像疯狗一样扑上去，撞倒六十，骑在她身上，抓起她的左手，像掰细棍一样掰断了她的小拇指。在六十的惨叫声中,我抡起拳头就往她的脸上砸,一拳下去她就不叫了,死寂了,一动不动,半晌才发出一阵短促的喘息声,如同决堤的河坝,大水奔涌而出。既然没有死,我就继续打,脸变形了就往肚子上砸,拳头抡乏了就换脚踢。我一边打一边喊:

"这几年你杀了我多少个儿子和侄子,你这个毒妇,你不得好死!"

这时候九斤冲了进来,提着裤子像从茅房奔回来。九斤慌忙拉我胳膊,问我怎么回事。我告诉他事情经过,说他的媳妇杀死了他的儿子和侄子。九斤树一样栽在那里,抖落一地枯黄的叶子,发出扑扑簌簌的声音。逐渐转为冗长的喘息,再到短促的吞吐,接着便哇哇大哭,瘫坐在地,捶胸顿足,大声嚷嚷:"早给你说了,不是我不生,你还不信,这下知道了吧,都是这坏心肠干的。"九斤哭喊着,抓住六十的脖子,举起手要扇下去,颤抖了一阵,却狠狠地扇在自己的脸上。

我取了一瓶跌打药,让九斤给他的媳妇六十擦上。跌打药是万川叔给我的,有一回我拉煤时扭伤脚腕,在家歇了两天,万川叔一人去狼沟矿拉煤,崔矿长没看到我,打听才知缘由,就给了万川叔一瓶祖传跌打药,让他带给我。一个来月后,六十脸上的淤青渐渐消散,手脚有了力气,挣扎着可以坐起身。九斤弓背顶着她,使她靠着墙不会溜下去。六十仍旧是那副比死人多一口气的样子,木木地盯着屋顶,眼睛也不眨一下。待她身子骨恢复了一些,我拿给九斤一条铁链,让他把六十拴起来,王家一日无后,就一日不得解开铁链,干那事的时候也得戴着,确保她的手没法碰到肚子,并让九斤给六十跟前放两个盆,一个用来吃喝,另一个用来拉撒,没有我的允许,谁也不能打开铁链。九斤耷拉着脑袋,疲惫地点点头,说六十那根指头已经断了,谅她也不敢再打肚子了。

时间的列车又重回往日的轨道,我们各自驰骋在其中。我照常去驾辕拉煤,吃苦能干,热烈团结,崔矿长让我当了组长,手下有十四个组员,我们兴高采烈又忙忙碌碌,井底蛙一样活在八百多米深的地下。不知怎么,我瘦了好几圈,整个人看上去脱相了,原本干瘦的脸上出现了两个凹坑,轻轻一按,微微发酸。因为暴瘦,我的脸和脖子似乎也变窄变长了，工友们私下叫我驴头组长，庄里人干脆直接叫我驴头，一些疯跑玩耍的小孩，老远就喊我驴头王八斤，小心风把脖颈吹折了。

九斤看管六十，整天在六十身上忙活着。九斤的任务简单却不普通，说小一点，关乎到下蛋下崽，说大一点，关乎到传宗接代，为社会主义创造接班人。我每天回家吃罢饭，照常会帮九斤一把，为王家延续香火出一点力，添一把柴。火越燃越旺，烧得人浑身发出毕毕剥剥的声响，如每逢喜事的爆竹声。六十的肚子在这毕毕剥剥中变得蓬蓬勃勃，凸起一座圆滑的小山包，渐渐变为浑圆的大吊瓜。看着六十那般难受的样子，我也有点不忍心，但一想到之前的事情，我又无能为力了。我把铁链放松了一些，并让九斤寸步不离地守在她身边，我尽可能不去干活，给崔矿长请了假，说我最近心脏有些不舒服，崔矿长不但提前给我结了工钱，还多给了一些，让我去卫生院好好检查一下，静心休养，早些回去。

一九九三年夏的一天拂晓，六十肚子里的崽儿出生了，是个有鼻有眼的小男孩，长得像我。九斤说长得像他，我告诉九斤，要是长得像你，那他娘的就完蛋了。六十看上去像被骡子嚼过的草渣一样，缩成一团，枯枯地瘫在地上。我让九斤解开六十身上的铁链，并给九斤一些钱，让他去袁大爷家买两只鸡回来。九斤一脸认真，说那些鸡是袁老汉的儿子，他不肯卖的。我让九斤把手里的钱全部给袁老汉，就算是亲儿子，他也会卖的，还会感激咱。

鸡汤端到跟前，六十嘴也不张，像没闻到没看见一样。我让九斤给她硬灌下去。六十有了鸡汤的滋润，如同庄稼有了肥沃的土壤，草渣样干瘪的身子，渐渐有了水汽，不到半个来月光景，身体如树枝般舒展开来，脸上有了益庄月子婆娘的气息了。

当我和九斤争论起，到底是谁为王家延续了香火，让爹地下安息时，却怎么也说不清。九斤说小蒿草是他的儿子，小名是他给起的。我说王好是我儿子，大名是我起的。我们争论不休，却也满心欢喜，这争论也是幸福的争论。最终我们达成一致，决定不论是谁生的，都是亲生的，我是大爸，他是二爸。

　　我们三个人的儿子小蒿草，真像蒿草一样野蛮生长，在风吹日晒中长起来了，其实说起来，他还从未跑出过大门，每天独自在院子，和蚂蚁、黄蜂、苍蝇、蚊子、麻雀、屎壳郎、泥土、树叶、野草、微风、阳光、细雨一起玩耍，到了晚上就和我睡在另一间屋子里。渐渐地，他能听懂话了，我告诉他，他的妈妈身体有病，脑子也有病，冷不丁地发疯，庄里人会打她，把她带走，他就再也见不上她了，所以要看好她，千万别让她出屋半步，也别进屋里去，惹恼了她，会打死他。小蒿草似懂非懂，圆溜溜的大眼睛里掠过一丝忧伤的愁云，眨巴眼睛望着我，朝我点头。我突然很难过，摸了摸小蒿草的脑袋，在心里对他说，小蒿草啊，是大爸对不起你，不能让你和其他孩子一起疯跑玩闹，你要是疯跑去了，你的妈妈就跑没了，咱仨大老爷们就完蛋了，让你隔着门缝看你妈妈，其实都是怕你受到伤害，所以你别埋怨大爸啊。

　　好在小蒿草很懂事，也很听话，等他长大了一些，就成天坐在他妈屋前，一刻也不离，有时会和跑过的蚂蚁说上两句话，问它们在忙啥呢，然后自己回答，忙着搬家呢；有时会给趴在他胳膊上的蚊子说话，你一定是饿啦，快吃快吃；有时会仰头抻长脖子，满眼的柔软和光亮，悄声细气地问梨树梢上的小鸟，你们要飞到哪儿去呀，小鸟叽叽喳喳飞走了，他便朝它们挥手再见。小蒿草再长大了一些，他就一边看着他的妈妈，一边干一些活儿，有时是一堆玉米，有时是一簸箕毛豆，有时则是一袋子花生，他盘腿坐在地上，一颗一颗地剥。瘦小的他，都没有一株花生蔓高，把他遮得严严实实。两只小手抓着一颗玉米棒子，像抱着我的腿，都没法下手了，于是他就用一只脚踩住玉米棒子一头，左手按着另一头，右手在上边抠，每抠一下，嘴里就蚊子嗡嗡似的"哐——"一声，抠几下，就赶忙抬起手，像被烫到似的放到嘴上吹一吹，自己给自己鼓劲儿，说小蒿草是男子汉，小蒿草最勇敢。其实这些事都没人让他做，但这孩子就是太懂事，太懂事的孩子容易叫人心疼。

　　天擦黑，我从狼沟矿回来，看到小蒿草仍坐在他妈的屋前剥玉米，风把他的脸吹出一层一层瓷器般的纹路，细小的干皮如刚露芽的麦苗，在夜风里微微摇动。我的心里很不是滋味，让他别干了，自己去玩一会儿，他嘿嘿笑着不说话，低下头又兀自剥着。我气冲冲地走过去，一脚踢翻了他跟前的筐子，这孩子怎么不听话呢？装作没听见？小蒿草被吓到了，木头一样不动了，明晃晃的眼睛微微发红，像雨后的麦田般潮润，渐渐变为决堤的河，泪蛋滚滚而下。手里的玉米咚一声掉到地上，骨碌碌滚前去，小蒿草这才晃晃脑袋，眨巴了几下眼睛，呜呜哭起来。

有一回放工回来，我听到有小孩的说话声，我吓了一跳，心想怕是有人来了，着急忙慌地跑进门。小蒿草说没有人，是他妈妈哼歌呢，我知道小蒿草不会撒谎，但心里还是有点硌硬，以防万一，我又把六十用铁链子锁起来了。我问他二爸去哪儿了，小蒿草说逛去了。自从小蒿草懂事以后，能看住他的妈妈了，九斤就成天在外头鬼混，不着家，看村人打牌，和婆娘们闲扯，饿了就随便蹭些吃的，隔几天去县里饭馆吃一回人家剩下的鸡鸭鱼肉。好在如今不同先前，他知道带回一些肉给小蒿草吃，小蒿草总是让给他的妈妈，说自己不爱吃肉。我骂九斤迟早要死到外头，要是让别人知道，惹出了事，大家就都完蛋。

真是想啥来啥，坏事就像长着耳朵，你只要提到它，它就会听到，然后迈开飞毛腿，风一刮就进了你家门，上了你家炕。警车风风火火地开到院外，那天我正好歇工，没有去狼沟矿，没想到就被警察给摁倒了……

7

"该来的迟早要来，躲不过，逃不了。"台上吕万才做最后总结，摊开胳膊，骄傲神气的目光与耀眼夺目的日光做着较量，"这就是命。"

有人喊："结束啦？"

吕万才答："结束啦。"

有人喊："落幕啦？"

吕万才答:"落幕啦。"

人群中瞬间响起嘈杂的议论声,土蜂一样嗡嗡个不停,前呼后唤变换位置,脸上凝聚着意犹未尽的神情,急迫地交换着自己对整场热闹的看法和观点,极力表明自己是一个充满智慧的听众,听到和理解到了别人不知的一面。有人为自己所阐述的观点使别人的脸上布满惊讶的神情而欣喜若狂;有人为自己的看法得不到别人的理解而垂头丧气;有人为自己刚插了一句却受到别人的挤对而破口大骂,甚至攥紧拳头,时刻准备干一架。

在吕万才三个半小时的滔滔讲述中,我听明白了整个事件的来龙去脉,途中的一些困惑也随着结局的到来风吹迷雾般消散了,留给我一种不可名状的沉重感与无力感。天旋地转,我在下坠。吕万才所说的人的命运与生活和大伙眼里的热闹与故事,都只是一场使人产生幻觉的迷梦,一场迷幻多变的魔术展演。我的记忆在灿灿烂烂的光芒里如朝露般蒸发了,空白了,干净了,仿佛从始至终什么都没有听到,没有感受到。一切都未发生过。但在小树那双失落又忧郁的眼睛里,我看到了清晰的自己,我知道所有的一切并不是幻象,是真真切切的感知与触碰,是割开白森森的肉皮而呈现在眼前的血淋淋的生活,是所谓的人的命运,该死的命运。

小树将他的目光从我脸上移到地上。他捡起一块土疙瘩,在手里搓来搓去,明晃晃的泪蛋迅速滑过他窄小的脸庞,掉到地上,砸出小坑,尘土微微颤抖,像大地皱起了眉头。寡妇李美芝仍旧平静地坐在那张小凳子上,阳光在她微微扬起的侧脸和宽厚的脊背上肆无忌惮地游荡,发出流水般的哗哗声响,她始终没说一句话,冬日的麦田般沉默着。我想知道那时候她在想些什么,就如同想知道小蒿草和他的妈妈今后的命运。一阵风吹乱了李美芝的头发,也吹碎了我皲裂的心。

有人嚷嚷着问吕万才:"这么丰富的故事,依王八斤那咣咣当当的大铁板一样的嘴,怕是讲不出这水平吧?你定是添油加醋了吧?"

现在,我可以肯定,当时吕万才的讲述的确有添油加醋的成分,带着明显的主观情绪,但作为一名合格的演说家,最基本的表现手法便是夸张,是添油加醋,从而在事情本身的基础上呈现出一种更为抓人心魄的艺术效果。

"添什么油加什么醋哇,这可是实实在在的实事呀,真真切切的生活啊。"吕万才认真地说,又扯了扯领带,双手交叉到胸前,鼻子有力地哼了一声,脸上闪烁着灵动的光,"我可是高中毕业的呀,只是重新组织了语言而已,把荆条编成了筐子,就这么简单。"

"哎呀,演说家呀!"

"真是演说家!"

"吕万才就是演说家!"

"演说家吕万才!"

大伙为吕万才精彩的讲述而欢呼叫好,为益庄出了吕万才这样一位演说家而感到欣慰激动,大伙纷纷表示,益庄要是能多出几个吕万才这样的人才,大伙的日子就更热闹啦。有人模仿吕万才演讲时的语调和动作,有人便叫叫嚷嚷着纠正他,说他演技太差,气质不佳,没能抓住人家吕万才的精髓,然后自己跑到台上,手舞足蹈般模仿吕万才,被吕万才一脚踢了下去,惹得大伙哈哈大笑,笑声蹦蹦跳跳着挤到一起,越积越多,冲到上空,豁然散开,篷布一样遮住整个益庄。在那蓬蓬勃勃的笑声里,日光如火焰般越燃越旺,滚滚烫烫地落在每张兴高采烈的脸上。

人们不再去提王八斤和王九斤,不再去提小蒿草和他的妈妈,似乎这些名字从未出现在他们的记忆里。当我此刻回想起那时人们激动的神态和夸张的动作时,竟有一丝悲伤和恐惧,他们的关注点使我感到匪夷所思,我为自己有这样的意识却无能为力而充满害臊。那场漫长的"热闹"留给益庄人的记忆,只有吕万才滔滔不绝的讲述能力,似乎吕万才才是那场"热闹"的主角。之后的许多个日日夜夜,吕万才的故事如日出和日落般在益庄周而复始,吕万才的风光飘荡在益庄的角角落落。吕万才一度成为益庄的风云人物,名气超过了范江鸿和赵顾晚,人们开始争先恐后地拜他为师,专门学习讲述"热闹"的能力。男的女的,老的少的,几十号徒弟在师父吕万才的带领下,纷纷走上戏台,开始了自己的讲述。吕万才逐个点评一番,又将益庄那些陈芝麻烂谷子的"热闹"再加工,重新以一种新的样貌面世。在徒弟们轰轰隆隆的鼓掌欢呼中，吕万才将自己的右手高高抬起，使劲抡向空中，空气像是瞬间裂成了无数块，发出玻璃破碎般噼里啪啦的声响。吕万才神秘兮兮地笑了一声，扯开嗓子，响亮地喊：
"这他娘的才叫演说！"

　　耀眼的日光在惊涛骇浪的嘈杂声中变得苍老，逐渐散去它蓬勃的热焰，如一颗柔柔软软的火晶柿子，释放出温暖诱人的气息，向西山缓缓沉没下去，天边被染成绸缎一样丝滑的火红。
　　我深怀失落回到家里，已是黄昏。母亲坐在碾盘上，端着一碗汤面，碗里红红绿绿的，有胡萝卜丝和野菜，辣椒油红红亮亮，浓郁的香味，潺潺汩汩在我的鼻子下和嘴唇间叮当作响。我瞥了一眼就低下头，默默地立住了。那时候不争气的肚子突然咕咕叫起来，发出指甲抠木门一样使人心绪缭乱的声响，不觉间口水从嘴角流出，丝线一样挂在下巴上，我赶忙伸出袖管去抹，同时抬眼偷偷地瞅母亲。母亲回了我一眼白，起身回屋了。
　　我顿感自己仿佛置身于荒芜的草坡里，像被羊群丢弃的小羊般慌张不安，头顶突然一阵抽疼，我取下帽子，伸手去摸，那个眼睛里流出了眼泪（也许是眼泪一样的液体），我在惊慌中掀起衣襟，擦拭掉头顶流下的眼泪。就在那时，我又一次感知到他的存在，我已有好几年没有那种感知了，我以为他已经消失，再也不会出现，但我却突然又看到了他。伴随着一股清凉的风，我听到一种奇怪的声音——鸟的惊叫声与机器的轰隆声混合的声响——不再是我出生时听到的那种类似于猫念经的声音——我仅凭自己有限的经验与飞转的思绪来判断，像从樱桃树顶传来，又像从地下传出。我看到一个影子从我眼前闪过——比我第一次见到时大了一些，在我的头顶上方盘旋，不知怎么，我依旧看不清他的相貌，我可以听到他翅膀震颤的声音。在我的眼中，他没有形状，没有颜色，是透明色，或者应该说是天空的颜色。我第一次开口对他说话。我小心翼翼地问他："你好，你到底是谁呢？可以让我看看你吗？"他没有回答。但我对他的感知更加强烈了，他就在我跟前，飘浮在我眼前，面带笑容目不转睛地看着我。被他那么盯着，我有些不自在，像犯了错误，正在被父亲训斥。我感到委屈和悲伤，抬眼瞪着他，愤愤地叫他开口说句话，他仍面带笑容盯着我。我吼了一声："你到底想怎么样呀？"话音刚落，我看到母亲气冲冲地走出屋，朝我大喊："你敢训大人了？翅膀硬了？"我愣怔住了，随即赶忙说，我没有顶嘴，我说别人呢。母亲问我，院子里还有其他人？我刚想要指他，他却突然冲向天空，躲进阳光里，消失不见了，我看不到他也感知不到他了。我看到母亲抬手指着我，听到母亲气愤地喊："今晚不允许你吃饭！"

他突然出现又突然消失，使我感受到威胁和恐慌，但我的确不知道他是什么，他是否真的存在。当我深陷自我怀疑中时，一个黑影从眼前闪过，我感到胳膊被什么东西死死咬住了，一股麻疼感蔓延全身。赵顾晚的脸如一张发黄的旧日历铺展在我眼前，暗黄的脸上描了几笔神秘诡异的神情，散发出令人恐惧畏怯的气息。我怯怯地望着他，伸手掰开他捏着我胳膊的手。他极不自然地笑了一下，丢开我的胳膊，慌慌张张地问我：

"怎么样啦？热闹的结局是啥？警察再不来了吧？"

赵顾晚的话令我困惑，在我的记忆里，他从未有过那样慌张的时刻，连说话声都颤抖不已，如狂风里的小树，哗啦啦抖落一身的叶子。几年以后，在我父亲死后不久，我再次见到赵顾晚时，才得知此刻他如此慌张不安的原因——赵顾晚和范江鸿将赌博赢来的钱，全都吃喝玩乐光了，从艳粉巷出来已身无分文。二人饿着肚子，拖着疲乏的身子，灰头土脸地朝益庄走，在刚离开县城不远的地方，一个学生模样打扮的瘦小伙边走边数手里的钱。范江鸿以教会赵顾晚变出"红桃3"为条件，教唆他去抢了学生手里的六块四毛钱，随后一口气跑回益庄。赵顾晚整日提心吊胆，坐立不安，躲在屋里不肯出门，院外丝毫的响动都会使他大惊失色，老鼠一样钻进粮仓里。他是那样地害怕警察或警车出现在他的面前，将一副锃光瓦亮的铐子甩在他手腕上，扭着他的胳膊，将他塞进监狱里。那样惊恐的日子持续了很久，但警察或警车并未出现，赵顾晚在时间的安抚下获得了拯救，渐渐恢复了往日的潇洒和自信。

第三章　群像与面具

1

那年不知为何，突然就刮起了"彩票热"，也不知那股风是怎样漂洋过海和翻山越岭，从遥远的城市刮进益王县的。但那股风从益王县刮到益庄，当然离不开吕万才出色的演说和范江鸿与赵顾晚勇敢的尝试——吕万才在县街道收破烂时，看到工作人员布展的场景，并且得知那是一个发财致富的途径，便开着他的三轮蹦子，风风火火地回到益庄，召集大伙传达最新"热闹"，沸沸扬扬地进行了一番演说。人们沉醉于兴奋与困惑的交织中时，范江鸿与赵顾晚通过眼神交流达成一致，扭头奔向益王县，做了益庄第一个吃螃蟹的人。

各类奖品和奖金堆积如山，武警围圈护卫，人山人海的壮观场面使他们震撼至极。争先恐后的光顾者，几乎每把都能中奖，拿到洗脸盆、毛巾、电饭锅、自行车等一些奖品。绕着广场转了一圈，有人嚷嚷着中了五十元，有人中了二百元，有人甚至中了一等奖两千元。巨款呀！当时益庄那些煤黑子的月工资才一百多元。这样的天文数字不免让人惊掉下巴。兴奋了，欢呼了，尖叫了，沸腾了，发狂了，疯癫了……益王县如同一锅沸水，咕咕噜噜地震颤着，释放着吞云吐雾般的热气。

两元钱可买一张彩票。范江鸿和赵顾晚用六块四毛本钱赌博赢来的八十块钱，换成四十张彩票，挤出乌泱泱的人群，开始手舞足蹈地刮奖，一张一张刮过，脸上烈火般熊熊燃烧的兴奋逐渐变成暴雨样噼里啪啦的失落——四十张彩票只中了七个洗脸盆和五条毛巾，也就是说，八十块钱就换来这些玩意儿。

他们难过了，失落了，但更多的是不甘，就像原本属于自己的东西，一瞬间被风刮走了，留下一地的念想。当得知第二天会推出"2元＋运气＝桑塔纳"时，他们心中被暴雨打灭的火焰又重新燃烧起来，兴奋与期待如赤红的火光般散发着叫人着迷的气息。他们将七个洗脸盆踩得稀巴烂，用毛巾擦了擦他们的脸和手，然后将毛巾丢到地上，互相击掌加油鼓气，得不到桑塔纳轿车誓不罢休。

他们带着最新火爆消息回到益庄，立即召集大伙来听热闹，告诉大伙现在全国都刮起了一股"彩票热"，这是国家的政策，是国家给我们平民老百姓的一份福利和祝福。范江鸿站在戏台中央，摆弄着他那潇洒飘逸的长发，信誓旦旦地说：

"你们知道一辆桑塔纳轿车多少钱吗？十三万呀！十三万是个什么概念，我也不好形容，反正整个益庄的钱加起来都不够零头，而且有钱也买不到桑塔纳，要有单位开的证明才行。那么现在机会来了，不但有桑塔纳，还有自行车，有电饭锅，有锅碗瓢盆。难得啊！大家发财致富的机会来啦！"

"还有奖金呢！"赵顾晚跨上戏台，补充道，"奖金极其丰厚，几块的，几十的，几百的，最高达两千块呢！"

经过吕万才的第一回演说，再加上范江鸿与赵顾晚的第二回演说，人们对"购买彩票可以发家致富"这个结论深信不疑，每个人的脸上都透露出内心隐秘的一面，小算盘拨打的噼里啪啦声响在益庄上空久久回荡。益庄人一时之间变得异想天开，将发财致富过好日子寄托于买彩票和刮彩票，大胆地做起"一夜暴富"的美梦。大伙不再下地侍奉庄稼，也不去狼沟矿井下驾辕拉煤，在范江鸿和赵顾晚的带领下，全体益庄人成群结队像一股大水似的涌向益王县，走上了他们的"致富道路"。他们将所有的积蓄都用来购买彩票了。

我父亲已经很久没有回来，我母亲说她的丈夫死到外头了，尸骨都没了。我母亲将家里的那点积蓄全部拿了出来，拉着我的手，一滴水汇进了大海，如一支军队浩浩荡荡地向益王县进发。结果却出乎大家的意料——除了一堆锅碗瓢盆外，什么也没有中到，自行车没有，电饭锅没有，奖金没有，更别说那辆他们日思夜想的桑塔纳轿车了。每个人脸上都布满一层灰沉沉的氤氲，丢了魂一样靠在墙上或蹲在地上。范江鸿安慰大伙，别因眼前的一点困难就轻易放弃，那可是桑塔纳轿车呀，它不是架子车，没那么容易得到。再说了，现场有许多人得到了二十、五十、二百、五百的奖金呀，都振作起来呀，该卖粮的卖粮，该借钱的借钱，大家决战到底！

我母亲起了个大早，太阳还没有露脸，她就在仔仔细细地洗涮自己，牡丹牌雪花膏在她的脸上擦了一层又一层，灰灰黄黄的斑点躲藏起来了，如雪落荒野覆盖了蒿草。我母亲换上她当年结婚时穿的红袄，只是衣服有点小了，或者说是人胖了，装不进去了。她难为情地拽着短了半拃的衣襟，领着我弟弟赵佳琦出门了。我母亲要去狼沟矿找她的丈夫，质问他这么久了为何不回家，要他当面道歉，给出具体时间，具体到哪一天几点几分必须回到家，完了之后再要点钱，去县上把那辆桑塔纳小轿车给抓回来。

十几分钟后，我母亲又回来了，自言自语着，还是不去了，当着那么多人的面，万一那没良心的东西给她甩脸色，再训她几句，就太丢人了，俗话说，蚂蚁都有三分脸呢，何况是人。不去了，不自讨苦吃，权当他死到外头了。再说了，就是要了钱抓到了桑塔纳轿车，也没人会开呀，成负担了，还是算了吧，那玩意儿跟咱没缘。

一个礼拜过去了，益庄家家户户的院子里都堆满了锅碗瓢盆，阳光在上边蜂簇蝶拥着，整个院落闪烁着明晃晃的光，人却像受了症一样，木木愣愣地蹲在锅碗瓢盆旁，垂着脑袋一言不发。终于有人清醒了，起身从农具屋取出镢头，将那些玩意儿砸得稀巴烂，然后扛起镢头下地干活了。接着便有第二家、第三家、第四家……益庄被轰轰隆隆的敲砸声包裹了，像新年的鞭炮声和敲锣打鼓声，给人一种春天到来的喜悦与舒适。塑料碎片飞得到处都是，益庄变得五颜六色，像山坡开满了花朵。人们的"一夜暴富梦"在冗长而响亮的声响里破碎了，咣当一声，惊落了一地的花瓣。

范江鸿和赵顾晚一时之间成了过街老鼠，严格来说他们不及过街老鼠，他们制造不出热闹，因为没有人再去理会他们。这不同于农忙时大人们不去理会小孩子的哭闹，不是没空理会，而是不愿理会，是一种冷漠，一种视而不见。冷漠和视而不见远比歇斯底里的怒吼与打骂更加残忍，更加使人感到绝望与孤独。人们认定是范江鸿和赵顾晚骗了大伙，是范江鸿和赵顾晚手持镢头将大伙的"一夜暴富梦"砸碎了，大伙失望了，伤心了，麻木了，不敢再"做梦"了，没有了积蓄，只能更卖力气去侍奉庄稼，去驾辕拉煤。

赵顾晚出门正好碰见隔壁的石中发和李兰英夫妇，他们正给三轮车加水，准备去拉煤送煤。赵顾晚笑盈盈地朝那边喊了一声："去拉煤呀，吃早饭了吧？"石中发和李兰英像没有听见，把桶放到车里，发动三轮车，车子吼叫着蹦蹦跳跳驶远了，只留团团黑烟在赵顾晚的面前飘荡，将他吞没。范江鸿在村子里晃悠，看到袁老汉吃力地摇轮椅爬坡，赶忙冲上去从后边推，袁老汉斜眼一看，摆手拨开范江鸿，自己溜下去，掉转轮椅走了。赵顾晚和范江鸿去县上逛荡，在街道碰到吕万才坐在三轮蹦子上抽烟，他们想搭便车回村，嘿嘿笑着跑了过去。吕万才看到是他俩，就赶忙扔掉手上的多半截烟，着急忙慌地发动车子跑了。范江鸿扯着嗓子在后边喊：

"你他娘的也参与了呀！"

"我他娘的没让大伙卖粮借钱呀！"

噼噼啪啪的颠簸声中隐隐混杂着吕万才的喊声。

赵顾晚和范江鸿坐在戏台上，满眼惆怅地望着灰蒙蒙的天，他们的面色也如那时的天空一样阴沉，笼罩着灰蒙蒙的愁云。瓜燕儿哼哼着凌乱的调调，蹦蹦跳跳地出现在广场上，跑到我和小树跟前，嘿嘿笑着。我们没有理会她。当她顺着我们的目光望向戏台，看到赵顾晚和范江鸿时，脸上的笑容瞬间消失，身体如电杆一样僵住了，突然"啊——"地大叫一声，老鼠见到猫般惊慌，拉着哭声跑开了。

范江鸿说："我想离开益庄。"

赵顾晚说："去哪儿呀？"

范江鸿说："没有想好。"

赵顾晚说："那你想去哪儿？"

范江鸿说："去外边世界看看，随便哪里，越远越好。"

他们望着远方的天际，年深久远地沉默了。

我和小树躲在一块大石后，听到他们的对话，心里很不是滋味，昔日的赌神范江鸿和小刀赵顾晚，怎么混到现在这个地步？他们身上的偶像气质似乎已荡然无存，代之的是浓浓的阴郁、忧伤和迷茫。我知道这一切的罪魁祸首都是那辆桑塔纳小轿车，要是能弄到那辆车，大伙就不会这么冷漠，益庄也就不会像现在这般死气沉沉了。

2

日子在我的失落与悲伤中变得磨磨叽叽，我常会看到时间如一位步履蹒跚的老人，在朦朦胧胧中散步一样闲悠，黑夜如蜗牛一样缓慢行走。我记得那天后晌，赵顾晚没吃饭就匆匆跑出院子，我意识到可能会有事情发生，便悄悄尾随他出了门。黄昏很快笼罩益庄，血红的夕阳像是从很远处的山坡上长起来的，将益庄的角角落落理所应当地抹成殷红，庄稼红堂堂的，戏台也变红了，晒场上数不清的麦秸堆，屋顶烟囱升起的袅袅炊烟，还有那些树木、河流、土地，它们都红了，就连地上的蚂蚁也换上了红衣裳。天空在燃烧。当时我是那样痴迷于眼前的景象，它带给童年的我无比的震撼和激动。我的心情却突然由红色变成灰色，充满了悲痛和绝望。就在一分钟前，我还偷偷跟在赵顾晚和范江鸿身后，可现在，我把他们跟丢了。

范江鸿穿着那件黑亮的皮夹克"战袍"，嘴里哼着田震唱的《执着》，腋下夹着一个蓝色的像是钱包的玩意儿。英俊潇洒的范江鸿走在殷红的小路上，仿佛置身于一幅油画中，鲜艳的光芒涂抹在他年轻的脸上，使他看上去神气十足。很显然，他的心情格外好，我知道他准是又要去赌钱了，我的心早已雀跃起来，迫不及待想要将这个爆炸消息告诉给小树。在我激动不已时，一眨眼的工夫，他们拐过戏台就消失在殷红中。我快跑了一会儿，却看不到他们的身影，我一屁股坐在地上，内心的悲伤如决堤的河水翻涌上来，我感到自己像被一下子扔进黑暗的无底深渊里。泪水模糊我的双眼，悲伤溢满我的心田，我感到头顶的眼睛在鼓动，一顶一抽，一阵钻疼。地面隐约在晃动，不远处的山啊树啊也在晃动，但又似乎未动，就在这动与不动的迷幻状态中，我看到小树朝我跑来。

小树挥舞着高举的双手，欢笑声随着他的脚步连蹦带跳着，他激动地告诉我，他看到"赌神"和"小刀"朝烟囱坡走去，一副雄赳赳气昂昂的将军样，身后跟着几个和我们年纪一般大的孩子，如一支轰隆隆的军队。他抓起我的手，我们一起往烟囱坡跑。他说城里来的"赌圣"要挑战"赌神"，要把范江鸿赢得裤衩都不剩，要让范江鸿屁滚尿流。听小树这么一说，我扑哧一声笑了，小树也跟着笑了，天上红色的云在我们的笑声里颤抖不已。我们知道，没有人能赢得了范江鸿，他从来都没有输过，那个什么"赌圣"不过是自取其辱，他会输掉裤衩，屁滚尿流呢。

我和小树赶到烟囱坡，王八斤家门口不远处的那棵柿子树上已挂满了孩子，比柿子还要多呢，他们倒挂在树上，圆滚滚的眼睛灯泡一样明晃晃的，照亮了坐在空地上的几号人，有范江鸿和赵顾晚，还有几个陌生面孔，我猜最前边那个肥头大耳的胖子，就是小树说的"赌圣"吧。把守的两个壮汉不允许我们下去，我们就赶忙挤到树杈上。我们已经来晚了，再也不能错过任何一个精彩瞬间。树梢有几只麻雀叽叽喳喳叫个不停，小树折断一根树枝，朝麻雀身上打去，稚嫩的声音摇摇晃晃："去你娘的！别影响爷爷！"麻雀似乎很识趣，慌忙逃走了。

"怎么样啦？"我问旁边的小伙伴，"谁输谁赢呢？"

"那还用说！"刘凯不屑地说，嘴上挂着两条黄虫鼻涕，一个嫌弃的眼神深深地剜了我一下，"赌神范江鸿从没输过！"

我们伸长耳朵，瞪大眼睛，许许多多的眼睛和耳朵在微风中形成一块巨大而灵动的屏障，任何动静也甭想逃过。霎时间，那条"泥鳅"又出现了，开始翻江倒海起来。

"快看！赌神范江鸿又赢啦！"刘凯激动地大叫。众人也都跟着欢呼。我看到范江鸿将赢来的一沓钱装进蓝色钱包里，他微微上扬的嘴角浮现出藐视一切的神气。赵顾晚蹲在范江鸿身旁，眼里满是骄傲和兴奋。又过了三五把，范江鸿依旧稳赢。那个胖子"赌圣"脸上的肥肉开始抽动起来，整张脸变得难看至极，鼻尖上的水珠在光的照射下格外晶莹，闪烁着粼粼波光。此刻的我，回想起当时的情景，仍然沉浸在对范江鸿无限崇拜的热烈气氛中。

啪！一个响亮的巴掌拍在旁边的树上。胖子这么一拍，像是拍在了自己的脸上，他的脸瞬间变成猪肝样的深红色，他发疯般大喊："你他娘的是不是给牌动了手脚？我就不信你每回都能赢。"

"放屁！"范江鸿说，依旧是那副骄傲的样子，"王八蛋才动手脚！"

胖子身边的小弟站起身，指着范江鸿，嚷嚷道："你他娘的绝对动手脚了。"

"血口喷人！和你们这些人耍牌，我懒得动手脚！"

胖子一脚踹翻放牌的石头，气急败坏地喊："今天不把赢的钱还给老子，就别想走。"

"试试看吧！"范江鸿说，缓缓站起身，脸上的淡然瞬间变为令人害怕的愤怒，"是你邀请我来的，我本来就不想来。"

"你敢让老子搜身吗？我就不信你身上没有多余的牌。"

"你他娘的要是搜不出来咋办？"

"你说咋办就咋办。"

"那你就给老子低头道歉。"

范江鸿抬起双臂，胖子身边的小弟开始在他身上来回搜摸，结果当然什么也没搜到。树上的我们兴奋地欢呼起来。胖子似乎意识到这个残酷的事实——范江鸿身上除钱包外，什么也没有。我能看得出，那胖子不是可以轻易容人的角色，但我也知道范江鸿从不会害怕任何人。事情已经闹得很僵，但总归得有个结局，看怎样结束吧。我的心里响起一阵轰隆隆的打鼓声。那时树上的我，或许比空地上的任何一个人都要紧张，我热切地希望胖子赶紧收手，然后低头认错，请范江鸿出来，这样我们又可以跟在他身后当小弟了。

这时候天色暗了下来，地畔的光亮一瞬间变得黯淡，范江鸿的脸也暗了下来，一切显得平和而沉稳。胖子嘴角微微上扬，像是笑了一下，转身往后走了几步。顿时我们都松了一口气。可谁知那胖子从裤裆里抽出一根铁棍，大声吼叫让他的小弟抓住范江鸿。接着我就看到范江鸿和赵顾晚都被人死死地摁在地上。范江鸿破口大骂："放开爷爷，你们几个孙子，没有证据凭啥这样！"赵顾晚也挣扎着想挣脱束缚。两把明光锃亮散发着寒气的匕首，顶着他俩的脖子。范江鸿嘴里喊："有种戳死爷爷，爷爷不是吓大的！"赵顾晚立刻浑身战栗，鼻涕涎水糊满脸，嘴里呜呜哇哇半天蹦不出一个字。

胖子揪起赵顾晚的头发，恶狠狠地说："你他娘的只要别动，我就不会弄你，这事本来也和你没关系，我崔正龙在社会上混了这么多年，从来都是恩怨分明。"胖子让人放开了赵顾晚，他让赵顾晚去把范江鸿身上的钱掏出来，交到他手里，就平平安安地放他走，要是不照做，就先戳穿他的手掌。赵顾晚哆哆嗦嗦地从地上爬起，惊恐的眼睛里汪了一池浑浊的水，短促而急切的喘息声呼呼啦啦地从他的口鼻里喷出，如暴雨时沟渠流出的湍急而脏污的泥水。胖子呵斥道：

"快动手，别他娘的磨叽。"

赵顾晚挪动步子，摇摆着脑袋，怯怯地望向胖子，一副恳求的模样，浑浊的泪水旋即涌出，滑进鼻涕涎水里。胖子又喊了一声：

"快！"

铁棍的一头在他手上发出沉闷的声响。赵顾晚惊叫了一声，两条腿筛糠一样抖动不止，像受惊的母鸡连飞带跳扑扇着翅膀，昏头昏脑地冲上去，闭着眼睛扯开范江鸿的上衣，伸手掏出钱包和一把钱，交给了胖子。范江鸿木然地望着赵顾晚，好像眼前这个屁滚尿流的懦夫使他感到陌生，他想要在这张鼻涕涎水的脸上找到赵顾晚这样做的原因，但除了陌生他什么也没有找到。

"打！"

胖子大喊了一声。我看到一记重拳从胖子身后冲了出来，石头一样砸在范江鸿的脸上。范江鸿的牙可能被打掉了，喷出了血水。范江鸿发疯吼叫："我操你祖宗！操你祖宗十八代！"喊声如锋利的匕首呼啸前去。他拼力试图挣脱，却始终被死死地摁在地上。眼前的场景使我心酸地低下头，我想冲下去教训那死胖子，但我始终没有。我为自己的懦弱感到极其羞愧，更为自己已经意识到羞愧却不敢做点什么而充满害臊。那一刻，在这个世界上，再也找不出像我这样窝囊的人了。

胖子扭头朝旁边吐了一口痰，指着范江鸿，缓缓说道："我看你他娘的到底是手硬还是嘴硬！"然后让那两个壮汉把范江鸿的右手摁到石头上。我记不清细节了，许是我有意选择忘记的吧。范江鸿的右手被打成粉碎性骨折，后来成了终生残疾，右手始终软塌塌地耷拉在胳膊上，像被抽掉骨头的鸡脖子。赵顾晚抱头蹲在一旁，眼前的场景把他吓坏了，他浑身颤抖，失声痛哭。

我记得范江鸿撕心裂肺地叫喊，以后一定会报仇，那胖子很不屑地笑了一下，让人松开范江鸿。谁也不会想到，"以后"突然出现了。范江鸿缓缓直起腰，不露一点声色，看上去像什么事都没发生过，然后突然抬脚直捣胖子的胯下。胖子当时就栽倒在地，两手捂住裆部，杀猪般疯狂地打滚嗷叫，震得我们都要随树叶掉下去了。他的几个小弟也被吓蒙了，像困的狗一样不动了。

范江鸿托着自己的右手，摇摇晃晃爬上坡，没落而凄凉的背影使我不禁湿了眼眶，在朦朦胧胧的夜色中，范江鸿变得模糊不清，等我擦干眼泪再看时，他已经消失了。黑夜滚滚袭来吞没了我的眼睛，也就吞没了一切。范江鸿并没有去医院，而是回到家里再也没有出来。

我和小树还有另外几个小伙伴，每天都会去范江鸿家门口的土墙上坐着，等待有关他的任何消息从院内飘出。那时我异常羡慕会飞的蝇虫，渴望像它们一样飞进墙内，钻进屋里去探听消息。我也渴望能和它们对话，让它们成为我的密探。

不管怎样，范江鸿仍是我心中的偶像，那股崇拜之情愈加深刻。范江鸿光明磊落，是胖子先下黑手的，他不是个男人。关于那个名叫崔正龙的胖子不再是男人的消息，第二天就在益庄传开了。演说家吕万才站在戏台上恢复了昔日的风采，将从医院工作的亲戚那里得到的第一手热闹，及时传递给大伙。在他滔滔不绝的讲述中，人们知晓了一切。原来崔正龙是崔矿长的孙子，大伙知道崔矿长正派凛然的作风，也从王八斤的热闹里知道他对下苦劳动人的照顾和关心，可谁也没有想到他的孙子竟是整日惹祸的无赖败家子。崔矿长因突发心脏病死了以后，没有人能治得了这个混世魔王了。

崔正龙被身边的小弟送到县医院，大夫告诉他，病人的两颗蛋都被踢碎了。吕万才边讲边用手在自己裤裆里比画，惹得大伙哈哈大笑，说他娘的那家伙这下和王九斤一样了。我和小树难掩心中的窃喜，欢呼雀跃起来。吕万才接着说，崔正龙又被转到市医院，当被告知会丧失生育功能时，他的脸上竟没有丝毫的情绪变化，麻木如黑夜一样吞没了光亮。而他的父亲崔团结当场差点断气，这个风光了大半辈子的煤老板瘫坐在地上号啕大哭，不断扇自己的耳光，鞭子抽打一样的啪啪声响在死寂的病房里愈显凄凉恐怖。崔团结不愿就这么放弃，连夜将儿子崔正龙转到省医院，花钱托熟人找来一位海归博士专家，专家往崔正龙叉开的大腿根看了一眼，就告诉崔团结，他儿子的睾丸受损严重，已经坏死，无力回天了。崔团结先是一怔，似乎被"睾丸"这个新名词给弄糊涂了，当他知道睾丸就是蛋时，又哇哇呜呜哭起来，嘴里大骂："不就是蛋嘛，还他娘的睾丸，没搞都完啦。你他娘的就是个砖家呀，都不如茅坑里的砖头呀。"

令人兴奋又激动的热闹过后，一股莫名的空虚和无力席卷了我，我双手托着下巴坐在地上，看着大伙潮起潮涌。范江鸿凄凉又使人心疼的身影，在我眼前反复出现，潮水拍打在他身上，使他看上去影影绰绰。不论怎样，这事都不能怪我们的偶像范江鸿，是崔正龙自找的，是他下黑手的报应。相信不是范江鸿以后也会有别人，反正他没有好结果，他的蛋注定保不住。此刻二十多年后的我，在漫长的梦境之旅中游荡时，脑海中突然蹦出一句很有哲理的老话——

不孝有三，无后为大。

3

范江鸿是在第三天拂晓时分离开益庄的。

滂沱大雨噼里啪啦下了整整一夜，我的弟弟赵佳琦哇哇大哭着告诉母亲，妖怪来啦，来吃娃啦！我的祖母又变了个人，风烛残年的身影在雷电交加中哆嗦不已。我像过去无数个雷雨之夜那样，把耳朵贴在玻璃上，想要听到祖母在喊些什么。我祖母仰头面对黑夜，雨水拍打在她那张苍老的脸上，但她似乎没有任何知觉，任由它们在脸上和眼睛里蹦跳飞溅。我祖母高举双手，抻长脖子，撕心裂肺地喊：

"雷公电母劈得好哇，老天爷只惩罚坏人，老狗有罪啊！"

雨帘在我祖母的喊声里七歪八扭，喊声的剧烈震动使她的身体摇摇晃晃，一个后趔趄差点摔倒。我赶忙蹦起身准备下炕去扶，我母亲拽住了我，警告我敢出去就别进来。

我醒时天已亮了，雨也停了，路上的泥水肆无忌惮地铺展开，囉囉向前流淌。赵顾晚蹲在碾盘上，脸上呈现出大雨肆虐庄稼后的破败景象。那时的赵顾晚，已被那件事情抽掉了当初的潇洒和自信，只剩下萎蔫与沮丧。当我得知范江鸿已经离开益庄时，心里说不出地难受，就像我的弹簧青蛙已成了我弟弟的玩具那般委屈。

石中发给人们传达这个惊天消息——他们夫妇送完煤赶上了大雨，他们把三轮车停到桥下，在车上睡了一夜，拂晓雨停了，他们重新发车回益庄，半路上看到了范江鸿。范江鸿的右手裹在白布里，肩上背着一个灰色的包袱，独自一人沿着大坡远去，逐渐消失在阴冷朦胧的雾气里。

范江鸿就那样走了，没有人知道他去了哪里，什么时候回来，也没有人愿意关心他，说他死到外头也和大伙没关系，益庄就再不会有那样的坏家伙了。我和小树在想，范江鸿许是进城搞钱去了，他要弄到那辆桑塔纳小轿车，然后开到广场上，好让大伙瞧瞧，他范江鸿有这个能力，他根本没有欺哄大伙。这么一来，他就会重新找回颜面，在益庄树立起往日那般人人称赞的形象。

那天下午，当一辆黑色小轿车沿着泥水交横的道路缓缓驶来时，益庄人开始了他们的骚动与不安。路面上没有行人，车喇叭却没命地叫唤个不停，车子越驶越近，喇叭声也愈来愈大。无数村民马蜂一样从四面八方拥来，嗡嗡声在阳光中散发着滚烫的热气，大伙都在议论眼前这辆豪华大气的车子。有个声音大喊：

"奔驰呀！是奔驰车呀！"

大伙纷纷扭头去看。吕万才嘿嘿笑着，说这和前些年那辆车的标志一样——在益庄，曾经驶来过一辆奔驰，是上头来的企业家进村献爱心时开的，那辆是红色的，而眼前这辆是黑色的。大伙以为又是哪个企业家来献爱心了。豪华大气的黑色奔驰，在那个夏日的午后，吸引了几乎每一个益庄人的目光。

一个身穿笔挺西装的年轻人推开车门走下来，猫着腰快跑着打开后排车门。大伙疑惑地交换着眼神，等待一番热闹的到来。年轻人做出一个迎请的手势，大伙就看到挤出车外的肥胖肚子，紧接着出现一个油光满面的脸庞。胖男人将白衬衣领子捋了捋，又把西装裤上的皮带松了松，像是专门留出时间，好让大伙郑重其事地打量眼前这个人。当人们好奇眼前这个胖男人究竟是谁时，拄着拐杖的范万川老汉捋着自己的白胡子，慢悠悠地说："这不是当年在益庄住过小半年的小结巴么？如今怎么胖成这副熊样了？"

当人们得知范万川口中的小结巴就是崔正龙的父亲崔团结时，每张脸上都涌现出惊恐的气息。在人们的惊恐中，崔团结气宇轩昂地走来，一边揉搓肚子，一边发出咳嗽般的喘息声，脸上呈现出包罗万象的神情，一股蓬勃向上的神气汹涌奔泻，灌输全身。胖男人嘿嘿一笑，说：

"万川叔还记得我呢，当年我爸在狼沟矿，我那时还小，逃学不念书，我爸就安顿我到益庄体验生活，在你家住过一段时间。我早都不结巴了，当矿长也几十年啦，那次一别，再也没回来过。"

人群中一些上了年纪的人恍然大悟，知道眼前这个胖子就是当年的小结巴崔团结，往日的情景似乎一下子浮现在眼前。大伙也就晓得他这次来益庄的目的了。人们告诉崔团结，范江鸿早已离开益庄，没有人知道他去了哪里。崔团结红亮亮的脸立刻挤成一团，快要滴下油水来。他气冲冲地盯着戏台，说他一定要废了范江鸿。

有人说："范江鸿的手碎了。"

崔团结喊："我儿子碎的可是蛋啊。"

有人说:"互相抵平吧,算啦。"

崔团结喊:"算他娘的!手断了不影响香火,蛋碎了就全完啦!"

人们不再说这些事了,沉默着,私语着,抠鼻揉眼着。范万川将崔团结拉到一旁,不许旁人靠近,大伙听不到他们在说什么,好奇地抻长脖子张望。大约过了半个小时,崔团结拉着范万川的手,泪蛋儿在眼眶里打转,说了一句:"我走呀,你好好活着,我还会来看你的。"奔驰小轿车缓缓发动,驶出广场,在大伙茫然目光的注视下,消失在道路尽头。

大伙拥上前,差点把范万川挤倒,一群母鸡样叽叽喳喳,问他究竟给崔团结说了些啥,他怎么就轻而易举地离开了?

"也没有说啥,"范万川淡淡地说,一脸的慈祥平和,"聊了他年轻时在益庄的一些事情。"

"啥事情么?"

"都散了吧。"范万川挥挥手,扭头走了。

在那个单调无聊的夏日,我异常想念范江鸿,他是连接我和我的快乐世界的通天塔,然而他走了,突然降临的孤独和冷清洪水席卷般将我吞没。整个益庄变得死气沉沉,失去了往日的活灵。我和小树认真商量一番,作出了一个决定——我们要想方设法去找钱。那时候,我们天真地以为只要有了钱,就可以去县上把那辆桑塔纳轿车抓回来,只要有了车,范江鸿就会回来,他会像崔团结那样风风光光地回到益庄,大伙一拥而上去迎接他。

两天后,小树激动地告诉我,他的叔父李志刚将要回来了,可以从他那里得到很多钱,我们的愿望很快就会实现。益庄第一个考上清华大学的年轻人李志刚,毕业后在北京一家研究所当了研究员,并且与一位教授的女儿谈起了恋爱,当他的一封书信被那位骑绿色自行车的年轻邮递员送到益庄,交到猪鼻子李巨兴的手上时,这个平日里不苟言笑的黑脸汉,竟兴高采烈地奔跑在清晨的阳光里,将他弟弟李志刚即将回来的消息传遍益庄的角角落落。破天荒地,李巨兴给二儿子小树卧荷包蛋时,竟给大儿子小东也卧了一个。小东感到自己是在做梦，一个从未有过的好吃的幸福的梦。

人们的记忆里重现了那张肤色黝黑且眼神坚定的脸庞，并且开始想象那张脸庞在大城市里极其丰盛的饭菜的滋润与冬暖夏凉的楼房的呵护下，定是发生了翻天覆地的变化，几天后出现在他们面前的将会是一位白净、洋气的城里人形象，城里的户口、工作、女友，使这位益庄走出去的高材生春风得意。人们的期待如夏夜的蚊虫般蓬蓬勃勃，热闹非凡。

然而，这种蓬勃与热闹随着几日的连绵细雨逐渐消失殆尽，取而代之的是阴郁与沮丧。时间在雨水里泡发，变得湿浊而冗长，如同河里捞出的破渔网。一个礼拜过去了，人们依旧没能看到李志刚的身影出现在益庄。从狼沟矿驾辕拉煤回来的李巨兴，耷拉着脑袋，在泥泞中晃晃悠悠，一副被雨浇透的失魂落魄样。突然听到有脚步声传来，李巨兴嗖的一下躲在树后，小心翼翼窥视。一夜的大雨冲垮了好几家猪圈、羊圈和鸡舍，导致大量家畜走失，人们穿着蓑衣，扛着镢头，找遍了附近的山洼梁峁。有人为争夺一只鸡大打出手，抡起镢头照头上就是一下，被打者旋即身体一斜，踉踉跄跄着，头破血流地跌进水渠里。

当发现走进视线的是一只黑猪时，李巨兴气急败坏地追上去，骂骂咧咧道：

"连你他娘的畜生也捉弄爷爷！"

一不留神滑倒在地，身上脸上全是泥水，李巨兴趴在泥泞中，指着那只黑猪，气喘吁吁地喊：

"你这畜生，还敢捉弄爷爷！"

那几日小树也故意躲着我，我去他家里，拍门喊他，他躲在屋里，故意装出大人的腔调，把声音压得很低，显得十分滑稽：

"小树不在家，出远门啦。"

天色是在两天后彻底放晴的，久违的阳光仿佛带着自责与羞愧，慷慨地挥洒在大地上，仿佛要把连日来缺失的温暖统统补回来。人们心间的潮气在阳光的抚慰下渐渐散去，露出新生般的骨骼和脉络。

吃过早饭，我追赶着一只蝴蝶，蹦蹦跳跳地奔跑在阳光里，蝴蝶带着我来到广场上,我看到小树蹲在墙根,一脸歉意地望着我,眼睛里尽是愧疚和委屈。我满脸笑意地看着他。小树忽然站起身,跑到我跟前,拉着我的手,说他想我了。我嘿嘿笑着,对小树说,我们是永远的好朋友。我把小树拉到一旁,认认真真地告诉他,我已经想到去哪里弄钱了,但是需要他和我一起去狼沟矿,我一个人不敢去,因为路上不但有狼,还有鬼呢。我会告诉我父亲,我母亲让我来取钱,家里急用钱,他不会不给的。小树连连点头,脸上涌动的笑容如雨后春笋般蓬蓬勃勃。小树大声欢呼,他那愉快的喊声在温暖的日光里充满生机与活力,如一只自由飞翔的燕子,在蓝天中歌颂万物复苏的春天。

"我们很快就能见到偶像范江鸿啦!"

4

我一个人走在前往狼沟矿的小路上——其实也不是走,腿下并未迈步,眼前场景却一直变化着,整个人飘飘忽忽的——说是飞也许更确切些。

不觉间就来到老鸹洼,这是去狼沟矿必经之地。我祖母在故事里讲过,她的讲述使我惊恐不已。在老鸹洼瘠薄的三亩地边,长着一棵有八百年历史的老槐树,老槐树旁被杂草掩没的小径,直通益庄的公墓。那儿有数不尽的坟茔,埋着各种命运的亡灵——老死的,夭折的,害病死的,被人捅死的,车祸死的,矿井下塌死的,也有殉情上吊死的,就在这棵老槐树上。说是从外地来的,男人在狼沟矿挣了钱,外头有了女人,把她甩了,她来此寻夫无果,于是找了个歪骨枝,两腿一蹬,死了。对了,我突然想起,王八斤的媳妇李玉梅也埋在这儿。

月亮确实很美,月光把老鸹洼照得透亮,如同白昼。蒿草随着微风左右摆动,各种颜色的野花散发出不同的光芒。我听见自己说,原来这儿并不像祖母讲的那么恐怖嘛,反而更像是一个充满乐趣的好玩的地方。我难以形容自己的感受。我像一个塑料袋似的飘在空中，灵魂徜徉在野花丛间，享受着眼前这方土地赐予我的欢乐和惊喜。当时是怎样一种情绪呢？我不好说，真不好说的。在我深深陶醉之时，忽然，一个庞然大物从身后崖畔上扑啦啦飞起。"幸乎——"嘶叫了一声，像一大块黑布飞往天上，月亮也被它的身躯遮住了。

我吓得连声尖叫，我知道月亮其实是被它给吃掉了。我挣扎着想要飞离那里，但四肢突然一软，身体像被大石砸中，迅速往下坠落。在坠落途中，我看到眼前飘浮起许多无形状但真实存在的东西，无数鬼魂以各种面目面对着我。我看到了熟悉的面孔，有益庄的白胡子老爷、小脚四婆、溺水而死的小伙伴飞超、煤块塌死的有旺叔……他们面目狰狞，血淋淋的眼珠盯着我。四野茫茫，地狱般黑暗，使我瞬间感到无法呼吸，胸口被什么挤压，快要窒息了。我想喊叫、大哭，却怎么也发不出声，我感到自己的身体已不存在，醒着的只有心和眼睛。我要被融化在这悲伤的境界中了。忽然，我的身体猛然一颤，从哭声里惊醒，被窝中尿湿一大片。

我又陷入梦境了。黑色的梦境。我无法控制剧烈的心跳和急促的喘息，就像无法控制自己长久地深陷梦境中。我有种切实的感受——梦境中发生的事情，曾的确在我眼前发生过，那些梦境的碎片依旧在我眼前如电影镜头般闪过，使我一度以为，梦境比现实更真实，梦境才是有血有肉的真实生活。

我母亲温热的手在我汗淋淋的额头上抚摸，我的呼吸逐渐平静，我获得了安宁。我将黑色的梦境，说给母亲听，母亲微笑着，缓缓向我讲述——这片黄土塬上有一种生灵，常栖于沟壑梁峁之间，它总是习惯夜间出没，在老鸹洼的老槐树上或是公墓对面的凶险崖畔上，啼出黑夜一样神秘而恐怖的声音：幸乎——幸乎——如黑色幽灵之歌，撕裂着夜空。歌声苍凉幽深浑浊怪异，使到过这里的人毛骨悚然丢魂丧胆。益庄人总是把它定义为不祥之物。在我成年以后，当梦境沿着昔日的轨道来到这里时，我便会想，也许人们所说的不祥之物，是代替亡灵对这一方世界的问安及对人类命运生老病死的祈祷呢？也说不定。但无论怎样，它永远也纠正不了益庄人对它的偏见，永远是一种带有诅咒的不祥征兆的恶魔。它啼叫着，撕扯着，啄食着自己黑色的血肉的自尊与委屈，预言着人间的悲哀与不幸。

我将这些讲给小树听，我原本以为他会吓得捂住耳朵，瑟瑟发抖，谁知他竟哈哈大笑起来，说那些都是吓唬小孩的，他的父亲告诉他，那种庞然大物是一种精灵，不会伤害人的。他的父亲李巨兴曾随送葬队伍回村时，看到过这种精灵与坟墓边鬼火起舞狂欢的奇景，说它有深邃诡异的眸子、锋利的爪子和尖锐的獠牙，伸展开的两翼有一丈多宽，扇动翅膀能够摇起黑色的飓风。大伙吓得双腿发软，如割断的麦子倒在地上。那庞然大物仿佛听到了人的声音，转眼间消失了，融进黑夜里了——也许它这个来自天国的精灵和地狱的使者是不屑与平凡渺小的人类有交集的。没有人知道它来自哪里，怎样生活。小树说，他的爷爷告诉他的爸爸，如今他的爸爸告诉了他，这种庞然大物就住在狼沟矿的黑洞里，徘徊于地壳之心与黑夜尽头。

小树的讲述反而使我惊恐万分，我故作镇定，但抖动的双腿早已出卖了我。小树对我说，要想去狼沟矿，就必须要经过老鸹洼，要是害怕的话，就没办法见到我父亲，要是拿不到钱抓不到桑塔纳小轿车，我们的偶像范江鸿就不可能出现。我直着脖子，坚定地告诉小树，男子汉大丈夫怎么会害怕那些玩意儿，我们有信仰，范江鸿就是我们的信仰。

我和小树约定吃过后响饭在戏台碰面，一起去狼沟矿，去见识那个庞然大物，没准还能发现新"热闹"，回来以后讲述给大伙，说不定我们就会成为益庄的新一代演说家。

吃罢饭，我来到广场与小树碰面，小树从兜里掏出一把动物饼干，塞进我的兜里，说是李巨兴买给他的，他的兜里揣着老虎，我的兜里揣着狮子，任何妖魔鬼怪都不用害怕。我们斗志昂扬准备出发时，墙后闪出一个小脑袋，圆溜溜的眼睛像小松鼠，偷偷看我，我装作没有发现，哼哼起电视剧《白眉大侠》的主题曲：刀，是什么样的刀？金丝大环刀！剑，是什么样的剑？闭月羞光剑！招，是什么样的招？天地阴阳招！人，是什么样的人？飞檐走壁的人！当我哼到最后一句，情，是什么样的情，一个声音从墙后传出：美女爱英雄！许是忽然意识到暴露了，不该出声，小脑袋慌忙藏了回去。

"出来吧，"我缓缓地说，望着不远处几只刨垃圾的小狗，"别藏了，都暴露啦。"于是小脑袋像皮球弹出水面，红扑扑的脸蛋上露出腼腆害羞的笑容，几道被酸枣刺划伤的痕迹若隐若现，鼻子下挂着两条晶莹透亮的长虫，在夏日的阳光里银光闪闪。他嘿嘿笑着，用一种恳求的语气说：

"哥哥，我想跟你们一起玩。"

在我整日的奔跑玩闹中，我的弟弟赵佳琦像陶缸里泡的豆芽，不经意间揭开盖子，就发现长长了好大一截。弟弟挣脱母亲的束缚，时常偷跑出屋，影子一样跟在我屁股后。尽管我不希望他跟着我，在我看来他是那样地无知和愚蠢，但我没有办法，因为他看到我把父亲的收音机给摔坏了，要是被父亲知道，他会揍死我的。弟弟从帘子后探出脑袋，笑嘻嘻地跑到我跟前，一副大人说话时的神态，慢吞吞地说："你放心吧，哥哥，我是不会告诉爸爸的。"他什么也不说倒好，这么一强调我就更慌张了，像被他抓住了致命的把柄，他随时都可以拿这事来威胁我，要我为他做任何事情。

我的记忆中又一次重现那个使我悲伤绝望的画面——我父亲质问赵佳琦，到底是谁把他珍藏的一本诗集撕去了几页？我弟弟笑嘻嘻地回答："叠三角了，很好玩。"我父亲怒气冲冲大喊："是谁撕掉的？是不是你？"我弟弟脸上的笑容瞬间转变为惊恐，怯怯地说："我答应哥哥不能告诉你。"弟弟这么一说，父亲吭哧一声笑了，揉搓着弟弟的小脑袋，无奈地说："你不告诉我，我就不问了。"结果我被父亲扒掉裤子，拉到院里，摁在碾盘上，被他手里的皮带狠狠抽了一顿。那次毒打使我终生难忘，我的屁股疼了十多天，我对父亲的恐惧和对弟弟的讨厌日益剧增了。我拽着弟弟的衣领，恶凶凶地吼他，为什么告诉父亲？为什么要那样说？我只是无意间把鼻血弄到诗集上了，而撕掉几页的是他。赵佳琦一脸的无辜，好像他撕掉那几页书是在帮我，好像我的挨打和他没有丝毫关系，他委屈巴巴地说："我真的没有告诉父亲。"

我和小树手拉手，沿着尘土飞扬的小路，昂首挺胸朝狼沟矿走去。我的弟弟赵佳琦悄声细气地跟在我们身后，不时发出夏虫啾唧般的细声，吸引我们的注意。我们故意不去理会他。那时候我的弟弟怎么也不会想到，他正跟着我们一步一步走向未知的死亡。

流动的云彩在夕阳辉映下呈现出火焰般的嫣红，夕阳将黄土地和黄土地上的一切沐染得富丽堂皇，闪烁着金属般的光芒，宛如一幅名贵的画作。那样的景象固然好看，却不如黑夜降临时的情景来得苍劲而神秘，似乎就在一瞬间，天边的几道残阳恍然消失，黑色铺展袭来，淡定从容且理所应当地融化着益庄的每一处角落。我们快步往下跑，大声唱着《白眉大侠》的主题曲，我唱一句，小树接一句，赵佳琦跟着细声哼哼。我们的声音在坑坑洼洼的路面上起伏不定，黑夜的涂抹使我们的声音变得空旷而遥远。

跑了一阵，穿过杂草淹没的小径，眼前出现一条小溪，溪水清澈见底，月亮远远地躺在水里，把溪底的小石头照得发亮。我听见了溪水的流动之声——潺潺流水在夏夜里清凉悦耳，仿佛世界充满了善意。我们洗了把脸，然后脱下裤子，掏出自己那尚未发育成熟的生殖器，使出吃奶劲儿往水里撒尿，扬言要把水位尿高，把月亮浇灭。

我们后退几步，健步一跃，跨过小溪，往坡上冲。我的弟弟在小溪另一边哭喊，让我们别跑，他跨不过来。我故意说："你要跨不过来就坐到那儿，等我们回来一起回家。"话音刚落，我看到赵佳琦也没后退助跑，而是直接往过跨，溪水旁青草一滑，差点栽进水里。我赶忙跑回去抓住他的胳膊，将他拉了过来。我狠狠地瞪着他，敲着他的脑门，对他说："你要是掉下去怎么办？"小树随即附和："是啊，你要是淹死了怎么办？"我蹲下去，义正词严地说："既然你跟着我们出来了，你就要听话，你要是有个三长两短，淹死了，狼吃了，鬼捉走了，你爹不得揍死我呀。"那时，我怎么也不会想到，我弟弟的命运随着这样的一次暗示，将彻底被改变，之后，我便开始相信祖母所说的命中注定——我们只能沿着那条属于自己的轨道，朝着注定的方向前进，走向属于每个人的命运，在命运面前，我们无能为力。我的弟弟在那个月光挥舞的夜晚无能为力地走向了自己生命的终点。

赵佳琦垂着脑袋，小声说："我错啦，哥哥。"

我和小树拉着赵佳琦的小手,往坡上冲。跑着,跑着,夜空出现了星星,明晃晃的月光把人的影子拉得很长,很长,一半映到黄土崖上,一半躺在荒草丛中,月亮的小舟慢慢划着,划着,白天与黑夜正在缓慢而有序地交替着。古老的黄土山塬,在月光下睡得分外恬静,不远处的溪水如丝如带,安详流淌。

穿过一片小树林,我们来到老鸹洼。那棵有八百岁的老槐树,躯干不高,却有几搂粗细,树冠巨大,所辐射的面积足足有两三亩地大。傍晚的山洼,夜风微凉,树叶沙沙作响,崖上不时掉下土疙瘩,砸在树枝上,发出折断的声响。我们沿着崖根的小路往前走,彼此把手牵得更紧了。不知怎么,我和小树还有弟弟,都没有人嚷嚷:不去了,赶快掉头回家吧。我想,也许当时我和小树已经懂得什么叫自尊心,而我的弟弟赵佳琦纯属想跟着我们玩,只觉得好玩。隐隐有一种恐怖而神秘的声音,忽远忽近,忽轻忽重,似乎要揭开黑色帷幕看到我们。我们身子挨着身子,只是往前走,谁也不敢发出任何声音,就连呼吸也变得小心翼翼。

"刀是什么样的刀?金丝大环刀!"

我弟弟的咬字还没有那么真,他的声音在夜空中起伏不定,喊完他自己就嘿嘿笑了,笑出了声。我和小树猛然一颤,差点叫出声来,愣怔片刻,随即一起大声唱。祖母告诉过我,人的左右肩上各有一盏护法神灯,行走在深夜里,倘若慌张回头,肩上的神灯会跌落,吊死鬼和无头女鬼就会缠上你。我弟弟赵佳琦突然的举动,仿佛重新点亮了守在我们肩上的神灯,驱散了来自内心深处与夜晚未知的恐惧。

走了不多会儿,我听到机器运转轰隆隆的声响,随即就看到不远处灯火通明,一盏明灯如明月高高地挂在矿井架顶,星星点点的光将几间小屋照得透亮,浓浓的煤炭味在夜风中肆意飘荡,给黑夜涂上了一层油腻而又昂贵的雪花膏。我们终于快到狼沟矿了。顺着沟渠往里走,我看到左右两旁的荒地已被煤炭染成黑色,在月光下闪着黑光;倒在一旁的矿井架,部分架构已经陷进地里,矿井架之间的土堆上长满了杂草……我的心里顿时有一种莫名的空洞感,这种感觉像是一种承受灾难和痛苦的严峻与享受。是的,痛苦是一种精神享受,如同聆听葬礼进行曲，没有痛苦，就不会有严峻的人生——这便是生命的骄傲之处。

小树摇晃我的胳膊，将我从梦境中拉回。他一脸困惑地望着我，问我刚才在想什么，被点穴一样不动了，魂儿飞走了。我笑了笑，说没想什么。小树问我是不是害怕了，我直着脖子，说孙子才害怕呢。

我突然发现赵佳琦不见了，赶忙四下去瞅。我听到他的喊声：

"快过来呀，哥哥。"

我看到赵佳琦站在倒塌的矿井架上，兴奋地朝我喊：

"这儿有个洞。"

现在，我的眼前时常会浮现出弟弟那张稚嫩的脸庞，月光照在上边，如一张白纸。变幻莫测的世界对一个四岁的孩子来说，无疑充满诱惑，圆溜溜的眼睛显露出对未知事物的好奇，然而正是这种好奇断送了我的弟弟。

"快来看呀，哥哥。"我弟弟激动万分地喊，朝我挥舞小手，"爸爸是不是从这儿上来呀？"他抻长脖子往下看，前倾身体，脚随时要离地，"爸爸，你听见了没有呀？"

我和小树跑过去，看到长满杂草的土堆中间竟是一个黑洞，深不见底。当我凝望黑洞时，似有一双眼睛也在盯着我，一股来自深处的神秘力量拽着我，要把我拽进黑洞里去。至今我仍无法解释那到底是怎样的一种力量，无法用言语来描述，但那种要将我吞噬的感觉仍记忆犹新。事后，人们问起我弟弟的死因，当我告诉他们，我弟弟是被一股神秘的力量拽进黑洞里时，他们的脸上爬满疑惑，认为我是在讲一个笑话，一个无聊至极却又残忍不仁的笑话，那样的笑话使他们感到愤怒和失望，他们指着我的鼻子，说世上恐怕再也找不出像我这样幸灾乐祸的坏种了。

"爸爸——爸爸——"

我的弟弟撅着尖细的屁股，像猴子捞月那样挂在矿井架上，朝黑洞里哇哇喊叫。就是他那么一喊，我立刻感到那股神秘力量的存在，有一只无形的大手捏住我的脖子，我的身体开始下坠。我朝弟弟大喊，快抓紧，双手抓紧，可我出不来声。我紧紧抓住井架，抬起绑了煤块一样沉重的腿，挣扎着向后退，紧接着就猛然栽倒。小树则一个后趔趄翻滚几圈，跌进煤堆里，圆圆的脸蛋看上去如一个黑煤球。而我的弟弟却掉进了八百多米深的黑洞里。

  我以为自己又一次深陷梦境中，我的弟弟掉进了梦境的深渊。忽然从黑洞里呼啦啦地飞出一个庞然大物，幸乎——嘶叫了一声，那苍凉幽深浑浊怪异的声音，撕裂了夜空。翅膀扇动搧起的飓风卷动煤灰使人无法睁开眼睛，煤渣如散弹般砸在我的脸上和身上。等我再次睁开眼睛，那庞然大物已飞往月亮，世界瞬间变得黑暗无比，伸手不见五指。我和小树的哭喊声如扬起的煤灰漫天乱飞，刚刚下工的煤黑子们惊慌失措地拥到我们跟前。那时，我的父亲赵顾早还不知道发生了什么事，听到哭喊声，他从办公室走出来，散步一样悠悠地走在人群后。当小树将赵佳琦被黑洞吞噬的消息告诉给众人时，人群在一阵沉默后炸响杂乱的躁动，同时炸响的还有赵顾早撕心裂肺的哭喊声。我听到赵顾早呼喊自己儿子的名字，看到他像一只恶狗似的扑上去，但身子一软就跌倒了。赵顾早缓缓直起腿，跌跌跄跄来到洞口，捶胸顿足，失声痛哭。众人赶忙将他拉住，防止他失脚掉进去。

  那时的月亮已经恢复明亮，静静地挂在黄土崖上，距离很近，说它动一直在动，说它不动也像纹丝不动。月亮注视着人们的一举一动，脸上带着一种爱莫能助的歉意。吞噬掉我弟弟的黑洞，仿佛什么事也没有发生，依旧平静而又凶险，迸射出令益庄人膜拜而又憎恶的气息。黄土层深处的煤，由一定地质年代生长的繁茂植物，在适宜的环境中堆积、埋没并天然煤化而成。原始森林的奇妙属于远古，而今献出的是生命的化石，如太阳般出产慷慨大度的光阴，一片黄土的表层深处，存在着它远古的凝固了的黑色的梦，滋养着益庄的世世代代，然而多少年轻的生命葬送在这使人着迷的黑色的梦里。黑洞吞噬掉生命，又为活着的生命提供生存的滋养与保障，由此来达到世间万物的平衡。这是怎样地伟大与光荣，又是怎样地无奈与心酸啊。

  赵佳琦是由他的父亲和几名煤黑子捞上来的。他们从库房取来矿灯和麻绳，一头绑在赵顾早的腰上，一头绑在井架上，将赵顾早放进黑洞。四十多分钟后，麻绳重新吃上力，井下有了动静，他们抓紧麻绳，用力往上拉，当他们听到微弱的哭声时，便知道赵顾早即将到洞口。赵顾早将他的儿子从背上卸下来放到地上，他则顺势栽倒下去。疲惫不堪的赵顾早瘫在地上，低声呜咽如破损的唢呐发出难听的声音。

我的弟弟赵佳琦泥一样瘫在我眼前，看上去就像睡着了，自从他学会走路以后，我第一次见他这么安静，不哭不闹，也不再没完没了地说话了。鲜血覆盖了他那张天真无邪的脸，额头上的血已经凝固，宛若系着一条红丝带。人们围住了他，无数个脑袋上的矿灯，射出鲜红的血光，照在我弟弟的脸上。全染红了。鲜血如后浪推前浪似的朝外涌，我弟弟的头发黏湿在一起，如一片油腻腻的布。

赵顾早突然像被什么东西给弹了起来，他叫喊了一声："闪开！"同时像推开潮水似的用胳膊推开众人，抓起他的儿子就往出跑。赵佳琦的身体在他父亲的怀里上下跳动，剧烈的颠簸使他快要飞出去了，他小脑袋时而拍打他父亲的臂弯，时而撞击他父亲的胸口。赵顾早用袖子去抹他儿子那张血红的脸，然后往身后甩袖子上的血，却显得无济于事。煤黑子们跑在身旁，时刻准备接替赵顾早。

我如同一个局外人，缩在黑暗里，望着着急忙慌奔跑的父亲，我感到自己像一个爬上井的鬼魂，很疲倦，很肮脏，浑身裹满煤灰，带着一股油腻而阴森的气息。当时是怎样一种情绪呢？我现在已无法回想起，此刻的悲伤与痛苦，已完全修改和刻画了当时的情绪，我在这样的雨天蜷缩在沙发里，抱头失声痛哭。

有人开着三轮车赶来，喊叫着让赵顾早上车，另外两名煤黑子也跟着上了车。在那个月光皎洁而清寂的夜晚，一辆破旧三轮车行驶在煤灰飞扬的石渣路上，坑坑洼洼的路面使三轮车连蹦带跳却怎么也跑不快。砰砰啪啪的车子吼叫声与喷薄而出的黑烟扭作一团，显得乱七八糟又狼狈不堪。他们将赵佳琦送到益王县医院，大夫一脸嫌弃的模样，问赵顾早把死人送来想要干什么。大夫不耐烦地告诉赵顾早，孩子已经死了，医院也没有起死回生的本领。

我和小树坐着石中发的三轮车回到家已是半夜。我母亲坐在碾盘上，看到我独自一人走进院子，她抓住我的胳膊，心急如焚地问她的儿子赵佳琦去哪儿了，怎么没和我一起回来？我低下头不敢看她，泪水吧嗒吧嗒掉到地上。

这时候我父亲回来了，他怀里抱着我弟弟。我母亲还不知道发生了什么事，长吁一口气，埋天怨地地问她的丈夫：

"这小子跑哪儿去了？还知道回来啊！别人都急死了，都快把益庄翻遍了，他居然能这么没心没肺地睡着了。"

我母亲朝她二儿子的脚上轻轻拍了一巴掌。我父亲没有搭话，将怀里的赵佳琦放到碾盘上，我弟弟的脑袋骨碌碌地拧到侧面，耷拉在脖颈上。我母亲大睁的瞳孔像一口黑洞，要把她的丈夫吸进去，良久，缓缓扭过头，将目光长久地停留在她的二儿子身上。我母亲像是终于明白了什么，身体如头顶的树枝在夜风中摇摇晃晃，颤抖的嘴唇拉成一条直线，发不出任何声音。半响，一声冗长而尖锐的野猫般的嗷叫声响彻院子，随即变为惊天动地的哭喊声。

眼泪顺着我母亲颤抖的皱纹间滚滚而下，掉落在我弟弟惨白的脸上，溅起一片水花。我母亲剧烈地摇晃她的二儿子，像摇晃一棵核桃树，想要把树梢够不着的果子一股脑儿摇落下来。我听到母亲凄厉的呼喊声，她一遍一遍地喊赵佳琦的名字，然而却没有任何声音给予她回应。黑夜空旷深邃，凄凉无比。我母亲声嘶力竭的呼喊声，回荡在月光挥舞的院子里，带着浓淋淋的血味，散落在我父亲木呆呆的脸上和我惊恐不安的脸上，雨点般稠密的小石子，又坚又硬，将我父亲和我的脸砸得坑坑洼洼。

我母亲在她二儿子的脸上连拍带捏，威胁他赶紧睁开眼，要不然就让他的屁股开花。我父亲突然一把拉住他妻子乔颂玲的胳膊，盯着她的眼睛，像盯着一起难以置信的突发事故，半天才张开嘴巴。我父亲瑟瑟颤抖地喊：

"佳琦死了！他死了！"

我父亲甩开我母亲的胳膊，突如其来的外力使我母亲的身子变得歪歪扭扭，跟跄着栽倒下去。她的双眼瞬间变得黯淡，犹如熄灭烛火的小屋，战栗的嘴唇像暴雨里的两片花瓣，随时都要脱落。暗哑的哭声使她的身体上下起伏，她爬到我弟弟的身旁，将自己的脸贴到我弟弟的脸上，我弟弟的脑袋随着我母亲的抽泣剧烈晃动。那样的场景使年幼的我悲伤不已，泪水不觉间模糊了双眼，嘴巴里涌进一股盐一样的咸味。我想去扶起我母亲，可我始终没有迈出一步。我的懦弱与冷漠使现在的我又一次被羞愧和自责吞没。

我看到父亲模糊的身影像一个破烂的塑料袋，在夜风中飘飘荡荡，顺着门槛间隙钻进了屋里。接下去，我又看到他摇摇摆摆地飘出来，手里握着的明晃晃的东西宛若一弯月牙，闪着凛冽的寒光，他的嘴里呜呜哇哇叫嚷着什么。他离我越来越近，身影也渐渐变得清晰，他的脸上闪过一道残酷的白光，我才看清他手里握着的不是一弯月牙，而是一把冰冷的菜刀。我父亲举着菜刀朝我跑来，嘴里嚷嚷着：

"我要杀了这个害人精！"

我这个会给家里带来噩运的倒霉蛋，打一生下来就遭到我父亲的厌恶和嫌弃，这次他怒火中烧，嚷嚷要杀了我，他说是我害死了弟弟，是我使他失去了唯一的宝贝儿子，他要杀了我为他的儿子报仇。我下意识抱住脑袋，像受惊的小狗嗷嗷叫起来。等我抬头用余光去看时，我母亲紧紧抱着我父亲的左腿，被我父亲拖着往我这边移动。我母亲哭喊着恳求她的丈夫冷静点，别冲动，否则吃亏的是他自己。我母亲恳求她的丈夫先站住脚，听她说一句，只一句。我父亲停住了，怒冲冲地盯着我母亲。我母亲赶忙用沾满灰土的袖管抹掉嘴角滋出的一团唾沫，我听到她对自己的丈夫赵顾早说：

"你杀了他，你就没儿子了，赵家就得断后，你就是罪人！看你以后怎么有脸面对祖宗。"

"有他这样的坏种，我才没脸面对祖宗！"我父亲大喊，"我是造了什么孽啊！"我父亲一屁股坐到地上，叫嚷呻唤起来，像老太婆吵败架被气哭那样捶胸顿足，他身后的树枝在月光里哆哆嗦嗦，惊落许多叶子。

我母亲停歇了哭泣，咯嘣一声挺直身体，搂住她丈夫的脖子，使他的头靠在自己的胸脯上，像小时候我被父亲揍了后她哄我那样，抚摸着父亲的脑袋。在她的安抚下，我父亲的叫唤声渐渐弱了下去，发出断断续续吞吐黑夜的声音，一呼一吸，一停一顿，如牲口睡觉时呼呼噜噜的颤动。

夜寂静，风吹动，沁心地凉。挺舒服的，使我有种掉入梦境中的朦胧感。在那朦朦胧胧中，我听见父亲说：

"佳琦命短，死得窝囊，可我这个当爹的，不能让我儿子这么不明不白地死掉。那口矿井废弃多年，为什么不把矿洞填埋掉？最不行也得掩盖住吧？要是没有矿洞，佳琦也就不会死。矿洞吞了我儿子，就得偿命。"

我母亲悲伤无比的目光疑惑地落在她丈夫的脸上，她想说什么，却没有开口。我父亲恶狠狠地瞪着月亮，仿佛月亮才是杀死我弟弟的凶手。历经年深久远的沉默以后，我听到我父亲咬牙切齿地说：

"姚志虎！是姚志虎害死了我儿子！"

5

直到事后，我才知道我父亲口中的姚志虎究竟是谁。这个在年轻时做过几年矿长，益庄人都叫他"姚倒霉"的驼背姚志虎，是赤脚医生姚万虎的亲哥哥。姚志虎当矿长时，因井底瓦斯爆炸，折了十三条人命，吃官司坐了几年牢，人们觉得那口矿井晦气，风水不对，会吞掉更多的人命，于是纷纷转到崔矿长那里驾辕拉煤。姚志虎的煤矿倒闭了，没多久，矿架也倒塌了。

过日子活人不容易，吃过官司坐过牢的人，过日子活人更不容易，但好赖总得过，得活着，活着比啥都强。姚志虎出狱后难以谋得差事，经他曾帮助过的一个年轻人介绍，百费周折才得到一份水泥厂背水泥的差事。沉甸甸的水泥使他的脊背像麦穗一样弯了下去，总给人一种谦卑可怜的姿态。他的肺叶与喉管因水泥日复一日地侵蚀变得衰败，猛烈的咳嗽声伴着咯痰似的呼噜噜的呼吸声，在益庄的角角落落响起，惹得鸡飞狗跳，人躲猪嫌。姚志虎前前后后吃了弟弟姚万虎百十来服药，仍旧无济于事，咳嗽声惊天动地，身子骨每况愈下。

"姚志虎打了井当了矿长，死了人矿就倒闭了，"我父亲对他的妻子乔颂玲说,瞪着眼睛,脸上浮游着一股神秘而恐怖的气息,"姚志虎为什么不把矿井填埋掉?为什么还要让我儿子成为第十四条人命?这事没完,他等着偿命吧。"

等我母亲反应过来,我父亲已经抢着菜刀跑出院子。我母亲艰难地抬起身,一边用喷血似的嗓子喊我父亲,一边跟跟跄跄往出追。我站起身刚要追上去,无意间看到我弟弟的兜里有个什么东西快要掉出来,我走过去伸手掏了出来,原来是我的弹簧青蛙。它的身上沾满了我弟弟手上的泥巴,似乎还残留着我弟弟的体温,使我顿感莫名地心酸。我将弹簧青蛙揣进兜里,慌忙跑出院子去追我母亲。我像梦游一样,陷入一种难以自知的混沌迷离当中。现在,我无法回忆起自己当初在想些什么,蕴含着怎样的情绪,我甚至怀疑自己当初并没有感到悲伤,只是有一种沉重压抑的氛围包裹着我——就像看完一部电影,内心久久不能平复。我的弟弟赵佳琦一个人孤零零地躺在冰凉的碾盘上,像马路上躺着的一只被车碾死的小猫。

我父亲挥舞着菜刀,叫叫嚷嚷地来到姚志虎的家门口,呈现在他眼前的锈迹斑斑的大铁门,像是很久没有打开过,如板着的一张铁青的脸,没有丝毫人情味可言,使我父亲多多少少有些失望。身后几十号边跑边整理衣服的益庄人——被我父亲的喊叫声吸引而着急忙慌跑来凑热闹的看客们,都用手撑开自己那双惺忪的睡眼,生怕错过任何一个热闹的画面。

我父亲对着那扇门如同对着姚志虎,拳抡脚踹了一通,噼里啪啦的声响惊天动地,如雨夜中突然炸响的惊雷,惹得围观的人们兴奋不已,立刻叽叽喳喳陷入喧闹中。

"早都屁滚尿流地溜啦!躲起来啦!"

人群中传来兴高采烈的喊声,说是他看到姚志虎慌慌张张地跑了,躲到他弟弟姚万虎家里去了。我父亲抡起菜刀,立刻赶往姚万虎家。

人未到声先到。我父亲大喊:"你个挨千刀的姚志虎,你害死了我儿子,我要你偿命!"我母亲一瘸一拐地追赶我父亲,喊叫我父亲的名字,用袖管不断抹眼泪。我跟在母亲身后,看到有什么东西顺着她的脚踝流下，我这才意识到，刚才我母亲撞到石头上，腿上许是被划出了口子。我母亲并未发觉她的腿在流血，似乎一点也不觉得疼。我的眼前瞬间一黑，电影里那些血腥的凶杀画面在我脑袋里轮番闪现，使我难以分清自己当时身处现实的虚无中还是深陷梦境的迷惘里。

人们从我身旁拥过，拍打我的脑袋，拽我的耳朵，捏我的脸，吵吵闹闹，说热闹都是因我这个坏种而起的，是我害死了我弟弟，我这个不男不女的家伙比冰块还冰冷，比冰雹还无情，真是个该死的丧门星。有人说，应该让贺碧凤把这家伙给治一治，兴许是染上脏东西了。我垂着脑袋朝前走，如履薄冰，随时都有掉进水里淹死的可能。那时，人们的议论和谩骂，于我已习以为常，他们的声音在我的童年岁月四季更替般周而复始。一路上我都没有看到小树，我想也许他睡着了，他要是在的话，我不会那么孤单无助。

呈现在众人面前的依旧是两扇紧闭的大门。我父亲像是突然明白了什么，他并没有怒气冲冲地砸门，而是扭过头面对乌泱泱的人群，开始了他诉苦般的演讲，没有人不被他痛失儿子那悲伤绝望的情绪所感染。在我父亲的带领下，大伙齐声高喊，让姚万虎把他的哥哥姚志虎押送出来，否则大伙就撞倒院墙闯进去，厮杀一片，一个不留。我母亲扑上前，拉住她的丈夫，不让他惹祸。我父亲如将军似的手一挥，我母亲就被拥上来的几个小兵拽到一旁。

这么喊了几遍，院子里便有了回应。一个声音恳求般地喊：

"志虎哥确实不在我这儿哇。"

姚万虎的喊声颤颤抖抖，像疲乏无力的老翁。

"顾早贤弟，你快让大伙散了吧。我明早还得出诊呢。"

"出诊？出殡差不多！"我父亲扯着嗓子喊道，"你先给你哥把药开好，看将死之人吃啥药能刀枪不入。"

"老弟真会说笑哇，"姚万虎慢吞吞地说，声音很近，似乎就在门后，"我哥他真不在我这儿呀。"

"你他娘的先把门打开！"我父亲吼道，"在不在，我一看便知。所谓冤有头债有主，哪怕他是你亲哥，我也绝不为难你。"

姚万虎一边开门，嘴里一边咕哝："命到这儿了，阎王爷下令了，谁也躲不过,你儿子也不例外呀。所谓生有时死有地,死亡的空间和时间,都是命中注定的呀。要节哀呀。"

门开了,大伙一拥而入,将姚万虎家不大不小的院落塞得满满实实。在慌乱嘈杂的议论声中,我父亲获得了姚志虎的确不在姚万虎家中的准确消息。恼怒的赵顾早和失望的人群将姚万虎围住了。姚万虎抱头蹲在中间,哇哇喊叫:

"你刚说了,冤有头债有主,你去找他姚志虎,这事和我姚万虎没有半毛钱的关系哇。"

我父亲一把抓住姚万虎的衣领,将白瘆瘆的菜刀架到他脖子上,恶狠狠地盯着他。姚万虎顿时吓得面部抽作一团,两腿筛糠似的哆哆嗦嗦,叫喊着一些零散不清的话语:

"那阵……那阵,的确来了……看,看,看了我一眼,啥话也没……没,没说,就走……走了……"

"去哪儿啦?"

"不……不知道……"

我父亲觉得挨千刀的姚志虎定是带着他的媳妇跑路了,于是让姚万虎列出姚志虎可能投靠藏身的所有地方,待他逐一过目后,才将菜刀从姚万虎的脖子上挪开。姚万虎的两条腿像被人锯断似的矮下一截,咣唧一声瘫到地上,木木地望着深邃而神秘的夜空。

姚万虎给出的地址中,大多数是益庄周边的村落,姚志虎的亲戚友朋,也有一个是省城做生意的老板,姚志虎当矿长时,曾帮助过他。有一个是南方小县城里的亲戚,是姚志虎媳妇远嫁的姑姑,多年前那里发生洪灾,姚志虎为她家出钱修缮了冲毁的房屋。

我和母亲回到家已是凌晨两点多,碾盘上的赵佳琦却不见了踪影,我母亲可能认为她的二儿子这个淘气鬼原来是装死逗大人玩,又活蹦乱跳地跑回屋睡觉去了,她的脸上立刻显露出失而复得的喜悦与激动,着急忙慌地跑进屋去看。随即又满脸失落地走出来,冷冰冰的月光照在她泪眼模糊的脸上,如枯黄的蒿草上落了一层霜白。母亲木然地望着我,半张的嘴巴如崖畔枣刺上挂着的黑色垃圾袋在风中抖动,却始终没有发出声音来。那时的静默与死寂,使我间接感受到弟弟的死去所带给我的心酸和无力。我开始懂得，突如其来的一丝希望瞬间破灭，远比自始至终没有任何希望会更加使人绝望和悲伤。

"在我这儿呢。"

我祖母屋里突然传出一个苍老颤抖的声音。我母亲像从梦境中抽离一般，脑袋一晃动，两行浑浊的泪水如两条泥鳅瞬间滑走了，迈着僵硬的步子走进祖母屋。我的弟弟赵佳琦被一条红色绣花绸缎包裹着，像电视上大户人家刚出生的少爷，平静深沉地躺在我祖母的炕边。红色绣花绸缎是一块方布，那是我祖母结婚时的嫁妆，她一直不舍得用它做件衣裳，放在立柜角落一个深红色匣子里。现在，红色绣花绸缎被对折两回后，裹在我弟弟短小的身体上。我祖母枯树皮一样的手轻轻地拍着她的孙子，仿佛那时她的孙子只是睡着，而非死去。

我祖母制止了我母亲突然而起的呜咽，告诉她别发出声音，小心把佳琦吵醒，他又该闹腾了。我祖母将脸扭向窗外，和蔼地说：

"让细娇也睡我这儿吧，明早饭时再让两个孩儿过去。"

我在确认祖母口中的那个名字是我后，满怀失落地抬起脑袋，偷偷看我母亲。失落来自于那个名字，而并非事情本身。我母亲抹着眼泪，朝我点了一下头，脸上呈现出一丝比痛哭还要悲伤的笑容，那笑容烙在我的心间，反复出现在我三十年间的岁岁月月里。我母亲转身走出屋，而她的神情却映在门板上，紧紧盯了我一夜。

天还没亮，我被一阵嘈杂的声音惊醒，我听到窗外我父亲怒气冲冲的喊声和我母亲惊天动地的哭声。我闭紧双眼，将头埋进被窝，捂住自己的耳朵，但我父亲挥舞着菜刀的场景却浮现在我眼前，使我惊恐万分。

我的被子猛地被掀起，我看到一张扭曲的脸，如同被暴雨冲毁的道路，污泥与粪水汇聚，肆意横流。我父亲恶狠狠地抓住我的肩膀，将我从被窝里拽了出来，我下意识扭动身体，双手捂住头顶的眼睛，哇哇哭叫。我听到祖母喊了一声："放下，快放下！"我就被丢回炕上，头顶一阵针扎似的抽疼。我父亲凶狠地盯着我，我不敢抬头看他。在日深年久的沉默之后，我父亲开口说话了，我第一次听到他叫那个名字。我父亲的声音很低，像从炕洞里发出来的。他严肃而急切地说：

"赵细娇，我立在这儿正儿八经地告诉你，佳琦是因为你而死的，佳琦死了我就再没有儿子了，你我之间父子情义也就到此为止吧。"

那时，我真切地感到，眼前的那个人不是我父亲，我和他似乎从未有过谋面，他也并非是在叫我，他的话像某个电视剧里的台词，使我感到困惑又觉好笑。我记得自己始终没有说话，也没敢发出一丝笑声。末了，他又说："你我之间还有事要解决。"然后他就出去了。

天麻麻亮，白昼的春蚕将黑夜咬出许多个小洞，星星点点的光亮如春雨洒向大地，院外传来叽叽喳喳的鸟鸣和遥远的狗吠。我在祖母慈祥的安抚下渐渐睡去，她一只手轻拍我的胸口，一只手抚摸我弟弟的脑袋，和蔼可亲的神情蕴满她饱经风霜的脸庞。我在梦境中听到，祖母又一次开始了她的故事的讲述，我又一次看到那位年轻漂亮的姑娘——做姑娘时的祖母，扎着两条粗长的辫子，在春日温和的阳光里蹦蹦跳跳，哼唱着婉转动听的歌子，惹来许多只蝴蝶在她身边翩翩飞舞。不经意间，天空阴沉下来，随着温和阳光的褪去，祖母的歌声渐渐变得低沉伤感，她脸上的喜悦也如阳光般褪去了，取而代之的是乌云和狂风。大雨随即哗哗如注，我祖母在雨中低声哭泣，喃喃自语，接下去哭声越来越响亮，我祖母仰起了头，我看到那张脸又变成饱经风霜般苍老的模样了。我祖母大声呼喊："雷公电母劈得好哇，老天爷只惩罚坏人，老狗有罪啊！"她那枯瘦的身体在暴雨里摇摇晃晃，犹如狂风里的小树。大雨噼里啪啦打在她的脸上，不知为何，我那时会将那急促凌乱的声响看作是对祖母撕心裂肺呼喊的回答。

突然我醒了。祖母和蔼的笑容落在我惊恐的目光中，她将手从我的胸口挪到我的额头上，为我擦去冰凉的小水珠，我听到她轻声说："又做噩梦啦。"我赶忙伸手扯了扯被子，用被角擦去即将滚落的眼泪。祖母又将手从我的额头挪到我的胸口，轻轻拍着，告诉我梦都是反的，梦到不好的事情，说明即将有好事发生呢。

在我刚刚平复情绪后，一串急促响亮的脚步声从院外传来，惊得尘土飞飞扬扬，从窗户缝隙挤进来，懒散地摊到炕上。紧接着，我听到父亲叫叫嚷嚷的声音，中间夹杂着我母亲的轻声细语，我无法听清对话内容。我跳出被窝，刚要爬上窗台去听，就看到我父亲的身影闪现在窗前，我赶忙矮下身，溜回被窝，闭紧双眼，假装没有醒来。

门被推开了。冗长的带有愤怒的喘息声在我耳边响起，我感到身上的被子被一股热腾腾的风快要吹起来了。被子被猛然掀开，我的肩膀再一次被一只粗糙的大手捏住，像挑出牙缝里的一根韭菜似的将我拉出被窝，我感到一股麻麻的酸疼蔓及全身，不由得哇哇叫了几声。在我赶忙伸手去捂头顶的眼睛时，我父亲的手先一步抵达，大拇指粗鲁蛮横地摁在上面，像费尽力气终于抓住偷吃粮食的老鼠，脸上露出兴奋满足而令人恐惧的神情。我看到父亲脖子上的血管如裸露的树根一样突兀，我几乎已经看到那些血管从他脖颈上爆裂时的景象。

我母亲出现在我父亲身后，嚷嚷着让我父亲轻一些，会弄疼我的。我父亲冷笑了一声，抬起胳膊将我轻而易举地翻了个过儿，面目狰狞地瞪我，咬牙切齿地说："他怎么会疼？他就是个怪物！他害死了我儿子，打他一出生家里的灾难就不断。"

我大哭起来。我突然而起的痛哭不是因为父亲弄疼我了，而是父亲尖锐如匕首的话，使我感到极大的委屈和悲伤，眼泪就汩汩滔滔涌了出来。我那么一哭，我祖母就心疼了。我祖母急切地前倾身子，双手颤颤巍巍去抓她的儿子，嚷嚷着让他快松手。我母亲赶忙伸手搀扶我祖母。我父亲突然喊：

"我去找过贺碧凤了。"

我祖母听到贺半仙的名字，像正在播放的电影被突然按下暂停键，纹丝不动了，茫然僵住了。我父亲顿了顿，说贺半仙早就知晓了一切，她老人家已经算出来了——一切皆为冥冥注定，命运使然。我父亲的口水冰雹样砸在我的侧脸上，我从他口中得知，贺碧凤"算出来了"的结果指的是我，祸端的根源就是我，因为我头顶的那只眼睛，它死而复生且旺盛至极，悄然释放出意想不到的无穷威力，全家人随之倒霉，尤其是赵佳琦他还那么小，身体里的阳气不足，根本无法抵挡那股晦气，就被它理所应当地吞没了。

我母亲垂下脑袋，低声抽泣，搀扶着我祖母的那双手，像伸进寒冬的冰水里一样瑟瑟发抖。我祖母反倒很是平静，没有了刚才的急迫和不安，表现出一种如沐暖阳般的轻松与自在，轻拍我母亲的手，安抚我母亲的情绪。一直以来我都明白，我祖母自始至终哪怕直到咽气那一刻，对于贺半仙的任何言论，她都无条件信任，就像年轻时信任她的心上人一样。如果说范江鸿是我的信仰，那么贺碧凤就是我祖母的信仰。

一只大手将我摁在炕上，我哇哇大哭，用一种恳求的眼神望着我父亲。当我看到父亲的另一只手从兜里掏出一把小刀时，我像突然被人扼住了咽喉，再也喊不出话来，只是发出一些虚张声势的如同细风挤过砂纸时的粗涩的声音。我慌乱恐惧的眼神迅速落到我母亲的脸上，却没有任何回应，接着又迅速落到我祖母的脸上，依旧没有回应。那时的我像一只被关在透明瓶子里的虫子，胡乱飞撞寻找可以逃生的出口，或是创造任何一个被解救的机会，然而什么都没有，我只能绝望地置身于命运悲伤的"密室逃脱游戏"里。

"发什么愣呀！"我父亲大喊，气汹汹地瞪着他的妻子乔颂玲，"赶紧上手哇！"

我母亲吓得一激灵，慌忙摁住我的脑袋，仄过脸，陷入低沉的抽泣中。

嚓嚓的声响在空中骤然响起，如铡刀铡过牛草时的清脆朗朗。我感受到了金属冰凉渗骨的气息。被我父亲那双眼睛盯着，毋宁使我感到恐惧和绝望，我的头顶出现一阵酥麻。接下去，我听到一声沉闷的咔嚓声，我的身体和思维在那一刻被挖空了，一阵短暂的空洞的无力的漂浮后，一股尖锐的刺痛感贯穿全身，我的身体和思维顷刻间充实了，我的脑袋却不见了。身体猛然下坠，一股灼烧的难以忍受的疼痛将我吞没。我知道自己头顶的那只眼睛被我父亲剜掉了。

我父亲松开了我，抱起炕边的佳琦，然后告诉我母亲，这事没有完，姚志虎的账还没有清，那该死的家伙必须要付出代价。按照我父亲的指示，我母亲将我身上的"邪物"扔进火里烧了，并烧掉从贺半仙那里求来的一堆灵符，为全家除霉运。我母亲抓起一把灵符燃尽后的灰烬，涂抹在我头顶的新伤疤上，将剩余的灰烬装进一个黄色的小口袋里，每天凌晨准时为我涂抹一次，七七四十九天后，"邪物"才会彻底被消灭。

我父亲把佳琦放到西屋的桌子上,将我祖母那条红色绣花绸缎对折,仔仔细细地裹好他的儿子,然后站在西屋前,指着门上的大锁,仰起头朝天上的灰云喊:

"没有我的允许,谁要敢打开锁,我就要谁的命!"

6

我父亲吞下一大碗捞面,背起装有五十个馒头的包袱,气宇轩昂地走了。我父亲按照姚万虎给出的地址,一家接一家去找姚志虎,先去周边十里八乡,若找不到就去省城,再找不到就去福建那边的小县城,非要把他揪出不可。

我弟弟死后,我母亲突然间变得迟眉钝眼,整天都像在做梦。她呆呆地立在西屋门前,抻长脖子,贴着眼睛透过门缝去看她的儿子,却只能看到红色绣花绸缎。一看就是好几个小时,微弱的抽泣声同样也会在院子里飘荡几个小时。随后便瘫坐在地上悲哭,过一阵又艰难地抬起身,趴在门上朝里望。

我和小树每天都去村口的槐树上倒挂,等待期盼中的身影出现在路的尽头。尽管我讨厌佳琦,但失去了他,我的日子多多少少有些单调无聊。我们挂在树上,猜想到底会是谁先出现在我们的视线里。要是小树的叔叔李志刚先出现,那么我们就有钱去弄回那辆桑塔纳轿车,我们的偶像范江鸿就会很快回来;要是范江鸿先一步出现,那就再好不过了,我们又可以跟在他身后,做他的小弟了;要是我父亲先出现,那我就得赶快回去告诉我母亲,这样的话就会避免院子里多出现一次叫人悲伤的抽泣声;要是不辞而别的赵顾晚又突然出现,那也挺好的,我祖母就不用日夜念叨了,我们也有了新的乐趣。时间一天天过去,却始终没有期待中的任何一个身影出现。

当时间来到三天之后,微风裹着淡淡的腐臭味飘荡在我家的院子里。起先我母亲没有在意,天气并不热,以为是哪块的犄角旮旯里有死老鼠什么的。奇怪的是，节气并未至立夏，气温却在那天夜间直线上升，一夜之间变得燥热，如同三伏天。浓郁的腐臭味在热浪中滚滚翻腾，弥漫到益庄的角角落落。热浪一层接一层拍打在门上和窗户上，发出噼噼啪啪的响声。我母亲整夜睁着眼睛，木木地望着漆黑的屋顶，深陷幻象中。往后的几十年里，我母亲晚上似乎都不睡觉，只是静静地躺着，望着屋顶，我一直觉得，我母亲的魂灵在我弟弟死去的那天就已经不在了，去照顾她的儿子赵佳琦了。

我母亲恍然想到了什么，着急忙慌地跳下炕，大哭着跑到西屋前，贴紧眼睛去看。飞舞的蝇虫密密麻麻如群星般在我弟弟身上打转，嗡嗡的嘈杂声充斥整个房间，房顶呼呼哒哒，随时要被掀翻。我母亲撕心裂肺的哭喊声骤然响起，在当初寂静的黎明时分显得尤其可怖。

我爬出被窝，掀开窗帘朝外望。我看到母亲的身后已围满人，乌泱泱一片。他们听到我母亲的哭喊，潜意识里对于"热闹"的敏感，使他们从睡梦中抽离出来，抓起炕头上的衣服就往外跑。有人边跑边伸腿朝裤管里蹬，稍不留神蹬扯裤裆，摔倒在地，慌忙抬起身，捂着磕烂流血的嘴，像没事人一样循声而去；有人找到声音源头，来到我母亲身后，双手支着膝盖大口喘气，这才发现自己脚上少了一只鞋，全然不知那只鞋是什么时候在哪里跑丢的。围观的人们的脸上丝毫没有刚睡醒时的惺忪迷离，而是无比地兴奋和激动。

我看到"破烂王"吕万才、"猪鼻子"李巨兴，还有石中发，好几个人挤在西屋门口，他们捂着自己的口鼻，朝门缝里望。李兰英将我母亲揽在怀里，抓着我母亲的胳膊，安慰似的轻声说着什么。瓜燕儿蹲在一旁，双手扶着下巴，好奇地望着。

我穿上裤子走出屋，蹲在窗下，抱着膝盖，望着不远处鼓噪的人群。众人嘈嘈嚷嚷，对眼前的"热闹"发表着自己的看法。有人提议，快砸开门，赶紧把赵佳琦埋掉，算是做父母的对孩子最后的疼爱，赵顾早不在家，不用听他的。

"天这么热，再这样下去，不出一天，娃儿就让蛆虫吃完了，骨头都不剩！"吕万才嚷嚷道，仰头打领带，"你们做父母的，对得起孩儿么？"

听吕万才这么一说，我母亲的哭声更响亮了，尖锐刺耳的声音使围观的众人捂住耳朵，脸上挤满了焦躁和嫌弃。

眼前的情景使我心酸地低下头，我母亲的哭声如奔泻而下的冰水，迎面向我涌来，将我淹没，我感到自己呼吸困难快要窒息了，双手挣扎着去抓门槛。突然，一双手紧紧攥住了我的手，将我拽回岸上，使我获得了拯救。他将手搭在我的肩膀上，笑盈盈地看着我，我看到那双明亮清澈的眼睛里的光芒，感受到了温暖。我听到小树说：

"别怕，有兄弟我在呢。"

人群中有人喊了一声："赵顾早不让砸开门锁，卸掉窗户不就完了嘛，翻窗进去，活人还能让尿给憋死？"

吕万才豁然开朗，脸上绽出兴奋的笑容，嚷嚷道："这么多人在，大伙都是好心，他赵顾早还能把大伙都给杀了？"

众人就都把目光热烘烘地投射到我母亲身上，像无数束光投射在舞台中央，等待瞩目下的乔颂玲开始她的"表演"。良久，我母亲抬起头，抹了把眼泪，声音颤抖地说了一句：

"那就卸掉窗户吧。"

吕万才和李巨兴从窗户钻进去，像吆牲口那样抡着胳膊喊了几句，乌泱泱的蝇虫就仓皇飞蹿，如一张黑色的地毯从窗户铺到地上，又从地上贴到外墙上。众人惊叫着，好像世上的苍蝇都聚在了这里，一些孩子和妇女面露惊恐之色，赶忙挡住脸退后几米。吕万才缩着脖子，双手将红色绣花绸缎托到窗外，石中发小心翼翼接住，惊愕的神情僵住了，片刻过后，他慌忙喊着让李兰英看好我母亲，别让她过来。一股浓烈的叫人难以承受的尸体腐臭味飘荡在热烘烘的空气里，差不多使围观的每一个人都扭过头嗷嗷地呕吐起来。尸体腐臭味与呕吐物的气味混合在一起，形成一张巨大而密实的网，笼罩在益庄的上空，压抑而绝望。

李兰英死死抱住哭喊挣扎着的乔颂玲，嚷嚷着让围观的妇女上手帮忙，她们一边拉住我母亲，一边安抚她的情绪。那时候，一个尖锐颤抖如老鸹嘶叫的声音从上屋传出，子弹一样打在每个人的身上。嘈杂的人群蓦然寂静了，只有滚滚热浪怒吼的声响在耳旁呼啸，如一只妄想挣脱牢网的困兽愤怒的吼叫。我祖母的叫声又在一瞬间戛然而止，什么也没有发生过似的，仿佛刚才的声音只是人们的幻听。围观的人群里又重新恢复开水般的沸腾。

石中发歪斜着脑袋，面目狰狞，双手托着我弟弟，吕万才和李巨兴挥舞胳膊，驱赶一拥而来的苍蝇，嘴里喊叫着，去去去，这些恶心人的家伙。围观的人群跟在他们身后，朝院外跑去。那些拉着我母亲、安慰我母亲的妇女一瞬间跑光了，争先恐后地拥出院子去看热闹，只留李兰英紧紧抱着瘫在地上发出嘶哑哭声的乔颂玲。我突然想到了什么，拉着小树的手冲出院子。

他们将赵佳琦托到对面的八石坡——在益庄，人们通常会把夭折的孩子埋在这片山腰上。春天时，坡上总是早早就开满五颜六色的花朵，飞舞着各种模样的蝴蝶。贺半仙曾说，每一只蝴蝶都对应一个死去的孩子，孩子的灵魂就在蝴蝶的体内，蝴蝶在替孩子活呢。关于八石坡这个名字的来历，我祖母曾给我讲过一个故事，使年幼的我惊愕失色——据传多年前的一个深冬，益庄下了一场百年不遇的暴雪，气温急剧下降，庄里的牛啊羊啊驴啊猪啊鸡啊狗啊都被冻死，沟畔那棵上百年的老柿树突然折断，倒了。更令人痛心的是，那天夜里益庄不到一岁的八个孩子，竟全部离奇死了。人们不知其原因，孩子和父母睡在热被窝里，不可能被冻死，但的确都死了。有人说是专吸小孩精气的雪怪，夺走了八条生命。做父母的有气没地撒，有仇没处报，只能怨孩子自个儿命短。之后，暴雪骤然停歇。庄里最有权威的郑老爷做主，将孩子们的尸体埋在半山腰的阳坡里，那里阳光充足，雪怪去不得，并给每个土堆上立一个小石块做标记。许多年过去了，因天灾人祸导致夭折的孩子不在少数，坡上布满密密麻麻的小石块，围棋棋子似的。人们习惯称这里为八石坡，而没有随石块的增多，重新为它命名。

他们选择一个合适的空位，有人拿来铁锨和镢头，刨出一个四四方方的小坑，刚好可以容得下我弟弟短短的身体。黄土一点一点埋在赵佳琦的身上，围观的人群叽叽喳喳说着什么，我全然听不见，脑袋里一片空无。阳光渐渐苏醒，伸展开四肢，活活泼泼地奔跑在鲜花烂漫、蝴蝶飞舞的八石坡上，使那些黑青的石块都闪烁着宝石般的光泽。而我的弟弟却永远也不会苏醒，永远沉睡在漆黑燠热的深夜里。一想到这些，我的胸口就有一种难以言说的沉闷，好像那些黄土一股脑埋在了我身上。

我从兜里掏出那只弹簧青蛙，塞进了还未埋完的红色绣花绸缎里。众人疑惑的目光打在我身上，像屋檐上的冰柱掉进水缸里，激起层层水波。随即便喧闹起来，他们像是从我身上看到了比我弟弟死去还更有意思的热闹。有人指着我，说都是这个坏种惹出来的祸！有人揭掉我的帽子，摇晃我的脑袋，说死的怎么不是这个不男不女的家伙！小树伸手去挡他们，嚷嚷着不让他们那样说我，却被他的父亲"猪鼻子"李巨兴呵斥住，说以后不准他和我玩耍，否则会让他的屁股开花。大伙纷纷附和，叽叽喳喳，喧嚣躁动，脸上挂满激动而满足的神色。

而我只能选择沉默。此刻的我，在似水流年中游荡时，仿佛看到了那张稚嫩无助却又倔强坚强的脸庞，我为自己当初选择沉默而感到欣慰，因为当你面对那些无法纠正的观点和难以顺服的人群时，沉默便是最好的回击——无声也是一种力量，如同地下暗涌的河流。

我捡起帽子，站起身，头也没回地离开了。我听到小树朝他父亲喊了一声：

"屁股开花就开花，那样才好看！"

小树追上我，牵起我的手，嘿嘿笑着。小树甩着胳膊，像是刚刚经历了一场美好的游玩。那时候，我发现有一只透明的小蝴蝶绕着我飞，随后落在我的肩膀上。我停下脚步，观察了一会儿，然后告诉它，以后八石坡就是它的家了，它要乖乖听话，好好待在那里，和小伙伴们好好相处，我会常去看它的。那只蝴蝶依依不舍似的缓缓飞走了。

第四章　精神与诗意

1

转眼间，又到了该收麦子的时节。麦子是大地的儿女。金黄的麦子谦卑地弯下腰，向养育自己的大地母亲致以诚挚的谢意。大地再也不像往日的大地了，她如培养出大学生的母亲，脸上溢满自豪与欣慰，激动的泪水在眼眶里打转，旋即汩汩涌出，滑过那张辛劳和老去的脸庞。此时的大地母亲，是最有精气神的，她披上金光闪闪的外衣，宛如世间的君王。在田埂上，在河流边，在烟囱坡，在狼沟矿，在老鸹洼，一望无际的麦田与火辣的骄阳交相辉映，到处都洋溢着耀眼的金光。大地母亲更像是一轮太阳，鳞次栉比的麦芒如同千丝万缕的阳光。那时的益庄，不再是平日里水泥与煤灰浸染的灰蒙蒙的模样，而是一幅壮丽又辉煌的气派景象。孩子们奔跑在充满浓郁麦香气味的滚滚热浪里，深吸一口气，脚步变得轻盈，世界顿时芬芳四溢了。

我太喜欢麦田了，喜欢得想要流泪了。我和小树仰面躺在麦田里，聆听布谷鸟的吟唱，我们的身形像是天空按在大地上的印章，金色的麦浪漫天涌动，麦穗弯着沉甸甸的脑袋，耐心地向我们这些后辈讲述天地山河间的故事，有时也会被我们的天真和淘气惹得叉腰大笑，身体在夏风中摇摇晃晃。

我们看到一个有趣儿的稻草人，伸着双臂，垂着脑袋，背影朦肿，在烈日下歪歪扭扭，一副滑稽样儿。当我们冲到跟前时，稻草人猛然蹦跳起来，弯下腰哈哈大笑，我们吓得栽倒在地，哇哇大叫。瓜燕儿从石头上跳下来，得意洋洋的笑声如一串鸟叫，笑我和小树是傻瓜，竟没有识破她的伪装。我们狡辩说早都发现她了，故意演戏的，然后骂她是神经病，装神弄鬼的神婆子。瓜燕儿时常偷偷躲藏在我们身后，发出喜鹊鸣叫一样的嘻嘻笑声。我们假装看不见她。我和小树彼此眼神交流，撒腿随意跑进一块麦田，我们的身影被淹没在麦浪的洪流中，我们变成了麦子，任凭瓜燕儿叫嚷找寻，也难以发现。我们以布谷鸟的叫声为信号，他叫一声，我回一声，慢慢向彼此靠近，找到对方。后来，瓜燕儿似是识破了我们传递信号的方式，当我们发出叫声时，第三只布谷鸟的叫声附和我们，我们以为是真正的布谷鸟，走近才发现是瓜燕儿，她正趴在地上捂着嘴捉弄我们呢。

那天傍晚，我们为躲避"鼻涕虫"刘凯，猫着腰一头扎进麦田里，过了半晌，我小心翼翼向躲在另一块麦田里的小树发出信号，要与他会合时，却听不到任何声音给予我回应。我如大海捞针在麦田里找了半天，始终不见他的踪影。那时我终于体会到瓜燕儿最初的心情了，就像一个人在茫茫人海里寻找那个自己最熟悉的面孔，那种无助与绝望奔涌而来，将你淹没，好像周围的人都在望着你，脸上带着讥笑。

我想小树应该是被半山腰的老鸹吃掉了，否则他是不会留下我一个人的。当我急迫惊恐地跑回去时，却在广场上看到了熟悉的身影。那时候天色已经暗了下来，小树耷拉着脑袋，像一只受伤的小鸡，他的手被一个干瘦如柴的男人牵着。小树疲惫地抬起眼睛，一股莫名的寒气将我从疑惑中逼了出来，那个男人在半明半暗的月光下脱掉帽子，平静而谦卑地望着我。我这才看清楚，眼前那个头顶没有多少毛的男人正是李志刚。

小树盼望已久的叔父李志刚踩着月光回来了，而我在小树的脸上看不到丝毫激动，反而是一种难言的悲伤与绝望。李志刚并没有像小树想象的那样，全然出脱成一副白净、洋气地开着小轿车回来的城里人形象，反而依旧是几年前的黝黑质朴的模样，和益庄的农民形象差不了多少，轻而易举地消融进茫茫黑夜中。

小树边走边回头看我，眼睛里尽是无助的黑暗，像是隐藏了许多秘密。月光如水将两个细瘦的背影引得很长很长，看上去犹如两条干枯的柳枝。小树的名字在我的喉管里兔子一样鼓动，一上一下地想要蹦出来，最终却被我无情地咽进肚子里。

　　我独自一人躺在月光下的麦田里，望着天空中舞动的麦穗，如同望着没有灵魂的双手，在做着机械般的鼓掌。偶有几只喜鹊发出令人讨厌的叽喳声，在滚滚热浪中蓬蓬勃勃。阵阵闷风吹过麦秆间隙，发出有气无力的如我祖母呻唤的声音。眼前的一切让人一下子觉得，那是一个多么没劲而又遗憾的夏日啊。突然我听到了小树的呼喊，于是赶忙跳起身去看，他的喊声愈来愈近，而我始终不见他的踪影。我一遍又一遍地呼喊小树的名字，疯狂地奔跑在一望无际的麦田里，追赶着渐渐离我远去的喊声。我的眼前倏地飞出一只庞然大物，扇动翅膀摇起黑色的飓风，将周围的麦子连根拔起，尘土飞扬遮蔽天空。它那深邃诡异的眸子如两面深渊，像是要把我吸进去。我吓得哇哇大叫，一个后趔趄栽进麦田里。

　　惊恐与战栗使我以为自己坠入了深渊，一只熟悉的手轻拍我的胳膊，使我意识到上一刻的惊恐与战栗是在梦境中。母亲的双手逐渐安抚了我的情绪。夜幕渐渐褪去，代之的是黎明前的微亮。日光的春蚕正在贪婪地啃食着窗角，丝丝光亮从窗户挤进来，在我的脸上蹦跳嬉闹，弄得我有点痒痒的。突然，隐隐听到什么声音从远处传来，很快我就确定那是小树的呼喊，我的名字随着新生的光芒，洋洋洒洒地散落在炕上，我恍然一惊，以为又是幻象，但那喊声越来越清晰，像从院子里传来，有眉有眼的少年模样，清清楚楚地出现在我眼前。

　　我把头塞进窗帘里，朝院外望去。小树蹲在碾盘上，耷拉着脑袋，阳光在他的头顶打出一团新鲜的光晕，使他看上去虚幻缥缈却格外令我神摇目夺。我小心翼翼溜下炕，从门缝挤身出去。

　　小树看到我，嘴唇颤抖，鼻翼翕动，泪蛋儿哗哗落了下来，像是受了很大的委屈。我问他究竟发生了什么事，他哭哭啼啼地告诉我，他的叔父李志刚原来和他父亲一样，就是个普普通通的人，没有桑塔纳轿车，也没有钱，一点都不像城里人，甚至比不上吕万才。小树抽泣着，说他的父亲大骂了李志刚一顿，李志刚面色难看，双手托着脑袋，坐在小凳子上，黑夜一样沉默了。李巨兴唠唠叨叨了整晚，说到了他和李志刚的童年，父母去世早，弟兄俩只有一条裤子，整天光屁股钻在被窝里，谁要非得出门，才去穿那条裤子。说到了他的骨头还未长结实就不得不去狼沟矿下井驾辕拉煤，供他的弟弟李志刚读书，而自己目不识丁过了大半辈子，活得处处不如人。他的父亲明确地告诉李志刚，他这样做是自断后路，一辈子就算完了，那些苦就白吃了，对不起益庄的父老乡亲！对不起他李巨兴大半辈子的辛劳！更对不起李家的列祖列宗！老先人都得气得从坟地里蹦出来！而李志刚低着头身体颤抖，始终一言不发。

我拉着小树的手，告诉他不必担心，那些都是大人之间的事情，大人本身就很复杂，他们总是会将简单的事情复杂化，复杂的事情要命化，没完没了地吵吵闹闹。等我们长大了，就去城里闯荡，去找偶像范江鸿，像城里人一样穿凉鞋配丝光袜，抽哈德门牌香烟，喝汉斯啤酒和冰峰汽水，自己挣钱去买桑塔纳小轿车，做个体体面面的真真正正的城里人。

小树扑哧一声笑了，吹出个鼻涕泡，在鲜嫩的日光中炸开，他用手背抹去眼泪和鼻涕，笑盈盈地说："冰峰汽水好喝不？我都没有喝过呢。"

"不知道呀，我也没有喝过。"我说，"等我们见了破烂王，问问他，他可是经常在城里喝呢。"

太阳露出了半个脸庞，细腻的阳光穿过刚刚睡醒的枝叶，挥洒在院子里，使碾盘上蹲着的两个孩子看上去神气十足，蕴藏了一种即将喷薄而出的力量。我们溜出院子，手牵手跑进跳荡的金色里，益庄飘荡着麦子成熟的香味，使我们的心头也生出麦芒一样的光芒。那时候那位后来大火的歌手李健应该还在上学，他还没有写出我在高中时很喜欢听的那首《风吹麦浪》，否则我定会大声唱起它的。

我们头顶云彩，脸上洋溢着收获的喜悦，在布谷鸟的吟唱里和蚂蚱蟋蟀的舞蹈间奔跑嬉戏。跑累了就顺势躺倒，数天上的云朵。我们听着镰刀收割麦子的声响，嚓嚓的声音是庄稼人与麦子合奏出的"收获奏鸣曲"。庄稼人起得比太阳还早，趁着黎明前短暂的凉爽，就有力气多干一些，否则待到烈日高悬，灼热的阳光燃烧着空气，那时候他们就如同面临深渊，把自己推到绝望的境地了。

大地上早已布满夏收的身影，无论是外出务工或是做生意的，在这节骨眼儿上，都得回到益庄。庄稼汉弯着腰，一手握镰，一手薅住麦子，从左到右，一点一点，一把接一把，一个动作重复十多遍，然后微微向前挪动一步，接着重复收割的动作。他们喘着粗气，眯着眼睛，半晌才敢撑着膝盖缓缓抬起脑袋，这时候他们的腰已经直不起来了，暂时失去了知觉。这哪里是劳作呀？分明是受刑嘛。可这刑庄稼汉不得不受，而且是心甘情愿的、希望能多受几天的刑，这样的话，就又是一个丰收年。他们不肯歇息，也不能歇息，时间不等人，天气一变，就全完蛋，这便是所谓"虎口夺粮"。

我和小树各拿一根树枝，作镰刀，猫着腰，模仿大人们的动作，不禁嘿嘿笑起来。地畔上的庄稼汉听到声音，呵斥一声："谁家的碎崽子在这儿糟践麦子？"缓缓直起腰，回过头看。我俩嗖地猫下身，化作麦浪，学布谷鸟叫。庄稼汉咧嘴笑了，扭过头，又开始劳作了，金色的海洋里传出雄厚的秦腔声，在滚滚浪花里忽高忽低，忽近忽远。

太阳渐渐升起，开始了它光芒四射的照耀。我们躺在麦子上，眯起眼睛，将蔚蓝的天空变成一条闪烁的直线，悄然降临的睡意将我们拽进梦境的深渊。我们开始贴着麦穗飞行，飞过一片又一片麦田，和云彩比速度，吓得布谷鸟慌乱飞蹿。突然，我隐隐听到惊人的尖叫声从地里传来，声音越来越近，夹杂着含混不清的话语，我如惊弓之鸟般直线坠落。我看不到小树了。我知道自己已经醒了，但我无法睁开眼睛。周围突然变得血红，豆大的血滴从麦穗中渗出，如线如丝流淌而下，将大地染红。在我惊恐万分之际，我听到了人们的哭声和惊呼声。

我猛然坐起身，拍醒身旁沉浸在梦境里的小树。我看到一位黑瘦的妇女带着她惊恐万分的面容，在地畔上疯跑，上下颠簸的身影像一只逃窜的野兔。妇女惊天动地的尖叫声，使麦田里劳作的庄稼汉都直起身，朝她望去。接下去我看到，又有几个庄稼汉的身影从不远处的麦田里跑出来,他们的叫喊声交织在一起,如同失去亲人的孝子正在进行一场丧事。

"杀人啦!"

我听到了那位黑瘦妇女的惊叫声。

"死人啦——死人啦——"

接着我就听到另外几位庄稼汉都在大喊:

"杀人啦——"

"死啦——"

"人死啦——"

我和小树相互看着对方,大张的嘴巴像两个对望的足球门。我们站起身,跟在庄稼汉身后,朝惊叫的人群跑去。

真相的羽毛在惊恐的气氛中渐渐显露,人们像正在经历灾难一样惊慌失措,抓着身旁人的手,焦急而结巴地说着自己看到的"热闹"——血淋淋的,冰凉刺骨的,叫人毛骨悚然、失魂丧魄的。他们半开半合的嘴巴里涌出颤抖的话语,仿佛那时是寒冬而非炎夏,寒冷的气流弥散开来,将众人裹挟、淹没、封冻。

我扭头去看小树,他已被寒冷的气流给冻住了,目光空洞、呆滞、麻木,身体微微摇晃如身旁的麦子。众人的目光落在小树的身上,如夜晚冰凉的月光洒在水面上,荡起层层波纹。我刚伸手拉住小树的手,他就触电似的瘫倒在地。小树脸上封冻的冰层瞬间破裂,冰碴飞散打在每个人的身上。泪蛋儿从那张稚嫩的狰狞的绝望的脸上滚下来,打在成熟待收的麦粒上,如水滴掉进尘土里,瞬间被吸收。小树晃着脑袋,失声痛哭。我紧紧拉着小树的手,内心的悲伤翻腾涌动,不由抽泣起来。好像失去亲人的孩子不是小树而是我,我的悲伤突然如感冒时的喷嚏一样势不可挡,当我用手捂住试图阻挡时,它却以另外的形态迸射而出,喷我一手的鼻涕和口水。

一个身影从人群中冲出,抓起小树的胳膊,将他抢到了背上。我听到石中发惊恐不安地喊:"我得把他藏起来,不能让娃儿受到伤害。"说着就快步跑开了。小树挣扎着,两条腿如弹簧在空中乱蹬,叫嚷着要去看他的爸爸妈妈。石中发怒吼道:"你再乱动,我就摔死你!"

派出所民警是在半个小时后赶来的。吕万才从地头放着的他用来装干粮和茶杯的黑色皮包里拿出"大哥大"报了警。警察赶到现场，看到的不是两具尸体，而是三具，其中两具的头颅滚在一旁，血淋淋的脑袋沾满泥土和麦粒，鲜血染红了一大片土地，金黄的麦子变成暗红色，在炎炎烈日里，散发着浓烈的使人作呕的腥臭味。胖警察身后的两名年轻警察一阵呕吐后，木然地杵在那里喘着粗气。

第一个跑上地畔的妇女目击了整个凶杀过程，面对胖警察的询问，她哇哇大哭，结结巴巴地告诉众人，当时她正在田间埋头割麦，她男人手上的镰刃崩裂，回去换新的了。她先是听到谩骂声，但并未在意，割不完的麦子还等着她呢，哪有闲心思关心旁人的事。过了一阵，突然蹦出一声惨厉的尖叫，她赶忙直起腰去看，那时候李志刚手里的刀已经砍在李巨兴的脖子上，而李巨兴的婆娘白阿妹倒在一旁已经死去。她对先后顺序进行了特意强调，惊恐而认真地说，她可以确定，李志刚是先将白阿妹砍死，再砍李巨兴的。她的声音颤抖漂浮，似乎充满了委屈——面对那样的场景，当时她不知哪里来的力气，双腿分明已经软塌，却稀里糊涂地疯跑逃命了。跑出几里地，她恍然发现自己已经越过了好几个庄稼汉，大伙儿都惊奇地望着她。她回过头朝他们大喊：

"死人啦！砍死人啦——"

几个胆大的男人顺着她所指方向跑了过去，当看到李志刚正用手里的砍刀，一刀接一刀地砍断他哥哥李巨兴的脖子时，他们如惊慌中的野兔屁滚尿流逃窜了。

胖警察拿出电话，让警局再派几名警察来现场。胖警察突然看到李志刚灰色短袖的胸前小兜里插着一支钢笔，钢笔上夹着一片折叠的纸，打开后发现是一封信，落款时间为凌晨五点五十三分，李志刚在信里说明了他的杀人动机：

李巨兴：

  我的哥哥，我原本最应该感激的人，我的亲哥，你却深深地伤害了我。你并不明白我的处境，更不会知道我受到了怎样的委屈和羞辱。我唯一的亲人，我的哥哥，我原本想向你诉说一切，从你那里找到生活下去的勇气和信心，就像小时候那样，你教会了我坚强和勇敢。可我没想到的是，就因我拒绝了我的未婚妻家里提供给我的新房和轿车，并且和她分了手，退掉了我的婚事，你就骂我不知好歹，真想割开我的脑子看看里边是不是水泥，骂我不知自己几斤几两，说天鹅肉掉到了碗里，我这癞蛤蟆也没命吃，说我这辈子就是没出息的贱命，高攀不上人家，说我几十年的书算是白念了，对不起列祖列宗……

你知道我在北京的生活吗？那简直是我的地狱。上大学时，就因我是农村娃，没有一件像样的衣服，舍友们就孤立我、捉弄我，在我的水壶里放泻药，让我闹肚子拉到裤子上，全班同学包括老师都笑话我。我常安慰自己，我虽穷，很不体面，但我成绩好，我比他们都好，这样一想，似乎心里就好受多了，我想等毕了业，工作以后就好了。但事实并非如此，我天真得像一个未成年的孩子。我兢兢业业工作，勤勤恳恳做事，出色地完成每一项工作，得到领导的认可和赏识，让我做组长，同事们却同样孤立我，背后议论我，说我奸诈狡猾，溜须拍马，把自己的身体卖给了五十多岁的女主任。

我的生活一片黑暗，没有一丝阳光。我整日郁闷悲伤，心想自己是不是该辞职，重新换一个环境。直到小晴的出现，我改变了自己的想法，她的笑容比阳光更温暖，比鲜花更芬芳。我们是在一次出差时认识的，她是做测绘的。她长得很胖，但很可爱，总是静静地笑。我们都不怎么爱说话，但眼神的交流已传达了许多话语。那时我还不知道她的父亲是高校教授，母亲也在高校任教，她在一个优越的环境中长大。直到我们在一起后，我才知道这些，我的心里即刻涌出一股强烈的自卑感。她对我很好，每回吃饭、买衣服，都非要自己掏钱，从不花我的钱，并且时常给我买西装、领带、钱包、皮鞋、衬衣，我心里很不舒服，我觉得她是在侮辱我，侮辱一个读书人。有一回，我做成一个项目，带她去吃饭，我执意要掏钱，结账时有四十三块的零头，我心想刚好把平时攒下的零钱用掉，就从包里拿出一把毛票，一张一张地数，服务员站在旁边等，小晴许是觉得有点难为情，就从自己的包里掏出两张一百块交给了服务员。她的行为深深地伤害了我，这种伤害是残忍的，是致命的，我觉得她打心里瞧不起我。

这样的事情出现了好多回，我都忍受了，我知道是我的心理在作怪，我想方设法去说服自己。我们到了商量婚事的时候了，她要我搬去她家里，和她父母一起住，让我开她父亲的车。她父亲这人不错，从来没有看不起我，拿我当亲生儿子一样对待，只是他有一个要求，等我们的孩子出生后，要跟他姓王，因为他就只有这么一个闺女，家里的香火不能断。其实他还有一个儿子，听说年轻时犯了罪，被枪毙了。他是长辈，我没有反驳他，只能沉默以对。那天晚上，我就向小晴提出了分手，我告诉她，我心里太憋屈了，我想回到真实的生活当中，她只会让我更憋屈，更瞧不起自己，更加远离生活本身。她见我心意已决，恳求无果，于是狠狠地羞辱了我，说她和我在一起，就是为了羞辱我，为了献爱心，为了体验穷人的生活，说像我这样自以为是的人，怎么配留在北京城？怎么配娶城里的姑娘？怎么配高攀她而从此改变命运呢？祖上压根儿就没有那股青烟……

生活如此艰难，人活着真不容易啊！我的哥哥。如果当初我选择留在农村种地，会不会活得更自在些、充实些？是你非要送我进城读书，将我推向黑暗深渊。好不容易爬上岸见到一丝光明，你却又一脚将我踹回黑暗。不过现在说这些已没有意义，下辈子我一定会好好选择，认认真真为自己活一回。

永别了，哥哥！

你无能的弟弟：志刚
5月29日凌晨5点53分

围观的人群开水般沸腾了，说这压根儿就不是什么杀人动机，更像是一封遗书，李志刚受不了那样的生活，享不了福，就想逃离人间呢。有人说，李志刚太傻了，那样的生活是我们农村人八辈子都求之不得的。有人说，甭说让孩子跟人家姓王，就是让孩子爹姓王，也愿意啊。有人说，没出息的人才会自杀，好死不如赖活着，活着比啥都强。大伙哗哗笑开了，打打闹闹乱作一团，丝毫不像是身处凶杀现场，反而更像是围在广场听戏台上的演说家正在讲述精彩的热闹。那样的场景，使我莫名地感到绝望和悲伤，我在梦境里寻找出口，却无法获得。

"都闭嘴！别叽喳了！"胖警察喊，眼睛扫视围观的人群，"你们还看到了啥？知情不报也是犯罪。"

死寂了。天暗了。风住了。布谷鸟的叫声消失了。人们瞠目结舌，你看看我，我看看你。

"有个……我……"另一个黑瘦妇女吞吞吐吐地说，缓缓抬起的手在空中抖动，"不知道……有没有用……"

"你说出来就有用！"胖警察说，语速很快，"别怕，别慌张！"

"我听到他们的骂声了。"

"谁骂谁？"胖警察说，"说清楚点！"

"是李巨兴的声音，是他在骂人，可我不知道他在骂谁，我没有看。"妇女突然提高了嗓门，声音变得更加颤抖，"我听到他骂对方没出息，对不起祖宗，什么教授，什么姑娘，看得起他，才那样对他，别不知好歹，以为自己是个宝，其实连驴粪蛋都不如。"

人群中传出窃窃私语声和隔墙似的笑声。胖警察看了一眼，声音便戛然而止。

"然后呢？"胖警察说。

"骂了好一阵，忽高忽低的，"妇女说，皱起了眉头，声音变得低沉，"来来回回都是那些话，我都听不下去了。"

"然后呢？"

"然后，然后过了一阵，我就听到了惊叫声，"妇女说，面露惊色，眼睛瞪得很大，"我家的地在他家地的上首，我听到叫声就直起腰，看到李志刚挥刀正在砍李巨兴，那时候白阿妹倒在旁边麦堆上，我没有听到她的叫声，我以为她乏了，倒下歇会儿了。我闻到了血腥味，仔细一看，她的脑袋很奇怪地歪扭着，血正在滔滔地流，我一下子怔愣住了，跟死了一样，我看到李志刚抬头看我，他脸上有笑容，很淡然，很吓人，他朝我点头，我不知道自己是怎样连滚带爬地跑开的。"

人们先是听到了悦耳的百灵鸟叫，接着就看到一个瘦小的身影，像一只慌乱逃窜的松鼠，从不远处的地畔上冲下来。于是人们知道是小东来了。每到农忙时节，李巨兴便重新调整小东的作息时间，规定他早上五点去放羊，六点半赶到田地里收麦子。白昼还未到来，小东已经吆羊走在前往槐树沟的羊肠小道上了。孩子总是瞌睡多，睡不够，有一回走着竟打起了盹，撞到树上，鼻子像坏掉的水龙头，往外喷涌鲜血，之后每每乏困睁不开眼，小东就咬自己的胳膊，扇自己的脸蛋，便瞬间清醒了。当他坐到山崖半腰上时，太阳才伸展懒腰，眨巴着惺忪睡眼，一点一点爬上来。小东觉得太阳就是个淘气鬼，和他的弟弟小树一样。

这天上午，不知怎么，小东总觉心慌，浑身不自在，好像有许多只虫子在他身上爬，他觉得定是有什么事情要发生了，他坚信自己的直觉，于是费尽力气将还未吃饱的羊儿拽回家，然后撒腿往麦田里跑。他感到自己的心都快要跳到嗓子眼了，麦田里的场景似乎一瞬间出现在他的眼前，他大哭大叫使麦田里飘荡起美妙的旋律。他奔跑过一片又一片麦田，麦穗抟在他的脸上、脖子上，像漫天的子弹射在他的身上，而他并未发觉痛痒，如一只野兽穿梭于荒野。

百灵鸟动人的吟唱传到每一个围观者的耳朵里，使他们的脸上流露出陶醉享受之色。围观者看到泪流满面的小东，扑向他父亲与母亲的尸体。胖警察一把抓住小东，将他拉到自己的怀中。"这声音……"胖警察说，满脸疑惑，赶忙低下头往自己的身上看，"这怎么……"他没有再说下去。

又有一辆警车开到地头，四名警察慌慌张张跑到胖警察跟前说着什么，围观者这才猛然睁开眼睛，回过神来，像正在聆听的一场音乐会被突然中断，脸上布满意犹未尽和遗憾失落的灰云。我不晓得警察将三具尸体拉去了哪里，也记不清命案后来是怎样处理的。那些我都不关心。我只是清楚地记得，小东跪在地上直磕头，额头上沾满鲜血、汗水与泥土的混合物，他半张着的嘴巴发出令人向往的声音，宛如布谷鸟歌唱着迎接朝阳的恋歌。在人们的陶醉中，小东突然口吐白沫、翻着白眼，晕厥过去了。

我无从知晓小东的这次晕厥，是否是导致他后来患上要了他命的重病的原因。但就在刚刚，小东那张纯真的脸庞又一次出现在我的眼前，那双梦幻般的眼睛里呈现出透彻的蔚蓝，白色鸥鸟在蔚蓝中旋飞，俯冲进海里，化身一条金色的大鱼，鱼的鳞片突然燃起了火，火焰吞没了它，绝望的目光在最后一刻望向起伏的海面，终止了梦幻而短暂的旅程。那张纯真的脸庞也燃烧起来，紧接着一个火球向我冲来，我尖叫着捂住脸。我醒了。一场梦境的幻象。

2

人们从这场梦境中走出，又重返上一场梦境。

咝溜溜的晨风，把带着嫩汁的麦香，送到益庄的角角落落。庄稼汉们的腰间别着镰刀，拎着干粮和水壶，踩着渐渐隐退的夜色，向自家麦田里进发。约定好了似的，如同一支浩浩荡荡的队伍，行进在参加某场盛大仪式的途中。当第一缕晨光尽情挥洒时，金色的海洋里早已布满夏收的身影，如同弓膝站在浪尖，誓要征服狂潮的水手。

正午的日光，毒辣如炉火烘烤大地。庄稼汉们取下头上的草帽，用帽檐将镰刀蹭净，别回腰间，起身回家吃午饭。女人们通常早回去一阵，这样的话，等男人回到家里就可以直接吃上凉拌面了。当庄稼汉们吹着杂乱而响亮的口哨，吵吵闹闹走到广场时，看到两个身影一高一低、一瘦一胖、一左一右，手挽手走在进村的土路上，他们的身影在氤氲的热气中影影绰绰。众人停下脚步，将惊讶疑惑的目光投射在蒸腾勃勃的幻影中。望着，盼着，等着，近些才看清楚他们到底是谁。

我依然清晰地记得，那一刻，人群中我母亲的脸上涌出的难以描述的神情，当众人脸上的惊讶被惊喜所取代而发出哄闹的笑声时，浑浊的泪水已在我母亲汗津津的脸上流淌了。现在，我母亲的泪水又一次如碎玻璃片般划过我的心间。我像一辆长途货车司机，在漫长而又无助的黑夜里前行，不断跳出来的画面使我惊恐不已。

寡妇李美芝看到我母亲，手迅速从我父亲的臂弯里抽了出来，脸上淡淡的笑容刻意画上去般极不自然。我父亲皱着眉头看了一眼李美芝，将左肩上的包袱向后一甩，伸出右手又将她的手拉了起来。大伙儿哄然一笑，热浪顿时涌动向前。我抬头望向我母亲，不知当时我母亲的心里在想些什么，同时我也不敢想象我母亲接下去会做些什么，翻腾的不安与心酸使我紧紧地咬住了自己的右手大拇指。我紧闭双眼，设想自己一瞬间从那可悲的境界中抽离出去。当周围突然变得极其喧闹时，我赶忙睁开眼睛，看到大伙儿凑到一块叽叽喳喳说着什么，那时候我父亲和寡妇李美芝刚刚从我们身旁走过，他们的背影上仿佛挂满了大伙儿指指点点的印记，而我母亲早已不见踪影。我听到有人说：

"女人啊，真叫人琢磨不透！"

像是在说寡妇李美芝，又像是在说我母亲乔颂玲。

我失落难过地回到家，看到母亲正坐在早已被日光烤得发烫的碾盘上，什么事也没有发生一样择着手里的韭菜。我故意咳嗽了一声，母亲完全没有听到，没有理我。我蹲在她跟前，看着她脸上的汗水如雨水般流淌而下，脖子上被麦芒划伤的几道血口，正如小鱼似的贪婪又调皮地吞吐着水泡。我宁愿那时候的母亲正在低头哭泣，因为哭泣可以使人得到应有的释放。我低下头，用指甲盖在地上抠出许多条浅浅的痕迹。半响过后，在我感到头晕快要栽倒的时候，我听见了说话声。

"去找你爸，"我母亲淡然地说，声音很轻，宛若一支羽毛漂浮在水面上，"去把他叫回来。"

我先是一愣，然后用指甲盖掐自己的手背，极力让自己从混沌中清醒过来。

"知道去哪儿找吧？"

"知道。"

我宁愿自己不知道，什么也不知道，甚至希望父亲压根儿就没有回来，他在寻找姚志虎的道路上永远没有尽头，永远也无法回头。但一切都已发生，赵顾早的的确确回来了，是和寡妇李美芝一起回来的，并且自此之后，直到他死去，也没有再提一句关于我的弟弟赵佳琦——他口中唯一的宝贝儿子。

我在李美芝家对面的晒场上蹲了很久，我始终不敢去敲响她家木门上的铁环扣，仿佛它是某种致命武器的开关，只要触碰便会置我于死地。我顺势躺了下去，将麦秆盖在我的身上、头上，我听见耳旁有蟋蟀的啾啾声，有知了的鸣叫声，有麻雀的叽喳声，有麦秸秆在烈日下发出噼里啪啦的爆炸声……等着，盼着，纠结着，痛苦着，却始终没有听见李美芝家的木门被推开的声响。我身上有种痒痒的像是西瓜虫爬过的感觉，那种感觉使我着迷。渐渐地，我掉进了梦境的深渊，周围一切黑了下去，我在黑暗中飘浮着。忽然，我听到小树的呼喊，声音忽远忽近，却无比悲伤。于是我叫着小树的名字，在黑暗里寻找他。

我被自己的喊声拽出了深渊。烈日依旧在烘烤大地。我决定去找小树。我已有好几天没有见到小树了。那时我还不知道，小树已经住到他的姨夫石中发家里，他不再姓李，而是按照石中发的要求，必须跟他姓，才愿意收养小树。我的好伙伴李未树从此改名为石未树，直到他死去时，我才知道他又改回了原姓。同样，在范万川的引说下，小树的哥哥小东，被他父亲李巨兴生前的一位邻村好友收养，改名为董未东。

我先是回到家告诉我母亲，我都快把寡妇家的门敲坏了，却始终没有任何声音回应，我父亲应该不在里头。我的话音刚落，就听见我母亲歇斯底里地大叫一声。那是我第一次见我母亲那样暴躁。她从小凳子上站起，用破裂的嗓音大喊：

"还能死了不成？死了也得见着尸首！"

我吓得哆嗦不止，惊恐地望着她。我母亲似乎意识到了什么，坐下去继续搓洗手上的衣服，平缓地说："不管了，就让他死到外头吧。"

当我母亲告诉我，小树已搬到隔壁石中发家里时，我的心中涌出一股激动的心酸。我知道石中发夫妇一直生不出孩子，他们定会把小树当亲生儿子对待。我跑出院子，在门外大喊小树的名字，半天都没有回应。我心想，石中发夫妇许是跑车拉煤去了，难道也把小树带去了？就在我刚要离开时，我听到小树喊我的名字。小树看上去忧郁哀愁，一副闷闷的样子，仿佛几天时间就长大了好几岁，他的脸上蒙着一层干皱的薄膜，如同久旱的庄稼地裸露出皲裂的骨肉。他用一种难为情的目光望着我，吞吞吐吐的样子像是要表达某种歉意。我拉起小树的手，告诉他，不管怎样，我们永远都是好朋友。干裂的土地仿佛瞬间获得了水的滋润，发出滋滋的响声。小树的脸上露出了哀伤的笑容。

"我姨和姨夫不让我跟你耍，说你会给亲近的人带来灾难。"小树用一种我从未听过的语气说，眼睛里闪烁着星空般的光芒，"但是我都不信。他们不知道咱俩其实是同一种人，甚至是同一个人，你更像是我镜中的自己。或者说，你是我的另一个分身。"

麦子被收割完以后，麦田里呈现出土地的筋骨和血肉，泥土芬芳的味道在热浪中浓郁蓬勃，我和小树高举"知了扣"奔跑在田埂上——用一根竹棍和一个洗衣粉袋做成的工具，用铁丝将洗衣粉袋箍成不易变形的圆口状，再用铁丝将它固定到竹棍细端。七八只知了在我们胸前挂着的用麦秆编成的笼里吱吱哇哇叫着，身后不时传来布谷鸟的吟唱。

回到家天色已暗，母亲并未训斥我，她从盆里抽出手，去厨房端给我一大碗浆水鱼鱼，然后又坐回凳子，埋头继续揉搓衣服。我看到院里用铁丝做成的十多米长的三条晾衣竿上挂满了衣服，有夏天的短袖，有冬天的棉衣，也有几件我父亲早已不穿的外套，花花绿绿的衣服在晚风中如旗帜般微微飘荡，金黄的霞光涂抹在上面，使院子里绽放出五彩斑斓的光芒。我趴在碾盘上，吃着浆水鱼鱼，偷偷望着低头搓衣服的母亲，内心充满酸楚和忧伤，没吃几口就感觉肚子里胀得慌，泪水顺着脸颊掉进浆水里，我埋下头，嘴搭在碗边，迅速拨动筷子将鱼鱼往嘴里刨。

耳旁传来脚步声，我赶忙扭头，看到一张挂满喜悦的脸。赵顾早哼哼着电视剧《渴望》主题曲的调调，脸上布满金黄的霞光，看上去虚幻不实。他对着我母亲故意咳了两声，我母亲头也没抬，轻声说："饭在锅里。"那时，我的心里突然生出一丝对母亲的埋怨，但更多的是心疼，她的懦弱使自己的丈夫变得愈发狂妄。赵顾早将肩上挎的包袱取下，从里头拿出一本书放到窗台上，将包袱扔进我母亲跟前的洗衣盆里，然后坐到窗下的小凳子上，背靠着墙，仰面望着天边正在编织的夜幕，嘴角微微上扬，一副沉醉其中的样子。他突然大喊：

"给我把饭端来，不长眼色只长皱纹的婆娘！"

我母亲像是没听到，自顾揉搓衣服。

"快去！"

那时候上屋传出我祖母惊天动地的咳嗽声，空气里顿时弥漫着一股浓浓的腥臭味。我母亲起身，一边在围裙上抹手上的水，一边朝厨房走去。

"多加两勺油泼辣子！"

我父亲呼噜呼噜往嘴里刨浆水鱼鱼，连吃了两海碗。当时我很纳闷，每一口鱼鱼上都浸泡了母亲的悲伤，每一片浆水菜上都裹满了母亲的绝望，父亲怎么吃不出来呢？他将空碗递给我母亲，让我母亲去给他泡一杯茶。我母亲端来茶水，放到窗台上，走回洗衣盆旁。

"你可别多想啊，"我父亲缓缓说，目光落在夜空中，脸上蓦然荡漾起月光般清凉的笑，"我们是诗友，在一起共同研究诗歌艺术，少用你们肮脏的思想来玷污我们纯洁的情谊。"

现在，我仍清晰地记得我父亲当时那个令人厌恶的神情，那副自鸣得意的样子，如一幅抽象画挂在我家的客厅里，只有我自己可以看到。那个神情使我联想到不久后发生的一件事。那是我和小树在广场戏台旁枯坐的一个黄昏时分，我听到几个已经上了学的大孩子在议论关于赵顾早死掉了的消息，我猛然抬起头，望向他们。我听到他们说诗人赵顾早掉进粪坑里淹死了；也有人说不是那样，是一只正在天上飞的老鸹，突然拉了一坨屎，掉下来刚好砸到诗人赵顾早的头，把他砸死的。怎么可能会这样？哪有人这么蠢，会掉进粪坑里，就连老鸹屎也会砸死他。他们的嬉笑声和吵闹声如同无数把锋利的匕首，呼啸着向我飞来，扎在我的身上。他们看到我脸上惊恐的表情，就指着我大笑起来，其中一个小胖墩爬上戏台，走到我跟前，一把将我推了下去。我看到他大张着嘴巴，身子后仰使圆鼓鼓的肚皮上下涌动。"快滚回家看去吧，希望那傻子真的就能那样死掉。"他们疯狂的笑声使麦秆堆上的一群麻雀仓皇飞蹿。

那天上午不知为何太阳迟迟不见升起，那个上午和别的上午不同，我记得那是一个黑暗清冷的上午，并且持续了很久，久得让我以为时间永远停留在使我悲伤的童年里。我父亲赵顾早从床上爬起，夹着一本书出了门。"神经病！"我母亲骂了一句，像是在骂那反常的上午，又像是在骂她的丈夫。她的声音吵醒了我。当时没有一丝光线，我翻身透过窗户完全看不清我父亲的身影，我只是听到他在院子里撒尿的声音。我母亲骂完就穿上衣服跟了出去。我听见了吐痰声，那声音很清脆，同时又充满弹性。说实在的，对于当时的那个声音，我不确定他就是我父亲，甚至怀疑他是别人，或是其他什么动物，就像一度怀疑那天早上的太阳被山后的鬼魂吃掉了那般坚定。

"今天要去粮站交公粮，你走了谁去交？"

我听到母亲扯着嗓子喊叫的声音，却没有听到有任何声音向她回应。我溜下炕出了门，双眼与黑夜进行搏斗。

"你听见了没有？"

也正是这时候，天边隐约透出一丝光亮，刺透了黑暗的屏障。我在迷迷糊糊中看到了我父亲的背影，他穿着宽大的旧布裤子，像民国时期的书生，昂首挺胸向前走去。我能感觉到有清晨的凉风吹过他瘦骨嶙峋的脖颈和胸口。我母亲瘦小的身影在凉风中摇摇晃晃，她的喊叫声在益庄的小路上悠悠飘荡。那时候不远处的老槐树上，有一只啼出撕裂夜空般黑色幽灵之歌的猫头鹰，正在演奏人间的悲哀与不幸，命运之声四处游荡，升至上空，与迟来的光亮相融，又在一瞬间散开，笼罩了整个益庄。

"这日子你还要不要过！还有法过么？"

我父亲站住脚步，回过头望向他的妻子乔颂玲。我赶忙矮下身去。那时日光细柔，软绵绵且零敲碎打地试探我父亲的脸庞。他们四目相对，长久地沉默着。那个过程很漫长，像黑夜一样长。日光突然就耀眼起来，无数光亮像金色的跳蚤，从四面八方聚拢，在我父亲的身上活跃开来。那时候，我看到父亲睁大眼睛向太阳升起的地方眺望，那双眼睛仿佛凝固了，长时间没有眨动，在那遥远的天际，似乎有无数双眼睛长了出来，同时紧紧盯着他。阳光宛如正在前行的洒水车，很快便浸透了整个村落。多年以后我上了大学，每当回想起这一幕时，不知为何总要将被阳光和大树笼罩的益庄，与诞生过伟大诗人尼采的普鲁士萨克森州勒肯镇的洛肯村联系起来。

我父亲长吁一口气，嘴角微微上扬，突然大声喊：

> 我看到了诗意的命运之门
> 上帝之手拂过我的脸庞
> 迎接我的是永恒的黑暗，也许是另一种重生
> 风缓缓地吹，麦苗和土地不懂我的惆怅
> 我已与现实和解了三十年
> 阳光与热情填满我的心田
> 生活是一首交响曲
> 如今我要尽情挥舞手中的指挥棒

我父亲嘴里蹦出一串奇奇怪怪的话，使我感到巨大的茫然与恐惧，我看到我母亲颤抖着的背影渐渐矮了下去，我仿佛看到她那惊恐不安的目光，长久地落在使她感到陌生的丈夫的脸上。对于当时的我来说，根本无法理解"诗人"这个名词的概念，我也未曾想到，等待我和母亲的竟是无尽的心酸和苦痛。

我母亲拉着三袋麦粒，我在后边用力推架子车，我们跟随大部队，艰难地向粮站驶去。到了粮站，我母亲卸下口袋，解开绳子，开

始了漫长的等待。半晌过后，一个胖脸干部走到人群前，将他的手挨个插入口袋，胳膊搅动几下，感受粮食的温度，以此判断是否过于潮湿，然后他抓起一把麦粒放到手上，捏一颗送进嘴里，听听是否有嘎嘣脆的声响。胖脸干部告诉吕万才，说他的粮食不够干，还差那么一个度，等晒干再来。吕万才弯下腰，将他胸前的领带扶正，凑近胖干部的脸，轻挑眉毛，细声说：

"我跟你们领导认识，你看能否……"

"甭来这一套！"吕万才还没说完，就被胖脸干部推开了。他打掉吕万才递上的烟，愤愤地喊："规定就是规定，认识天皇老子也得守规定。"然后上下打量吕万才，"这么热的天，还穿西服戴领带，不是疯子就是傻子，身上都捂臭了。"

吕万才支支吾吾着想要继续理论，却被范万川一把拉住了。范万川笑着对胖脸干部说："其实已经晒干了，天还未亮就赶路，许是反潮了。再晒一晒就好。"范万川让几个村民给吕万才帮忙，将粮食摊开到旁边的小广场上，就地晒个把小时。又有人家的斤数不够，范万川从自己的口袋里舀了几碗，给他补够。我听到有人说："万川叔那么大年纪了，腿脚又不好，每年都还会多带一些粮食备用，争取让每一户都一次性过关，避免再次来回奔波几十里路。"

当胖脸干部走到我母亲跟前时，我感到强烈的紧张，心都要跳到嗓子眼儿了，他用手搅了搅，咬了一颗，朝身后的两个人点了点头，他们把粮食放到称上，说斤数合适。悬着的一颗心这才落下，我母亲长呼一口气，脸上露出久违的笑容。

我每天见不到我父亲的影儿，不知他去了哪里。有一回，我偷偷尾随他出门，看到他扛着锄头，踩着氤氲升腾的晨色，走到塬畔的田地里，他不锄地，而是双手扶着锄头圆木一端，长久地望着东边遥远的群山脉络，把天看亮。太阳刚露出一角，他就咧开嘴笑了，笑得没声没息。等太阳升得老高，他就放倒锄头，坐在上边，低下头看脚旁的野草，和它们说话，不时伸出长满老茧的双手，轻轻地抚摸它们，像是抚摸小时候的赵佳琦那样温柔、慈祥。他那奇奇怪怪的诗句就脱口而出了。他睁大眼睛直视耀眼的光芒，持续很久，然后紧闭双眼一会儿，又睁大眼睛重复上一刻的动作。我曾试图模仿他，站在塬畔直视太阳，然而它的光芒使我立刻紧闭双眼，垂下脑袋。我一度认为，我父亲的双眼拥有穿透耀眼的光芒从而看清太阳的神奇魔力。他坐一阵，又站起身，孩子一样满地疯跑，有几次跑着跑着就被脚下的土块绊倒，嘴里、鼻子里沾满泥土，他不去擦拭掉，而是伸出舌头舔嘴边的泥土，然后连同嘴里的一块咽进肚里。他趴在地上大笑，他的笑声雨点一样纷纷扬扬地浸透山野，从而打破先前的宁静。那时候，我觉得父亲精神方面出现了一些紊乱的迹象，我赶忙跑回家，将我所看到的告诉母亲，并告诉她我的猜测，我父亲像是得了精神病。我母亲什么也没说，只顾干自己手头的活儿。

吃过饭，内心好奇的火苗呼呼上蹿，驱使我又跑去看父亲，那时候天色已经阴沉下去，他在地里蹦蹦跳跳，追着几只蚂蚱玩，忽然看到躲在土坎下的我，停下来张望。

"儿子，"我父亲喊，脸上挤满笑容，"爸看到你了，出来吧。"

突如其来的恐惧使我双腿发软，我知道自己免不了遭受一顿毒打。

"快过来吧，"我父亲说，向我招手，"爸有话给你说。"

我父亲极其反常的和蔼与亲切，使我愈发害怕，我听到了自己浅浅的抽泣声。"爸"和"儿子"这样的称谓，于我是一种极其的陌生——赵顾早曾警告我，不允许我叫他爸，他也没有我这个儿子。昔日的悲哀与伤痛重新涌上心头，使当时的我想要面对赵顾早和群山脉络大哭一场。

"我发现了世间的奥妙和规律。"我父亲兴奋地说，脸上笼罩着一股神秘之色，目光打在那些微微晃动的野草上，"大自然令人神往的气息正在我的身上蔓延，生了根发了芽，不久将会开出绚丽多彩的花朵。"父亲告诉我，他在诗中发现了"美"，又在"美"中体悟到了"真"，继而他认为"美"与"真"是人类最高尚灵魂的特点，如突然而至的暴雨，如吞天噬地的火焰，如干涸至极的土地，如他脱口而出的诗句，都达到了最高灵魂的节点——"美"与"真"的绝妙融合。过度的、莫名的兴奋与激动，使我父亲看上去很是愚蠢，我羞愧、心酸地低下了头。天色突然暗了，太阳仿佛也羞愧、心酸地躲进了西山，我父亲扛起锄头，拉着我的手，朝家走去。

我父亲吃完两碗捞面，一手抹着嘴，一手拿着那本书，哼哼着调调出了门。我知道他去了哪里。我母亲刷着碗，始终沉默不语，我为自己不能替母亲做点什么而感到羞愧，更为自己长久地沉溺于那种羞愧中而感到害臊。

黎明时分，当我父亲拖着疲惫的身子回到家的那些日子里，我都会偷偷窥视我母亲。话不多的母亲，在忍气吞声的日子里表现出最大程度的若无其事。我父亲常常以强调的口吻告诉他的妻子乔颂玲，他和李美芝在彻夜探讨诗歌，在朗诵诗歌，在研究伟大的诗歌艺术。我的心酸使我一度想要离开家，离开益庄，去外面的世界，去远方的天际，永远不回来。而后来发生的事，让我切实感受到母亲表面的若无其事，其实隐藏了巨大的愤恨与不满。

我记得那天，应该是刚入秋的一天，那天的阳光特别温柔，慷慨地洒在正在院子里剥豆子的我和母亲的脸上。我的脸舒服极了，可我的内心依旧充满孤独和悲伤，我无法通过做其他事情来使自己内心的苦闷得到释放。我和母亲都没有说话，只是剥着豆子，沉默之气如秋风捎来的凉意缓缓铺开，我不禁打了个寒战。

"你恨他么？"

我疑惑地望向母亲。

"你不该恨他。"

我没有说话，垂下脑袋。

"我们都不该恨他。"

3

小树黑了不少，脸颊消瘦了，清澈明亮的眼睛里的光熄灭了，汪了一丝晦暗的不明物，如同开满鲜花的园子里住着一条灰色的毒蛇。自从小树住到石中发家里，他便时常跟随石中发夫妇去拉煤、卖煤。

原本红润细嫩的脸蛋像被炭水浸染,变得油黑而结实,看上去和石中发像一个模子里刻出来的。

小树在院外喊了一声我的名字,我赶忙穿上衣服跑了出去。我们已有十多天没有见过面。小树告诉我,他的姨和姨夫去县城吃席了,他们换上干净的衣裳,一早就开着三轮车走了,让他在家守门,自己弄点吃的。

"你今天就在我家吃饭吧。"我高兴地说,拉起小树的手,"让我妈给咱包饺子。"

小树浅浅地笑了,说他已经吃过饭了,希望我可以陪他去趟董家河。

那个哭声像百灵鸟吟唱般动人的哑巴男孩小东,自从住到董家河以后,我再也没有见到过他。他倒是回来看过他的弟弟小树两回。我和小树走在去董家河的路上,他告诉我,哥哥第一次回来,是在他住到董家河后的第二天晚上。哥哥气喘吁吁地跑来,从怀里掏出一个红色塑料袋递给他,里边装了十几个饺子。那家人日子过得很清贫,家里有三个女孩,都比哥哥大,但他们对哥哥很好,第一顿饭就吃到了猪肉饺子。董福山养了十二只羊,哥哥跟着他一起放羊,只有在放羊的时候,和羊儿在一起的时候,哥哥才是最轻松、最开心的。小东比画着告诉小树,等过几年哥哥长大了就接走弟弟,弟兄两个一起生活,说完就匆忙跑回去了。哥哥第二次回来,是在一个阴雨天的清晨,他跟随石中发夫妇卖完煤回来的路上,碰到了哥哥。那天哥哥异常兴奋,蹦蹦跳跳着拉住车厢里弟弟的手。哥哥手舞足蹈、哇哇大叫的样子,令石中发夫妇感到疲惫和心烦,他们不明白小东在表达什么,催促小东赶快回家吧,他们干了一夜的活儿,要回去睡觉了。但他全然明白,他知道哥哥在说,自己可以上学啦,董福山要让他去上学啦。哥哥向弟弟承诺,以后每个礼拜六的晚上就来看弟弟,周内哥哥要上学呢。但现在两个礼拜过去了,也没见哥哥来看他。

我们来到董家河,打听到董福山家的地址,一口气奔跑到沟畔那家破旧的木栅栏门前。

小树大声喊:"哥哥,哥哥——"

没有声音回应。

我又大声喊:"小东哥,小东哥——"

连叫了几声,依然没有回应。

小树轻轻一推,栅栏门开了。我们带着疑惑走了进去,两孔墙皮脱落的窑洞像是常年无人居住,门上挂着锁子。

"家里没人?"小树嘀咕着,"礼拜六哥哥不上学,又去放羊啦?"

"会不会不是这家呀?我们走错啦?"

我们刚要离去,听到有微弱的动静从西边矮房里传出,像老鼠唧唧吱吱的叫声,又像风钻进门缝断断续续的呼呼声。我们相互给对方鼓劲壮胆,把眼睛贴到门缝上,我身体里的血液瞬间涌涨起来。我撑着小树脊背,踮脚朝里望,小树身子一软,我就从他的身上翻了过去,虚掩着的木门哗的一声就被推开了。灰尘扑了我一脸,我身体里刚刚涌涨的血液突然冷凝了,胳膊上爬满鸡皮疙瘩,随即扑簌簌地落了一地。小树赶忙拉起我。眼前一道光亮从窗户射进来,如一把斧子将屋子劈开。透过光亮,我看到阴暗的墙角蜷缩着一个什么东西,如大雨天我祖母一样抖动不止,一串串如冰粒儿掉落在地面的声音充斥整间屋子。我的脑袋里轰然一响,好像什么声音也听不见了,有块无形的铁板从屋顶砸下来,将我脑袋里的惊恐、慌乱和疑惑砸成了浓稠的血浆。空气中塞满了铁锈和木屑、腐烂和潮湿,使我一下子感到胸闷头涨,身体快要爆炸了。

我慌忙扭过头去看小树,小树如一尊雕塑僵在那里,脸上的神情结冰似的凝住了,左眼下挂着一滴泪蛋儿,在光亮里如透明的碎玻璃般闪着光芒,泪蛋儿流过他的脸颊时迟疑不决,像是在寻找方向和出口。在由往事与梦境构成的我成长的光景里,小树那时的神情像一株毒草,长久地扎根在我的心脏里,令我痛苦绝望;又如一棵罂粟,叫我沉迷成瘾。

小东身穿一件单薄的灰旧布衫,衣襟敞开着,双腿蜷缩在一起,膝盖紧紧地顶在瘦骨嶙峋的胸口,两条抖动不止的细长的发青的腿,如鸡棚上扔着的两根秋后寡黄干瘪的丝瓜。脚上没鞋。头埋在靠近膝盖的地方,眼珠像玻璃弹珠滞在眼眶里,目光直直地盯着身下铺着的蛇皮袋子,又像是盯着膝盖上那块不大不小的血痂,抑或什么也没有盯,只是处于长久而深沉的呆滞中。嘴巴翕动发出微弱的百灵鸟叫的婉转声音。

我只觉自己双腿发软,有点站不稳了。我蹲了下去,侧着脑袋去看,当我的目光碰到那双直怔的眼睛时,心头一个剧烈的震颤,我的呼吸停住了,仿佛突然死去了。时间和阳光从我身旁地动山摇地冲过去,如大水奔涌般淹没一切。又如墙体移动,将枯木一样杵在那里的小树挤压得干瘪成一张发黄的纸片。钻进门的晨风轻轻一吹,纸片就飘了起来,晃晃悠悠地落在小东身上。轻微的动静却也地动山摇,把屋里的沉寂搅得一皱一折。

"哥——"

小树的喊声急促而尖锐,如一把飞驰的短刀划过冰面。"哥——"小树的喉咙突然像被什么东西堵住了,身体里的血浆凝固使他发不出声来,张开的嘴巴僵住了。

小东仿佛听到了他弟弟的喊声,微微晃动脑袋,机械似的缓慢抬眼,好像每抬一点都叫他万分难受。当小东的目光落到他弟弟身上时,小东脸上的痛苦瞬间转变为惊愕,就那么木木然地望着,一瞬间又像意识到了什么,脸上露出焦急慌张的神色,遂将目光移到地上,双手撑住地面好让自己坐起来。当他的胳膊和肩膀从蛇皮袋子上剥离时,发出树皮被从树上揭下的滋啦声,声音还未消逝,他就一下子跌了回去。小东强笑着看看小树,又看看我,艰难吃力的样子使他看上去心酸又滑稽。小树突然哇的一声哭了,煤堆一样的悲伤顷刻间流塌,他的哭声激得光亮里的烟尘轰然炸开,弥散在屋内;他的哭声将我从梦境的幻象中拽了出来,使我意识到自己并非掉进了过去某次回忆的迷网里,而是真真切切地面对着幻象一样的现实。

小树的哭声使他哥哥故作镇定的神情一下子变得不知所措,耷拉下脑袋,百灵鸟吟唱般清脆悦耳的声音骤然响起。先是一只、两只,接着是十只、二十只,成群的百灵鸟栖在枝头,宛如合唱队正在紧张排练中。我的胸口有一团火在燃烧,烧得我狂躁不安,难以承受。我第一次是那样地讨厌百灵鸟的叫声,这种悦耳婉转的声音反而使我感到悲伤和无力,我希望它从此在世间消失。自那以后,每当有叽叽喳喳的鸟叫声传到我耳朵里时,我总会莫名地难受和躁动。上学时老师问我最怕的是什么,我脱口而出害怕鸟叫,随即便惹来同学们的哄堂大笑,以至于后来每当看到身旁有小鸟嬉闹,我都会捡起石头砸向它们,把它们撵走。

风和阳光并未因我们的悲伤和痛苦而做出改变,依旧游荡在灰尘和潮气充斥的屋子里。那天我和小树蹲在小东身旁,小树拉着哥哥的手,在哥哥的胳膊上轻轻捏来捏去,惊慌失措不知该说些什么、做些什么,只是一味地呜咽、抽泣,小东反而强忍住疼痛,脸上露出叫人心酸的笑容,颤颤巍巍地抬起胳膊,使劲去捏弟弟的手,像是在告诉弟弟,他还有力气,他很快就会好起来。我和小树互相看了眼对方,不约而同地点点头,伸出脏污的袖管抹掉眼泪,努力使自己的脸上流露出重逢时的喜悦和幸福。

小树问哥哥,怎么不去医院看病呢?家里其他人都去哪儿了?小东的眼角泛起泪花,嘴巴缓缓张开,两片干裂发青的嘴唇如风中叶子抖动着,几根细长的手指机械似的微微晃动,配合着双手在比画着什么。我又听到了百灵鸟的叫声,仿佛隔着一面屏风。

董福山前几天已经带小东去医院了,家里的那点积蓄一夜间就花光了,董福山还把十二只羊全都卖掉,但很快钱又被吸光,续不上医药费,医院强制让出院,董福山哭着跪求大夫给他一些时间,他去筹钱。大夫面无表情地告诉董福山:

"不知道上帝会不会多给小家伙一些时间?"

小东嗷嗷叫着,用一种恳求的目光望着董福山,要他带自己回家。我想,那时的小东许是已经感知到死亡正在向他靠近,离别的钟声在他心头不时响起,一双无形的手拽着他下坠,要将他坠入黑暗深渊里。小东执意要睡到农具屋,让董福山不要再管他,不要再为他花一分钱。董福山为小东铺好被褥,请邻居的秀云奶奶按时给小东送饭,自己两口子要去亲戚家借钱。秀云奶奶叹着气,说为了旁人家的孩子砸锅卖铁,不值当啊。董福山眨巴着空洞的双眼,微笑着说:

"他跟了我,就是我的孩子,我就要对他好,更何况当年他爸和我亲如兄弟。"

小东却躺在一个蛇皮袋子上，他不愿弄脏被褥，不愿自己再浪费任何一样东西。

阳光在跃动，尘土在飞舞，而我们年深久远地沉默了。如今我已忘记那时自己到底在想些什么，但我永远也无法忘记，当死亡无情地降临时，人们所表现出的撕心裂肺和撕心裂肺背后的无能为力，尤其当面对一个年轻生命的离去时。

我顿感眩晕，看到自己倒下去，却被一只手拖住，那只手猛然将我拽进一间黑暗无比的屋子里，或是一口地窖里、一条隧道里、一面深渊里，我无法作出准确判断。我在下坠，或者说世界在下坠。我真切地意识到，我在一张巨网中——无边无际的梦的魔网布满屋子、地窖、隧道、深渊。人们生活在梦中，编织梦的魔网，使自己深陷其中。人们思维变幻，魔网的形态也随之改变，将世间的喜怒哀乐如面团似的揉在一起，蒸成一屉馒头，咬上一口，五味杂陈。

"走。"小树突然说，"回。"小树牵起我的手，我跟着他走出农具屋，走出栅栏门，往益庄跑。"我要去凑钱，找我姨夫借钱。"小树坚定地说，"只要有了钱，哥哥就会好起来。"我的心里突然掠过一丝酸楚，鼻腔也跟着酸起来，我对小树说："我也回家借钱，小东哥一定会好起来的。"

当我把小东的状况告诉给我母亲时，她的脸上霎时凝了一层薄冰，惊愕的眼神望着我，半晌才说："啥病啊？他有七八岁吧？"我母亲抹着眼泪，自语似的，"还那么小，命苦啊，真是苦命的娃。"我母亲走到立柜前，从抽屉放着的书本里拿出几张钱。"只有这些零钱，其余的钱不晓得放在哪儿，等他回来问问。"母亲要把钱交给石中发，说石中发会去看小东的。

那时候，我听到有剧烈的咳嗽声传来，接着就看到祖母扶着墙，颤颤巍巍的身影。我有两三天没有进祖母的屋，她好像一下子苍老了，如同被烈日暴晒后的桐树叶，伸手一碰，沙沙作响，碎落一地，轻轻一搓，冒出烟雾，化为尘土。我祖母那双暗黄干涩的眼睛，像两颗干瘪的杏核，嵌在凹陷的眼眶中，她的眼眶变得更深更暗如同两个黑洞，令我感到害怕。我把头扭到另一边，不去看她。

我母亲对我祖母说，还没到饭点，饿了的话，先弄一碗开水泡馍。我祖母的脸上没有任何表情，仿佛完全听不见我母亲的话。她缓缓伸出一只颤抖的枯树皮样的手，将手里的东西递给我母亲。我看到我母亲的手上多了几张皱巴巴的钱，母亲的鼻子翕动着，眼眶立刻变得湿润。我听到我祖母说："抓紧时间给娃看病，耽搁不得。"她的声音变得苍老，浑浊而无力，犹如梦话。"娃就是麦苗，苗儿活不了，人就得饿死，社会也就活不了。"祖母说罢，朝我母亲摆摆手，扶着墙，走出屋，一串沙哑的咳嗽声又飘荡在屋里院外。

午饭时，我父亲回来了。父亲扛着镢头，胳膊下夹着一本书，嘴里哼哼着调调，那首名叫《萍聚》的歌：别管以后将如何结束／至少我们曾经相聚过／不必费心地彼此约束／更不需要言语的承诺／只要我们曾经拥有过／对你我来讲已经足够／人的一生有许多回忆／只愿你的追忆有个我……我父亲兴高采烈地走进院子，走到水瓮前，舀了一瓢凉水，咕噜噜地灌进肚里，坐到碾盘上，望着天空中的流云。我母亲把一海碗捞面端到她的丈夫跟前，又将剥好的蒜放到碗里。

"钱放在哪儿？我要用钱。"

我父亲大口吸着面，听到他妻子乔颂玲的声音，缓缓抬起头，塞满面条的嘴巴僵住了。

"钱都有用，我都规划好了。"

我父亲慢吞吞地回了一句，将一颗蒜塞进嘴里，低下头继续吸面。

"我今天就要用钱！现在！马上！"我母亲突然大喊，目光直直地打在她丈夫赵顾早的脸上，"我问你，钱在哪儿？"

我父亲惊讶的神情又一次僵住了，疑惑的目光落在我母亲的脸上，又扭过头瞅我，嘿嘿一笑，一种难言的神秘和诡异随即布满他那张自得的脸。

"我说过了，钱都有用，我马上就要用。"我父亲淡然地说，摆摆手，要我去给他舀碗面汤。

我端来面汤，放到碾盘上，我父亲拍拍我的脑袋，夸他的儿子真乖。我父亲刚要喝汤，我母亲一脚将汤碗踢翻，许是热汤溅到我父亲身上，他嗷叫一声跳了起来，赶忙伸手捂住脖子。

我被母亲的举动惊住了，瞪大眼睛看着她。眼前这个平日里连大声说话都不会的本本分分的农村妇女，竟爆发出如此强烈的愤怒和火气，使那时的我感到陌生的同时，又生出一丝窃喜和欣慰，那种感觉叫人着迷、痛快。

"钱到底在哪儿！"我母亲歇斯底里地怒吼，跺着双脚，指着呆若木鸡的丈夫，"你把钱藏哪儿了！"

"用得着发这么大火气么？"我父亲低声说，手从脖子上移开，拿起破碎的碗，"可惜这么好的耀州瓷了。"

第一次见到赵顾早慢吞吞的样子，使我感到好笑，同时得出一个结论——当你不再选择沉默时，周围一切就会突然变得温顺。

我父亲将碎瓷片放到脚旁，拿起筷子，漫不经心地说："钱真的都有规划了。"他将碗沿粘着的葱花挑进嘴里，"再说了，钱也不在我这儿。"

"在哪儿？钱在哪儿？"我母亲大吼，声音如干涩的琴弦，"在骚狐狸那儿？你把钱用来养骚狐狸了？"

"什么骚狐狸不骚狐狸的。"我父亲说，斜着脑袋，一脸无奈，好像不是在对他的妻子说话，"我们是纯正的友情，是相见恨晚的知己。"

"怎么？说骚狐狸你还不情愿啦？魂儿都被勾走了！"

"胡乱说啥呢！孩子还在这儿呢！"我父亲说，猛地抬起头，剜了他的妻子一眼，"你根本就不懂！"我父亲的脸上随即露出神秘的笑容，整个人突然变得温文尔雅，他抬起头，将温和的目光投在随风舞动的树叶上。"我们在探讨诗歌，在朗诵诗歌，在研究伟大的诗歌艺术。旁人岂是能懂？"我父亲的神情和语气，让我觉得，他如同一只流浪多年的老狗，突然有了温暖舒适的狗窝，内心兴奋激动却又故作镇定，脸上抑制不住的喜悦显得滑稽可笑。

那天晚上，我母亲在炕头坐了一夜，灯光下颤抖的影子落在我身上，冰凉而憔悴。我假装睡去，眯着眼睛偷看她。我看到她走出屋，气冲冲地砸开李美芝家的大门，拽着她那惊慌失措的丈夫的耳朵往回走,李美芝上前阻拦,被我母亲一巴掌拍进水渠,挣扎惊叫的样子像一只落汤鸡。我躲在不远处偷笑,一个英雄母亲的形象立在我眼前,那些忍气吞声的日子不过是一场梦而已。

我睁开眼,看到我母亲仍坐在炕头,木木愣愣的样子叫人心疼。那时候有一丝光亮正好奇地从天窗钻进来,它不知人间的悲苦,像孩子一样在地面上打滚玩闹,故意在我母亲面前撒娇。我母亲的脸上突然显出一丝奇怪的笑容,她晃了晃脑袋,将眼前垂着的头发拨到两旁,扭过头唤我起床。

母亲带着我去将那几张钱交给石中发,家里却没人,小树也不在。母亲拿了铁锨,要我和她去地里,等回来后再给。

收完麦子,地里回茬种了玉米,天干地燥,玉米苗死了不少,庄里决定在那个早晨拉水浇地,从东头开闸放水,各家地里需有人,拿锨平整水渠,让水流到位。

我跟在母亲身后,走在田埂上,我们走到东头时就看到了水。因浇地面积大,村长找来八辆三轮车,提前两个小时拉水放水。水像鱼一样翻着白肚儿,顺着渠哗哗啦啦往地里流,遇到干土时就挤出些烟尘来。大片的湿地一眼望不到头。水很滋润,我听到了水的滋润声。我母亲兴奋地卷起裤管,跳进泥水里,欢快地朝我家地里跑去。那一瞬间,我感到我母亲似乎忘记了那些悲伤的记忆和屈辱的过往,只留下了水的滋润。

"根据眼前的情况看,水已经流到西头咱家地里了。"我母亲说,脸上露出满足的笑容,"快走。"

我们跑到西头,看到我家的地仍张着干渴的大口,没有一滴水的滋润。水并未流进我家地里,而是全部流进秦有福家的玉米地里了。秦有福把铁锨插进渠棱里,手腕一使劲儿,出现一道豁口,水就理所应当地改了道。秦有福站在渠边,看着他家的田地,哗哗笑着。

"胡弄啥呢!"我母亲大喊,跟跟跄跄地跑,"你这是胡弄啥呢!"

"我没胡弄!"秦有福说,嘿嘿笑着,一副不明事由的样子,"你在说啥呢?"

"谁让你改水路呢!"我母亲愤愤地喊,"你家的苗子都快淹死了,我家地还滴水未进！"

"村长说了，浇地时地里留人，没人就不给浇！"秦有福说，将手里的锹插进地里，双眼盯着我母亲，"你地里没人，不怨别人！"

"放屁！你放屁！我就在地里，今天必须浇！"

"不浇！村长说不浇！"

"放屁！你放屁！"我母亲大喊，跳进地里，用手扒土，将渠棱的开口堵住，"村长就没说这话，我刚见村长了！"

那时候，我看到地里的人几乎都过来了，有几个人出来规劝，却被秦有福挡了回去。秦有福手握铁锹那么一戳，渠棱又开了一道新口。

"天杀的！赶紧堵上！"我母亲喊叫着，上手去夺秦有福手里的锹，却被他一把抓住手腕，轻轻一推，我看到我母亲一个后趔趄栽进水渠。我母亲水淋淋的，想爬出来，又被秦有福一脚踢回水渠。我看到她单薄的上衣由于水的滋润，紧紧贴在身上。我赶忙跳下水，要拉我母亲起来，她却朝我喊：

"别过来！快去叫你爸！"

我撒腿往回跑，身后秦有福的嬉笑声如电锯解木一样刺耳、难听，他大喊：

"你家的大诗人要是能来，我就把地里的水喝干。"

秦有福的大笑声震得水面出现一圈圈波纹。我边跑边扭头往回看。我母亲几次想爬上来，都被秦有福踢了下去，她像只被扔进水里的老母鸡，狼狈不堪地挣扎着。眼前的耻辱情景使我流下了心酸的泪。

我跑到广场时，看到我父亲从不远处走来，我知道他刚从寡妇家出来。我赶忙跑上去，告诉他发生的事情。我看到那张笑容满面的脸上有了微弱的变化。他拉着我蹲到路边，摸着我的头，缓缓地说："都是邻里间跳蚤屎大的事儿，都是为了过日子，少一点计较，多一些宽容，才会有诗意的生活。"我父亲像幼苗遇到水似的，突然兴奋起来，伸手轻轻碰了碰脚下正在滚羊粪蛋的屎壳郎。"儿子，跟爸学吧，要让自己过得快乐，过得更像自己。"他低下头沉醉在屎壳郎滚羊粪蛋的诗意场景中。我大声喊："他打我妈！"我内心蕴藏的巨大失落和悲伤开始躁动起来，一瞬间决堤，大水奔涌。我听到那些使我困惑的话，又从我父亲嘴里蹦出，他若有所思地说：

"你遭受了痛苦，别指望向别人诉说以得到同情，要听命于自己，要敬畏生命，且要主宰自己的生命。"

我伤心极了，哭着大喊："我讨厌你！"然后跑回家，拿起给鸡垛草的菜刀，撒腿向田地里冲去。

我挥着菜刀，向秦有福冲过去，刚才还十分嚣张的秦有福，在我不要命的疯狂追赶下，丢掉铁锹，仓皇逃窜了。他边跑边喊：

"你放下刀，我给你浇地。"

秦有福话音刚落，脚上的一只鞋就飞进了水渠里。

我母亲从水里爬上来，夺过我手里的刀，一把将我搂在怀里，大声痛哭。秦有福喘着气，一瘸一拐地走回来，视线在我母亲上身扫了一遍，悻悻地对我说："好小子，都敢动刀了，小小年纪不学好，想坐牢啊。"他的眼睛始终没有离开我母亲上半身。"好了，甭哭了，就烦你们这些眼水多的女人，有事不能好好说，就知道哭。"秦有福朝围观的人群喊，"都赶紧散了，都不想浇地了么？"

秦有福走近身，轻拍我母亲的胳膊。我母亲立即喊道："拿开你的手。你说话算话不？"我母亲停止哭泣，盯着秦有福，一种坚定而又勇敢的光芒从她眼里迸出。

秦有福从裤兜里掏出一根烟，点燃，抽了一口，笑着说："当然算话，不过不是现在。"他笑得没声没息，嘴角上下抽动。

"你个天杀的！"我母亲喊，指着秦有福，"你说话果然是放屁，又熏又臭！"

"算话，当然算话！"秦有福说，面露令人厌恶的笑容，伸出小指甲盖，"谁不算话就是这个！"接着又说，"为避免旁人说闲话，今晚十点你准时来地里，我偷偷给你浇地。我亲自去给村长说，我干爸肯定会给我面子，给你家的地多浇水。"又说，"你一个人来，孩子不要来。当然，大诗人肯定不会来。"

"只要你说话算话，"我母亲说，用手背抹掉脸上的水滴，"只要能浇地，十点就十点。"说完，母亲就拉着我往回走。我的余光看到秦有福脸上溢满不怀好意的笑,笼罩在他脸上可怖的气息使我惶恐不安。

快到家时,凄厉的哭声如劫匪似的突杀出来,迫不及待地拦住我,将我压倒在地。哭声将我押到石中发的院里,我看到小树趴在一块白布上,急促的抽泣使他看上去快要窒息了。我知晓了一切——我们那单纯善良的好哥哥小东,已经独自离去了。这个因白血病死掉的男孩,将自己的生命定格在了八岁——四天后是他八岁的生日。后来我才知道,是小东恳求董福山,将他送回益庄他弟弟身边。那时小树和石中发夫妇已经赶到董家河,石中发将小东抱上三轮车,小东的脑袋斜靠在他的弟弟小树身上,他的脸上出现了人生中最后一个笑容,随后脑袋就永久地耷拉下去。

那天下午,石中发跑去地里,叫我父亲搭把手将小东埋掉。我父亲面带笑容,望着天边,缓缓说:"草木鸟虫皆有命数,自然规律使然,大可不必为手中的流沙惋惜……"

"好了好了,你别说了!"我父亲还没说完,就被石中发打断了。石中发满眼厌恶地望着和他一起长大的赵顾早,不耐烦地说:"无非就是不愿意去,说这么多有啥用?您继续念您的经、成您的神吧!"

我父亲微微扭过头,瞥了一眼石中发远去的背影,自语道:"多计较多受累啊,心思不能太重啊。"

在范万川和吕万才等人的帮忙下,小东静静地躺到了八石坡的山腰上。五颜六色的野花儿在他的头顶绽放,艳丽的蝴蝶在他身旁飞舞嬉戏,成百上千只百灵鸟在八石坡的上空飞旋,震撼的场面惊呆众人,它们如合唱团般美妙、悠扬、婉转、动人的歌声,缭绕在山间梁峁,使益庄的每一个人沉醉其中。

我知道,那一刻小东也在歌唱呢。

4

我能够清晰地回忆起,那个月光明亮却使我不禁寒战的夜晚,宛如吹过湖面的寒风，在我的脖颈上缠绕。我无法用言语来表达那时的感受，更不能通过文字来描述。

我的思绪如一条毒蛇游荡在梦境中。

我母亲扛着锄头，走出院子，月光照在她窄瘦的脊背上，像披着一件雨衣。随着我母亲的离去，秦有福那个油滑的表情来到我的脑海，我心里咯噔一下，仿佛脚下踩空了台阶。月光引着我，往地里跑。

我趴在高畔上，探出脑袋向下望，月光洒在我家地里，闪烁着明亮的光。我听到水流进我家地里哗哗的滋润声，看到我母亲站在地头。我也看到墙根下赤裸着上身的秦有福，他的胸膛在明亮的月光下，如青石板闪着黑光。他穿着宽大的短裤，将一个椭圆形区域内的土块踩碎，铺上杂草，看上去如同一个土炕。

"让水流着，多滋润会儿。"秦有福说，走到我母亲跟前，"墙根长了一片苗儿，像是什么药材，我不认识，你来看看。"

刚到墙根，我母亲弯腰去看，秦有福就从背后一把抱起她，将她摁在杂草上。"你家的地滋润够了，也该滋润滋润我的地。"秦有福闷声喊，双手抓着我母亲的胳膊，"几十年了，我快渴死了。"

我母亲神魂出窍般愣怔住了。时间凝固了一阵，她才想起挣扎，手脚并用抵抗眼前牲口一样的秦有福。我想冲下去一拳砸死秦有福，可不知怎么，我竟趴在那里丝毫未动，如一株蒿草扎在土里。

杂草舞动，薄气袅袅，四周响动着蓬勃向上的生长的气息。风平，月静，一道道阴沉的月光在玉米苗间隙交射。被秦有福死死按住的我母亲，如一只奄奄一息的母鸡，发出微弱、轻薄的呼吸。我看到秦有福那黝黑的肉皮下，所迸射的蓬勃的血液快要冲破血管，来自生理的欲望迸然炸裂，一团浓烈的、黑红的火焰，在他身上疯狂燃烧。秦有福粗鲁地扯开我母亲的上衣，隐藏在衣服下的肉体显露无遗。月光直射到我母亲暗黄颤抖的生出一层密密麻麻小汗滴的乳房上，看上去宛若雨夜菜园里的苦瓜。

"以后要还想浇地，就给我老实点！"面对我母亲的挣扎，秦有福的目光变得更加贪婪可恶，"再反抗，我就让你全家不得安宁！你恐怕不愿再失去一个儿子吧?"

我母亲拧动的身子停止了,我看到一行浑浊的泪,从她眼里流下,砸得身下的杂草啪啪作响。在秦有福粗鲁、强悍的侵犯中,悲伤而绝望的气息蜘蛛网一样交织在我母亲的脸上。暗呼苍天,未有回应。一阵强烈的震颤击得我母亲呻吟了几声。秦有福提起裤子,双膝啪嗒落地,跪在我母亲跟前。我母亲整理好衣服,望着田间汨汨流淌的水,淡然地说:"你走吧。"

秦有福一闪身便无影无踪了,深邃夜空中笼罩的阴郁与压抑,一瞬间消散了。我母亲修整完水渠,扛着铁锹回去了,而我长久地趴在地上,悲伤之河将我淹没。那时候,我才觉察到,自己的泪水已浸湿了胳膊旁的一片土地。

在这场争端里,由于我父亲的不肯出现,庄里先前不管是欣赏他的人,还是原本就讨厌他的人,在这件事情上达成共识,认为在这个世界上再也找不出像我父亲这么冷漠的人了,我父亲将他塑造成了一个彻头彻尾的混蛋,一个世人眼里的大傻子。而对于那晚发生的事情,我母亲表现出最大的若无其事,就像沙子流过指间,没有留下任何痕迹。让我感到意外的是,我母亲从未在我跟前或其他人跟前,抱怨生活的苦痛,或是数落一句自己丈夫的不是。突然有一天,我才发觉,我母亲的情绪不知何时变得喜怒无常——有时独自颤抖啜泣,有时摇头发笑,有时自言自语,但大多数都是沉默不语,呆滞木讷,仿佛世间并无什么可喜可悲,也无所谓可怨可哀。反而对她自己的挑剔日渐严苛,觉得自己不懂体谅人,不会说好话,脸上皱纹多了,肚子上的赘肉都有好几圈了……我知道,在我母亲心里,我父亲并未变成一个混蛋的形象,一个有罪恶的人,他只是在她的目光里,变得褪色、模糊、虚无了。我母亲的种种表现,让我感到心痛的同时,又有一丝罪恶般的嫌弃和厌恶,而我始终没有勇气,在任意时刻,与我母亲的目光相对。

傍晚,母亲突然把我叫到她跟前,慈祥地看着我,我听到她说:"你认识你爸吗?"

那一刻,我感到母亲蓦地模糊了,如同一个虚幻的影子。

"你了解你爸吗？"

她没等我回答，似乎也不需要我回答，便开始了她的讲述。她告诉我，我父亲学生时期迷恋诗歌，发表过作品。家里来客人，他能根据对方的名字写出藏头诗，得到一众夸赞，以及我祖母的奖励。益王县曾有一本叫《槐花》的内部刊物，最早发现了我父亲这位年轻诗人出众的才华，并连续刊发了他几组诗歌，在当地引发轰动。后来，县文化馆领导专程来家里慰问我父亲，这无疑提高了他在益庄的身价。我父亲自然而然地写下几首诗赠与领导。领导读后大喜，直夸他有潜力，有潜力啊！说没想到在这贫瘠之地，竟能开出这样的花儿，如此了得的诗人，着实让人震撼。在县文化馆的推荐下，我父亲陆续在其他一些杂志上发表了诗歌。不久后，我父亲收到来自北京的一封信，邀他参加"全国青年诗人创作交流峰会"，届时有国家文化部领导人出席。收到信时的喜悦与激动，已使我小有名气的父亲失去了思考的理智，在我母亲即将生我时，他背上包，坚定地出了门，乘火车提前三天来到北京。接待我父亲的是一位操着南方口音的年轻人，他向我父亲介绍了活动相关情况，安排完房间就离开了。第二天他来找我父亲，说每位诗人需交一千块钱押金，以防提前离场，影响活动正常进行，并给了我父亲一张票据，承诺到活动最后一天，凭票据退还押金，并报销路费、餐费、住宿费、服装费等费用。我父亲赶忙联系庄里，我祖母托桂荣奶奶借遍了整个益庄，凑够一千元寄了过去。没想到的是，我父亲交了钱后就再也没见过那个年轻人，他像晨雾般消散了。因没钱支付第二天的费用，我父亲被请出宾馆，他提着包袱，蹲在火车站哭了一天，那位年轻人给过的承诺，始终只是一个泡影。至于我父亲后来是怎样回到家里的，我母亲也说不清。我父亲跪到我祖母面前，大声痛哭，发誓再也不写诗了，也再不碰诗了。自那以后，我父亲变得沉闷阴郁，像背着十字架一样小心翼翼，赎罪般活着，起早贪黑去狼沟矿下井驾辕拉煤。

我始终觉得，那些都是我母亲编造出来的，都是她的自圆其说，但似乎又没有什么理由，我在心里不断告诉自己，一切都是我的幻觉，都是我在梦中游荡时，想象出来的东西，好让所有的荒诞，都有一个相对合理的解释。当我又一次看到我父亲从寡妇李美芝家回来，脸上挂着新鲜的露水和满足的喜悦时，我所有的困惑和疑问都在一瞬间莫名地消散了，当时的情绪已被眼前的沉默所改写。那时候，我目光里的父亲，也变得褪色、模糊、虚无了。

一辆卡车轰轰隆隆开到院外，在母亲和我疑惑的目光中，我父亲吩咐车上的三个人，将一捆一捆的书搬进修整后的农具屋，接二连三叫叫嚷嚷：

"小心点，别弄皱哇！"

得知丈夫将家里全部的积蓄都用来买诗集，惊惧和绝望并未在我母亲脸上过久地停留，而是很快转为麻木与呆滞，如同局外人，兀自择手上的韭菜。

在我父亲的指挥下，诗集占领了整间农具屋，我父亲抚摸着那些诗集，像在抚摸他的孩子，脸上露出慈祥的笑容。我父亲斜靠诗集，仰望屋顶，若有所思的神态，宛如一尊雕塑。半晌，我父亲走了出来，立在门槛上，用一种洪亮如播音腔的调调，告诉全世界，他要闭关钻研七天，参悟诗歌艺术，期间不许任何人打扰。

当嘈杂的声音骤然响起时，我才看到院外和崖背上站满了人，仿佛兵临城下，院墙摇摇欲坠。他们的表情诡秘而欢愉，叽叽喳喳议论着眼前的热闹，贼溜的眼睛和夸张的手势，使我感到厌恶和委屈。我从他们的目光中，看不到赵顾早，看到的是整个益庄哗变的身影，益庄上空回荡着一股欢愉的气流，从沟野梁峁到田间地头，从羊肠山道到巷尾村头，隐约听得见男女老少的喧哗与骚动，那种沸沸扬扬使我感到异常地孤单，我被益庄的欢愉彻底遗弃了。我朝他们大喊：

"都滚开！"

霎时间，嘈杂住了，静得出奇。一双双瞪大的眼睛如旋涡要将我吸进去，我感受到来自海啸的压迫和毁灭。我赶忙扭过头，望向我父亲消失的那扇门。如同收音机调频搜信号，嘈杂声四起，刺耳钻心，霰弹似的将院子击得一片狼藉，我的身上顿时千疮百孔，血流不止。而我母亲依旧停留在梦境中，在另一个世界里编织自己的梦网。

雨连下了七天，噼里啪啦的响声如同一场战事，时间仿佛永久地停留在黄昏，益庄灰蒙蒙、湿漉漉的，空气里飘荡着一股令人作呕的泥腥味。有人家的后墙倒了，有人家的水窖溢了，有人家的鸡棚塌了，鸡死光了……我祖母依旧在电闪雷鸣的夜色中，高举双手，大声叫喊："雷公电母劈得好哇，老天爷只惩罚坏人，老狗有罪啊！"那时我祖母全然不像疾病缠身整日呻唤的样子，她举着的胳膊宛如两棵弯扭的树，在夜风中摇摇晃晃却不会倒下。疲惫战胜了忧伤，我掉进了梦境的深渊。黎明时分，使人无奈和无力的呻唤声随着云开日出而响起，在燕飞鸟鸣的院子里飘飘荡荡。

阳光慷慨地挥洒在院子，农具屋的门缓缓推开，一股发霉混着铁锈的气味儿飘了出来，我看到父亲那张发霉的铁锈色的脸和那张脸上挂着的得意与满足。我的余光看到我母亲低头忙活的脸上露出了莫名的喜悦。

诗人赵顾早闭关修炼完毕、正式出关的消息，如雨后阳光散落在益庄，鲜嫩、细柔且叫人着迷。不知何时，院外和崖背上站满了人，门前的老槐树上也挤了七八个脑袋。我父亲站到碾盘上，抬头看了看太阳，朝众人深鞠一躬，嘴里念道：

> 上帝之手为我打开命运之门
> 凤凰涅槃使我获得重生
> 我为自己点亮一盏灯
> 照亮不必完美的生活
> 明天和意外哪个先降临
> 在这令人恍惚的世界里体悟诗意

我父亲念得抑扬顿挫，调子拉得很长。众人鼓掌欢呼，议论纷纷如火如荼。

"大诗人赵顾早了不起哇！"一个年轻人喊，"没看出来呀，傻子赵顾早写得还真不赖呀！"

"大诗人呢！"

"大诗人赵顾早！"

我从父亲的目光中，看到众人眼里的敬仰之光，那是对诗的留恋，对诗意生活的向往，那些眼睛里尽是诗，我甚至体会到了诗的珍贵和它独特的魅力。然而，当我扭头扫向众人时，我从他们的眼里看到的却是另一种截然相反的情绪表达，那种情绪令我尴尬和愤怒。

之后，我父亲又重新沉浸在往日诗意的梦境中，只是他白天不再扛着锄头下地，而是夹着一本诗集和一个笔记本，在益庄转悠，体悟诗意。暮色时分，直奔寡妇李美芝家中，探讨诗歌艺术。

我父亲时而仰面，时而垂头，他的步伐时而迅速，时而迟缓，走着，走着，诗就脱口而出了。众人凑上前，问道：

"我说大诗人赵顾早啊，今天又写啥好诗啦？"

我父亲不慌不忙地翻开笔记本，开始念起来。随着他声调的起伏，众人脸上的表情发生显著变化。念毕，他先是鞠一躬，然后问道：

"此诗如何？"

众人拍手叫好，连连夸赞。然而，霎时间，人群就潮水般退去了，只剩我父亲独自一人还沉醉在上一刻的喜悦中。

有时，他的屁股后跟着一群小孩儿，其中有我的小伙伴刘凯，瓜燕儿也冲到前边起哄，他们叫叫嚷嚷：

"疯子赵顾早，快念首诗。"

"疯子赵顾早，你咋又发疯啦？"

"疯子赵顾早，你咋还没成仙呢？"

"疯子赵顾早……"

"疯子赵顾早……"

"走开！小屁孩懂什么！"我父亲呵斥，转过身，"孩娃不知诗的珍贵，等你们长大了，再来听我念诗！"

现在，我觉得那时的父亲就像一个裸身的小丑，站在戏台中央供观众们逗乐。他们一直跟到天色暗下去，趴在李美芝家的崖背上，发出叽叽喳喳的笑声，朝路过的人群兴奋地喊："大诗人赵顾早已经把自己给脱光啦！"

每每看到那样的场景，听到那些使我感到羞愧的话从小伙伴的嘴里蹦出，我就远远地躲开，把自己藏起来，无声地淌眼泪。

现在，我已记不清始于何时，只记得似乎是从一个微凉的清晨开始，我父亲喝起了酒。我父亲夹着诗集在益庄转悠时，手里提着一瓶酒，走几步，念几句，喝一口。当听到众人夸赞时，他便仰起头，猛喝下几口。我父亲卖掉他的自行车和母亲的缝纫机、锁边机，还有家里一些摆设，换得一百瓶光脖酒，塞进农具屋诗集旁的桌子下。

我母亲在长久的沉默以后，说了一句："少喝点吧，没好处。"

"妇人家的，你懂什么！目光短浅！"我父亲喊，剜了他的妻子乔颂玲一眼，随即缓缓抬起手，"这酒啊，不为多数人所享用，属艺术的饮品与艺术的行为。物质的酒促使精神的诗愈加有味，酒是诗的催熟剂，诗才有酒的浓香。你想想，若没有酒，自然不会有大诗人李白、杜甫的那些好诗。"我父亲激昂的情绪突然莫名地消失了，搁在半空中的手，像一根朽掉的木头，垮塌倒下，散落一地的失落和无力。"算啦，给你说，你也不懂。"

5

我的记忆，越过我父亲，越过崖背上的小伙伴，游荡进李美芝家里，落在那个丰腴的散发独特韵味的四十来岁的女人身上。此刻，我的眼前又一次出现了那个熟悉的身影——黑色上衣塞进黑色裤子里，丰满的胸部和圆润的臀部，最大程度显现出肉体的线条，涌动着蓬勃的肉感，悠悠晃晃如灌满水的气球。跑起来时，身体上下摇晃带动全身摆动，宛如大浪中的小船，海水起伏随时都会扣翻。在那个还未像现在这般开放的年代，李美芝另类的打扮和奇异的举止，使她成为益庄最亮丽的一道风景线。

我曾在梦境中，看到吕万才蹲在墙根，而非站在戏台中央，向围拢的大伙讲述关于李美芝的一些事情——

李美芝在做姑娘时，人长得漂亮，书也念得好，是十里八乡出了名的"一枝花"。村人时常看到李美芝夹着书，吆羊去坡地，羊儿吃草，她就坐在草坡里安心看书。后来考师范，因身体状况导致成绩并不理想，她的进城当教师梦随之破碎，精神上受到刺激，整个人变得情绪无常。没过多久，她的父母将她许给村上的光棍张春旺。张春旺比李美芝大七八岁，相貌丑陋，却老实憨厚，干活卖力，对李美芝百般体贴，日子虽过得清贫，但也幸福。村人笑说，一枝鲜花插在了牛粪上。李美芝一有空暇时间便会拿书来读，张春旺支持妻子读书，因为他心里清楚，自己不识字，吃了没文化的亏，只能在井下驾辕拉煤，出力下憨苦。而妻子有学识，书本渐渐改变了她的情绪，等有了孩子，还可以辅导孩子，这是再好不过的事情。

然而，好景不长，婚后没多久，张春旺在井下出了事——巷道塌陷，圆木砸在腰上，脊椎断裂，引发肾功能衰竭。李美芝一下子晕厥过去，醒来后又是大呼喊叫，一副疯疯癫癫的样子。李美芝拉着病床上张春旺的手，颤抖着说不出话来。当她接过大夫递来的那张巨额账单时，整个人瘫在床下。李美芝借遍了亲戚，也没能凑到几个钱，有的亲戚找个借口搪塞过去，有的亲戚则直接告诉她没有钱，有的亲戚从立柜中的手帕里，取出几张皱巴巴的票子，难为情地交给她。李美芝的父母说要给她的弟弟说婚事，家里那点积蓄要留给他们的儿子娶媳妇，对此也无能为力。张春旺的爹娘死得早，他是祖父养大的，老人已下世多年。

天色像是一瞬间暗下去的，如同人是一瞬间崩溃的。李美芝拿着那点钱，朝医院走去，整个人恍恍惚惚的，心里说不出地难受，她觉得天正在塌下来，黑夜的双手掐住她的脖子，她快要窒息了。当她看到眼前狭窄的路，在灯光照射下变得粉嫩艳丽时，这才意识到自己走错了路。路边两排粉嫩艳丽的小房间，宛如枝头挂着的宝石一样红彤娇嫩的樱桃，隔着玻璃门，透射出一种叫人着迷沉醉的神秘气息，李美芝顿感自己轻飘飘的，像在梦中游荡，同时又有一种莫名的紧张感，心突突直跳。多年以后我念大学，在舍友的带领下，来到学校附近城中村的"艳粉巷"，我的心里同样有一种激动和紧张，好像接下去的事情将会在某种程度上决定我的命运，那次初尝禁果的滋味，令我终生难忘。

李美芝看到离她最近的那扇门开着一道缝，一只涂了红指甲的手出现在门缝中，指间夹着一根烟，从里边将门拉开，探出一张粉嫩艳丽的脸，那张脸很像挂历上的哪个明星，李美芝想不起来，但她觉得那张脸非常好看，比挂历上的女人多了一些妖艳，显得更妩媚，更迷人。接着，她看到那张脸下曼妙妖娆的身姿，低领吊带塞在黑色紧身短裤中，丰满的胸部、圆翘的臀部和纤细的腰部，散发出诱人的气息，她感到实在不可思议。她看到那只手将烟递到红唇间，轻轻一吸，缓缓一吐，一股淡淡的香味笼罩在她的脸上，她感到惊奇——村里那些男人吐出的烟都是呛人的、难闻的，而眼前这张红唇吐出的烟却是香的、好闻的。李美芝觉得有种莫名的兴奋，好像脚下踩着的不是石板，而是厚厚的棉花，或团团白云。

当她看到一个肥胖的肚子从门里挤出时，那种迷人的、令人沉醉的气氛顿然消失，取而代之的是一股油腻的、令人反胃的气息，李美芝感到自己从厚厚的棉花和团团白云间，摔回冰冷的石板上。光头男人挺着肥肚，使本身就紧小的短袖，看上去如一件肚兜，显得滑稽好笑。男人捋了捋脖子上的粗链子，揉搓着自己的光头，脸上溢满油腻、猥琐的笑容，他伸出手朝女人的屁股上捏了一下，女子"哎哟"叫了一声，妩媚的眼神中仿佛藏着一只狐狸，尾巴轻轻一抚，那男人顿感一阵酥麻。李美芝这才意识到自己究竟走到什么地方了。她赶忙转过身，快步朝巷外走去，她听到肥胖男人说：

"明晚，哥还来，就找你，不差钱。"

李美芝听到女子的笑声在身后响起，像星星一样明亮，夜空里都飘荡起玫瑰花一样的香气。

香气消失了，石板路消失了，粉嫩艳丽的灯光消失了，周围又重新回到令人压抑、绝望的模样，天正在塌下来，黑夜的双手再一次掐住她的脖子。她艰难地拉扯着自己的腿，像迟暮的老者，摇摇晃晃向前走。突然，她停下脚步，仰面望着正在下塌的黑夜，半晌，她的脸上露出像是微笑的表情，转身朝回走去。

李美芝推开那扇玻璃门，劲爆的音乐灌进她的耳朵里，她看到沙发上坐着五六个穿着性感、面容艳丽的女子，粉嫩的灯光涂抹在她们的脸上，看上去充满诱惑。那种从未见过的妆容与打扮，使李美芝想到了电视剧《聊斋》，意识到她们和自己根本不是一个世界的人。

"你有啥事？"

李美芝听到声音，转头去看，刚才那位女子像一个虚幻的影子，正从二楼飘下来。李美芝快跑到楼梯口，跨上两个台阶，差点踩空摔倒，急急忙忙的样子使她显得狼狈而滑稽，她听到身后沙发上传来猫叫一样的笑声，她极不自然地咳嗽了一声，快速说：

"多钱？"

"啥多钱？"女子满脸疑惑，望着李美芝。

"就刚才，"李美芝说，有点着急了，"刚才挣了多钱？"

"你啥意思？"女子说，原本叫人酥麻的嗲声，突然变得响亮粗犷，"你是谁啊？"

"刚才那光头给了你多钱？"

女子神情慌张起来，像是觉得眼前的奇怪女人是光头的老婆，或其他什么人，她赶忙甩着胳膊，叫喊着让沙发上的姐妹们来帮忙。众人嚷嚷着要将李美芝推到门外。

"我想跟你们挣钱。"李美芝喊了一声，喘着粗气，"我急需钱救命。"

众人听了李美芝的遭遇，很想帮她，却似乎又无能为力。有人说着一些觉得李美芝可怜，同时又佩服和同情她的话，偷偷抹眼泪；有人夸赞李美芝与张春旺相濡以沫的爱情，抱怨命运对自己的不公。

"我不可怜，也不需要别人同情。"李美芝说，脸上挂着淡淡的笑，目光如一束清冽而温暖的光，照在她们身上，"我有思想、有灵魂、有文化、有炽热的心、有不放弃的梦，我只是暂时委身生活，暂时沉于世俗，我怎么会可怜呢？我不需要别人的同情，我有我的尊严。"

李美芝这么一说，大伙显得有些困惑又不知所措。时间蓦地静止了。李美芝突然意识到自己可能说错话了，难为情地低下了头。

"你真的想好了？"那女子缓缓说，面带微笑望着李美芝，"一旦迈上船，可就没有退路，周围全是大水。"

"想好了。"李美芝微笑着说，抬起头，"那边等钱救命呢。"

"你可想好了哇，"另外一个女子说话抑扬顿挫，哗啦啦笑着，"一旦做第一次，你就不干净了，你就会嫌弃你，在洗澡时恨不得把自己的肉皮搓掉。"

"想好了。"李美芝迅速回答，依旧微笑着，"等钱救命呢。"

那女子实在不愿看到李美芝这样一个单纯的村妇，走上这条不归路，可她清楚，李美芝不论付出什么样的代价，都要救她的丈夫，于是她提出另外一个想法，尽管这样做并无太大实质意义，但至少可以使自己心安一些。在征得李美芝同意后，她将李美芝带到巷外城中村一家院子里。走进院子，女子打开最里头一间屋子的门，走进去后，李美芝才知道是那女子自己租住的房间。房间并不大，却收拾得很干净，桌上摆着一张合照，是那女子和一个两三岁的小孩，分辨不出是男孩还是女孩。女子为李美芝倒了一杯水，让她坐在床上，等她回来，然后匆匆出了门，院子里响起清脆而紧促的高跟鞋声。

李美芝喝下两杯水，觉得肚子更饿了，像有几十只泥鳅，在她的肚子里游动，弄得她烦躁不安。她一边想，那女子几时回来，到底能不能做成？一边想，张春旺这会儿怎么样了，明天的手术会如何？她在心里做了最坏的打算，同时又埋怨自己，为什么老是往坏处想。她想起张春旺常说的话——吉人自有天相，好人自有好报，好好活人，好事就会到来。她想到前两天读的书里，那个有趣的故事，心头便燃起明亮的火焰。火焰上蹿，她在火焰中看到了既熟悉又陌生的脸庞，那张脸上挂着令她心疼的哀愁和忧虑。她看到那个女子精致的脸庞也出现在火焰中，那双会笑的眼睛里溢满悲伤的泪水。就在这恍恍惚惚中，她再一次听到清脆的高跟鞋声从院外传来，混杂着另一个拖沓而沉重的脚步声。

"这是我的姐妹小雅。"那女子指着李美芝，对刚刚领来的那位微胖中年男人说，"哥可得多心疼点啊，她第一次出来接客。"

"好说好说，"男人说，咧嘴笑，露出满口暗黄的牙，将手里的黑皮箱靠到墙根，操着一副南方口音，"吃惯了山珍海味，还没吃过这等素菜啦。"

女子朝李美芝使了个眼色，绕到她背后，将她往前轻推了一下，李美芝这才意识到，小雅到底是谁了。

"乡下来的啦？"男人说，斜躺到床上，上下打量杵在屋中间的小雅，"模样倒是很俊俏的啦。"

"那是当然啦。"女子说，声音又恢复了当初的柔媚，会笑的眼睛里散发出迷人的光芒，"哥可得多照顾呀。"

那女子又交代几句，转身出屋，回店去做她的营生了。那一刻，李美芝感到自己的心猛然一紧，如一条缠绕的麻绳，被人从两端使劲一拽，生出一个拳头大的死结。她觉得有点诧异，自己分明早就知道接下去要做什么，可为何心里又像是突然才意识到，接下去要做男女之间的事情了。她垂着脑袋，木木呆呆地立在灯下，头顶散开一片明晃晃的光亮，像被人强行推上舞台，聚光灯全然打在她身上。男人叫了一声小雅，接着又叫了一声。李美芝脑袋晃了一下，将自己从梦境中晃醒了。她缓缓抬起头，越过男人的脸庞，看到床后的立柜上，有一朵殷红的花儿，插在一个葫芦形的玻璃瓶中，她猜想，是月季，也许是玫瑰。

"快脱衣服的啦！"男人笑眯眯地说，"一会儿我还得赶火车呢。"男人脱掉鞋袜，一手将自己的胖肚子撸起，一手去解皮带环扣，"干你们这行的，最讲究的是效率，尤其在车站附近，那必须得快，脱衣服快，办事快，但同时，质量还得好，什么是质量的啦？那就是得让客人舒服。那个，醉生梦死的感觉，你懂不啦？"

李美芝闻着沁心的花香，思绪开始游荡。她想跟随花香飘到院外去，飘到能飘到的任何一个地方，可男人的说话声夏夜的蚊虫一样飞舞着，嗡嗡哇哇地叫着，撞在她的脸上，飞进她的耳朵里，硬是往她心里头钻。于是，她不得不断停梦的游荡，使自己重新跌回这间小小的屋里，不得不心平气和地去听那叫人烦躁的说话声，不得不试学着用那种勾人的眼神和醉人的语气去说话。

李美芝让自己的脸上呈现出温柔的气息，缓缓抬起头。当她看到男人赤身裸体躺在床上，用手拨拉着那个玩意儿时，她赶忙又低下头，身体战栗如触电，脊背像有冷汗在流淌。她听到男人在说话，可完全听不见那家伙在说什么,自己的耳朵失聪了。

"你们这地方太简陋的啦。"男人说,语速很快,分不清是好奇,还是在抱怨,"房顶上的东西,是铺的席子吧,都快掉下来啦,砸到人怎么办啦?这床也不稳当,床腿随时要断掉的啦。"

李美芝没有抬头,她感到自己的心脏正在燃烧,如一只被困于竹笼中的蝈蝈,正在拼命乱撞。"那里怎么还有一堆小孩子的玩具嘛?"她突然又听清了男人的说话声,迅速抬起头,朝男人所指的方向看。她听到男人说:"这可有点太随意啦,叫人走神嘛,我都想起我女儿的啦。"

李美芝大概猜出那些玩具是谁的了,同时,张春旺的身影突然出现在她眼前。她惊恐地吸了一口气,用余光瞥了男人一眼,她看到男人的脸上又重新堆满笑容,她听到男人说:"不过你放心,我不会因为这些就少给你钱的啦。"

接下去是死一般的寂静,只有男人惊天动地的呼噜声,如电钻在石头墙上打孔。随即,一声宛如鞭子抽打在玉米秆上,发出的清脆响亮冒着烟尘的呼噜声后,男人吧嗒起嘴巴。

"你多大的啦?"

李美芝发现男人已经醒了,靠墙坐着,一脸笑容,眯着眼看她,仿佛刚才的声响都是她的幻觉,她低声回答:"二十五,快二十六了。"

"快脱衣服吧,抓紧时间,赶快上来的啦。"

于是,她站起身,浑身却哆嗦不止,双腿发软使她差点一头栽倒下去,眼前灯光恍恍惚惚的,一只小飞蛾撞在她脸上,如一个巴掌掴了上来。她拿起身旁的杯子,仰头将里边的水喝尽,朝床上缓缓走去。她第一次觉得时间是如此的漫长,两米多的距离,却如一条深邃漆黑的地洞,每迈出一步,都会有死掉的可能。

李美芝躲开男人的手,说她自己脱,她懂男女之事。当自己赤裸的身体呈现在张春旺之外的另一个男人面前时,李美芝感到自己的心已经死掉了,醒着的只有肉体。她平躺到床上,望着头顶微微晃动的席子,开始做梦,梦的思绪飘荡在幼年放羊时的草坡里。她自然地将自己的双腿分开,使自己以最舒展的姿势来和那些野花野草相处。她听到羊儿温柔的咩咩叫声，各种虫子聊天、唱歌的嬉闹声，叫人愉悦的喜鹊吟唱声，牧羊人宛转悠扬的民调……但很快，这些声音被一种干裂猩红的声音淹没，她闻到自己的身上有一股死鱼腥臭的气味。

当她睁开眼时，男人已经穿好衣服，将一百元钱放在李美芝的肚子上，欢喜地说："虽说你不懂配合，但你却紧致滑润，一点也不像她们那样松松垮垮，实在叫人迷恋的啦。"男人拨弄着自己稀疏的头发，嘿嘿笑着，肚皮上下鼓动，声音里充满骄傲和满足。"我刚才呀，差点都醉死过去的啦。"男人走到墙根，提起他的黑皮箱，另一只手拉动门后的铁闩，回过头，笑眯眯地说，"哥走啦，小雅，等有机会，还来找你的啦。"男人打开门，不慌不忙地走出院子，用另外一种语言，哼哼着奇奇怪怪却又朗朗上口的调调，什么"公虾米哇亲亲"，声音融进茫茫黑夜。

的确是死过去了——李美芝觉得自己刚刚已经死过一次，喉咙里不断涌出那股恶心的使人想吐的死鱼腥臭味。尽管自己的思绪始终游荡在昔日的草坡里，但李美芝清楚地记得，那晚自己总共死过八回，她将那股死鱼腥臭味，同样咽回肚子里八回。

透过窗户，李美芝看到，黑夜正在悄然退去，光亮迅速吞没黑暗，也吞没了她心底的阴影。她第一次感到，原来黑夜与白天的更替是这样地神奇，这样地美妙，就像荒坡的杂草丛中开出一朵娇艳的无名之花。突然，她听到院外又一次响起熟悉的高跟鞋声，伴随着轻柔的歌声——一步踏错终身错／下海伴舞为了生活／舞女也是人／心中的痛苦向谁说／为了生活的逼迫／颗颗泪水往肚吞落／难道这是命……后来李美芝才知道这首名叫《舞女泪》的歌，也喜欢上了宝岛台湾那位柔情派女歌手韩宝仪。她看到那女子的身影出现在门口，但这次她没有再领来男人。

李美芝将枕头下的钱，全部取出，告诉那女子，一共是四百九十块钱，第一个南方人给了一百块，第二个小个子给了六十块，刚才最后一个年龄偏大的人给了八十块，其余五个人都给的是五十块，他们说那是市场官价，按规矩来，不能坏了行情。

李美芝将四百块塞进衣服里，将九十块卷在手里，一想，觉得欠妥，又将钱取出，将一张一百块和两张五十块，交给那女子，微笑着说："要是没有你，我根本挣不来钱，这两百块算是给你的介绍费，我的一点心意。"

"快别这样，"女子赶忙说，伸手将李美芝的手挡了回去，"大家都是出来讨生活的，都有难处，帮一把是应该的，女人嘛，天生就不容易。你要是看得起，以后就叫我丽姐。"她从包里取出一个袋子，递给李美芝，"累了一整夜，肯定饿了吧，快吃个肉夹馍，刚出炉的。"

李美芝接过肉夹馍，顿感自己的鼻腔徒然地一酸，望着丽姐不知说什么好，又赶忙转过头去。丽姐一手拉着李美芝，一手为她抹掉脸上的泪，语重心长地说："这生活啊，就是时间的堆积，就是苦难的叠加，人人都有遇到难事的时候，扛过去，就好了。"丽姐抬起头，望向窗外，"阳光会到来，黑夜终将会过去。"然后从包里掏出五百块钱，交给李美芝。李美芝赶忙推托，声音颤抖着说："你能帮我，我已经很感激了，丽姐，这钱说什么也不能要。"

"你就拿着吧，反正我现在也用不上，算是我借给你的。"丽姐笑着说，将钱塞到李美芝手中，"咱们女人啊，能有个疼你爱你的男人，不容易的，谁不想好好活人、好好过日子呀，不都是生活所迫才走上这条路嘛。"丽姐站起身，拿起旁边的合照，抚摸着照片上的小孩，"这是我儿子，要是还活着，今年该五周岁啦。"她脸上的笑容倏地消失了，像是憋着一口气，脸和脖子变得暗红，眼睛里燃起红褐色的火焰。"我儿子有先天性心脏病，出生不久，他老子就跑了，说是去下海挣大钱，一分钱没送回来，人却不见了，消失了，世间蒸发了。不过小家伙的确很可爱，也很懂事，自己身体不舒服，还安慰我，说妈妈呀，我很快就会好起来的，等我长大了，多多挣钱，让你过好日子。而我这当妈的，无能啊，没钱给他看病，他就那样死掉了，是当妈的对不起他……"丽姐通红的眼眶里，燃烧着熊熊大火，喷发出岩浆一样的火焰。

李美芝赶回医院交了钱，告诉张春旺不必担心，等做完手术，一切都会好起来。张春旺眨巴着湿润的眼睛，嘴唇干裂颤抖，半天说不出话来。李美芝用湿毛巾为他润嘴唇，又给他喝了点水，他艰难地咽下水,吃力地说:"苦了你了。"李美芝微笑着,为张春旺盖好被子,出去为张春旺买吃的。

其实,张春旺心里头明镜似的,他知道自己的病情,知道被井下梁柱砸伤是什么后果,知道脊椎断裂会引发肾功能衰竭,到时会有多么的狼狈窝囊。他忘不了,从小玩到大的好友栓子,自家的叔父有成,邻村的工友平娃,同班组的外地小伙庆丰,都是同样的遭遇。叔父家里穷,没钱做手术,瘫了几天,死了;栓子的父母四处凑钱,为栓子做了手术,父母没日没夜侍候,他多活了一年,死了,父母生出浑身的病,那年没过完就相继死了。他不想看到自己一天天垮下去,不想看到自己变成那副狼狈窝囊样儿,不想看到自己把李美芝一点点拖垮。

李美芝拎着豆浆和软饼,回到医院走廊时,一位年轻护士猛然拽住了她,问她怎么还在这儿。李美芝满脸疑惑,说自己去买吃的了。护士慌慌张张告诉她,出大事了,张春旺摘掉自己的氧气,咬断舌头,血液灌入气管造成窒息,这会儿正在抢救。

吧唧一声,豆浆掉在地上,白墙上、水泥地上、黑布鞋上,瞬间绽开淡黄色的云朵,沿着墙面、地面肆意流动,纵横交错,斑斑驳驳,美丽而绝望。软饼还挂在李美芝的手腕上,和她一起瘫倒下去,楼道里响起胳膊肘撞击水泥地的沉闷声响。大夫、病人和家属齐刷刷地回头,瞪大眼睛看。

李美芝觉得自己的胳膊已经掉了,脑袋也掉了,脑袋里的东西如那些淡黄色的云朵洒落一地。望着廊顶昏黄的灯,如同望着一只迷离的眼,天旋地转,混混沌沌,她想不起这是哪里,自己怎么会在这里。她感到有什么东西在她眼前晃动,抓着她的胳膊和腿,将她抬起。昏黄的灯变成一条歪歪扭扭的线,断断续续,向后闪过,于是她知道,自己被人抬走了。

李美芝难以分清,自己是在醒着的梦境中,还是在睡着的梦境中。她记得上一刻还在草坡里奔跑,牵着一只掉队的小羊,而现在,却躺在昏黄的灯光下。她用力抬起脑袋,看到眼前狭窄的房间里,躺着七八个男男女女,他们的脸上呈现出痛苦、绝望的神情,他们身旁的家属，有的脑袋靠墙，有的手撑下巴，木木呆呆地盯着吊瓶，或什么也没有盯，只是长久地发呆。生活在她眼前呈现出压倒一切、掌控一切的姿态，使生活里的人只剩凝滞、麻木、怯懦。刺鼻的酒精药物的气味，使她在恢复意识的同时，有一种恶心想吐的感觉。李美芝干呕了几下，脑袋无力地跌回枕头，她缓缓抬起手，去碰自己的额头，却感到胳膊被什么东西扯住了，这才发现手背上的针头和胳膊上的细管，她的目光沿着细管看去，一大一小两个玻璃瓶，如菜园藤蔓上的吊瓜，挂在床头的铁钩上。

李美芝半眯的眼睛，突然瞪得像两颗葡萄，黑色的汁水顺着脸颊流了下来。不知从哪里来的力气，她用胳膊撑起身子，将身上的被子掀到一旁，端坐着，双脚垂在水泥地上。铁钩上的玻璃瓶摇摇晃晃，如暴雨中的吊瓜，随时都会掉落。李美芝抬起颤抖的胳膊，拔掉左手背上的针管，嘴巴一张一合，喘着粗气，如深陷梦魇之中，两下，三下，接着便是长久地半张着，不再发出任何声音。

半响，李美芝半张的嘴巴动了动，两片干皱的嘴唇如两片掉落的枯叶，轻飘飘地落到地上，摞在一起，微风吹动，各自散开。李美芝起身走向门外，脸上惊恐不安的神情，使木呆呆的病人家属们突然变得活灵起来，纷纷扭头看。

"你怎么在这儿？"

李美芝听到声音，扭过头，看到了那张熟悉的脸，脸上的嘴巴极速张合，如一张运转中的筛网。声音却突然滞后了，像是穿越了一条幽暗、深长的隧道，半响才传入她的耳中。

"你怎么不躺下？都说了不让你起来嘛！"

"我男人怎么样了？"李美芝焦急地说，抓住年轻护士的胳膊，"我想看看他。"

"你要是不听我们的话，不好好躺着，再随意乱跑，就跟你男人一个样。"年轻护士缓缓地说，挪开李美芝的手，脸上没有任何表情，声音里带着一股潮湿的令人鼻腔发酸的气息，"准备把人拉回去吧，医院尽力了。"

李美芝愣怔住了，木头样立在那里。顿感有大风刮来，身子不由晃动，像挨了别人的一记耳光，耳边响起尖锐刺耳的鸣叫声，眼前似是有千百双眼睛正盯着她，令她毛骨悚然。只是一场噩梦，梦醒了，就全好了。李美芝在心里不断暗示自己，不断与自己对话，不断顺服自己又不断否定自己。梦，的确是梦。在这半梦半醒半浊半清中，她看到一张巨大的嘴巴，正在向她移来，参差不齐的黑黄牙齿上下跳动，显出丑陋的模样。李美芝完全听不清声音，梦却叫她不得不醒来，不得不去听。

李美芝集中精力去听，大夫的话和那个年轻护士说的近乎一样，并且没来由地发现，眼前的大夫和年轻护士不论在长相、神态，还是说话的语气上，都非常相似，没准他们是父女，抑或是兄妹、恋人？

李美芝想问，接下来她该怎么办，她要怎样做，她能做什么，喉管却像被棉絮塞实，发不出任何声音，用力吸气，如有锯条拉过管壁，鲜血浸透棉絮，一部分灌满口腔，一部分流回肚里。等她再抬起头时，大夫已趴在楼道尽头的小窗前，吸起了烟。李美芝跟跟跄跄走过去，大夫却一转身拐进卫生间，留给她浓浓的烟味和呛鼻的厕所味。

李美芝立在小窗前，望着对面明晃晃的灯光和灯光里的人们，她看到，有人躺在病床上，紧闭双眼，一副痛苦难耐的样子；有人立在楼口台阶上，撒踊哀号；有人坐在办公室，三五人做游戏，嬉嬉闹闹。李美芝突然有感而发似的，轻叹了长长的一口气，自言自语地说："人啊，都是命，人各有命，你再怎么要强，再怎么威风，也敌不过命，命不跟你讲理，你就连讲理的地方都没有。在你出生前，老天爷就写好了，三是三，五是五，你只管接着，受着，疼着，继续活着。"

听到什么奇怪的声音，李美芝抻长脖子，使自己少半个身子探出窗，她看到门房的长眉老汉，手握扫把，正在驱赶一只狗，嘴里嚷嚷着，要它滚远些，死到外头去，否则就挑断它的筋，抓一把盐腌着吃。狗吓得嗷嗷叫，绕着门口台阶上的脸盆跑，却始终不跑远。李美芝想起来了，这场景她见过，她从门口进来时，就看到那老汉在打一只狗，当时老汉手里拿的不是扫把，是一根大拇指般粗的木棍，也有可能是铁棍。老汉喘着粗气，狗惨叫着。

不知打了多少下，许是老汉手麻了，丢掉扫把，坐在台阶上揉搓自己的手。狗抖动四肢，晃到旁边树下，拉了一泡屎，又摇摇晃晃到老汉跟前，蹭蹭老汉的小腿，垂着脑袋，发出委屈样的叫声。

李美芝听到老汉喊了一声：

"你咋这么贱呢？"

6

埋掉张春旺，李美芝又变得情绪无常。村人说，"一枝花"疯了，是命运将她折磨疯的。有孩子问大人，命运是谁呀，在哪儿呢，它为啥要折磨"一枝花"呀？大人哭笑不得，拍拍孩子的脑袋，说命运是住在这里头的一只兽，谁要敢对它不敬，不听它话，反抗它，惹恼它，它就吃掉谁的魂儿，喝干谁的血，打散谁的骨头。

李美芝的骨头的确散了，整日瘫在炕上，不吃不喝，身体里的血也干了，整个人如同一具浸于死水中的尸体，肿胀而苍白，面色看上去如浸了一层盐。老村长的老伴喜婆，扭着小脚迈进李美芝家。不到一碗茶的工夫，喜婆又着急忙慌地跑出来，叫叫嚷嚷着告诉碰到的人们，李美芝的脸色，看上去比城里人手中的馒头还白，里头搅着卫生纸呢；李美芝的嘴唇像干涸的玉米地，裂着口子，却不见血丝。喜婆那双鸡眼般大小却很有神的眼睛里，迸射出惊恐的火焰，她抬起手，将右手食指缓缓递到众人面前，怪声怪气地说，就是这根指头试探了李美芝的气儿。众人嗖地缩回脖子，瞪大眼睛盯着她。喜婆突然发出乌鸦叫声般的惊笑，双手拍自己的大腿，兴奋地喊：

"还有气儿呢。"

众人使劲伸一伸脖子，像吞下一口唾沫，又咳出一口难闻的粗气，接着便都跑开了。于是"李美芝快要死了，就剩最后一口气。""李美芝还没死呢，不过就快死了。""李美芝死过去了，但可能还会醒来。"这样的消息，雨点般打在益庄的角角落落。人们来不及放下手中的活计，扛着锄头，提着粪筐，担着馊水，搀着老人，抱着正在吃奶的孩子，三五一群，窃窃私语，掩口胡卢，像是知晓了某个惊天动地的秘密，却又不甘保守，并要去验证真伪，于是哗哗啦啦向李美芝家走去。

有人急切地想知道些什么，爬上炕，将自己的脸凑到李美芝面前，眼巴巴地看着她，等着，盼着。半晌，除了惹来一脸的尴尬和羞愧，什么也没得到，在大伙的笑声中狼狈退下。有人抬屁股坐到炕边，有人盘腿坐到地上，什么也不说，只是看着，目光齐刷刷地落到李美芝身上。那时候，有一束光从窗角射进来，打在竹席上，闪烁着如水般恍恍惚惚的光芒。人们围着光柱，像正在进行着一场盛大的仪式。

桂荣奶奶从胳膊上挎的布袋里掏出两个蒸馍，放到炕边，对李美芝说："里头夹了一层油泼辣子，香得很，是我下地时的午饭，快吃吧，别糟践身子，不管有啥事，都好好活着，只要活着，比啥都强，啥事都不怕。"

身后传来唱戏一样的说话声，有人故意拉着嗓门，阴阳怪气地说："桂荣奶奶可真大方呀，干脆好人做到家，把李美芝认养得了，给秦有福当媳妇呗。"

"你他娘的少说风凉话！"盘腿坐在地上的秦有福喊，脸上挂着奇怪的笑，"让给你男人当媳妇。"

李美芝的眼皮颤了一下，在众人的笑语中缓缓睁眼，她望着桂荣奶奶，眼里流出两行浑浊的泪。李美芝垂下脸面，无声地哭泣，声音细若游丝，若有若无。桂荣奶奶长叹一声，伸手拍了拍李美芝的胳膊。不多会儿，李美芝抬起脸，嘴角微微上扬，朝桂荣奶奶一笑，又将目光扫向众人，笑容跟着落了一屋。

李美芝脸上的神情有些僵硬，脸色寡白，如石灰上降了一层霜。李美芝突然坐起身，眼睛睁得很大，直着脖子，盯着周围的人，目光中流露出几丝困惑的气息，仿佛从未见过眼前的人。四下静得出奇，众人沉默不语，一脸困惑望着李美芝。李美芝的嘴唇突然开始颤抖，脸上的肌肉跟着颤抖，胳膊和腿都颤抖起来。在众人的惊恐中，李美芝放声大笑。

多年以后，当我遇到更多的人，经历了更多的事，明白了这生活就是困难叠着困难，这日子就是不如意套着不如意，我便时常会想起李美芝，想起梦境中关于李美芝的一切。李美芝突然而发的叫人恐惧的那声大笑，便清晰地回荡在我耳旁，仿佛我亲耳听到似的，我这才终于可以准确地回答自己心中多年来的疑惑——人们无法掌控命运，就像无法看清众人心中的鬼。

笑声住了，李美芝抓起炕边的蒸馍，往嘴里塞，吃完两个蒸馍，又将手里和炕上的馍渣捡起，送进嘴里。有人递来一杯水，杯中满是茶垢，看上去污秽不堪，李美芝拧开杯盖，递到嘴边，一饮而尽，连同杯里的茶叶吞了下去。

"散了吧，"李美芝说，面带微笑，挪下炕，"都走吧，我也要走了。"

大伙看着李美芝，嗡嗡闹闹的声响充满屋子。

"去哪儿呀？"

李美芝笑了笑，没有回答。

李美芝再一次出现在人们的视野中时，她的头发已经剪短，身着一袭黑衣，干练、干净，又带有几分怆然。后来，人们知道，李美芝去了益城，去了艳粉巷。演说家吕万才第一时间告诉大伙，他去光顾丽姐时，见到了李美芝，她干起了皮肉买卖。人们惊奇地问，丽姐是谁？吕万才支支吾吾了一阵，转身就跑，又回过头喊了一声：

"李美芝可真水呀！"

我第一次是什么时候见到李美芝的，早已记不起了，在我的印象里，她始终是那个散发着蓬勃肉感的壮实形象。那时人们常常议论，纯朴清瘦的漂亮姑娘，怎么半年不见，就完全变成另一副模样了。听说李美芝得了什么病，相貌才变了样，身材走了形的。她的性格随着相貌和身材的变化，也发生了改变，整个人变得沉默寡言，将自己装在黑色衣服里，像黑夜一样沉默。最后，人们得出结论——一切都是命运的捉弄，是命运的兽，吃掉了李美芝的魂儿。

李美芝一年四季身着黑色衣服，往返于益庄和益城，遇到庄里人嬉笑着向她打招呼，她总是不搭一句话。男人们面带贪婪、诡异的笑，时常聚在一起，说一些轻佻的话，吹嘘自己已经体验过李美芝的桃花地，那里紧致水嫩，简直是要命的天堂。在他们杂乱急促的大笑声中，李美芝平静淡然地走了过去。突然看到李美芝，他们真像做了什么亏心事，瞬间脸红脖子粗，一副不知所措的样子。在他们的惊讶与慌乱中，李美芝已经走远。后来，大伙远远看到李美芝，就像老鼠看到猫似的，仓皇逃窜了。时间一长，一些放得开的男人，当着李美芝的面，问她多钱卖一次皮肉，他要照顾李美芝的生意。众人期待的目光落在李美芝的脸上，李美芝依旧平静淡然地走了过去，留给众人一个黑色虚幻的背影。

傍晚，人们聚集在广场上闲聊，月色洒在额头和肩膀，一副无忧无虑的样子。吕万才从怀中掏出一根烟，点燃，长吸一口，低声说：

"真是水哇。叫人死去活来。"

"的确水哇。"旁边的秦有福笑嘻嘻地说，"做梦一样。"

"这是真话。"猪鼻子李巨兴附和，"醉生梦死哇。"

大伙的脸上都露出惊讶的神情，又像瞬间领会到了什么，不约而同地"噢——"了一声，随即哗哗笑了。

那时候人们茶余饭后的话题总是绕不开李美芝。男人们做贼似的聚在一起，说着仿佛见不得光的话，连笑声也像是从被窝里发出的。女人们忙着手里的针线活，咬牙切齿地议论李美芝，稍不留神被针扎了一下，哎哟叫着，将鞋底扔到地上，说都是那狐狸精害的。

人们有时一连十天半月都见不到李美芝，男人们相互打趣，说自己身体里的火都快要喷涌了，烧得心慌，浑身难受，再不用李美芝的水潭来灭火，自己就要被烧死了。说实在顶不住了，就把自己的婆娘按到地上，尽情地泄了场火，一阵震颤后，又是无尽的空虚，照自己的脸给了一巴掌，后悔怎么会把自己那眼不见心不烦的婆娘给弄了。女人们坐在一起，互夸最近怎么气色好了很多，脸色也红润了，然后心领神会似的，嘿嘿笑起来，少女般娇羞的样子，叫人觉得可笑。又说，得感谢那骚狐狸，要不是她进城做生意，她们那块杂草地，下半辈子也不会有牛来耕。

我和小树蹲在人群中，看着墙根手舞足蹈的吕万才，脑袋里晕乎乎的，人们的大笑声在我耳旁飘荡。有人问吕万才，怎么会知道这么多、这么详细？难道是李美芝亲口告诉的？

吕万才的脸上洋溢着自傲得意的笑，仰头望着天上流淌的白云，缓缓说了一句：

"秘密。"

7

我的记忆穿过广场和戏台，落在那张沉默的脸上。那张脸上映出我父亲的模样。我父亲夹着一本书，踩着初升的日光，大摇大摆地走进院子。碾盘上的我母亲，目光缥缈，烟尘似的扬起，轻飘飘地落在她的丈夫身上。每当我看到我父亲和我母亲处在同一空间，我都会感到心酸和不安，仿佛下一刻便会有大事发生。我想逃离益庄，去远方的世界，永远不回来。

我父亲仿佛没有看到他的妻子乔颂玲，径直进屋，嘴里哼哼的调调如一团干燥的树叶，聚在我的耳边，两只手轻轻揉搓，发出令人心惊肉跳的响声。我游荡在梦境中，看到一只大手伸向我，轻抚我的额头。我父亲咧嘴笑着，低声说：

"别怕，多睡会儿。"

话音刚落，我听到院外传来急促的"咚咚"声响，像被放大的剧烈心跳声，在沉寂的空气中愈加清亮。这样的声响如夏夜的雷雨般频繁，每日反反复复，来了又去，去了又来，叫人不安。我知道，那是我母亲又挥着刀，在给鸡剁草。

后来，我才切实感受到，我母亲将所有的怨恨——对自己、对生活、对一切，都算到了李美芝头上，女人间的较量如一场灾难，火山喷发般令人恐惧。

我记得那是一个阴沉的下午，我母亲给鸡剁完草，烧了一锅热水，进进出出用铁桶提了三趟，然后反锁了屋门。隔着窗户，我听到了水花四溅的声音。我将手里的碗拿进厨房，自己舀水，小心翼翼洗干净，放进柜子，闷闷地来到我祖母屋，躺在我祖母身边。

"我又做了一个梦。"我祖母低声说，脸都要贴到我头上了，怕被屋里其他人听到似的，"祖母就要去喽。"她指着自己的脑袋说，"有一只半拃长的蝎子，在祖母头上蜇了一下，祖母的脑袋已经裂开喽。"她搓着自己的脸说，"祖母的血管整日泡在阴暗潮湿里，胀得像一条条鸡肠子，马上就该爆裂喽。"她又指着自己的脖颈和太阳穴，要我睁眼看看，"你看到祖母这儿卷着的圆鼓鼓的蚯蚓了么？"

我睁开眼睛，厌恶地望着我祖母。我祖母的话并未使我感到惊奇和恐惧，我的心思全未在祖母奇奇怪怪的话语里。

"祖母看到一只老狗，"我祖母的声音更低了，狠狠咬着每一个字，"老狗追祖母，祖母跑，老狗扑上来，一口咬住了祖母的腿……"

"你看不见的，"我不耐烦地说，转过脑袋，闭上眼，"你怎么可能看见老狗呢。"

我突然听到隔壁屋的门开了，赶忙从炕上跳起，透过窗户，我看到我母亲身穿大红衣裳——那身她结婚时的嫁衣，她认为是世间最漂亮的衣服，缓缓走出院子。

我跳下炕，小心翼翼跟在我母亲身后。我听到屋里传来我祖母的喊声：

"老狗又来啦——"

我偷偷跟着我母亲，来到李美芝家门前，压抑已久的怨恨操控着我母亲，狠劲踢向她丈夫赵顾早鬼鬼祟祟进出的那扇大门。在我母亲的叫叫嚷嚷中，李美芝走了出来，平静淡然地望着我母亲。李美芝的脸上露出淡淡的笑容，使我母亲突然颤抖起来，声音变得结结巴巴：

"我为啥找你，你应该知道。"

"我不知道。"李美芝淡然地说，"我怎么会知道呢。"

"你好意思不知道。"

李美芝眨巴着眼睛，淡淡一笑。

"我真想撕烂你的嘴！"我母亲喊，"你这张骚嘴！"

我的目光随我母亲的身体一起颤抖。那时候，我不知道我的父亲正安然自如地躺在李美芝的炕上，脸上盖着一本打开的书，对外面的吵闹声置若罔闻。当我再次将脑袋从水渠探出时,四下已站满看热闹的人,他们专注的神情使我意识到有事情发生了。

我不清楚到底是谁先动手的,我只看到我母亲被李美芝抓住头发,拽倒在地,李美芝的肥屁股狠狠地压在我母亲的肚子上,我母亲的表情极其痛苦,发出咝咝低哑的声音。我母亲的双手在李美芝的眼前胡乱抓了几下,就被她摁住了。李美芝突然大喊着告诉我母亲和周围的人,她早已不是当年的李美芝了,没有人能欺负到她头上。

忍受了长时间的屈辱,我母亲精心准备后的爆发,换来的依然是无尽的屈辱与悲哀。眼前的情景使我突然想起了玉米地,想起秦有福那张狡猾的脸,一股心酸瞬间喷涌而上,使我不由咳嗽起来。

几个孩子绕着人群乱跑,叫喊着:

"大诗人赵顾早在里头呢,在炕上睡觉呢。"

"大诗人赵顾早睡得天昏地暗,死猪一样。"

"大诗人赵顾早脱了个精光,大黑屁股露在外头呢。"

看热闹的人们轰然一笑,人群中响起嘈杂的议论声。

"瞎说!小兔崽子们!"我父亲叫叫嚷嚷,从那扇门中跑出来,"我哪睡着了?哪只眼看到我睡着了?谁脱衣服了?谁他娘的露屁股了?"

许是一下子看到眼前围了那么多人,我父亲怔住了,随即又故作镇定将目光移到眼前的"战事"上,当我父亲的目光和我母亲的目光交汇时,我母亲的眼角流出两行浑浊的泪,眼神中流露出一种悲伤、无奈、委屈、哀求混杂的情绪。我父亲躲闪开目光,在围观的人身上扫视一圈,撇着嘴,朝李美芝挥了挥手。

"起来吧,"我父亲说,"去地里,寻诗意。"

李美芝站起身,提了提裤子,顺手抹掉额头上的汗,脸上挂着淡淡的笑,挽起我父亲的胳膊离开了。

我母亲瘫在原地,嘴唇颤抖,发出细弱的呜咽声,眼泪穿过她侧脸凌乱的头发,顺着脖颈掉到地上。围观的人群突然沉默了,连呼吸声也消失了,只是立着,看着。我母亲望着天空欲坠的灰云,先是大哭了几声,又大笑了几声,接着连哭带笑了几声,最后不哭不笑木木然地瘫在那里。

瓜燕儿从人群中蹿出，哭哭啼啼地跑到我母亲跟前，不停地摇晃我母亲的手。我赶忙爬出水渠，叫喊着跑过去，恳求母亲起来和我一起回家。小树不知从哪儿跑了出来，蹲在我身边，满脸悲伤望着我。

我母亲捂着肚子，我搀扶她回到家，斜躺在炕上。我母亲双眼呆木，盯着屋顶，又像什么也没有盯，长久地静默着。天色暗了下来，月光透过窗户，洒在我母亲呆滞麻木的脸上，如一团冰冷的雾笼罩湖面。

后来我常想，我父亲和李美芝究竟是怎样相遇的？他们在城里发生了什么？他们怎么会一起从城里回来，又莫名其妙地纠缠在一起？直到现在我也弄不明白，但我常会想起父亲的那句话，他曾多次这样形容李美芝——她的身上有一种叫人着迷的浪漫主义的风情。

自那件事后，我父亲变得更为贪得无厌，他将李美芝领回家，住在农具屋，将门反锁，不让任何人打扰，他们整日读诗饮酒，院子里回荡着灿灿烂烂的笑声。

日晒风吹，花开花落，我母亲依旧下地劳作，做饭吃饭，睡觉发愣——这日子当中，似乎有着一种难以言说的宿命的滋味吧。而我常常跑到野地里，躺在草坡上，看那些放羊娃和羊群愉快地玩耍，看瓜燕儿为撵一只兔子翻过一座山，看野草在微风中鼓掌欢呼，看蜜蜂在花丛间飞舞嬉闹，看屎壳郎在脚边不停歇地滚粪球。阳光涂抹在我的脸上，和着身旁野草的清新气息，使我一次次清醒地意识到，我依旧是个孩子，我应该去享受少年时光的快乐和无忧，对身边的一切都保持无限的激情和强烈的好奇。是啊，多美好啊！但无论怎样，我仍然被什么东西包裹着，我无法摆脱头顶那团灰云，记忆之火在我的心间燃烧，要烧掉有关美好的一切。我不愿再回到家，不愿面对我那忍气吞声的母亲，更不愿看到我那混蛋父亲。我难以说清自己的情绪和心思，只是想大哭一场，可我又不敢，怕吓着那些花草虫鸟，扰了这方梦中乐园。

天黑了，放羊娃们赶着羊群回家了，不知何时瓜燕儿也走了，寂寥沟野，阒然无声，独留我一人，如这世间的孤魂，在黑夜里游荡，夜风掠过我的脖颈，冰凉刺骨。忽然，一声呼唤将我从幻象中拽回，我听到母亲在喊我的名字，喊声悠远，响彻山谷，一些我看不见的飞虫，震颤着翅膀，撞在我的脸上，要将我叫醒。我起身朝呼唤的方向跑去，夜风呼啸，卷着我母亲的喊声，刮过我的脸面，泻入山底。母亲看到夜色中显出我的身影，脸上露出淡淡的笑。我跑过去，一脸委屈地望着她。母亲抱住我，抚摸我的脑袋，我突然而起的号啕大哭声，在当初幽暗芜秽的沟野里无比凄凉。

不由分说，益庄的男女老少，都记得当年的那场大火。那是黎明破晓之际。熬过漫漫长夜，崖畔与天相接的地平线上，终于泛起微光，半山腰间的碎瓷，又重新灵动起来，闪烁着梦幻般的光泽。石中发日复一日地早起去拉屎，然后装好蒸馍和茶水，发动三轮车，去狼沟矿拉煤。当他穿着一条深蓝色裤衩，搓着眼屎，走出屋子，透过墙缝看到另一边的屋里窜动着妖艳的火苗时，以为自己仍陷于被鬼狐缠身的梦魇中，急忙朝屋里炕上正在穿衣服的李兰英惊喊：

"鬼狐又来啦！鬼狐……"

石中发停止了惊喊，吞吞吐吐自语似的："好像又不是鬼狐，是火……这么早就开始做饭啦？不对……"

院外跌跌撞撞跑进一个人影，叫叫嚷嚷地告诉正在睡觉的人，着火了，大火烧起来了。在石中发左手边，低矮的农具屋里扑出凶猛的火焰，呼啸声如一支急促的萨克斯曲。

我祖母突然推开门，跟跟跄跄走出屋，高举胳膊，仰头朝天，拉着哭腔哇哇叫喊，没走几步就栽倒了。我赶忙从黑暗的角落里跑出去，要将我祖母拉起。当母亲听到我的喊声，从屋里慢悠悠地走出来时，她看到昏暗的天空流出了鲜红的血，东南方的整个益庄都亮堂了，火红的光芒宛如黄昏时晚霞燃烧的情景。贪婪的火焰在黎明前的凉风中极速窜动，混杂着突然而起的撕心裂肺的叫喊声，使沉睡中的益庄乍然惊醒。村民裹着秋日的凉气，沿着被火光照亮的小路颠跑，拢集在一起，七嘴八舌地议论，究竟发生了什么事？火是如何烧起的？当惨厉的叫喊声遮住火焰急蹿的呼啸声时，人们脸上呈现出惊恐的神情，这才意识到，大诗人赵顾早还在大火里。人们却并未听到寡妇李美芝的声音。

石中发身上缠满浸过水的床单，举起锤子，小心翼翼地向农具屋靠近。李兰英拽住她的丈夫，声音急促而颤抖地告诉他，火太大了，不要命了么！石中发甩开李兰英，朝她大喊：

"再不救就真没命了！"

石中发又重新举起锤子，慢慢向大火靠近。当他砸开门上的铁环，大火如猛兽般冲出时，我祖母甩开我，哭喊着要往火里冲，却被我母亲拦腰抱住了。石中发大喊赵顾早的名字，无人应答。他吆喝大伙，取来桶和盆，从井里绞上水，泼向大火。

人群后突然传来一声惊叫，人们纷纷回头。我看到李美芝冲过人群，惊恐地叫喊着来到大火前。人们诧异地瞪大双眼，像在询问李美芝，怎么从外头跑回来了？不是应该在火里么？或许只有我知道并且看到，李美芝那晚跑了几十趟茅房，臭气熏天，茅坑都拉满了，她不得不急急忙忙跑向塬畔的野地里。

李美芝瘫在大火前，撕心裂肺地叫喊："赵老师，快出来呀。"她的喊声刚冲出去就被大火烧掉了。农具屋里突然传出微弱而痛苦的号叫声，石中发慌忙吆喝几个年轻人加快动作，不多会儿，地上流淌的水里漂浮着黑褐色飞蛾一样密密麻麻的灰烬，火势渐渐弱下来了。

人们这才又听到赵顾早凄厉的号叫声，惊天动地的叫声使围观的一些老人紧闭双目，转过头，表情狰狞像受到惊吓。屋内突然传出瓶子摔碎的响亮声音，火焰一瞬间扑向天空，漫天的火光犹如无数双手，将黑夜的大网扯碎，释放出一只凶猛的野兽，令人恐惧的怒吼声在蒸腾的热浪中炸开，包围了整个益庄。

大伙的表情一惊一乍，尖叫着后退几步，诧异弱下去的火怎么会突然变得更猛烈了。有人喊，是油，里头有汽油。接着就有声音出来纠正，狗屁汽油，是酒，白酒哇，前几天大伙都看到，赵顾早运了大量的酒，还是光脖西凤呢。

人们陷入"接下去是否会发生爆炸"的争论中。我母亲松开我祖母的胳膊，脚步拖沓朝前走去，我想喊住她，却不知怎么张不开嘴。我有种不祥预感，惊叫了一声，我母亲没有回头，毫不犹豫地冲向大火。我闭紧双眼，心都快要跳到嗓子眼了。围观的人群瞬间嘈杂起来，一声惊呼使我赶忙睁开眼睛，看到我母亲倒在地上。是石中发一把抓住我母亲，将她制住了。我母亲呜呜大哭，无力地望着那片大火与她丈夫凄厉的号叫声纠缠在一起，火光洒在她身上，像罩着一层金光粼粼的纱。

我突然又看到了他——其实是感知到了他的出现。这是我再一次感知到他。我听到他的声音——但我不确定那是否就是他的声音——一种类似于收音机里的歌唱声，尖细刺耳，嘈杂且不真切，却有一种魔力，令我着迷。起先，我以为是自己耳鸣，后而又怀疑是自己幻听，将火焰燃烧的声响想象成歌唱声。我走前几步，递上耳朵仔细听，的确是歌唱声。我看到一个巨型弹簧青蛙出现在大火中，没有颜色，是火焰的颜色，大火变成了它。它轻松一蹦，飞到空中几十米高，向我压来。我吓得惊叫，后趔趄连翻几个滚。等我再抬头看时，它又消失了，眼见依旧是熊熊大火。我的余光看到众人眼中的惊讶和厌恶，我听到有人说："灾难都是那坏种引起的，他居然还有心思玩，真是坏透了。"我只是这样猜想过——他的出现是否和我的第三只眼睛有关。他的这次出现给我带来了一种灼热的体验，很快我就发烧了。之后，我躺了三天，天旋地转，身颤耳鸣，呕吐不止。这样的一次体验，使我怀疑他是否真的存在，也许只是我身体不适的一次偶然事件而已。但益庄人对我的厌恶的确愈发深重了。

谁也没想到，没有任何征兆，雨点在那时候落下来了，急促而迅猛。大雨与大火，还有我父亲凄厉的号叫声凌乱地纠缠在一起，围观的人群瞬间退去，躲到屋檐下、樱桃树下，还有不知道的其他地方。雨越来雨大，噼里啪啦，像在敲锣打鼓，很快吞没了大火，同时也吞没了惊天动地的号叫声。

只有我母亲，瘫在黑水里，隔着雨幕，望着眼前那片焦黑的残垣，没有烧尽的木橡和耙犁，乌黑的镢头和堆积的碎酒瓶，微微浮动的纸烬和布灰。我母亲突然像中了邪，身体如弹簧跃起，冲进废墟里，扑在一根木头上。人们这才惊讶地发现，那根焦黑的木头一样的东西，是被大火烧黑的赵顾早。

雨声如当初乍然响起时一样，在人们围向赵顾早时戛然而止了。

雨住了。当清晨稀薄的阳光从门前的老槐树间露出脸，石中发夫妇和我母亲，将尚有一丝气息的赵顾抬上三轮车，送往益王县人民医院抢救。围观的人们在微风中打着哈欠，一副意犹未尽的样子，沿着小路稀稀落落地散去了。

　　没有人注意到，李美芝长久地坐在断墙下一言不发，一只手杵地，另一只手反复搓着那堆纸烬，不远处被雨打折的黄花歪着脑袋，几只黑色甲虫正兴致勃勃地刨着木屑。再远处几只麻雀在土墙上叽叽喳喳议论着什么，脚边的蒿草在晨风中轻柔舞动。李美芝一直那样坐着，她平静的样子在那片废墟中显得很不协调。蹲在祖母屋前的我，无法猜透那时李美芝究竟在想什么，那堆纸烬被她那样盯着，仿佛总有一刻会突然恢复本来的面目。她多次试着将那些被雨打湿的纸烬扬向空中，却如被人卸掉翅膀的知了那样，在空中震颤几下，旋即就掉下来了。这个平日里丰腴的如黑玫瑰一样散发迷人气息的女人——被益庄所有男人和女人的言语所轻薄与重伤的寡妇，我父亲口中相见恨晚的知己，一下子变得虚弱瘦小了。她趴在纸烬中一动不动，她的身影如梦中幻影愈来愈模糊，最终变成一只黑色的甲虫。

　　第二天早上，李美芝卧床不起。寻热闹的人们跑去李美芝家里，看到她的身体没来由地溃烂了，脓血使身上的被褥招来许多蝇虫，屋子里弥漫着叫人恶心的气味，人们捂着嘴慌乱跑开了。李美芝依旧平静地躺在炕上，当她看到几个孩子嘴巴和鼻子上蒙着塑料袋，一脸好奇出现在她跟前时，她的脸上露出淡淡的笑容，宛如秋风掠过湖面，漾起粼粼波光，她在孩子们的嘻嘻哈哈与蹦蹦跳跳中，追忆自己的一生。三天后的清晨，当人们再次来到李美芝家中，发现炕上空无一人，里外找了个遍，就连茅坑粪池都找了，也没有见到李美芝。于是，人们猜测，李美芝走了，连夜离开益庄，但突然想起那满身溃烂的模样和叫人恶心的气味时，又否定了自己的猜测。

　　李美芝去了哪里，无人说得清。只能说，李美芝消失了。随着时间的推移，李美芝的消息逐渐从益庄人的生活中销声匿迹，我再也没有听到过关于她的一丝风吹草动，发生在她身上的故事有时还会出现在人们的茶余饭后，但渐渐地愈来愈少，没有人再提起她，好像益庄从来没有一个名叫李美芝的女人。也许她压根就未曾出现过,仅是我的一场梦。只是每当听到那首《枉凝眉》,我便心头一颤,又梦起了她。

8

关于那场大火的起因,人们争论不休,却始终没有人说得清。当人们问起我母亲时,我母亲若有所思,坚定地告诉大伙,是那些诗集自燃了,那些带火的文字燃起熊熊烈火,越烧越旺,不仅烧死了她的丈夫,还烧掉了她的魂灵。

我父亲的死讯,是伴随着一场暴雨来到益庄的。之后便是没完没了的雨水,许多人家的庄稼都被毁掉了。阴雨连绵的天气过于漫长,益庄到处都弥漫着潮湿发霉的味道,混杂着浓浓的土腥味和残羹剩饭沤发后的酸臭味。人们的脸上布满一层深绿色的苔藓,雨歇时,人们兴高采烈地跑出门,拎着伞在广场上狂奔,脸上的苔藓也变得分外可爱,在凉风中自由舞动。

"又他娘的踩到狗屎了。"

那样的天气,看到什么都像狗屎。

突然雨又来了,人们撑开伞,面容倦怠往回走,脸上的苔藓又变成牛毛毡一样地厚实、顽固。

"什么他娘的大诗人,分明就是水鬼,死了也不让大伙安宁。"

人们的抱怨与咒骂,未在空中停留,旋即被水流带去远方。

当初,在漆黑的屋顶上飘荡的那个无法说明的秘密,如游魂似的缠绕了我多年,我在悲伤的夜色中始终等不到黎明的到来。我父亲弥留之际并未向他的妻子乔颂玲交代那个秘密的真相,他急切地想将它带入坟墓,然而他的妻子不仅早就谙熟于心,而且在冗长与屈辱的岁月里,卧薪尝胆似的守护着它。我母亲终于等到了这一天——其实我难以说清,母亲是否有自己的目的,是否就是为了等到这一天,来行使自己的权利,去拿回一些什么,证明一些什么,好让她的丈夫赵顾早并不会像他自己想要的那样,心安理得地进入坟墓,而是使他的灵魂在阴间饱尝尘世记忆的煎熬之苦后,变得支离破碎,最终灰飞烟灭。但无论是与否,从某种意义上坦白说,母亲早已达到了我内心深处想象中的我的目的。

缠满纱布的父亲躺在病床上,鼻子和嘴巴里的细管使他看上去如同机器,一台年岁久远早已报废的机器。我不知道父亲的眼睛还能否看得见屋顶昏黄的灯光,耳朵还能否听得见窗外噼里啪啦的雨声,他并没有像病房里其他病人那样哀号呻唤,只是平静地躺着,眼睛睁着。

我母亲坐在床边的塑料椅上,平静地望着眼前这个叫她尝尽屈辱的丈夫,不说一句话。坐在她脚边小凳子上的我,并未因即将失去父亲而感到痛苦,而是像带有某种任务似的,想象着无限种可能。是的,当时的我在等待,等待无限种不确定的到来。

我父亲是在那天傍晚离开人世的。临终前,他那双空洞的眼睛突然动了,缓缓转向他的妻子,嘴里发出一种喑哑的声音。

我等到了。我尽力去抑制自己内心的激动,竖起耳朵,静静看着,细细听着。

我母亲平静的脸上并未漾起微澜,她缓缓俯下身,告诉她的丈夫,什么都不用说,用不着再提,她早就知道了。

我父亲的眼皮微微眨动,嘴里喑哑的声音变得有些急促了。

"你是想说杜菲。"

隔着绷带,我也能想象出,我父亲听到他的妻子说出这句话时惊讶的神情,他的瞳孔瞬间被放大,难以置信的情绪如绷带似的缠绕他的全身。

我母亲平静的脸上交织了几种复杂、凌乱的情绪,如同她的二儿子在纸上乱画的人物图像。她的声音很轻,显得遥远且不真实。我听到她对自己的丈夫说,她早就知道那年夏天见到的那个漂亮的年轻女人叫杜菲。我母亲说,那是一个雨天的拂晓,她穿上衣服,为熟睡中的我盖好被子,撑着一把黑伞出了门,不知哪里来的勇气和力量,独自一人穿过阴森凄凉的老鸹洼,踩着黎明第一缕光,来到狼沟矿。现在，在我的想象中，那时我母亲的装扮和姿态，很像电视剧里的职业女间谍的形象。

当那排低矮的瓦房呈现在视线中时，她的心中顿时涌上一股难以言说的滋味，如同闷热的午后突降一场大雨，却夹杂着黄豆大小的冰雹，叫人凉爽的同时又担心庄稼受灾。不知怎么，越靠近瓦房，心里越不安。走到跟前发现每间瓦房都有后窗，于是她绕到屋后，踮起脚，小心翼翼朝里望。当来到第四间瓦房后窗，她感到心脏七上八下的，嘴唇开始颤抖起来。透过窗帘缝隙，她看到男人干瘪的胸腔正在有规律地上下浮动，嘴里发出沉重的呼吸声，臂弯里躺着一个白净瘦削的女子，女子的一只手搭在男人的胳膊上，而男人的一只手搭在女子的乳房上……

矿上停工检修，没有了机器轰隆隆的响声，一切都在沉睡中。屋后被煤灰浸染的细杨树在晨风中簌簌战栗，远处后山上隐隐传来老鸹凄凉、惊悚的叫声。那一刻，她突然感到肚子疼，急忙冲到杨树下，脱下裤子开始拉屎，酣畅淋漓的感觉使她轻松地长吁一声，但脑子里又突然被刚才屋内床上的画面所填满，不知是泪水还是汗水，或是泪水与汗水的混合物，正顺着她的脸颊流淌。

她在窗下蹲了两个多小时，屋内突然传出女子柔软的呻吟声，接着是尖细又紧促的叫声。她能想象出，他是那样地用力，以至于床都发出吱吱叫声。她曾经是多么熟悉他的身体与力道，但那都是遥远的过去了。

一阵绵长的吞吐过后，屋里静了。她听到门吱吱地响了，于是站起身，偷偷向里望。她看到男人坐在床边，双腿垂在地上，双手搓自己的脑袋，汗涔涔的脊背上，跳动着亮晶晶的光。那时，她无法相信那个人就是自己的男人，或者说，即便她早已预感到了一切，却仍旧无法相信这一事实。

女子哼着歌，一脸欢喜地从厕所走了出来，当她突然看到眼前的妇女时，惊讶只在她的脸上短暂停留随即便消失，她缓慢地说：

"我说大姐啊，你们来得也太早了吧，没吃早饭吧？"女子一脸无奈地说，"我爸都警告过你们好几次了，念在你们是附近的村民，放了你们。他要再看到你们,肯定会报警的,快点走吧。"犹豫了一下又说,"你家里要实在缺煤,就赶紧装一袋离开吧,我就当没看到。"

女子说话时的淡然与优雅,白净的脸蛋和纯真的眼睛,甚至是她那件淡黄色的风衣,都使我母亲感到自卑和绝望,甚至没来由地愧疚,好像自己犯了错,做了什么对不起别人的事情。我母亲顿感自己眼前的天空突然漆黑了,心中的那盏灯也熄灭了。

"谢谢你啊,我这就走。"我母亲说,突然调整好情绪,语气中充满了感激,"你叫啥名字?在这儿是什么职务呢?"

我母亲突然为自己问了那么一句而感到后悔和不安,她觉得自己什么也不该说,转身离开就对了。

"我叫杜菲,我爸是矿长,"女子笑着说,转过身,"我是矿上的会计。"

我母亲的脸上挤出一些笑容,朝女子点了点头,然后转过身回家了。

"你肯定想知道,"我母亲缓缓说,脸几乎贴到她丈夫的耳朵上,"隔着栅栏,我给她说了些什么?"

我父亲最后一次睁大眼睛,脸上露出一种惊恐而绝望的神情,他就那样盯着病房的天花板,在他妻子的叙述中,闭上了眼。那时的父亲,许是已经撒手人寰了吧,我刚要趴到耳边喊他,却被我母亲摁回小凳子。我母亲摸了摸我父亲脑袋上的绷带,继续说着。她告诉自己的丈夫,其实那天她并没有给漂亮女人说什么,只是笑着问她,来了呀,吃了没?路不好走,很累吧?然后说,他在家,你进来吧。漂亮女人怔住了,难为情地笑了笑,突然就流泪了,垂下脑袋,抠衣襟上的泥点,随后又抬起脑袋,抹掉眼泪,抿着嘴巴,似有羞愧地对她说,对不起,大姐。她微笑着邀漂亮女人进屋,进去说。漂亮女人说不进去了,能不能让大哥出来,想给他说几句话,说完就走。她微笑着点点头,转身朝我们走去。

望着那时的父亲,我的眼前浮现出他第一次见到我时,脸上溢满惊讶和嫌弃的情景;浮现出在益王县集市置办年货时,因我走得慢,他拉着我母亲快步走,不顾我大哭呼喊时的情景;浮现出因我无意间划破弟弟的手指,他愤怒地摔掉我手中的饭碗,一脚将我踹倒时的情景;浮现出因弟弟的死,他手举菜刀嚷嚷着要杀了我这个害人精时的情景;浮现出他第一次和蔼地对我说话,拉着我的手回家时的情景;浮现出小伙伴们骂他是傻子,使我心酸落泪的情景;浮现出他全身焦黑躺在废墟里的情景……而现在,该为人父的我,又回忆起有关我父亲的往事,竟已泪流满面了。

"她什么时候有了身孕,为什么会喝药自杀,你应该最清楚吧?"

我母亲平静地望着她的丈夫,语气淡然像在陈述事实而非质问。

而我父亲再也没有睁开眼睛。

楼道里突然传来一声尖厉的哭声,如一把锋利的手术刀划开黑夜的肚皮,露出血淋淋的肠肉。此起彼伏的孩子的哭声乍然响起,卷着刺鼻的药味,在昏暗压抑的楼道里久久飘荡,越飘越远,飘到几十年后的我的心间。我常在梦境中遇到一个白衣少女,她站在我家院子当中,细长的身体在地面上的水洼中形成清晰的倒影,倒影中白色的鞋子如两艘白色的小帆船。年轻漂亮的女子深沉而潮湿的目光落在我身上,她的脸上浓雾一样恍惚而冰凉的笑容使我一阵战栗。

第五章　纯真与躁动

1

　　我父亲死后,我祖母也活不长。我祖母的魂灵已随她的儿子去了,死亡的影子愈发清晰地显露在眼前,死神冰冷而真切的目光打在她身上,寒气弥漫,将她的肉身吞没了。我不得不去相信,时间不仅摧毁了我祖母的面容和生活,也使她的记忆变得满目疮痍,然而,无论怎样,她所有的记忆都已随时光水流般无可挽回地远去了,生命在安然自若地一步步走向它的归巢——那个叫死亡的地方。

　　这个守寡大半辈子的苦命老人——年轻时就失去光明的瞎婆子——人们眼中时而清醒时而疯癫的可怜虫,在那个日光清冷的午后离我而去了。我成年以后,每当被莫名涌现的孤独与悲伤之水包围时,便会想念她,想念她用那双骨节分明的干枯的手抚摸我时的独特感觉,想念她给我讲述那些诡异而生动的故事。每当祖母讲完故事进入冥思时,我就被她带到了一个神秘的境地,我和她一起,远离了人间,远离了日月,远离了信仰,远离了幻想,如两股可任意变换形态的气体,在时间的深渊中游走。我有时会想,其实根本就不是祖母在讲故事,她哪有那么多的故事?是故事本身在讲述,它无须打扮自己,无须装腔作势,无须任何修饰,只是讲述,无休止地讲述。

　　我父亲死去的那天,暴雨下了一整夜,我和母亲坐在石中发的三轮车上,艰难地向益庄前行。雨越下越大,我的脸上全是雨水,无法睁开眼睛，呼吸也变得急促。路过一个桥洞，石中发停下车，告诉我母亲，雨太大了，尸体被水泡过以后很快就会发胀发臭，不能再走了。我母亲掀开她丈夫身上盖的白布，像拧水中拎起的床单那样吃力地拧掉雨水，然后用它给丈夫擦拭全身。

石中发蜷在驾驶座上，我母亲和我缩在车厢里，大雨砸在铁皮上发出噼里啪啦的敲打声，车子和我一样战栗不止。闪电划破雨夜，惊雷在头顶炸开，不时有大风刮来，白布如一面旗帜呼呼扬起，我父亲的面容显露在光亮中。我失声尖叫，将头埋进母亲的怀里。现在，我无法说清自己那时究竟是害怕白布里的父亲，还是恐惧那惊天动地的炸雷声，但后来的几十年里，我再没有过像那晚那样强烈地渴望白昼的到来。

直到拂晓，雨骤然停了，我获得了拯救。我们回到家，发现我祖母斜靠在碾盘上奄奄一息，那时她已从上门寻热闹的村民那里得知了自己儿子的死讯。我可以想象来，我祖母像往常无数个雨夜那样，在雷电交加的夜色中高举双手，仰面朝天大喊：

"雷公电母劈得好哇，老天爷只惩罚坏人，老狗有罪啊！"

那时候我一直疑惑，眼瞎的祖母在平日里只会卧床呻唤，为何在雨夜就完全变了个人，眼不瞎了，病也去了。直到多年以后我才解答了自己当初的疑惑，发生在祖母身上的故事，使我无比震惊和心痛。我更加想念我的祖母了。

那年我祖母十六岁，他十八岁。他刚结束学生时代，回到益庄当农民，而我年轻的祖母从未上过学，只知放牛做饭，拉着架子车在沟洼里疯跑。当我祖母得知邻居老人上门是为给她说一门亲事时，竟脸红耳烧地跑开了，做了错事一样不安。俗话说"不孝有三，无后为大"，寻一个媳妇传宗接代，是乡下男子最大的事情，而她只是一个女子，怎么也有种任务加身的感觉？春秀这样想的时候，将脸羞怯地埋进玉米秆中。

在一个阳光温和的清晨，春秀刚给牛喂完草，就看到他像一只温顺的小羊，跟在他的祖父身后，进了土墙小院。春秀感到万分紧张，手心冒出许多汗，甚至听到自己心脏剧烈的跳动声。春秀跑到厨房门前，捏过一把小葱，头也不敢抬一下，余光不停地扫射那些进进出出张罗饭菜的人，葱皮沾满鞋面都未察觉。她看到父母嬉笑着打量他们未来的女婿娃，听到他们夸赞他的一些话。听到有人喊他的名字，春秀赶忙低下头，她知道他已经出了屋，就站在她的眼前。那时候从牛圈里传出哞哞叫声，春秀扔下葱，飞跑了过去。小伙子吓了一跳，同时他看到眼前这个蹦蹦跳跳的姑娘，浓眉大眼，圆圆的脸蛋，红扑扑的，很是好看，她那齐肩短发随着身体的起伏，在清晨的暖阳里飘飘扬扬。春秀看了一眼他，又赶忙扭过头。他和她捉迷藏似的交换了眼神，懵懵懂懂却又十分美好，彼此羞怯又充满好奇，内心深处便有了未来夫妻的位置。

之后不久，春秀和她娘翻山越岭去他家里看家境，不嫌他家穷，只图他人好，正直又善良。他家也不介意春秀未上过学，不能识文断字，说姑娘家的，只要认识纸钱面额，账算清白，洗衣做饭干活利索，也就够了。他们的婚事口头定下来了，等家里挣够彩礼钱，置办好娶媳妇的必需品，再成婚。再之后，他们相约去镇上的照相馆拍订婚照。那天是他们第一次单独在一起，没有说过多的话，只是眼神的余光不停地交流着，谁也不敢正视对方一眼，但心里却滋滋润润的。他们始终循规蹈矩，在身体上保持一定的距离，更不敢有肌肤的接触，拉手亲口简直是一种不敢想象的浪漫与奢侈，谁也不敢越过这条界线。

照完相，他们久久地漫步在野花烂漫的羊肠小道上，许是因刚下过雨的缘故，路两旁的树叶翠绿欲滴，路面踩起来很有弹性，脚边沾着水汽的野草时而擦过他们的裤管。他们爬上一座小山就看到了太阳，视野开阔，整个山洼尽收眼底。

"还是山里好呀，"春秀兴奋地说，指着远处，"有阳光，有庄稼，有饭吃，日子有奔头。"

而他却沉默不语，望着远方闪动的光芒。春秀并不知道，眼前这个不甘于贫穷生活的未来丈夫，内心已闪过无数个念头，一种难言的自卑与自珍在他心里肆无忌惮地生长，誓死要通过奋斗来改变人生的命运，要做城里人，要实现理想。可当他看着眼前单纯善良的姑娘时，竟有了一丝动摇，甚至愿意留在这深山里，与土地打一辈子交道。

之后三个多月里，春秀都没有见到他。春秀整日闷闷不乐地坐在山顶上，望着遥远的无边无际的山脉，泪蛋儿就夺眶而出。她心中有种不祥预感，蛛网般的思绪缠绕着她，她知道事情并非娘告诉她的那样，不只是在凑彩礼那么简单。不久后，她从人们的议论中得知他去省城了。

毕业后他在水泥厂上工，因喜爱读书，会说快板，能写诗，能吹口琴，会办黑板报，机缘巧合被推荐上了大学。乡巴佬进了大省城，从此改变了命运。而春秀却病倒了，活泼可爱的姑娘不见了，世间多了一个愁闷哀怨的人。娘深深地叹了一口气，将一张纸放到她跟前，说上边是地址，他们家说了，可以写信来往。春秀的脸上露出了久违的笑容，喜悦的泪水浸湿了枕头。

春秀的病不治而愈了。她跑去找县里念书的表哥，要表哥代她写信。春秀的脸上布满羞怯与悲伤的乌云，心事重重地走在喧闹的街道上。都怨自己没文化不会写字，春秀想，自己就是个睁眼瞎。表哥代写好信，答应下午去邮局把信寄出去。过了两天，春秀又跑去找表哥，说还要写一封。这样隔三岔五反反复复跑了十多回。春秀等啊，等啊，半个月，一个月，两个月，一封回信都没有等到。她跑去质问表哥，是否真的把信寄出去了，表哥说当天就寄了，只是省城大，人多信也多，送信人也得跑好长时间。春秀不知道表哥在欺哄她呢。

春秀又听村人议论，说从省城回来都得坐火车，火车就是远方的邮递员，能捎回远方的信，带回远方的人。春秀突然觉得，自己未来的丈夫会坐火车回来，没准就是这一两天。第二天黎明，春秀悄悄出门，跑二十多公里的路，到火车站等他，等待一个莫须有的念想。火车来了，带着惊喜与失落缓缓驶来，春秀站在月台上，黑溜溜的眼睛睁得很大，伸长脖子望着闪过的每一节车厢，寻找那远方归来的人。她看到列车的每一个窗口，每一个窗口里的每一张脸都洋溢着幸福的笑容，向月台张望着，随后，他们与亲人相拥，说说笑笑如潮水般退去。不多会儿，火车徐徐开动，所有的车厢掠过蓝色站牌，越走越远，消失在翠绿的柳树尽头。在人已走空的月台上，广播里传来婉转悠扬的歌声，这歌声似乎也能飘进远方人的耳朵里。雨后的积水中，跳跃着清晨动人的微光，看着倒影里的自己，泪水顺着脸颊缓缓流淌，溢满春秀的心海，他的面容渐渐浮上来，拨弄她心弦的小舟，却无法驶向远方。漂啊，漂啊，漫漫天日，无边无际。她想跳进火车去省城找他，可自己大字不识一个，寸步难行啊。

早晨去火车站等他，中午找表哥写信，后响去放牛，这是春秀每日的生活。春秀把牛吆进后山，一个人如孤魂野鬼游荡在荒芜的山坡上。荒山的风是悲凉的，吹不散春秀心头的愁云。吃饱了的牛伸个懒腰，发出一声低沉粗粝的哞叫声，震天撼地，如时间的刺刀穿透眼前人的身体，便死在这里，变成一块石头，日日夜夜遥望远方，等候远方的人。可三年过去了，依旧没有等到他的消息。

那一天的黑夜极其漫长，迟迟不见太阳露脸，许是由于悲伤躲起来了。春秀起身趴在窗前，望向漆黑的夜，她突然听到黑夜里传来爹清脆的吐痰声，于是慌忙呼喊。

并非黑夜漫长，日光早已开始一如既往地挥洒，只是春秀瞎了。这样的消息如晴天霹雳叫人无以承受，春秀的身体里遽然生出一块铁，正在急剧下坠。穷困的爹娘请来村里的赤脚医生，医生说春秀是急火攻心，眼睛是哭瞎的，没法医治。罢了，不治了，都是命，爹仰头对着屋顶说，不用眼睛了，以后不看东西就是了。

不久后，爹将春秀许配给益庄的拐子，换得八袋粮食。拐子大名叫赵实，小时候害病成了小儿麻痹，走路一扭一瘸，大家就叫他拐子。拐子家条件不错，他的爹娘向春秀的爹娘承诺，要带春秀去市里大医院治眼疾。拐子时常提着点心来家里，春秀却不愿跟他搭一句话。

爹将春秀拉到塬畔，让她对着野沟，吹吹风，宽宽心，她坐在土堆上，任凭凉风穿过她千疮百孔的心，黄土扬在她千沟万壑的伤口上。对面铁青着脸的群山仿佛在日光下沉思，天幕冷漠地垂在荒野里，四周腾着一层灰蒙蒙的雾气。她听到虫子在脚边荒草中嬉嬉闹闹，鸟儿在不远处的树枝上争论不休，牧羊人在归家的乡间小路上唱着动人的歌谣……一阵风刮过，尘土飞扬，干草茎折断发出细碎的咔嘣声。春秀突然觉得，自己已不具备作为人的权利了。

三年了，没有人再提起他，只有春秀还想念着他。夜晚一如既往地冷清寂寥，万念俱灰的春秀躺在这方依旧陌生的世界里。夜深得如一眼井，世界终日漆黑。春秀觉得自己是被囚禁在这黑夜中的罪人，命运之神会随时将她擒杀。床那头的拐子睡得正酣畅，呼噜声如恶魔的咆哮，使她全身的每一个细胞都陷入熊熊烈焰中。

在一个雨夜，拐子化身恶魔，露出狰狞的面目，扑上来压住春秀，一个巴掌使春秀失去了反抗的意识。之后，春秀的肚子一天天鼓起来，最终却离奇地生下一个死胎。拐子的爹不明青红皂白，扑着要打死春秀，拐子死死抱住他爹的腿，说怨不得春秀，牛还生下过死胎呢。

那天深夜，又下了一场大雨，风声呼啸，如泣如诉，雨滴疯狂地拍打窗户，在窗玻璃上画出各种鬼符。春秀的头疼得厉害，像是受了风寒。黑夜在无休止地咆哮、旋转、挤压，她觉得自己的身体被压成了一张薄纸，在房间里悲伤地飘浮。屋顶和墙壁板着漆黑的脸，一副冷漠的样子，好像世界的泣与诉与它们毫无干系。风看不下去了，毫不费力地撕下屋顶的一层皮，露出鲜肉与血骨，血水从骨缝间噼里啪啦砸下来，聚集成一摊，如一面镜子，映出屋顶破败的模样，也映出恍恍惚惚的春秀。

天快亮时，雨小了，拐子撑好梯子，夹着一张牛毛毡，上房去修补，稍不留神，脚下滑脱，跌进屋里，躺在那摊水中，奄奄一息。拐子张着嘴，吃力地对春秀说，这辈子对不起春秀，他隐瞒了一件事，其实当年春秀的眼睛可以复明，市医院的大夫检查完，说问题不大，给开了药方，按疗程服用即可痊愈，他爹却不让告诉春秀，怕春秀复明后嫌弃自己儿子的丑貌和跛腿，不跟他儿子过，儿子就得打光棍，赵家就得绝后，于是拿药方擦了屁股回家了，之后再没带春秀去医院，故意错过治疗期……

直到拐子闭上眼睛，春秀依旧觉得自己只是深陷梦魇中，等天亮了，梦醒了，自己的世界就亮了。春秀平静地坐在地上，脸上丝毫没有悲伤的气息，风不大，并不怎么冷，却一遍又一遍吹进她的骨缝里，发出锉刀拉过锈铁般的响声。

丈夫死了，丈夫的爹娘还在，要伺候好二老，守好妇道，春秀的爹娘对春秀说，人活一口气，千万别让别人戳咱脊梁骨。春秀的脸上没有任何表情，一言不发置身于黑暗的世界里。那时候春秀在想些什么，没有人知道。

虽说眼睛看不见，但春秀的心是亮的，如山间的泉水般纯净，如正午的骄阳般明朗。摔过无数次跤，流过无数回血，吃尽了人间的苦头，春秀凭借自己的毅力和决心，终于可以像个正常人独自在屋内和院里走动了。她可以烧火做饭，蒸出来的馒头又白又软，可以铡草喂牛，洗衣服收拾家务，里里外外整洁如新。

后来，逃荒来的一个女人将她两岁的孩子留在益庄，独自一人离去了。村上的于木匠，把孩子领到赵家，让他做了赵家的孙子。于木匠说，给口饭吃就行，别让孩子饿死，伤天哩。春秀高兴地答应了，她给孩子取名顾早，对他百般疼爱，视如己出。起初赵家二老并不悦意，说顾早不是赵家的亲骨肉，喂不熟的，养大了就像野猫野狗一样跑了，到头来一场空。当听到顾早奶声奶气地喊爷爷奶奶时，二老突然改变了冷漠的态度，抱起顾早亲了又亲，说顾早就是赵家的孩子，亲生的骨肉。

春秀将顾早照顾得很好。做了娘以后，春秀脸上的笑容多了，仿佛一场春雨为尘封整冬的大地带来了灵气，滋润了春秀干涸的心灵。赵家二老觉得春秀眼睛看不见，万一踩着撞着他们的孙子，天就塌了，他们不明说，但总以各种说辞将顾早抱去他们屋，时间一长，春秀就有些难过了。顾早长大了一些，闹腾着要见娘，要回娘的屋里才肯睡觉。他哭着告诉娘，爷爷奶奶的屋里有一股难闻的味道，鸡屎一样的臭味。

顾早的爷爷是在六十四岁那年被雷劈死的。顾早的爷爷出了屋，路过院里那棵梨树下，破天荒地，正巧被雷击中。那年夏天的雨很多，几乎每天夜里都会电闪雷鸣下一场雨，人们早已习惯了，圈里的牲口也习惯了，该吃吃该睡睡，不为老天爷的习性而操闲心。但有人却闲不下来——顾早的爷爷翻来覆去睡不着，他总觉孙子会害怕，甚至听到了孙子的号啕大哭声。他起身披上雨蓑，推开门，走进电闪雷鸣的夜色中。

眼睛看不见，耳朵却异常灵敏，春秀听到连着十三个雨夜，顾早的爷爷就在窗户上趴着听了十三回，每回有一个来钟头。窗户上仿佛趴了一只壁虎，起伏着轻微的喘息，一阵清脆的骨头酥掉的咯嘣响声传来，春秀便知道，壁虎离开了。第十四天夜里，春秀没有听到壁虎的动静，却感受到有火光在院子里跳动，她起身披上衣服，脚刚落地就听到院里传来撕心裂肺的哭喊声。她赶忙开门走出屋，一股烧焦的气味扑面而来。

春秀愣怔住了，木木呆呆如一棵树立在门前。她觉得自己似乎复明了，可以看到大火缠身的顾早爷爷。她的嘴巴抖动起来，带动身体抖动，脸上的木然迅速转变为一种难以描述的复杂神情，狰狞中带有几分激动和悲伤。

"雷公电母劈得好哇！"春秀突然惊喊，快跑几步，望向天空，高举双手，"老天爷只惩罚坏人，老狗有罪啊！"

春秀的惊喊声、大哭声与大笑声，交融在雷电交加的雨夜中。第二天，春秀又平静地躺在炕上，眼前又是黑暗的世界，仿佛不记得昨晚发生的事情。

疾病缠身的顾早奶奶在那个冬天去世了，冬天是专门吞噬老人的兽，天一冷，老人就昏昏欲睡，无法醒来。春秀一把屎一把尿地拉扯顾早，石家的媳妇秋艳和秦家的媳妇桂荣常来家里串门，有时端一碗热乎乎的面条，有时拿一袋刚摘的梨，有时捧一块雪白的点心，她们一起拉家常，说心事，一起照看顾早。

有一回，秋艳和桂荣慌慌张张跑来找春秀，当春秀听到婴儿尖细的哭声从秋艳怀中的包袱里传出时，瞬间惊住了。秋艳告诉春秀，她早上下地，在河边发现了这个包袱，打开一看是个孩子，她吓得一个后趔趄差点跌进水坑，平复后又走过去，发现孩子正睡得香甜。她将孩子抱到旁边大石头上，跑回去叫桂荣，她们抱着孩子一起去村长家，将事情告诉村长，村长在益庄打听了一番，并未发现有谁家遗弃了孩子。有人说孩子是狼叼来的，狼还没来得及吃；有人说是水冲来的，冲到了河边碎石上。但事实上，没有人说得清孩子是从哪里来的。村长说，既然是你们发现的，缘分一场，也是老天爷的安排，你们商量一下，把孩子留在谁家，谁来收养？秋艳和桂荣相互看了看，都给出了自己无法收养的理由——孩子是要吃粮食的，是要穿衣的，是要人照顾的，她们的丈夫定不会同意。她们在说这些的时候，包袱里的孩子睡醒了，小脑袋微微晃动，并没有哭，眨巴着黑葡萄一样的大眼睛，静静地看着眼前的大人，脸上露出纯净的、充满希望的笑，等待自己命运的降临。秋艳和桂荣都心头一颤，她们和孩子之间似乎产生了某种微妙的联系，似有一股奇妙的气流在她们的身体里穿梭。她们心照不宣地看着彼此，心中有了想法，孩子便有了美好的归宿。于是，秋艳和桂荣将孩子抱到了春秀家。

欣喜与窘迫的情绪交织在春秀干瘦憔悴的脸上，她不知道自己究竟该怎样做了。拉扯顾早已使她费尽了全力，身上刻满了岁月磨过的痕迹，再让她收养一个，恐怕已无能为力了。

春秀将眼前嘤嘤哭泣的孩子抱到怀里，孩子突然就不哭了，嘴巴圆圆嘟起，像是在给春秀说话。秋艳和桂荣一脸惊喜，看来孩子已经认定了春秀，母子缘分的桥就这么奇妙地建立了。

春秀是亲妈，秋艳是二妈，桂荣是小妈，三人共同抚养顾晚。秋艳和桂荣刚开始还每天三五趟往春秀家跑，后来次数就越来越少。秋艳说，她的丈夫打了她，说她整天不顾自己的孩子，不停地跑去照看别人的孩子，把腿都跑细了，不是脑子有病就是外头有汉子。桂荣说，她的丈夫也打了她，说她再不停地往春秀家跑，就打断她的腿。春秀没有说什么，脸上始终挂着淡淡的笑容，她理解姐妹们的难处，就像理解命运是怎样一步一步将她推到如此境地的。她在心里告诉自己，无论吃多少苦，她一定会把顾晚拉扯大的。

不久后，秋艳在一次进城卖菜途中，被一辆疾驰而过的拉土车撞死了，桂荣似是突然意识到生命的脆弱与情感的易逝，不顾丈夫的反对和打骂，一边照看自己的三个儿子，一边给春秀搭手抚养顾早和顾晚，尤其在雨夜里，她总来和春秀住。

一茬庄稼收割，一茬庄稼种下，如同益庄的人们，老一辈死去，新生儿降临，生生死死，新旧更替，自古就是这么个天理儿。桂荣老了，春秀也老了，孙子辈的孩娃都满地跑，怎能不老呢？夕阳将塬畔染成橘红色，树木与花草、土地和水池都成了橘红色，看上去宛如一幅迷人的油画，春秀和桂荣就坐在油画里，置身于时间的尽头，她们成了风景，向后辈讲述那些平凡而动人的故事。

我突然想起，那个让我祖母苦苦等待却迟迟未归的心上人和文顺，等我见到他的时候，眼前站着的已是位满头白发的老人了。那时的他已从大学教授的职位上退下，带着他的老伴——上大学时老师的女儿，回到了阔别几十年的故乡益庄，住在重新修缮的一间当年下乡知青住过的屋子里，为我们这些农村的孩子讲述文学和音乐。他从城里带回来的几千册书整整齐齐地摆放在屋里的书架上，使我这个还未上学的乡下小子大开眼界，赖在那里迟迟不肯回家。他要为我们每个人画一幅画，问我想要画什么，我告诉他，我想要火焰，熊熊燃烧的火焰，把天空和大地都烧着的大火。直到现在，他那浑厚动人的嗓音，那婉转悠扬的歌声，依旧萦绕在我耳旁："蓝蓝的天上白云飘／白云下面马儿跑／挥动鞭儿响四方／百鸟齐飞翔／要是有人来问我／这是什么地方／我就骄傲地告诉他／这是我的家乡……"

至于和文顺从省城回来后，是否再见到过苦苦等他的姑娘春秀——有讲不完的故事的我的祖母——吃尽苦头的瞎老太婆，我不得而知。我也不想知道。毫无意义。

2

桂荣奶奶拄着拐杖，在寒风中踉踉跄跄地迈着步子，来见她的好姐妹春秀最后一面。桂荣奶奶坐在炕头，拉着我祖母的手一言不发，平静地望着弥留之际的春秀。桂荣奶奶的目光茫然而坦然，无奈而安静，脸上挂着历尽沧桑后的淡淡的笑。桂荣奶奶让我把窗帘拉开，又将门大开着，使温润的阳光挥洒在我祖母的脸上，我祖母的脸上露出一丝笑容，时间在那一刻定格了。窗外的樱桃树上，几只喜鹊像是正在举行着某种仪式，歌唱着人间的悲欢离合，歌声绵长而婉转，我祖母躺在尘世的光亮中，享受着最后一刻光明的照耀。我祖母的世界不再黑暗了，她光芒四射地离去了。

"祖母发光呢。"我低声说，感受到了温暖和耀眼，惊讶地望着身旁的小树，"菩萨一样。"

"眼睛。"小树不假思索地说，目不转睛地盯着光柱，像是看见了一些我看不见的东西，"时间的眼睛。"

那时候，桂荣奶奶已难以自理日常的水火了，她的腰上鼓起一个石头样的疙瘩，两条腿弯得像两根七扭八拐的树枝，稍走几步，就要折断似的。桂荣奶奶时常给她的三个儿子说：

"儿啊，娘的腿断啦，腰也折啦。"

"这不好好的嘛。"大儿子秦有才说，一脸的厌烦，"成天净瞎说，生活还不够艰难么？"

"想当年，谁不羡慕我有三个儿子？一个比一个模样俊俏，一个比一个孝顺懂事。"桂荣奶奶说，"村里人都说呀，等儿子长大成人，我就享福啦。"

"都是陈芝麻烂谷子的事情，"二儿子秦有钱说，"就别成天挂在嘴上，烦死人了。"

"儿啊，娘就要走了，"桂荣奶奶说，眼眶中泛着浑浊的泪光，"娘不拖累你们，娘走了你们三兄弟才能不受气，才能重归于好，才能把自个儿的日子过好。"

桂荣奶奶还没说完，儿子们就吹胡子瞪眼地离开了。

三个儿子也时常问母亲。

"谁让你给我取名有才呢？"大儿子秦有才说，"我有个屁才？蠢材！"

"天底下再没有名字了么？"二儿子秦有钱说，"我他娘的穷了一辈子，钱都跟着婊子养的破名字跑了！"

"你们谁能有我惨？谁能有我没福？"三儿子秦有福喊，盯着两个哥哥,又扭头瞪母亲,"我的福都让野狗吃了,让野猪拱了,一辈子打光棍,还他娘的有福?"

桂荣奶奶一言不发,攥着手帕不停地抹眼泪。

自从桂荣奶奶的身体每况愈下,无法自理日常生活后,三个儿子就每人一个月轮流照顾她。这并非他们自愿,而是范万川从中调和,最终签订协议,三人轮流,协议一式四份,三个儿子签字按手印,各持一份,桂荣奶奶留一份。

秦有才的饺子馆因顾客食物中毒,在几年前就关闭了,他独自一人回到益庄,搞起了养鸡的营生,而他的妻子则带着和我年龄一般大的女儿留在了城里,时刻催促秦有才去办理离婚手续。成吨的干、湿鸡粪堆在他家门外,每当走到巷口,刺鼻的鸡屎味就扑面而来,每个路过的人都恶心干呕,人们说,秦有才的耳朵里长出了鸡屎,眼睛里流出了粪水。恶臭味在春夏秋冬的晨风、晚风、夜风中滚滚飘荡,在人们的记忆里,那时的益庄臭气熏天。人们一想到当年吃得津津有味的饺子,闻着当下浓浓的鸡屎味,就又恶心想吐了。人们厌恶地说:"有才啊,你把门口的鸡屎及时清理了呀,污染环境还讨人嫌,大家都不敢出门了。"秦有才却板着脸,拉着嗓门说:"鸡屎在我家门口,又没在旁人门口,有啥好说的?再说鸡屎不臭还叫鸡屎?又没让吃鸡屎!"

秦有钱在狼沟矿装车多年,年纪轻轻就驼了背,相貌看上去比实际年龄大了不止二十,矿上不要他了,只好下地种庄稼,庄稼活儿却总做不好,笨手笨脚的,给玉米锄草,草越长越旺,玉米都被他锄断头了。秦有钱胆小怕事,年轻时不愿学手艺,怕木匠手上的刨子削掉指头,怕泥瓦匠手上的瓦刀劈断手掌,怕铁匠铁锤下的铁花溅瞎眼睛……他还怕树叶掉下来把脑袋砸断呢。亲戚笑着说。秦有钱喜欢看书,尤其是《三侠五义》《封神演义》之类的老书,也喜欢给人们讲,每当讲起故事时,就完全变了个人,手舞足蹈,绘声绘色。媳妇骂他,不让他锄地,说拉条狗都比他锄得好。秦有钱长叹一口气,躺在墙角土堆上,从怀里掏出一本缺头断尾的书翻看着。

每每想起秦有福,我都会恨得咬牙切齿,我永远忘不了那晚发生在玉米地里的噩梦，那张狡猾的脸和刻在脸上的诡异的笑，使我常常陷入痛苦与心酸的深渊中无法自拔，突然又在一身冷汗中惊醒。人们讨厌秦有福，就如同讨厌闻到那股叫人恶心干呕的鸡屎味。秦有福和桂荣奶奶住在一起。秦有福不种庄稼也不去狼沟矿下井，说那些都是出大力又不挣钱的蠢买卖，他要做生意，做大生意，要经商当老板，当大老板，可十几年过去了，秦有福依旧整日浪荡在益庄的每条巷子里。秦有才和秦有钱讨厌这个弟弟，让母亲不要管他，桂荣奶奶笑着说，都是娘的亲娃，饿了当然要找娘，自古就如此嘛。

桂荣奶奶送走好姐妹春秀，抹着眼泪回家了。那天很冷，天空飘起了零零星星的雪花，寒风如刀子划过人的脖子，人们捂着脖颈，纷纷跑向家里。很快路上就空无一人，只有风呼呼乱刮，奏着索命般叫人惊惧的调子。天擦黑，就下起了大雪，一直持续到第二天清晨。

桂荣奶奶的尸体，是瓜燕儿首先发现的。瓜燕儿一大早就在庄里转悠，想找人打雪仗。当她跑过桂荣奶奶家门口时，看到门前石板上蹲了一个雪人，低矮臃肿，没鼻没眼，她伸手为雪人点眼睛，却戳到了奇怪的东西，她用手轻轻一抹，看到一张人脸。瓜燕儿吓得后趔趄，栽进雪里，连滚带爬哭喊：

"死人啦！死人啦！有死人——"

人们在梦中惊醒，气冲冲地扭过身，想换个姿势继续睡，却没了睡意，坐起身，掀开窗帘，望着院外一匹纯白的布，呆呆怔怔地说："彻底疯了，疯实了。"人们不去理会一个疯丫头，没有人在意她说了什么，她又在干什么，平日里只会捉弄她，要她出丑，拿她取乐。直到有妇女倒尿盆时喊出同样的话，人们才从朦朦胧胧中回过神，回忆刚才瓜燕儿在喊什么。

死人了。的确死人了。桂荣奶奶死了，在昨天晚上。也许在今天早上。当她的三个儿子慢慢悠悠踩着吱吱喳喳的雪出现时，桂荣奶奶已被益庄的男女老少围住了。人们抽着烟，看着议论着，不敢上手，烟气腾腾弥漫在人群中，给现场增添了几分神秘的气氛。三兄弟突然就吵了起来，争吵声如暴雨打在铁皮上咣咣当当地响，嚷嚷着责怪对方害死了娘，昨晚下那么大的雪，天又那么冷，让娘进屋不就啥事都没有了，吵了一阵就动起手来，三人扭作一团，在厚厚的雪地上翻腾打滚。雪花乱飞，寒气蒸腾，人们看着三兄弟滑稽的样子，不禁笑出了声。

"快停手！丢人现眼！"

人群中传出一声呵斥，三兄弟立刻停了手，扭头看。范万川走到他们跟前，三兄弟就站了起来，衣服上和脸上裹满了泥雪，模样狼狈又可笑。我和小树蹲在大人的腿间，捂嘴偷笑。

范万川指着身旁雪人模样的桂荣奶奶，愤愤地说："到底怎么回事？"

对于母亲的死，秦有福气汹汹地说："我什么都不知道，按协议上规定，这个月轮到老大秦有才了。"他剜了一眼秦有才，"这事得问他。"秦有钱赶忙附和，同意老三的说法，的确轮到老大照顾母亲了。

秦有才却一下子蹦高了，脸上的泥雪墙皮样哗哗啦啦掉下来，指着老二秦有钱的鼻子说："昨天晚上我出门谈生意了，临走前去给老二说了，让老二多收留娘一天，等我回来就接走。"

秦有钱一脸的气愤，扯着脖子喊："凭什么？老大凭什么？当初签过字按了手印，就必须按协议执行，这是规矩。昨天早上我都给娘说了，让娘晚上去老大家，该老大管她了。"

"你还有脸说规矩，你这种没良心的牲口，我真想抽烂你的脸！"秦有才骂道，扑着要打秦有钱，"娘就是偏心，把地都给你家种，难道她不知你是不会种地的窝囊废么？"

秦有福说："好了，别骂了——"

"你快闭嘴吧！"秦有才大喊，打断秦有福的话，嗓门更高了，"上回你一拳打在娘脸上，娘的脸肿了几个月，她还袒护你，说是她自己不小心碰到树上了。娘就是被你这个败家子气病的，才落到今天的下场。"

"就是，我走在庄里都觉得丢人。"秦有钱附和，目光里充满了厌恶和愤懑，"四十多岁的人了，还得娘养着你，你真不害臊！"

"这是你俩当哥的该说的话么？"秦有福抱怨，立刻变得慌张焦躁，脸上蒙着一层灰白的冷气，"你们当哥的帮过我么？亲兄弟都不如路上碰到的陌生人，陌生人还知道给我指路，你们就是哑巴，没一点用。你们真不害臊，老大当年开饺子馆的钱是娘掏的，老二盖房子也是娘掏的钱，我要过娘一分钱吗？你们说说，让大伙儿评评理。"

"你当然不要钱，你没家没室的，整日游手好闲，猪都比你强，猪还知道长膘卖肉，你只会浪费粮食。"秦有才大骂，拍打着身上的泥雪，"有你们两个窝囊兄弟，我真是倒了八辈子霉了，上辈子造了什么孽啊！"

"都闭嘴吧！"范万川说，"都消停点。"问秦有福，"你娘怎么会在你门口？怎么没在他俩门口？"

"你这话说得就没有道理了，"秦有福慌忙喊，"我娘长着腿，她自己会跑。"

三兄弟争论不休，说母亲是偏心眼，爱其他两个不爱自己，说着就坐到地上，婆娘吵架一样哭哭闹闹，一副委屈样，却没有多看一眼已经冻僵了的母亲。

那时候，住在秦有钱家隔壁的水莲奶奶站了出来，一边抹眼泪，一边颤颤巍巍地告诉众人，她昨晚听到桂荣奶奶的喊声了，声音不大，却很凄惨，她原本想先把老太太叫进屋暖暖身子，但她的儿子叫她别管闲事，安心睡觉。过了很久，她听到了秦有钱的喊声——娘，这门我不能开啊，你去大哥家吧，轮到他收留你了，我不能坏了规矩，你快去吧。随后，她就听不到桂荣奶奶的声音了，以为桂荣奶奶去大儿子家了……

"是啊，我的确听到娘的喊声了。"秦有钱说，"水莲婶说得没错，我是这样给娘说的。我没说错。"

"那你娘怎么会在这儿？"范万川说，扭头盯着秦有福。

"喊了，我娘也喊我了，"秦有福赶忙说，神色慌张像被吓着了，"我告诉娘，让她去老大家，老二下来是老大，该老大管她了，最后才是我，这门我没法开呀，不能坏了规矩。"

"你个畜生！王八蛋——"秦有才大骂，抓住秦有福的脖子，"你住的屋都是娘的，哪有你的份，你还敢不开门？"

"你别逼我还手啊，你是我哥，我忍了，"秦有福愤愤地喊，脸上又出现了那种诡异凶狠的表情,"你别得寸进尺!"

在三兄弟的吵闹中,太阳透出了半个脑袋,浅浅薄薄的光挥舞着胳膊,从对岸的崖畔上伸出,它们在雪白的舞台上跳起调皮可爱的舞。不多会儿,太阳就升起来了,露出灿灿烂烂的笑脸,闪动着明亮温润的眸子,注视着益庄的男女老少们正在进行的一场热闹。三兄弟的争吵在继续。众人的议论与嬉笑在继续。地上跳动的光突然就变成了黑红色,如一朵朵瑰丽的无名之花,黑红迅速蔓延吞没了纯净的洁白,人们的脸顿时也变成黑红色,人们用惊奇的目光打量身边陌生的脸庞。我长久地盯着那具雪人,突然像是被黑红色的光带到了另一个世界,火红一片,四下无人,我看到燃烧的火焰里显露出桂荣奶奶,她一脸慈祥的笑容,静静地望着我。她突然朝我招手,唤我过去,我走进大火中,走到她跟前,她递给我一个烤熟的红薯,我接过红薯,笑盈盈地看她,又低头看红薯,一抬头就看到她的脸面突然变得模糊,火焰猛蹿上来,桂荣奶奶就被烧化了。我流着泪刚要呼喊桂荣奶奶,却听到了叫声。

"快看!"瓜燕儿惊喊,指着天空,"黑色的太阳。"

三兄弟没有一个人肯多收留他们的母亲一晚,年迈体弱的桂荣奶奶在大雪飞扬的寒夜里呜呜哭泣,她的哭声伴着漫天雪花在大风中肆意飘荡,落在山洼荒野间,落在冰河池塘里,落在鸡舍牛棚上,落在益庄的角角落落里。三兄弟家离得不算太远但也不近,桂荣奶奶没走几步就摔倒了,她的脸贴着洁白的雪,是一种冰冰凉凉的感觉,挺舒服的,她在冰冰凉凉中感受到了年轻时和秋艳、春秀一起酿桃花酒时的甜美与清爽,她的耳旁蓦然回响起秋艳和春秀的呼唤声,越来越近,越来越清晰。我来了,姐妹们。桂荣奶奶在心里说,你们等我,我很快就来。

忽然,远处的雪雾中出现一个火红的眼珠一样的球体,它穿过漫天雪幕向桂荣奶奶缓缓飞来,火球愈来愈大,火愈燃愈旺,熊熊大火疯狂燃烧呼啸而来,桂荣奶奶感受到眼前难以忍受的灼热,大火扑向了她,她感到自己快要融化了。桂荣奶奶顿时清醒了,周围依旧是漫天的雪和刺骨的冷,她只觉额头有点痛,腿似乎已经独自跑远了,嘴巴也有点发麻，她看到火一样的鲜血顺着自己的嘴角流到了雪地上，雪便燃烧起来，她艰难地抬起身，自语似的说：

"我的血多老多脏哇，怎么能让它污染了这洁白的雪，这年轻美丽的世界呀。"

风烛残年的桂荣奶奶，独自走在寒风刺骨的雪夜里，瘦弱的身子远远看去仿佛一张枯黄的旧挂历，在疯舞狂飞的大雪中影影绰绰。没有人会懂桂荣奶奶那时的悲伤和绝望，就像这漫天洁白纯净的雪终究无法覆盖世间的丑陋与邪恶。

3

快到年根时，气候在一夜之间变得异常地冷，益庄一些上了年纪的老人，面如哭丧坐在炕头，眯眼望着窗外，惊奇地对自己说，活到这么老了，从没见过这么冷的天，天上怎么会有这么多的雪哇，这得何时才能下完呀？那时人们并未意识到灾难的降临。深夜的大雪与寒风，将老人变成了冰，浑浊而坚硬的冰。鹅毛一样的雪花没日没夜地款款而落，屋顶、院落和田野终日雪白一片，宛如一张白纸。人们相信一觉醒来大雪就会停止，新鲜而有力的光芒重现使积雪迅速融化，山洼里和沟渠间会响起灵动悦耳的哗哗流水声。然而这一日迟迟不肯到来。

家里的柴不够烧，我母亲就去田野里寻，看看哪里还有遗留下的玉米秆和花生蔓。我母亲的胳膊上挎着一条麻绳，脚刚迈出家门，她的小腿就深陷积雪中了，目及之处都被轻纱一般亮晃晃的晨雾覆盖了，我母亲在积雪没过膝盖的小路上艰难跋涉，乱舞的雪花遮盖了她的头发和棉衣，很快她就被白色吞没，化为白雪。当她隐隐看到田野和山洼里几个歪斜着的身影时，她的心咯噔一跳，这才意识到，不光是自己家里缺柴火了。田野和山洼里容易获取的木柴都被搜刮一空了。潮湿的木柴放进火里就冒出浓浓黄烟，呛得人们涕泗横流。各家烟囱里喷出的滚滚黄烟纠缠在一起，吞没了雪的白和天的灰。

和前几回一样,我母亲怀里仅缚了几根树枝和一些杂草,当她又一次失落地回到门口时,看到石礅上蹲着一个脏兮兮的女子,脚旁放着几根胳膊粗的树枝。我母亲有点吃惊,俯下身子问:

"燕儿?你怎么在我家门口?"

"我把这些柴给你,能不能让我在你家吃顿饭?"瓜燕儿赶忙说,从石礅上站起身,两只眼睛睁得很大,闪烁着纯粹天真的明光,"就吃一碗,吃完我就走。"

我母亲让燕儿赶快进屋,外面冷。当我看到平日里讨厌的瓜燕儿出现在我家时,吃惊和愤怒使我从被窝里跳出来,朝她大喊:

"出去!滚出去!你来我家干什么!"

瓜燕儿卑怯的样子,我还是第一次见。她吞吞吐吐地说,自己肚子饿,家里没饭吃了,给她拿个馍就走。我母亲笑着说,待会儿做面条吃。

"不行!"我又喊,"你不能在我家吃。"

母亲剜了我一眼,我赶紧低下了头。

瓜燕儿笑得灿烂,双腿并拢坐在小板凳上,像一个刚进学堂的小学生,好奇地瞅瞅这儿看看那儿,屁股却始终没有离开凳子。瓜燕儿心里惦记着面条呢。我坐在炕上,抱着一本小人书翻,不时瞅瞅她,瞪她一眼。瓜燕儿始终笑眯眯的,抻长脖子,看我手里拿的是什么东西。瓜燕儿的肚子咕咕叫了几次,随着呼吸一起一伏,她用手摸,是个大坑。

我母亲端来汤面条,瓜燕儿吞咽唾沫,眼珠子滚动,心里伸出无数个争抢的小手,却不动筷子。我母亲笑着说,燕儿快吃吧,趁热吃,吃完就暖和了。她仍不动筷子,垂下脑袋,一副有心事的样子。我母亲觉察出了瓜燕儿的心思,说锅里还多呢,燕儿先吃,吃完了给爷爷带一碗回去。瓜燕儿咧嘴嘿嘿笑了,这才拿起筷子,狼吞虎咽往肚子里填,不时抬头看,像偷吃了别人家的东西般神色忸怩。我心里有气,端了面条,趴在炕边吃,不愿和瓜燕儿坐一起。

吃完一碗,瓜燕儿吸溜着鼻涕,羞怯地盯着我母亲的碗里,我母亲又给她盛了一碗汤面。饥饿是经常性的,瓜燕儿那天感觉尤甚,她连吃了三碗汤面，喝光了汤，肚皮圆鼓鼓的，直到站起身才发现自己举步维艰了。

"饭量太大了吧，比咱俩加起来都吃得多，咱家都快没啥吃了。"我吃惊地喊，瞪大双眼，"这家伙真是饿死鬼托生的。"

瓜燕儿难为情地笑了，双手揉搓着肚皮，脸上露出幸福满足的神情。我母亲从桌下找出一双棉布鞋，掸去上面的灰土，拿给瓜燕儿。我赶忙制止，说那是我的鞋，我还要穿呢。母亲板着脸训我，说我的脚早都塞不进去了，当时不喜欢穿，现在又嚷嚷着要穿，实属故意寻事，该打！

瓜燕儿鼓着圆肚皮，半天蹲不到地上，我母亲蹲下去给她穿好鞋，大小正好合适。我母亲问她喜欢不，她拨浪鼓似的点头，随即又脱掉了棉鞋，穿上她的烂鞋。我母亲问她为什么要换呢，她说外头大雪，舍不得穿。我母亲打包好一碗捞面，让她给爷爷带回去。瓜燕儿接过面条，另一只手提着棉鞋，小心翼翼地跨进雪地里，边走边看手里的面条和鞋子。瓜燕儿欢欢喜喜地哼着杂乱的调调，朝家走去。一顿面条和一双棉鞋，让瓜燕儿长了精神。

"燕儿，饿了就来婶家里吃。"我母亲喊。

寒冷的空气里飘荡起一串欢快的笑声。

第二天早上，一些上了年纪的老人，像往常一样拉开窗帘，怅怅地望向窗外，却惊奇地发现乱舞的雪花居然不见了，他们激动地流下了兴奋的眼泪，哇哇大叫着，天上的雪终于下完了，天上的雪仓终于见底儿了。稀薄鲜嫩的晨光在人们的惊喜中铺洒在厚厚的积雪上，人们的眼睛里顿时闪耀起明亮的光芒。益庄的男女老少都像过年似的欢呼雀跃起来，在雪地里打滚玩闹，一些人甚至把为过年准备的鞭炮取来，噼里啪啦的鞭炮声响彻益庄，人们的心间炸开一朵朵烂漫的红花儿，在灵动悦耳的哗哗流水声中生机盎然。

我母亲满脸的笑意，和蔼地告诉我，爱，是因为爱，是爱的力量驱散了灾难，人间充满爱，上天才会降福安，燕儿是福星，会给家里带来福报。母亲的话使我感到困惑，我不明白为什么雪霁天晴会和瓜燕儿有关，爱与不爱都无法阻挡上天对人间的眷顾和鄙弃，而我对瓜燕儿的讨厌仍未减少。

瓜燕儿一口气跑上大坡，冲进巷子里，丝毫没有困乏的意思。我母亲常说，燕儿身上有风呢，她一跑，益庄所有的风都跟着她，一起从沟里上来了。瓜燕儿一来，正在跳皮筋的孩子们哗哗跑开了，"马兰开花二十一，二五六二五七，二八二九三十一……"他们的玩闹声戛然而止，纷纷惊喊："瓜女子来啦，大伙儿快跑呀。"瓜燕儿从不会生气，憨笑着去追他们，眼看要抓住前边男孩的衣服，鞋却掉了，她慌忙倒回去拾鞋，可他们已经跑远。我发现瓜燕儿并未穿我那双棉鞋，仍旧穿着她那双歪帮的没有样儿的烂鞋。

有时他们会边跑边喊不知从哪里学来的电视剧《还珠格格》的顺口溜："小燕子飞飞，五阿哥追追，尔康爱上了夏紫薇，金锁锁住了柳青的心，萧剑说，晴儿美，不要脸的皇上爱香妃，可怜的瓜燕儿没人追，气得瓜燕儿脸发黑……"瓜燕儿哈哈一笑，拨弄着头发，用袖管抹鼻涕，吸溜几下，顺势坐到地上，跟虫子、石头疙瘩、羊粪蛋儿一起玩。巷子里顿时变得寂静，只有瓜燕儿的笑声在空中飘荡。

那段时间，瓜燕儿在我家吃了多少顿饭，我已数不过来了，她的身体的确壮实了些，个头也高了些。我记得有一回，瓜燕儿吃完饭，从破破烂烂的裤兜里拿出一个什么东西，放在了碗旁边。我母亲看到那东西突然就愣怔住了，像是陷入某个遥远而又深刻的场景中，她浑身战栗，随即失声痛哭。趴在炕边的我被吓了一跳，扭头看到母亲惊恐地盯着桌上那只弹簧青蛙，像盯着一个可怕的怪物。我赶忙冲过去，一把抓起弹簧青蛙，塞进了兜里。瓜燕儿满脸困惑望着我，小心翼翼地说："本来就是送给你的。"后来那个弹簧青蛙一直放在我的抽屉里，我上大学后，它跟着我来到省城，现在，它静静地趴在我的书桌上。

小树问我，怎么不躲瓜燕儿了？他这么一问，倒是把我给问住了。有吗？我这才意识到，自己竟破天荒地留意起瓜燕儿了——就像小时候讨厌香菜，长大了却也不挑了。我仰头朝天尴尬地笑了笑。鬼才知道缘由。

瓜燕儿时常头发蓬乱，穿着臃肿而邋遢的衣裳，两只脚拖着那双快要冒出趾头的烂布鞋,擦着地面,吧嗒吧嗒的,在益庄的角角落落,留下痕迹。瓜燕儿走后,风也跟着走了,那群孩子不知从哪儿突然冒了出来,齐声唱着:"太阳当空照,花儿对我笑,小鸟说早早早,你为什么背上炸药包?我去炸学校,校长不知道,一拉线,赶紧跑,回头一看学校不见喽……"

嬉闹声又一下子膨胀了,好像瓜燕儿从未出现过。好像益庄压根儿就没有瓜燕儿这个人。

4

我再一次见到范江鸿是在千禧年的开春。那样特殊的年份似乎赋予了生活特殊的意义,生活本身在无形中变得蓬勃而充满活力。我听到吕万才对大伙儿说:"你们感受到了吗?世界变了,世界正在膨胀,人类正在膨胀,人类现在的状态叫什么?"大伙儿一脸困惑望着他。吕万才扶正脖颈上的红色领带,满脸严肃地说:"浮躁。"

我并未因跨进了新世纪的大门而感到心浮气躁,也没有像其他人那样兴奋和激动。电视上赵忠祥和倪萍侃侃而谈,赵本山和宋丹丹演绎的《送水工》惹得观众哈哈大笑,我却一点也看不进去。我的思绪被恐惧和悲伤填满了。

那时我已上小学一年级了,我背着母亲缝的布包,惊恐不安地晃悠在去竹柳庙的路上,我每天承受着因迟到而被梁复贤手中戒尺敲打的痛苦,每用力打一下,梁复贤耳朵上的肉瘤就随着身体抖动不止。我对竹柳庙恐怖的幻想一直持续到高二下半学期。那群吃肉喝酒的小和尚时常出现在我眼前,嘻嘻哈哈望着我,我害怕自己像范国生那样莫名其妙地疯掉,然后跳进茅坑把自己淹死。每当放学的铃声敲响,我都会长吁一口气,我获得了拯救。我飞奔出教室,高举着书包,欢欢喜喜地奔跑在被黄叶覆盖的小路上。

我在家门口总能碰到瓜燕儿,她见我回来,就兴奋地冲进屋,向我母亲报信。瓜燕儿年长我几岁,按说那时该上五年级了,却是和我一起进入学堂的，到学校念了没几天，她就不受管教，打骂同学，怪吓人的，梁复贤告诉瓜燕儿的爷爷，瓜燕儿智力有缺陷，上也白上，还是辍学吧。瓜燕儿朝梁复贤身上吐了一口痰，大哭着撒腿跑开了。后来，我们上学读书，瓜燕儿就在益庄疯跑，独个儿玩耍。

　　黑夜降临，我被那几个小和尚拽进梦境里，他们将我的手脚捆绑住，扯我的耳朵，抠我的鼻子，挠我的脚心，捏我的睾丸，最后拨开我的头发，拿刀剜掉我头上的眼睛……当黎明的曙光洒在窗户上时，小和尚们就慌忙藏进柜子里，我在哇哇大哭中惊醒。我赶忙伸手摸我头上的眼睛，发现它完好无损，我惊声告诉母亲，柜子里躲着一群小和尚。母亲一笑，说我肯定是做噩梦了，无奈地打开柜子，里边除了旧衣服外，什么也没有。我跑过去小心翼翼地拨开旧衣服，的确什么也没找到。

　　那时候小树内心的悲伤和苦痛一点儿也不比我少，开学没有几天，小树守护多年的秘密就被公之于众了。同学们在厕所发现了小树裤裆里的异样，他们一拥而上，在小树的哭喊和祈求中毫不犹豫地扒掉了他的裤子，像观察雨后泥土里爬出来的"海陆空大元帅"蜥蜴蛄那般观察、拨弄小树裤裆里的残缺物，他们的脸上溢满惊奇，夹杂着一丝惊恐。我躲在人群后，内心充满悲伤和愧疚，我想冲上去推开他们救出小树，但自身的怯懦使我未敢迈出一步。绝望中的小树看到了我，仿佛黑暗的深渊里涌出一道光亮，他大声呼喊我的名字，急迫的目光暴雨一样打在我身上。他们扭头看到我那副软弱害怕的样子，就都哈哈大笑起来。他们的笑声是那样地难听，我垂着脑袋，眼泪吧嗒吧嗒掉在地上。我并没有被眼前的场景吓跑，后来我常想，许是身体里的另一个自己操控了那时的我，使我变成了勇敢的模样——我抹掉眼泪，大吼一声，挥舞着胳膊，一边推散充斥着的难听的笑声，一边冲上去拉起小树的手，将他拉出人群，为他穿好裤子。不知是由于我的那一声怒吼，还是我那快要喷出火焰的眼神，他们全都愣怔在那里。我牵着小树的手走出厕所，身后传出一片嗡声。那天放学，一群孩子奔跑着冲到我和小树前边，扭过头喊了一句："没蛋超人！"然后哗哗笑着跑了。

晚饭后,我和小树相约去村口的老槐树上倒挂,我们时常用袁老汉告诉给我们的方法,来消除内心的悲伤和不安——当你害怕想哭或难受憋屈时,就找个树枝倒挂着,这样的话,你的恐惧和悲伤就会一股脑地倒出来,它们顺着树根爬进土里,钻进地下亡灵的魂儿里,那些死去的人会替活着的人承受痛苦和悲伤呢。

我们倒挂在粗壮的树枝上,看着那些干枯的树叶从天上散落在地上,我们内心的恐惧和悲伤似乎也随它们去了。我们有点感激并且想念曾经使我们讨厌的袁老汉。那时袁老汉已去世两年了,他的身体变成落叶,化为泥土,而他的魂儿却在地下游荡,替我们承受痛苦与悲伤。

袁老汉是在两年前的深秋叶落满地时去世的。至死,袁老汉也未能等来久别重逢——儿女回来接他,带他去国外养老。现在,我突然产生了一种想法,从某种意义上来说,袁老汉的死是一件好事,使他摆脱了内心的困境。袁老汉在漫无天日的等待与期盼中变得苍老,如秋叶般枯萎、飘落,死去。我真切地意识到,死亡是公平的,比活着公平。我承认,这只是我的想法。

袁老汉在路上拦住我和小树,要我们把裤子脱了,他要捏我们的蛋。我们撒腿跑开,扭过头骂他是流氓死老汉。"我死老汉命硬着呢。"袁老汉的喊声随着枯叶散落一地,咯咯吱吱的轮椅响声在我们身后渐渐远去。我们再次回头时,他已变成一个黄色的小点,像一片枯黄的叶子,落寞而凄凉。第二天中午,袁老汉去世的消息在益庄传开了,人们说袁老汉死得很气派、很体面,他的头上顶着一顶新帽子,戴上了自己平日里舍不得用的石头镜,上身穿着一件年轻时穿过的中山服,下身盖着一条厚毯,就连脚上的鞋也是新的,看上去像城里的教书先生。袁老汉平静地坐在轮椅里,脸上带着一种难得的轻松和淡然,等待死亡的降临。

袁老汉死后,益庄的人们在他中山服的口袋里发现了一个小本子,上边只有孤孤单单的几个分散的数字。人们拨通号码,联系到了袁老汉在国外的儿子。电话那头却支支吾吾如同梦语,大伙儿恍然大悟,因为时差,人家这会儿的确是在睡觉呢。当得知他的父亲袁志初已经离世时,他表现出的若无其事与漫不经心,使大伙儿感到惊讶和疑惑。外国人都这样吗?吕万才的两条胳膊像钟表指针一样摊开,都这么冷漠吗?石中发说,骨子里还不就是中国人嘛,照样流的是中国人的血!又有人说,许是入乡随俗了,对,随国外的俗了。在大伙儿七嘴八舌的吵闹中,对方已挂断电话,连打了几遍,无法打通,第二天又打了几十遍,依旧无人接听。最后,大伙儿合凑了一口棺材,将袁老汉草草埋到了老鸹洼。人们在袁老汉家的农具棚里发现了三口大缸,当吕万才甩起胸前的绛紫色领带,掀开三口缸的盖子时,人们的嘴巴都张得像缸口那样圆大,人们看到满满三缸拌好的鸡食料,同时也看到食料顶上平铺的那张牛皮纸片上的几个工工整整的大字:请善待我的儿子!人们在院外的晒场上看到那几只自由嬉闹的鸡。袁老汉的儿子们并未因失去父亲而表现出任何悲伤情绪,它们依旧刨土撒欢,叫声清亮而欢愉。在人们的注视与议论下,它们突然齐抬脑袋,似乎听懂了人们的指责和辱骂,几乎同时,尖叫着冲向塬畔的荒野里。

"袁老汉自己有没有倒挂过呢?"

小树问我刚才说了什么,我没有吭声,将自己的胳膊伸直,自由自在地在空中摇晃。不知何时瓜燕儿悄声细气地躲在树后,突然哇哇大叫着跳到我们面前,见我们吓得差点从树上栽下去,她捂着肚子哈哈大笑。小树跳下树,捧起落叶,扬到瓜燕儿身上,发誓要用叶子将她埋掉。我赶忙制止,说算了吧,别跟她一般见识。瓜燕儿怔在原地,眼睛瞪得很大,望着进村的路。

范江鸿就是这时出现的。

顺着瓜燕儿的目光望去,我看到一辆摩托车从不远处驶来,轰隆隆的声音带给我一种蓬勃向上的活力,使我激动得蹦了起来,我看到尘土飞扬的小路上出现了范江鸿潇洒帅气的模样。他戴了副墨镜。摩托车嗖的一下从我们身边飞过,我眯着眼睛,看到有一个女子闪过。小树也看到了,的确有一个女子,坐在范江鸿的摩托车后座上。

她是谁呢?我们听见了彼此的疑问。

我们跟着烟尘跑去,跳到土墙上,朝院里望。一只蜜蜂落在瓜燕儿的鼻尖上，她吓得惊叫了一声。那女子扭过头看到我们就笑了，笑得很浅，一种淡淡的笑，清澈得像天上的水，芬芳如野地里的喇叭花。我突然感到一种前所未有的清爽和舒畅正在我的身体里流淌。我无法用言语来形容初见她时的感受，任何言语都会显得肤浅和苍白。我看到她的乳房在白衬衣里随着呼吸的幅度微微晃动，一种特有的活力和新鲜在我的眼睛里涌动，我感到头皮一阵发麻，心脏怦怦直跳。那时我并未意识到，来自于生理的最初欲念正如毒蛇般啃噬着我，欲望的火苗在我身体里疯狂燃烧，烧得我手足无措，我的脑海里出现无数种新鲜而害臊的画面。在后来的许多个夜晚，我常感到自己的身体里有一股神秘的电流在飞蹿，穿过胸膛，直冲头顶。下坠，下坠，我无时无刻不在下坠。我的下身在燃烧，裤裆里总是会流出一股腥臭而又神秘的液体，一种直冲头顶的使我快要窒息的飘忽感，在我身体里急速扩散，然后炸开，我感到自己一次次死去又一次次复活，那种醉生梦死的快活与幸福，令我万分沉迷。我的堕落使我突然意识到问题的严重性，我带着一种自救的良知，努力克制自己不去做也不去想，一面怕它们缠绕着我，一面又怕它们离我而去，我在纠结与惶恐中等待白昼将我拯救。

范江鸿从屋里走出来，朝院墙外喊了一声，叫我们进去。我兴奋极了，赶忙跳下墙，跑进院子里。那时的范江鸿比当年更加潇洒帅气，他上身穿一件黑色皮衣，下身穿阔腿牛仔裤，头上顶着郭富城的"四六分"发型，在阳光的涂抹下，跳着淡黄色的光。我已沉沦在眼眸中的世界里——范江鸿散发出的无限魅力当中。我呆呆地看着他，思绪飞向了远方。此刻，我真切地意识到，且愿意相信，在飞速驰骋的时间列车的某一节车厢里，范江鸿就是我自己，是我当年潜意识里渴望看到并且成为的那个自己。

我转头看了眼小树，他和我一样，单纯的喜悦与激动都写在脸上。而瓜燕儿呆呆地望着，脸上满是疲惫和不悦。范江鸿从皮衣内兜里掏出一包瓜子，分给我们吃，然后问我们，能否给他帮个忙。瓜燕儿拿上瓜子就撒腿跑了，惹得那女子咻咻笑了。天呐！范江鸿用的是一种商量甚至恳求的语气，天知道我们有多兴奋。他要我们晚上九点去他家，帮他做些事情，他的右手废了，没有我们的协助是无法完成的。最后，他说了一句："感谢兄弟们。"

现在，我可以承认，那是童年的我最兴奋的一天了。我内心的喜悦如灶膛里的柴火呼呼燃烧。我们并不知道晚上要做什么，但事情本身似乎并不重要，对于那时的我们而言，能成为范江鸿的兄弟，就是最大的收获和惊喜。

天擦黑时，我和小树已在范江鸿家门口集合完毕，没想到"鼻涕虫"刘凯也跟来了，他朝我们嘿嘿笑着。范江鸿正蹲在摩托车跟前，那女子坐在旁边嗑瓜子。范江鸿指着摩托车，像是在问我们：

"这家伙漂亮吧？"

我们齐声答："漂亮。"

"我是益庄第一个骑摩托车的人吧？"

我们齐声答："是的。"

范江鸿将手里的抹布丢在地上，抚摸着摩托车的前轮，又摸摸它的后轮、排气筒和座位，对我们说了许多话，他所描述的那个奇幻而陌生的外面的世界，使我极其向往。他说有了摩托车就可以飞向更大更远的世界，外面的世界比益庄要好一千倍一万倍，甚至远远不止，人的一生不该只待在益庄，像一块没有思想没有追求的石头，生在这里死在这里，等你真正走到外面，看到外面的世界，你的内心才会燃起对梦想对人生对生活的憧憬的火焰……是的，我清楚地记得，当年范江鸿用的是"憧憬"这个词，那时我并不懂它的含义，甚至范江鸿说的许多话，我都不大明白。后来，当我在课堂上学到它时，内心有一种奇妙的亲切和感激。我开始"憧憬"一些事情。范江鸿却说："今晚就要和它告别了。"我不知道他所指的是摩托车还是"憧憬"，我真切地听到了美梦破碎的声音。我被那样的气氛弄得不知所措了。他又坚定地说："只是暂时的告别，很快会回来的。"

三个多小时后，摩托车和"憧憬"被我们埋进了地下。小树的泪蛋儿一滴接一滴砸进土里，像是砸进我的灵魂深处。刘凯的鼻涕泡随着呼吸收缩和膨胀，发出呼啦啦的声响。范江鸿点燃一根烟，猛吸了几口，对我们说："都回去吧，谁要是敢把这件事说出去，就别怪我翻脸不认人。"范江鸿低头吸烟,身体微微颤抖,我看到一丝幽暗哀伤的光,从他的眼睛里流出,是我从未见过的陌生。

两天后,一辆警车开进益庄,停在范江鸿家院子里,我才明白了事情的缘由。范江鸿离开益庄去省城的这几年里,在舞厅当过服务生,在理发店当过学徒,在烤肉店当过穿肉员……没干几天,就觉得没有意义,对他来说是大材小用,闲散浪荡,一事无成。前不久,他交往了一个技校的女生,于是下决心要好好上班挣钱,进入一家电子厂当流水线操作工,头一天还没下班,偷偷骑走了厂里的一辆摩托车,带着那个女子回到益庄。

范江鸿若无其事地看着民警,脸上挂着镇定自若的笑容,说他从来就没有见过什么摩托车,怎么可能偷那玩意儿,又不能吃不能穿。当民警站在土墙下那块松软的新土上时,范江鸿脸上的故作镇定变为紧张不安,牙齿咬着指甲盖发出咯咯嘣嘣如压响指关节的声音。民警拿工具开挖时,范江鸿的两条腿禁不住呼呼打抖,眼神飘忽不定,突然拖着两条麻木的腿,转身就往巷子里跑,却被民警一脚绊倒,飞出几米远。

范江鸿被警车带走了,听说要关两年,那女子哭哭啼啼跟着走了。看着远去的警车,我长久地沉默了。小树哭了,他也许比我更绝望。漫长至极的两年啊,益庄依旧阴郁沉闷,被一种幽暗深沉的情绪笼罩着。我记得当时刘凯问了一句,范江鸿会不会死到监狱这辈子也回不来了?因为这句话,小树捡起墙根的半截砖头,照刘凯的头上给了一下,顿时鲜血喷涌,叫声惨厉。

5

范江鸿被警车带走的那年冬天,赵顾晚回来了。我母亲一见到赵顾晚,就泪流满面,她用手捂着嘴,身体颤抖,半天说不出话来。我母亲告诉了赵顾晚,他的母亲和哥哥去世的消息,赵顾晚却表现得异常平静,望着我祖母睡过的炕一言不发。半晌,他站起身,低声告诉我母亲，其实他早就知道了。我母亲一脸的惊讶，问他怎么会知道，谁告诉他的？赵顾晚没有回答，缓缓走出屋，扭过头，脸上露出一丝神秘的气息，说道：

"梦里看到的。"

第二天早上，母亲和我正坐在炉前吃饭，院外突然传来一个女人的声音。我母亲起身朝院外望，然后放下碗，满脸疑惑走了出去。我跟在母亲身后，看到一张陌生的脸出现在栅栏门前，焦急地望向院内，和多年前那个年轻漂亮的女人一样的场景，只是眼前的这张脸并不怎么漂亮——丹凤眼，长脸，挺鼻，黝黑的肤色看起来非常紧致，眉宇间流露出一丝英气。

女子焦急地问："这是赵顾晚的家吗？"

"是的。"我母亲说，站住脚步，"你是谁？"

女子的目光从我母亲身上移到怀中的包袱上，我听到从包袱里传来婴儿尖细的哭声。我母亲打开门，女子却拉着哭声叫了一声妈，总算找到家了。怎么回事？原来，眼前的女子是赵顾晚在省城混日子时结交的，没听说结婚娶媳妇，却带着孩子找上门了。

我母亲悲喜交加，赶忙让女子进门，抻着脖子看包袱里的婴儿。小家伙饿了，快给喂奶吧，我母亲说，又说她是赵顾晚的嫂子，老母亲已经过世了。女子的脸上露出尴尬的笑，难为情地点了点头。我立在一旁看着那女子，她从兜里掏出一颗大白兔奶糖递给我，浅浅地笑了。小家伙吃上奶就不哭了，发出贪婪有力的吮吸声。女子问怎么没看到赵顾晚，我母亲说赵顾晚昨天出去还没回来。我母亲也不打听虚实，便信了这上门女子的话，让她和我们住下。

时间过去三天，仍不见赵顾晚回来。还好华莹勤快能干，孩子睡着了，她就帮我母亲做饭洗衣，孩子睡醒了，她就逗孩子玩，我母亲凑过去，笑声充满屋子，给沉闷悲苦的生活平添了欢乐。李兰英听到孩子的咯咯笑声，就激动地跑过来，一脸欢喜地逗孩子，给孩子说话。虽说有了小树，可毕竟不是亲生的，她和石中发这些年为能生出一儿半女费了不少神。小树看着孩子，脸上挂着纯真的笑，对李兰英说，姨妈，咱家以后肯定会有弟弟妹妹的，你放心吧，到时候我肯定会好好保护他们，不让他们受欺负。

十来天过去了，依旧不见赵顾晚回来。我母亲一边做饭，一边嘟哝："挨刀子的不让人省心，非要把有点气色的光景弄得乌烟瘴气，自个儿跟范江鸿一样进了监狱才罢休。"连日来，华莹都是一副心事重重的样子，惊恐、紧张的情绪时常挂在脸上。那天吃罢早饭，洗刷完碗筷，华莹长吁了一口气，对抱着孩子的我母亲说："嫂子，我得去找他，也许出事了。"华莹一脸严肃地说，将双手在围裙上擦了擦，神色迷离地立在我母亲面前，"他不好好挣钱，不走正道。前几天，他拦住一个菜农的自行车，强行抢走老汉身上的十几块钱，随后又抢了一个女学生的生活费，还把人家按在地上摸了个遍。他喝了点酒，满脸自豪地给我讲述了事情的经过，我狠狠地骂他，说女儿已经快一岁了，别再干偷鸡摸狗的事了，我一听到警车声就提心吊胆，生怕警察冲进来把他铐走，别让孩子长大了没有爸，我也不想守寡。他觉得我在诅咒他，盼着他被警察抓进监狱，他给了我一个耳光，甩下一句狠话，他要回老家益庄，再也不管我们娘俩了。"

我母亲的脸上笼罩着蒸腾的灰云，目光呆呆地停留在华莹的脸上，抱着孩子的胳膊在温暖的火炉旁微微颤抖，想说什么却终究没有开口。华莹看着咯咯笑的孩子，眼睛里射出一种坚定的光芒，她恳求我母亲帮她好好照看彤彤，她找到赵顾晚，一定将他拽回正道。

冬日的寒风带着一股凛冽的寒气，在益庄纵情飘荡，华莹的身影在正午的寒光中影影绰绰，她步伐急促消失在去往县城的小路上。我母亲抱着熟睡中的彤彤，长久地立在院外。那时冰雪正在消融，水滴如断线的珠子，从屋檐上一个劲儿地嗒嗒掉落。我喊了几声，母亲都没有回应。半晌，母亲将熟睡的彤彤放到炕上，然后坐到炉火前纳鞋底，一副心事沉沉的样子，手被扎伤好几次，落日西沉黑夜降临时，我母亲垂下脑袋，嘤嘤啜泣。

华莹一去不返了。先前的几天，彤彤哭闹不止，像是意识到她的母亲留下她独自离开了，当哇哇哭泣并未得到除我母亲和李兰英之外的人的安哄时，竟奇妙地安静了，眨巴眼睛望着眼前心神不宁的脸庞，咯咯笑着像是逗我母亲开心。那些天，每当院外有风吹草动和鸡鸣犬吠声时，我母亲都会惊慌坐起身，望着窗外漆黑的夜色发呆。我母亲的心里一片茫然，犹如窗外的茫茫黑夜，奇怪的念头反复出现在她的脑海里，她不确定这个名叫华莹的女子是否就真的是赵顾晚的媳妇，甚至怀疑她极有可能是行走江湖的骗子，她永远也不再回来了，当她粗糙的手触碰到彤彤新鲜而充满活力的鼻息时，又一次陷入茫然。

此后我母亲并未像事情刚发生时那样茫然和不安，脸上是一种历尽沧桑后的坦然与从容，她在照顾我的同时，拉扯着彤彤一天天长大。在村人的闲言碎语中，她有时会想起那个名叫华莹的女子，弥散在屋内的哀怨和忧愁早已被生机勃勃的欢笑声所取代了。她的庄稼活儿一点也没有落下，每当人们看到田间出现那个背着孩子劳作的妇女时，总会心酸地议论几句，摇摇头，然后干起自己手上的活儿来。

这样的日子一直持续到我上小学五年级。那天放学后，我走到院外，听到屋里传来爽朗的笑声，我的心里咯噔一下，突然知道那是谁的笑声了。那时我眼里的赵顾晚已没有了当初的潇洒和不羁，更多的是一种令人厌恶的无赖形象。我看见赵顾晚拿着一包什么零食，逗得彤彤又哭又闹，自己咧着嘴哈哈大笑。彤彤一脸的不悦，奶声奶气地对我母亲说："妈妈，这个叔叔太坏了，不给我吃。"然后又对我说，"哥哥，你帮我抢过来。"我母亲笑着说："彤彤乖，他不是叔叔，他是你爸爸。"童童一脸的天真和茫然，问道："爸爸？爸爸是什么呢？"

那天晚上，赵顾晚夹了一个破被子，说他要去老鸹洼的烂洞中躲几天，白天找机会再回来。经不住我母亲脸上的惊恐和焦急地质问，赵顾晚干脆实话实说，自己服刑期还未满，脑子一热，趁监狱管教的漏洞，越狱逃出了牢笼，避开狱警追踪的路径，伪装成捡破烂的乞丐，昼伏夜出，奔袭回家。他说，只要能见妻女一面，即使被抓回去加刑，也心甘情愿。我母亲问他是否见到了华莹，他说华莹在省城一家饭店打工，他偷跑去见了她，才急忙回来看彤彤。

我母亲平静的心又一次被搅起狂风骤浪，院外轻微的脚步声都会使她心脏剧跳，无端的惊悸和慌乱令她昼夜不宁。没过几天，警察上门了。再三盘问，我母亲一口咬定，赵顾晚没有回来过。我去上学了，未能经历那惊心动魄的场面。尽管警察觉察到了我母亲的神情不定，但益庄就这么大个地方，搜寻遍了也没见赵顾晚的影子，只好悻悻地离去。临走，警察在益庄布了眼线，一旦发现逃犯赵顾晚，举报有奖。

第二天黄昏，赵顾晚壮着胆，戴上帽子，悄悄去邻村小卖部，为女儿彤彤买零食，看到站在坡顶的吕万才，他赶忙矮下身去，撒腿就溜。那时，赵顾晚并不知道，吕万才就是警察布在益庄的眼线，他只是见人就躲。吕万才当时正在路边撒尿，他看到一个戴着帽子的身影，猫着腰做贼一样，东张西望一路小跑，定有可疑，赶忙拿出他的"大哥大"，拨通了报警电话。天擦黑，赵顾晚正和女儿彤彤玩闹，我母亲再三劝说要他快躲起来，他说再过五分钟就去老鸹洼，不承想警察就是这时候悄没声息地冲进院子的。赵顾晚被四名警察狠狠地摁倒，他像牲口一样脸贴地喘着粗气，口水流了一地。赵顾晚被戴上手铐押进警车时，彤彤哇哇大哭着喊："爸爸，爸爸别走，不要抓我爸爸。"赵顾晚顿时泪流满面，挣扎着要跳下车，急忙喊："彤彤别哭，别哭啊，等爸爸回来。"我母亲怔愣在那里，警车走后半天还未缓过神。后来，我才知道，当时赵顾晚只差不到半年就刑满释放了，由于这次越狱偷跑，又加刑两年。

五年级这年暑假，范江鸿回来了。我记得那一天的天气特别美丽，我们如往常一样在村子里疯跑抓知了，跑累了就去村口的老槐树上睡觉，阳光被树枝分割成密密麻麻的网子，千丝万缕的阳光投射进来，我们的脸上闪烁起动人的光泽。我们躺在粗壮的树枝上，百无聊赖地唱起当年非常流行的《流浪歌》，那位名叫陈星的歌手陪伴了我们整个暑假。一曲未尽，我们看到远处一男一女朝村口走了过来。准确来说是三个人，男人的脖子上架着一个孩子。

"是范江鸿！"

"真是范江鸿！"

"真他娘的是范江鸿！"

现在，我依然清晰地记得小树和刘凯当时激动的神情，刘凯身体摆动的幅度使他差点从树上掉下去。范江鸿变了，他穿着一件很普通的灰布短袖，头发也剪短了，完全变了副模样。那个女子也比上次来时显得朴素了许多，脸上没有化妆，可她的笑容依然清澈迷人，依然带给我无限的遐想和美好。

范江鸿看到我们，笑嘻嘻地说："你们都在啊，快回家吧。"我们跟在他身后到了他家，坐在院外土墙上。范江鸿收拾完屋子，又开始清理院里一人高的杂草，他左手握着锄头，右手搭在左手上，刚一使力，右手就无力地滑落了，他将锄头放在一旁，蹲下去，用左手一根一根地拔。那女子抱着孩子，在屋前的沙堆上玩耍。范江鸿拾掇完院子已满头大汗，他揩去汗水，从屋里拿出几包金鸽牌瓜子，分给我们每人一包，又给了我们一人一个大大泡泡糖，笑盈盈地说："都回家吧，天快黑了，回去再吃。"

不知为何，那时候我有种莫名的失落感，一种低沉阴郁的情绪在我的心底散开，我感到自己仿佛丢失了什么，却也说不清楚。范江鸿在外头到底经历了什么？他怎么会变成现在这个样子？我不得而知。我看到小树呆呆地望着眼前的范江鸿，像是陷入了对往日美好的光景和对未来茫然的生活的无限遐想中。

坐了一阵，我就跳下土墙，灰溜溜地回家了。瓜燕儿和我母亲正在看电视剧《还珠格格》，小燕子令人讨厌的嬉闹声充满整个屋子，瓜燕儿跟着电视嘿嘿笑着。我母亲说，燕儿就跟电视里头的小燕子一样，一只活泼的燕子，可别把彤彤吵醒了呀。随即我就回了一句，像个屁，傻子怎么能跟人家演员比？我讨厌瓜燕儿，她经常叫我当众出丑。她跑到学校门口，把头从门缝塞进来，押长脖子瞅。放学铃响，见有娃儿奔跑出来，她就嗖的一下溜了，跑到不远处的土墙上。看到我时，她就嗷嗷地喊，然后赶快趴下去。我装作什么也没有听见，那声音只是来自一个不相干的别的什么人。同学们却故意嘲弄我，说那是我媳妇在叫我呢，我愤怒地朝他们喊，那是你妈叫你呢，撵着他们打。

不久后，范江鸿承包了益庄的十多亩地，开垦栽苹果树，又养了一百来只土鸡，他和自己的女人日出而作日落而息，靠自己勤劳的双手去创造美好的生活。土鸡散养在果园里，吃野草和虫子，鸡粪用作果树的肥料，一举两得。鸡蛋每周三次送到县城的集市里。范江鸿后来成了十里八乡人人夸赞的好青年代表，荣获县政府颁发的"模范青年""创业能手"等多种荣誉称号。范江鸿整日忙碌着，没有多余时间再搭理我们，我们依旧无聊至极，还是会每天坐在他家门口的土墙上来消磨时间，期待我们想象中的幸福时刻的降临，但幸福是什么，其实我们都不知道。时间长了，大人就将我们撵回家，我们不愿回家，但那讨厌的黑夜如魔鬼般悄然袭来。

6

升到益王县中学后，我们开始住校了。礼拜五下午放学，骑自行车回益庄，礼拜天下午又骑自行车返回学校。礼拜五放学后，我们时常不着急回家，把自行车停在路边，躲进麦地里抽烟。烟是同学从他家的小卖部里偷拿的。我记得有一回，我们刚点燃烟，就听见路上有吵闹声，跑出去看，居然是瓜燕儿和两个低年级学生扭打在一起，我们的自行车倒在一旁。瓜燕儿怎么跑来县城了？瓜燕儿满身灰土，两个学生脸上也有血口。旁边一群看热闹的同学一拥起哄，纷纷看向我。我尴尬地笑笑，小声对小树说："瓜女子怎么又犯病了？"没想到，从未和我动过气的瓜燕儿，一下子挣脱开，冲到我跟前，面目狰狞如一只发怒的猴子，朝我吼叫了一声。她的声音尖锐刺耳，像挖地时镢头砸在料礓石上，使我心头一阵震颤，整个人怔住了。我还未回过神，她就撒腿跑了，一瞬间又折回，猛然挥手，打掉我手里捏着的半截烟，狠狠地剜我一眼，转身跑开了，留给我们一个邋遢的背影。

"瓜女子为啥打你？"小树一脸惊讶。

"鬼知道！"我愣了半响。

"瓜女子刚才哭了么？"

"没有吧。"

回家的路上，我的脑海里全是瓜燕儿刚才的神情，她为什么要那样？我惹她了么？没有啊！瓜燕儿那时的神情似有种魔力，拉扯着我的情绪，如同一块掉落的石头，令我的心湖泛起茫然的涟漪。后来，我才知道，原来是那两个低年级学生动了我们的自行车，其中一个小胖子骑在我的车子上，用脏手抠"永久"字标。不知瓜燕儿突然从哪儿冒了出来，一把抓住小胖子的后脖领，把他拽了下去。接着他们就扭打在了一起。

我第一次因为瓜燕儿而感到羞愧和害臊，那种突如其来的特殊感使我诧异和困惑，怎么会这样呢？她可是我最讨厌的人啊。之后，好些天我都没有再见到瓜燕儿，我问母亲，她说燕儿也好几天没来吃饭了。礼拜六下午，我骑着自行车连下三个大坡，刚到瓜燕儿家门口，就远远看到她，吆着四只羊，下了槐树沟。

瓜燕儿开始放羊了。我们上学，放学，过寒暑假，而瓜燕儿整天放羊，把一年两年甚至更长的时间，活成了一天，独自一人置身于茫茫荒野，变成了一棵树、一只羊、一株草。

我清楚地记得，那是一个礼拜六的晚上，我已进入了梦境，巨大的哭声和呼喊声在我耳旁乍然响起，我在心底告诉自己，那只是梦。我记得那个晚上很沉闷，我历尽艰辛才踏上梦境之路的。月光下的一切暗淡深沉，没有了往日灵动的光泽，偶有几溜晚风从塬畔的荆刺间吹来，带着尘埃和落叶，越过土墙，升至上空，又在沉闷的空气中逐渐消散。我透过窗户看到院外已是漆黑一片。墙上钟表的指针走在二十一点十三分。我起身下炕，循声而去。

哭声和呼喊声是从范江鸿家里传出的。他家门口站满了人，小树和刘凯坐在土墙上，小树焦急地告诉我，他叫了半天，都没见我回应。我说我刚才在做梦呢。我挤上土墙，看到院内的范江鸿趴在井口，大声呼喊：

"儿啊——我的儿啊——"

他的哭喊声如同狂风，土墙上的我们摇摇晃晃。那女子瘫在地上，脑袋斜靠着李兰英，身体战栗不止，无声抽泣着。命啊，都是命，都是天数，都是天劫。几个上了年纪的老人坐在自带的小板凳上，像在劝说范江鸿，又像在慨叹什么。

在那个月光暗淡的夜晚，范江鸿一直趴在井口，他那撕破声带的哭喊声，使夜晚显得阴森恐怖。有人试图将范江鸿拉起，但他扒住辘轳架子死活都不松手，只是大哭和呼喊。当时的我是那么迫切希望，能有一个人站出来，去平息范江鸿撕裂黑夜般的哭喊声，可始终没有一个人。没有什么比无济于事的痛哭与呼喊更加使人战栗和绝望了，尤其在那沉闷凄凉的黑夜里。

围观的人们兴致勃勃地议论整个热闹的发生过程。那天下午，范江鸿去果园劳作，直到傍晚还未回来，他的女人将儿子拴在炕头，提上刚做好的一碗面条去地里送饭。他们回到家，发现儿子不见了，不知什么时候挣脱绳子跑出去了。里外找了个遍，女人看到水井，身体像被鞭子抽中般抽搐了一下，双腿打抖无法站立了。她猛然想起，自己打完水忘了盖上井盖，并且有种强烈的切实的认识，孩子定是趴在井边照水里的影子，不小心掉进去了。范江鸿暴跳如雷，从案板上拿起菜刀要杀了女人，说是她害死了自己的儿子，女人跪在范江鸿面前，抱住范江鸿的腿，失声痛哭。

自此之后，范江鸿家的门始终是关闭的，我站在土墙上看不到屋里的任何情况，也听不见丝毫动静。五天后，那个女子拖着干枯的身体，晃晃悠悠走出屋，面目呆滞如一具空皮囊，两只凹陷的眼睛如两面深渊，看不到一丝光亮。她什么行李也没带，嘴里念叨着一些细碎的听不清的话语，缓缓走出巷子，我看到她在坑洼不平的土路上起伏，她的身影越来越小越来越模糊，消失在去往益王县的路上。我始终没有见到范江鸿。

那天夜里，人们先是听到鸡的惨叫声，然后看到了漫天的火光。大片的果树已葬身火海，噼里啪啦的声响和鸡的惨叫声在益庄上空飘荡，一百只鸡如战争中的老百姓慌忙逃窜，飞蹿起的燃烧的鸡又像雨点般掉进火海，烤肉味和焦煳味与木头的清香混杂在一起。人们站在远处张望，火光在眼眸里迸射，却没有发现范江鸿的身影。有人说，范江鸿走了，顺着大路走了，进城找他女人了；也有人说，范江鸿在火海里，压根儿就没有出来。

范江鸿的消失，对那时的我来说，不知为何突然变得没有那么重要了，人们整日滔滔不绝的议论并未在我的心间泛起过多的涟漪，我不再像之前那样充满心酸和悲伤，代之的是一种平静与淡然。那时候，我便认识到，长大其实并不是一个漫长的过程，甚至它本身就不是一个过程、一个阶段，而是突然的一瞬间、一个节点，在某一天的某一时刻，你突然发觉自己已经长大，它无须通知你，就已经到来了，你只能接受，然后去面对。而此刻，当我再次想起范江鸿时，内心竟莫名地涌出一丝心酸和悲伤。

我骑上自行车重新回到学校。

有一回，我从学校回来，老远就看到燕儿独个儿坐在戏台上，石狮子般纹丝不动。三五个小孩拿石头疙瘩赶她，嘴里骂道："瓜女子，瓜女子，我不爱来他不爱，没人要来没人要。"燕儿一言不发，甚至不抬头看一眼，好像眼前的一切都与她无关。我赶忙跳下车子，大声喊："谁家娃儿欺负人哩？滚开！欠收拾！"他们便哇哇叫着，撒腿溜了。听见声音，燕儿抬起头，憨笑着瞅我。她依旧是那副一成不变的模样，蓬乱的头发，衔不住的鼻涕，脏污的衣裳，脚上挂着我的那双鞋，已经倒帮，脚后跟裸露在外，沾满了泥土。

"燕儿，你咋不还手呢？"我说，"以后他们欺负你，你就打他们。"

她憨笑着不作声。

我又问："燕儿，你咋没去放羊呢？"

她仍憨笑着不作声。

我唤她跟我回家吃饭，让她坐到自行车后座上。我使劲儿蹬着车子，燕儿在后边咯咯笑，双手比画出翅膀飞翔的动作。我说："燕儿，你真像一只燕子。"她含混不清地说："我想飞。"

到家后，我问母亲，燕儿咋不放羊了。母亲说，燕儿差点弄丢羊，挨了她爷的打。我说，好端端的，怎么会弄丢，燕儿又不是看不住羊。母亲说，谁知道呢。令我不解的是，燕儿很少笑了，也不再疯跑了，时常蹲在戏台上，像是有了什么心事。瓜女子能有什么心事呢？我和母亲都不知缘由，问她也不吭声。

时间过去一年多吧，也许是两年，母亲告诉我一件事，她说是李兰英告诉她的。石中发和李兰英卖完煤回来,看到了槐树沟里的情景。李兰英不敢吭声,她也不让石中发吭声,她害怕梁复贤得知后会在学校"特殊对待"小树。直到梁复贤瘫在家里,她才敢把那个秘密告诉给旁人。

那时候梁复贤已不是教书先生了。梁复贤耳朵上的肉瘤越长越大,如一个肉蛋挂在那里,半张脸肿胀得像被土蜂蜇过。从不愿进诊所的他,不得不去诊所问诊,大夫告诉他,得将肉瘤切除,然后在脸上划开一道口,放出里头的脓水,上药包扎即可。梁复贤愤怒地跳起来,骂大夫是谋财害命,动不动就要开刀,他宁可自己死掉,也不愿把命交到无能的大夫手中。

学生家长们联合向上级教育部门反映,说梁复贤耳朵上的毒瘤不断流出毒液,吓哭了所有的学生,他们的孩子无心学习,每晚都在噩梦中惊醒,梁复贤残败的形象已无法支撑他继续任教了。上级有关人员调查后,确认情况基本属实,特安排梁复贤享受提前退休的待遇,回家好好休养。梁复贤的怨愤已使他无法理智地看待这件事情了,他手握一把剪刀,气冲冲地跑进会议室,当着所有领导的面,用剪刀剪掉了自己耳朵上的肉瘤,顿时鲜血横流,染红了他的半张脸和脖颈,水泥地上流了一摊脓血。在领导们的吃惊和厌恶中,梁复贤将割下来的那块玩意儿扔到地上,抬起脚用力踩了上去,浓稠的黑红色液体如瞬间炸开的爆浆牛丸喷涌而出,几名女同志吓得面容失色,惊声尖叫,浓烈的腥臭味使在场所有人慌忙捂住了口鼻。梁复贤故作镇定地咧嘴笑了,他用一种恳求的语气,对其中一位戴眼镜的中年胖男人说:

"局长,这下没了毒瘤,我是不是可以回去上课啦?"

梁复贤的天真并没有使他得到想要的结果,他为自己疯狂的举动付出了沉重的代价。梁复贤不仅被取消了退休的待遇,还以扰乱教育工作的恶劣行为的"罪名",被张贴大字报面向全社会公开批评。

那几日,梁复贤手握剪刀,昼出夜归,徘徊在学堂门外,脸上附着一层黑红色的铁锈般的浓痂,在清澈透明的光芒里,闪着黑红色的沉闷而愤怒的光。家长们变得惶恐不安,小心翼翼地接送自己的孩子上下学，生怕他们受到疯子梁复贤的伤害。那样的日子持续了十多天，一天下午放学，梁复贤当着所有家长的面，在他们惊恐而躲闪的目光中突然跪到地上，号啕大哭着喊：

"你们不能就此剥夺我造就人才的权利啊！"

梁复贤不再教书了，他用攒下的积蓄买了一头牛，每天早晨和后晌，去槐树沟放牛。他的半张脸依旧肿胀发黑，牛看到他的模样也会发惊闪躲，他不得不留起胡子。他那花白中夹杂些许亮黄的胡子，很快就遮挡了下半张脸，风一吹，长长的胡须在他的眼前胡乱飘荡，仿佛阳坡石头堆里干枯的蒿草。

梁复贤把牛吆进沟里，就再也不管了，他坐到那棵柿树下，抽起旱烟锅来，一锅烟尽，连咳几声，吐几口浓痰，用黑腻腻的袖管抹一抹嘴，就扯开嗓子吼秦腔，先吼一段《三滴血》，再接着吼《下河东》。每当梁复贤的吼声在沟洼里飘荡时，燕儿就不疯跑了，木木地站在荒草丛中。燕儿是被梁复贤高亢的声音吸引住了。

燕儿记恨梁复贤不让她上学，可她喜欢梁复贤吼的秦腔，尽管她听不懂，不知道他在吼些啥，但就觉得好听，她不由得张开嘴，小声跟着哼哼。燕儿不敢靠近梁复贤，她害怕那张吓死人的脸，她觉得梁复贤的胡子里有一条毒蛇，能变长也能缩短，能吐出要人命的毒液。梁复贤时常摘野果子吃，每回都喊燕儿过去一块吃，燕儿虽说大大咧咧、疯疯傻傻，但也很羞怯，对于孤单惯了的她来说，过多的关心比过多的冷淡更使她感到不安。听到梁复贤的喊声，燕儿每回都装作没听见，跑得远远的。

燕儿唯一一次靠近梁复贤，却给她留下了灾难性的记忆。那一天，梁复贤又喊燕儿，瓜女子，快过来。燕儿正趴在草堆里和一群蚂蚱聊天，装作没听见。梁复贤不停地喊，瓜女子，快过来，爷渴得快昏倒了，去给爷摘几个桃来。燕儿本不想吭声，可她内心善良的小火苗渐渐燎旺了，她跑到半山腰上，摘了两颗又红又大的桃子，裹在衣襟里。燕儿把桃扔到梁复贤跟前，没敢看他一眼，扭头就往回跑。瓜女子，先甭跑。梁复贤有气无力地喊，爷没有一点力气了，够不着哇，你给爷拾起来。燕儿的小心脏都快跳到嗓子眼了，她犹豫了一下，但还是捡起桃，闭着眼睛小心翼翼地递给梁复贤。梁复贤猛然抬起身，用一只苍老的大手捏住燕儿的胳膊，一把将她拽进怀里，另一只手闪电般塞进燕儿破旧的裤子里，腰带都被绷断了。梁复贤发出诡谲的笑声，他的手在燕儿的裤裆里凶狠地戳了几下。燕儿死了般愣在那里，一颗幼小的心滴下了血。红彤彤的桃子还捏在她手里，沾满泥土的指头深深地插进了桃子里。浑浊的泪水顺着脸颊流下，燕儿这才突然清醒，她把手里的桃狠狠地扔了出去，砸在那张满是胡子的脸上，然后撒腿跑掉了。

燕儿顺着狭窄的坡道跑上沟，这才感到似有什么东西，顺着她的大腿根流了下来，一股钻心的痛蔓及全身。她也顾不了那么多，铆足劲往家里跑。一路上，燕儿都恐惧万分，她害怕的是梁复贤那张脸一瞬间出现在眼前，而不是胡子里的毒蛇——那张脸比毒蛇可怕多了。泪水已模糊了脸庞，她顾不上揩去。跑进院子，正蹲在羊圈口抽烟的爷爷一脸惊愕，没有问到底发生了啥事，却发出了令燕儿终生难忘的愤怒。燕儿原以为跑回家，跑到爷爷的身旁，会得到最大的安慰，未曾想到，得到的却是更深的悲痛。

爷爷并未注意到燕儿裤子上印出的那一片血迹，他大声呵斥燕儿，抬起腿朝她尖瘦的屁股踢了一脚。燕儿没有感到屁股的疼痛，而是滴着血的心几乎彻底碎了，这种悲痛比梁复贤的伤害还要深。爷爷的确是被吓坏了，眼前的情形让他真切地以为燕儿把羊给弄丢了。然而，燕儿什么也没有说，脑子里一片空白，撒腿往沟里跑，跑到半腰时，羊儿们自己已经上了坡。

我无法想象这件事对燕儿的伤害到底有多深，也无法弄清楚燕儿那一两年是怎样度过的，没有人能与燕儿感同身受，但我每每想起时，胸口都会窒息般憋得慌，心如火焰灼烧变得干瘪，布满深深浅浅的裂纹，非常难受。

不久后，梁复贤那半张黑红的脸开始溃烂流脓，他觉得自己的脑袋在迅速胀大，像一个快要爆开的猪尿泡，难以忍受的疼痛使他日夜在炕上翻滚。他用手在头上和脸上拍打抓挠，他看到几只苍蝇在面前嗡嗡盘旋，它们随后就落在他的脸上，啄食烂疮里酸臭的皮肉和胡子里沾满的浓稠的血浆。他挥手将苍蝇赶走，但是很快有更多的苍蝇聚集上来，梁复贤不想再做徒劳的挣扎了，他的脸上露出一丝自嘲的无可奈何的微笑，他用余光看着那群苍蝇啄食自己的脸，胀裂的脑袋里流出了许多过去的往事。梁复贤看到自己年轻的妻子死在手术台上时可怜无助的模样，梁复贤没有听到妻子绝望的呼喊声，梁复贤最后听到的是学堂里孩子们的琅琅读书声——床前明月光，疑是地上霜。举头望明月，低头思故乡……

7

赵顾晚再一次回到益庄，我已上初中二年级了。一只羊跑来跑去，始终离不开益庄那片荒草坡。

赵顾晚骑了一辆破旧的摩托车，带着华莹兴高采烈地回来了。那时候他们的女儿彤彤已上学前班了。他们给彤彤带回来新书包和一大堆零食，彤彤却不正眼看他们一下，更甭说喊他们爸妈了。

我母亲对彤彤说："你爸妈这些年在外头打工，都是为了给你挣钱呢，现在他们回来了，再也不走了。"彤彤的鼻子里发出一声短促的哼声，像是突然刮过一股风，华莹只觉心头打了个寒战。彤彤看了眼我母亲，余光扫过赵顾晚和华莹，用一种大人的口吻从容自若地说："打工？去哪里打工？牢里吗？"然后轻声一笑。华莹仄过脸，掩面哭泣。那是我第一次见到华莹落泪。

赵顾晚给我母亲买了一身衣裳，桃红色的，很喜庆。我母亲笑着说："都是做祖母的年纪了，穿不了这么艳丽的，旁人会笑掉大牙呢。"我母亲还是很喜欢那身衣裳的，我几回看到她偷偷穿上它，照照镜子，喜悦挂在脸上，在屋里走一走，然后就脱下来叠整齐，放进柜子里。

赵顾晚给了我一个复读机，我记得是"步步高"牌，那是我第一次拥有属于自己的电子产品，我激动万分，晚上睡觉也抱着它，后来我省下生活费，偷偷买了两盘磁带，一盘是BEYOND乐队的《光辉岁月》，另一盘是刀郎的《2002年的第一场雪》，那些歌声陪伴了我漫长的孤独、自卑、忧伤的岁月，直到高二那年，我考了全年级第四名，赵顾晚又奖励给我一个MP3，自此，那个复读机才退出我的生活舞台，但我一直舍不得丢掉它，它随我到省城上大学，又陪我走上工作岗位，看着我结婚过日子，现在依旧摆在我的书架上。

  回来没两天，赵顾晚就骑着摩托车去狼沟矿下井拉煤了，他能吃苦，会来事，和工友们相处得很好，再也没有了当年的狂妄自大，没多久就当上了小组组长。后来，他们又生下一个男孩，取名军军，军军胆小听话，而彤彤胆大叛逆，从不听赵顾晚和华莹的话，为此，华莹不知多少回流下辛酸的泪，而彤彤只听我母亲的话，她喜欢和我玩，愿意给我说心里话。

  国家十三五规划期间，取缔了益庄周边的小煤矿和水泥厂，益庄那些下井拉煤的中年人，全都被迫失业，无奈而又坚强地进城打工，讨生活去了，只有赵顾晚仍旧留在益庄，搞起了养殖业。建鸡舍，盖化粪池，搭料棚，一河滩的前期工作就位，第一批引入三百只鸡，有肉鸡也有母鸡。赵顾晚和华莹像对待自己的儿女般精心呵护每一只鸡，起早贪黑地劳作，肉鸡陆续出栏了，母鸡也下蛋了，赵顾晚买了一辆小三轮，去城里叫卖鸡蛋，美食街两排饭馆挨个敲门卖肉鸡。先递烟，再报自己的姓名和住地，闲聊家常，说趣闻轶事，店主心花怒放，满脸笑意，赵顾晚这才说卖肉鸡的事，店主不好推托，自然得要几只。二回，赵顾晚将家里的玉米籽、绿豆、小米、咸菜或刚从地里摘的辣子、茄子、西红柿，装一小袋送给店家，大盘鸡店主在惊讶和欣喜中签订了每日购买二十只肉鸡的协议，其他炒菜馆签订了每日购买八只到十五只肉鸡的协议，就连面馆、饺子馆也签订了每日购买三只肉鸡的协议，他们拍着自己的胸膛，坚定地说："兄弟你对人这么真诚，我们就是自个儿吃，也必须订。"鸡蛋就不用说了，每家店都订了足够的量，赵顾晚的肉鸡和鸡蛋供不应求了。赵顾晚雇了亲戚家的一个年轻小伙，重新买了一辆三轮，和他一起送货。那几年不光是彤彤和军军，就连我的零花钱、新衣服和新文具都不间断，赵顾晚还为我买了一辆山地自行车，笨重的"二八大杠"被我卖掉了。

倘若好景常在、好梦不醒，那该有多好哇。我母亲后来时常抹着眼泪，哀伤慨叹。我记得那一年，益王县突然爆发出一种叫做禽流感的病毒，许多人感染病毒导致疾病，专家诊断说，此病毒经呼吸道传播，通过密切接触感染的禽类及其分泌物、排泄物、受病毒污染的水等，以及直接接触病毒毒株被感染。于是，政府下令全面扑杀鸡、鸭等家禽，从根源上切断病毒滋生。赵顾晚新上栏的五百只鸡苗和即将出栏的一百多只肉鸡，被穿着防护服的人员扑逮，装上卡车拉去处理点活埋，赵顾晚上前拦挡，被卡车伤了腿。那段时间，人们怕自己家里的狗、羊、猪、牛、驴，还有兔子，跟着遭殃被拉去杀掉，就把它们圈在屋里，严加看管，一刻也不让出门。兔子的脖子都被套上铁链，拴在木橛上。牛啊羊啊驴啊像是到了发情期，没日没夜地叫唤，性情极其暴躁，有不少人被自己家里的牲口踢伤或顶伤。

益王县中学起初发现一名女学生感染了禽流感，她先是吃不进饭，身体无力，一副恍恍惚惚的样子，老师让她回宿舍休息，睡一觉再来上课。她躺在床上，头疼发热，咳嗽流鼻涕，恶心呕酸水，整个人仿佛飘浮在梦境中。舍友放学看到眼前的情景，立刻上报老师。县政府派有关人员将这名女生带走了，接着就封锁学校，对全体师生开展检测和医学观察，发现异样立刻上报。

所有的人都惊恐不安，吵着闹着要回家，以为那名女生被带到处理点，像处理鸡鸭那样活埋掉，下一个也许就会轮到自己。穿白大褂戴口罩的管控人员用警戒线将宿舍围了起来，对宿舍进行严防死守，手持扩音喇叭虚张声势地大喊着私自下楼的后果。我当时产生了幻觉，总看到他们每人手持一把步枪，子弹上膛，威武凛然地瞄准了我。每天除了在惶惶不安中睡觉、发呆、幻想，我什么也做不了。到点就去楼下领饭，然后迅速返回宿舍，每个人都格外珍惜每天两次的"放风"，就像获得了短暂的重生。

我没能看到赵顾晚一蹶不振的样子。后来听我母亲说，赵顾晚总是不住地掉眼泪，吃饭时，发呆时，看电视时，躺下睡觉时，长吁短叹，怨世道不古、命运不公、人生之艰、生活之苦。反而华莹从未掉一滴泪，默默地做饭洗衣，下地劳作，不抱怨不放弃，一如既往地务力生活着。

我已记不清那次的禽流感持续了多久,我记得有一天早上,学校喇叭里突然通知,所有人可以下楼,可以回家了。在那之前的一个深夜里,我被一声巨大清脆的声响惊醒,楼道里轰然响起叽叽喳喳的议论声,对门宿舍随即聚满了学生,有人刚才看到一名女同学从对面女生楼五层跳窗而下。但消息很快被学校封锁,禁止所有人造谣生事,宿管阿姨告诉我们,哪有什么女同学跳窗,只是一只黑猫而已。

我见到赵顾晚的时候,他看上去憔悴不堪,像连着熬了多天的夜。赵顾晚整日酗酒打牌,不顾家事,但孩子要吃要喝要上学,到处都得花钱,华莹地里家里来回跑,忙得不可开交。她想入栏两头猪仔,捎带着就喂大出栏了,我上学花光了母亲卖玉米和花生挣来的一点钱,家里已没有钱可供华莹去买猪仔了。思来想去,华莹下决心进城打工,多挣些钱,把孩子养大成人,供上大学,不枉活人。

华莹进城的那天,军军哇哇大哭,不让妈妈走,彤彤直着脖子,目光长久地停留在屋顶,不哭不拦也不吭声。赵顾晚蹲在碾盘上,脑袋埋在裤裆里,他知道自己拦不住也没脸面拦华莹,眼看华莹背着行李的身影渐渐变得模糊,赵顾晚快跑几步,朝进城的上路喊:

"你安心打工吧,两个孩子我会照顾好的。"

华莹将拎了一路的半袋小米,提进了市电视台总编的办公室,算是见面礼。华莹给表哥说,家里出了变故,她得投靠表哥,在城里找个活干,挣几个钱养家糊口,供孩子上学。表哥无奈,领华莹回到家,嫂子理解妹妹的难处,一家人,能帮尽帮。嫂子让华莹在自己的广告公司学打印,操作简单,活儿轻巧,但华莹怎么也学不会电脑,动不动就强行关机,以为跟电视机一样呢,结果丢了资料。嫂子不好给客户交差,表哥说了华莹几句,她就委屈地哭了。家里出了那么大的事,华莹都没哭,听不得两句话就哭了,她觉得伤了自尊,丢了脸面。华莹吃不了轻巧饭,就给一家餐馆当杂工,洗碗刷盘子,打扫卫生清洗厕所,手上满是血口子,一月挣得三百元。华莹花三十块钱在偏远的乡下租了一间房,说是不能再给哥嫂添麻烦了。工友大姐对华莹说,新来的员工拿了第一个月工资,要请所有人吃饭,这是规矩,

277

得遵守。华莹无奈，却也不好推托，这是生存法则，想要活下去，就得遵守，照规矩请吃夜市，烤肉啤酒，二百七十块花光了。那晚，华莹躲在被窝里，无声地哭泣。第二天天不亮又起身洗漱，喝杯水出门，步行三十多里路到餐馆。每天机械似的运转，来回奔波，不知什么是劳累，拿到工资时，也哼哼几句刘欢唱的《从头再来》。终于，华莹算是在城里站住了脚。

华莹走后不久，赵顾晚像是突然意识到了什么，将手里的半瓶酒摔到地上，发誓再也不喝酒不打牌了。赵顾晚刮去胡子，剪掉了凌乱的长发，下决心要从头再来。赵顾晚在益庄和邻村孟庄转悠了几天，看看这家人在做什么买卖，那家人又在哪里打工，是否有适合自己的营生。赵顾晚走进孟庄一家商店，看到店主孟大爷正和几个年轻人看电视，他很快就被那部名叫《金玉满堂》的电影中精彩的厨艺比拼给吸引住了，当他看到钟镇涛用豆腐雕刻出栩栩如生的八仙过海场景时，不禁"噢——"出声来，众人扭过头，用眼睛剜他。影片结束后，几个年轻人兴奋地议论着，说自己要学厨师，去大酒店当大厨。年轻人蹦蹦跳跳离去后，赵顾晚又"噢——"了一声，脸上带着憨笑，愣愣地坐在孟大爷的炕边，一副沉醉在幻想中的样子。孟大爷看着赵顾晚，脸上露出诡谲的笑，他呷了一口茶，用一种怀疑和不屑的口气问道："怎么？益庄的名人也想学厨师？当大厨？"他的嗓门抬得很高，仿佛隔着很远的距离。

"豆腐！"赵顾晚脱口而出，声音响亮，凑近脸，盯着孟大爷，"谁会做豆腐？"

"怎么？"孟大爷拉着嗓门说，仍旧是一种怀疑和不屑的口气，"大厨要跳槽了？"

"豆腐！"赵顾晚激动地说，眼睛里迸射出一种明亮的光，"我要学做豆腐。"

"噢——"孟大爷喊了一声，哗哗笑开了。

赵顾晚问孟大爷，孟庄谁家会做豆腐，他想去学，然后开豆腐店，做小生意。孟大爷给赵顾晚倒了一杯茶，问他真的想学做豆腐么，想学本事就得勤看、勤问、勤做，很辛苦的，做得来么？赵顾晚告诉孟大爷，他已经想好了，心里萌发出的要做豆腐的幼苗已经扎根了，他不怕苦，能坚持，然后笑着说，怎么会有人生苦呢？

"我来教你吧。"孟大爷说，坚定的目光打在赵顾晚的脸上，"我年轻时就是做豆腐的。"

赵顾晚拜师孟大爷，学会了做豆腐的手艺，在自家院子曾经的农具棚址上，重新盖起一小间瓦房，开起了豆腐坊。瓦房中升起的炊烟里，飘出一股浓郁甜香的豆子味，弥漫在益庄的角角落落，人们的口鼻中顿时也溢满了甜香的味道。甜香的味道覆盖了人们关于几年前那场大火的记忆，眼前香气袅袅的豆腐坊正朝气蓬勃，人们不会再记起曾经这里是一间农具棚。也许人们也不会再记起赵顾早吧？我不知道。

益庄的老人和小孩最先尝到了赵顾晚的豆腐手艺。赵顾晚做出五方豆腐，邀请年纪上了六十五的老人和十二岁以下的小孩，前来免费品尝豆腐。一些老人吃着浓郁甜香的豆腐，流下了浑浊的眼泪，说自己活了大半辈子，没吃过这么味正的豆腐；小孩们蹦蹦跳跳着告诉未吃到豆腐的大人，说赵顾晚做的豆腐，比虾条还好吃，比辣条还要香。几个不到六十岁的中年妇女，吵吵闹闹着告诉赵顾晚和正在品尝豆腐的老人们，她们的年龄其实已过六十五了，只是身份证上写晚了。赵顾晚哗哗笑着，邀请她们一起品尝豆腐。

第二天，赵顾晚没有做豆腐，那些老人和小孩又来品尝了。赵顾晚告诉他们，他正在调整配方，很快将有更好吃的豆腐出炉。第三天，第四天，第五天，连着三天赵顾晚都在看电视，睡大觉。那些老人和小孩挤在院外，都想知道新配方是否已经调整完成。我母亲问赵顾晚怎么还不动手，新配方研究好了？赵顾晚脸上挂着神秘的笑容，小声告诉我母亲，哪会有什么新配方，都是他瞎说的。

到了第六天黎明时，豆腐坊里又飘出浓郁香甜的味道。那些老人和小孩又来品尝了，他们的口中仍残留着前几日豆腐的甜香，相互议论着配方调整后闻起来果真更香了。赵顾晚嘿嘿一笑，谦卑地说，今后的豆腐不再免费了，想吃就得拿钱买。

老人的脸上立刻呈现出惊讶和诧异，孩子们低声啜泣，一副受了委屈的样子。不多会儿，老人们拿着钱，孩子们拽着大人，围在豆腐坊前。数量有限，豆腐一卖而空。之后每天天还未亮，豆腐坊外已人声鼎沸，十里八乡的人们慕名而来，现场吃完一块豆腐，又带走一块。周末我回到家，常常被买豆腐的人的喊叫声吵醒，那时候我觉得人们都疯了，吃豆腐给吃疯了。傍晚，母亲让我将一块豆腐给燕儿送去，说那是她专门给燕儿留的，我骑着自行车来到燕儿家，家里却没人，门上挂着锁。我把袋子绑到门环上，站了一会儿，未见有野猫出没，就走了。

豆腐供不应求，我母亲便起早贪黑，给赵顾晚搭手做豆腐。那时候，我常听到隔墙的李兰英向石中发抱怨，为什么人家赵顾晚卖白白净净的豆腐可以挣那么多钱，而他们起早贪黑彻夜跑车卖油油黑黑的煤炭却挣不到钱？是自己没出息，还是世道变了？

时间一长，赵顾晚觉得他得扩大规模，于是雇来庄里的两名妇女和亲戚家的一个年轻小伙，妇女在豆腐坊忙活，年轻小伙骑三轮车去城里叫卖，而我母亲只需坐在豆腐坊外收钱。年轻小伙三轮车上的小喇叭里始终放着一首伍佰唱的《挪威的森林》，当城里人听到：让我将你心儿摘下，试着将它慢慢融化，看我在你心中是否仍完美无瑕……就知道那完美无瑕的赵记豆腐终于来了。

我常幻想，倘若赵顾晚没有因胸闷、胸痛而突发晕厥，没有查出胸膜炎，没有花光家里的积蓄，赵记豆腐坊没有被迫关闭，豆腐生意一直做下去，那么我们后来的生活将会是怎样的光景呢？没准家里已盖起二层楼了，或许三层、四层呢。然而，天底下怎么会有"倘若"呢？

赵顾晚每日一次胸部穿刺抽液，仍抽不尽胸腔里的积水，一到夜间，就高烧不退、呼吸吃力，病情危重时，我母亲和华莹在悲痛中为赵顾晚准备了后事，却意外否极泰来，赵顾晚竟痊愈出院了，从鬼门关捡回一条命。后来，华莹对我母亲说，她梦到赵顾晚身陷火海，呼喊她的名字，叫她救命，她在浑身冷汗中突然惊醒，觉得家中定是出了事，心神不宁无法再次入睡，天亮就坐车回来了。我们都不知道，那时华莹已在市里学校附近盘了间门面，开了家饭馆，自己当老板了。

事后，华莹告诉了赵顾晚关于饭馆的事情，要他去"华莹饭馆"帮忙，每天早上骑三轮车拉菜，和她一起经营小店。赵顾晚却不悦意，觉得那和上门女婿没什么两样，给自己的媳妇打工，被益庄人知道要笑掉大牙，有失脸面呢。华莹见多说无效，一气之下要带彤彤进城，去城里学校上学，彤彤不愿意，华莹就硬拉拖拽将她带走了。

赵顾晚喝中药调理身子喝出了商机，他是益庄第一个不种麦子、不种玉米、不种花生、不栽果树，而给自家地里全部种上中草药的人。赵顾晚成了一个地地道道的农夫，每天起早贪黑，头戴草帽，挥舞锄头，在自己的柴胡苗圃里锄草。柴胡适应性强，不矫情，对土壤要求不严格，耐贫瘠，耐干旱，耐霜冻，但生长周期较长，这就意味着两年时间赵顾晚都见不到回钱，然而他却乐在这两年每天的过程中。村民们笑他痴人做梦，糟践土地，到头来非得赔得提不起裤子。"等着看吧，'难堪'两个字已经写到赵顾晚脑门上了，"吕万才给众人说，"现在笑吧，有他赵顾晚哭的时候呢。"

第一料柴胡成熟，收药材的三轮车开到地头，益庄人纷纷围拢过去，迫不及待想要看到他们心中的结果。当买主将一沓钱交到赵顾晚的手上时，人们的脸上都被意外和惊讶的气息笼罩了。找谁说理去？吕万才深感诧异，居然能给那么多钱！那玩意儿沟野都有，的确能卖钱，但他娘的怎么会卖那么多钱呢？赵顾晚微笑着告诉众人，品种不同，他种植的是新品种，成活率高，产量大。一些人随后找上门，说自己也想种柴胡，请赵顾晚帮他们指导技术，赵顾晚欣然答应。

赵顾晚对益庄的人口、田亩、地形了如指掌，如同每个人的脾性各异——不同的药材有不同的习性，不同的土壤有不同的接受力。面对村民的担忧和困惑，赵顾晚都能头头是道为其解答。几年下来，益庄多半以上的土地种上了药材，除了柴胡，还种了黄芩、丹参、板蓝根和天麻。农民们见了钱，觉得比之前种小麦、玉米、果树挣得多，个个都喜笑颜开，后来还推荐赵顾晚当了益庄的村民小组长。赵顾晚仿佛得到了某种肯定和鼓励，组织村民植树、修路，个人出资为范万川组建的锣鼓队和旱船队更换了新设备，为益庄的孤寡老人送去了新被褥。那些年，我常抱怨，好不容易挣到了钱，却又被他这儿撒一把那儿扬一手地糟蹋光了，我记得当时赵顾晚给我说了一些话：赵家在益庄虽说不是小户小家，却因他不争气，走过弯路，再加上家庭的变故，过得不如人，被人看不起，如今日子过得有眉有眼，又当了村民小组长，大小算个官，为村民办好事，为大伙谋幸福，不为得到什么，只想把赵家的名声扳回来，为娘为哥为嫂子，也为他自己，争一口气。

那时候，我只觉赵顾晚的那些话都是他哄我和军军的说词，直到我长大成人后回想起时，却有一种真实而深刻的特殊滋味，给予我坚定的信念和温暖的安慰。

8

初三升学考试，我的成绩还算不错，顺利考进了市重点高中的大门，小树的成绩只能上一所普通高中，好在两所学校离得很近，每天放学我们都在一起打乒乓球、翻单杠，一起分享每日的见闻，只是他那副纯真无邪的笑容越来越少了，他常将自己倒挂在单杠上，双目紧闭进入冥思。

升学考试结束后，我和小树回到了益庄，那是我们最后一个没有作业的暑假，小树跟着石中发夫妇一如既往地拉煤、卖煤，我并没有因未知的成绩而担忧、苦恼，只想充分享受那为数不多的无忧无虑的日子——尽管日子似乎每天都充满忧愁和焦虑。

益庄的流言蜚语从未间断过，人们对于热闹的渴望如同庄稼对于雨水的期待。我路过广场戏台，老远就听到如夏日群蝉鸣叫般的喧闹声，接着就看到台上的演说家吕万才和台下围观的群众。那天人们讨论的热闹的主角是燕儿，围绕"瓜燕儿怀孕了，到底是谁的种？"此话题，展开了激烈的讨论。

我看到台上吕万才仍是那副自鸣得意的样子，台下有人喊着什么，他缓缓抬起手，在嘴巴前挥动了几下，表示对他人观点的否定和不屑。吕万才将脖颈上戴的桃红色领带微微扶正，又抬起腿拽了拽灯芯绒裤管，然后跳下戏台。"你们爱怎么说就怎么说吧，我要走了，好多事等着我处理呢。"吕万才愤愤地说，目光快速扫过人群，"管他娘的谁的种，反正不是我的。"吕万才走了几步，突然大喊："肯定是那家伙的种，只有他常和瓜燕儿在一块！"人们顺着吕万才所指的方向望向我，不禁哗哗大笑。有人附和："一定是那家伙，只有那坏种才会干出这种事！"有人反驳："不不，不会的，那小兔崽子毛都没长齐呢，那玩意儿估计还没绣花针粗。"人群轰然爆笑。

我对吕万才始终有一种莫名的厌恶感，他的声音、他的神情、他的动作都使我感到厌恶，心中愤怒的火焰如猛兽扑奔，我想拽他脖颈上的领带将他勒死，我希望再也不要看到他，希望他变成哑巴、疯子、瘫子或其他什么状态。使我困惑、郁闷的是，赵顾晚对于当年吕万才的举报似乎并未有记恨，也并未有报复的打算和实施报复的计划，反而总是面带微笑朝吕万才点头，有几回还送给吕万才豆腐，赵顾晚那样的行为使我对他心存抱怨，以至于他对我说话，我总是不耐烦回答。我清楚地记得，赵顾晚的一句话加深了我当年的困惑和抱怨，他递给我一支新买的"英雄"牌钢笔，缓缓说道：

"我很感激吕万才。"

燕儿的确怀孕了。母亲后来对我说，广爷带燕儿去很远的村子里找一位年轻时熟识的郎中，将燕儿腹中的孩子流掉了。那天傍晚，人们围坐在广场，一边议论纷纷，一边押长脖子望向进村的路。人们的目光中突然跃起灵动的火焰，兴奋地站起身，人群中顿时响起杂乱的嗡声。广爷走在前，燕儿垂着脑袋跟在后，广爷悲苦的面容在昏黄的光线中显得更为苍老、愁黯。在人们的指指点点和议论纷纷中，广爷和燕儿穿过广场，走上下大坡的路。

刚打完胎的女人脖颈上趴着婴灵，婴灵深重的怨气会破坏住宅的风水与气场，会给益庄和益庄人带来晦气霉运、招灾破财、家人病痛、意外受伤、火灾水灾……人们指着广爷和燕儿矮下去的模糊背影，惊慌而又自傲地说，每一个怨气深重的婴灵都是欠下的冤亲债，这个债迟早是要偿还的，等着瞧吧。

燕儿到底怀了谁的孩子？人们始终说不清。但人们对于背后真相的渴望、追寻和探索从未停止，人们执着地猜测、推算、假设，使益庄接连不断陷入沸腾中。人们实在找不出背后的"真凶"，便小心翼翼地说出自己附有伦理罪过的猜测："难道——难道是——是广爷？"人们瞪大眼睛对视，目光中布满一种惊恐而诡谲的气息，随即又不约而同地发出笑声。"罪过罪过，怎么能这样想呢？"人们轻声细气地说，脸上似露羞怯，一边摆手一边摇头，"不可能，绝对不可能。"短暂的缄默之后，有人突然跳起来，"啊——"了一声，目光中布满更为惊恐而诡谲的气息，怪声怪气地说："难不成——难不成是鬼魂？是幽灵？或者——或者是外星人？"

母亲包了饺子，让我给燕儿送去。我提着布兜，走在尘土飞扬的大坡上，脑海中总是抑制不住地出现大火和惨叫，凶杀和痛哭，黑暗和呼喊……没来由地，心中竟生出一种莫名的不知该如何面对燕儿的情绪，我甚至想偷偷扔掉饺子，扭头回家。下了大坡，抬起脑袋，我看到燕儿倒挂在门口的槐树上。许是看到了我，她赶忙用双手撑地，双脚挨地，腰一拱就站了起来，她背靠槐树看着我走过去，脸上挂着久违的笑容。我笑着朝她挥手。

燕儿尝了一口饺子，嘿嘿笑了，将布兜口扎住，我知道，她是要等爷爷回来吃。我背靠槐树，坐在燕儿身旁，什么话也没有说，燕儿不时发出嘿嘿笑声，我问她笑什么，她看看我，又看看树杈间流动的云彩，用嘿嘿笑声回答我。临走时，我对燕儿说，要好好休养身体，别再倒挂了，小心跌倒。燕儿仍嘿嘿一笑。我转身走了十几米，听到身后传来燕儿的声音。

"倒挂的人不会伤心，不会难过。"燕儿说，脊背仍靠着槐树，腿缓缓直起，嘿嘿笑着，"我喜欢倒挂，跟你一样呢。"

开学那天，我和小树骑上自行车一起出发，去各自的学校报名。赵顾晚给了我学费和生活费，那时候他准备去益庄小学给军军报名，军军要上学前班了。自从赵顾晚回来后，我所有的学费和生活费都是他出的，他曾告诉过我母亲，无论我母亲以后是否改嫁到别处，他都会供我上完大学。我报完名，蹲在学校大门口，等待石中发的三轮车给我把被褥铺盖捎来。

铺好床，去操场北头的水房打了一壶开水，接下去就是等待晚自习召开班会，我独自一人走在学校附近的市场上，熟悉校园周边环境，顺便买一些日用品。市场里甚是热闹，尽管已近黄昏，却仍人头攒动，洋溢着节日般的气氛。我穿梭在等待捡拾收摊时扔掉的菜叶的人群中，从北头走到南头，然后走出市场，蓦然看到人群中一个熟悉的背影，手里提着一大包东西，大热天的，将自己裹在厚外套里，摇摇晃晃向前，抻长脖子像在找什么。我快走几步，追上去，惊讶地喊：

"燕儿——燕儿，你咋在这儿呢？"

燕儿看到我，长吁一口气，这才急促喘息，嘿嘿笑着，仿佛捂着口鼻的布被拿掉了。我的心头生出一种欣慰的忧伤。燕儿还是那般模样，蓬乱的头发，眼角有残留的眼屎，脸上夹杂着几道被什么划破的伤痕。我迟疑了一下，笑着问："你怎么跑市里来啦？"燕儿把手里的袋子甩起来递给我，结结巴巴地说："给你的，吃的，熟的。"

袋子很沉，我差点没接住，打开后看到满满一袋蒸熟的红薯和土豆。我的心头一颤，有点不知所措了。"你是专门给我送吃的来了？"我问燕儿，吃惊地望着她，"这么远的路，你怎么来的呀？"

燕儿咧嘴笑着，不说话，圆溜溜的眼睛瞅着我。我拉起燕儿的胳膊，对她说："走，跟我去吃饭。"燕儿蹦蹦跳跳，一脸的欢喜。我带她走进一家小吃店，许是晚饭时刻的缘故，小店的生意极其火爆。燕儿怯怯地拉着我的衣服，眼神飘忽不定，茫然又无助。许多个陌生的目光，一瞬间投射过来，聚拢在燕儿脏污的外套上。我笑着拉了拉燕儿的胳膊，找到一张小桌，招呼她坐下。我问她想吃啥，她指着墙上众多小吃图案中的一张，看看我，然后又把眼睛聚在海报上。

"想吃米线？"我问燕儿，"有辣子，能吃不？"

燕儿拨浪鼓似的点头。

我给燕儿再点了份小笼包，我没什么胃口，要了碗紫菜汤。餐上来了，燕儿兴奋得直拍桌子，突然看到别人都在看自己，一下子涨红脸，低下了头。我抽出筷子，递给她，快吃吧，包子也是你的。燕儿拿过筷子，滋溜滋溜地吃起来，鼻尖上生出一层细碎的小水珠。这时，我才注意到她的那双手，竟是那样地粗糙，掌心的硬茧像一层铠甲，手背上布满了深深浅浅的瘢痕，指间也有几道许是被镰刀割伤后留下的血痂。看着她开心吃东西的样子，我陷入到一种难以忍受的疼痛里。

燕儿将小笼包咬开，盯着里边的馅儿，把馅儿挑进米线里，蘸汤吃。我笑着夸她，燕儿真聪明。燕儿把碗里的汤喝得一口不剩，辣得直吸溜，伸手指我碗里的紫菜汤。我又给她要了碗紫菜汤，她端起碗，边吹边喝尽。我问燕儿吃饱了没，她拍拍肚子，一脸的满足。我又打包了两份小笼包，让她带回去，饿了再吃。靠门口的餐桌上，坐着一位年轻的母亲，带着孩子喝馄饨，孩子淘气，哭闹着不吃，母亲没生气，耐心地喂孩子。燕儿杵在那里，木木地看着。燕儿，走啦。她晃过神，跟着我出了门。我瞥见她的眼眶里闪烁着泪花，眼睛眨动，两股浑浊的泪顺着脸颊流了下来。我没说什么，装作没看见。

我将燕儿送上路过益庄的通村面包车，付了路费，燕儿头也没回地上了车。车子发动，我转身离开，突然听到身后传来声音：

"哥——"

我赶忙扭头，看到燕儿将脑袋伸出了车窗，咧嘴笑着，朝我挥手。我想说，按年龄，我得管她叫姐，又没有开口。燕儿的笑脸越来越远，反而越来越清晰，几年之后，我在省城读大学，很少回家，没再见过燕儿，但她的笑脸却时常飘荡在我的梦境里，带我走上她的命运之路——

庄里有人给燕儿寻了婆家，不久就嫁了出去。燕儿怎么就突然二十四岁了？我被自己的疑惑吓了一跳。没人知道燕儿是怎么长大的，反正她是长大了。

关于燕儿的婚姻，我不大清楚，只是听我母亲说过。那是立春前后，风有些凉，草木摆动，带着一股新生的芬芳，扑面而来，吹遍整个益庄。燕儿穿着一件大红衣裳，拾掇得体体面面，再也不是平日里的邋遢样儿。没有人在意，燕儿脸上的苦愁和眼里的恐惧。一个瓜女子能有什么心思呢？燕儿坐上门口停着的小轿车，离开了益庄。我母亲作为送女一方，将燕儿送到了男方家。益庄参加燕儿婚礼的老人，跟随送亲队伍热热闹闹地坐了一场席，个个吃得油光满面，她们闲扯，瓜女子这次给广爷挣了一笔不小的彩礼呢！有人甚至替燕儿的母亲感到惋惜，没拿到闺女一分彩礼。

我可以确切地说，那时候，在益庄，已经没有年轻人了，自然也没人为寻不到媳妇而发愁，但要给留守的大龄小伙，瞅一个媳妇，可比登天还难。你甭说彩礼得十万、二十万，就算你把一摞一摞的彩礼摆到跟前，也瞅不下。别不信！没姑娘了！凡是身体没病、有腿能跑的，都进城去了。寻媳妇难，难于上青天。在这种情况下，燕儿这个益庄唯一的姑娘，就成了大龄小伙们无奈的必然选择。当人们还沉浸在连燕儿这样的瓜女子都能挣彩礼的感叹中时，燕儿回来了，益庄广场戏台的角落又出现了那个邋遢的身影。

燕儿是被婆家退货的。燕儿的丈夫大她十三岁，婆家一开始想着只要能生娃养娃，续祖上香火就行，不会干活，不知礼节，也罢了。但嫁过去不久，婆家人就发现，燕儿不但不会干活，不知礼节，还时常怒吼狂躁，吓坏了婆婆。最主要的是，燕儿根本不懂男女之间的事，也拒绝男女之间的事。丈夫嫌她不配合，让他一下子就萎蔫，差点得了病，为此，燕儿挨了不少打。更要命的是，丈夫发现，燕儿这个瓜女子竟不是处女之身，于是私下到益庄打听，得知燕儿竟怀过孕，流掉了孩子，这令他怒不可遏，将燕儿打了个半死，连夜送回了益庄。听我母亲说，为了那笔彩礼，两家人大吵了一场，广爷闹着要跳井，气急攻心，大病入院，最终只退了一半。

我抽空回了趟益庄，顺便看看燕儿。走进院子，我看到羊圈里有几只羊伸出脑袋，圆溜溜的黑宝石眼睛瞅着我，燕儿坐在屋檐下，正在洗衣服。我喊了声燕儿，她先是一愣，然后抬起头，嘿嘿笑出声，我问她又开始放羊了，燕儿的眼睛里瞬间涌出明朗的光亮，欢喜地说，喜欢羊。我突然觉得，几年的时间，就像被推倒重来了一次，又回到了起点。我朝窗户喊了声："广爷在屋么？"没人应答。我又喊："广爷出去了？"燕儿快步跑进了屋。我听到微弱的回应："爷在哩，快死啦……"

我揭开门帘，一股刺鼻的独有的老汉气味，钻进我的鼻孔。地上满是广爷吐的痰。一条黑腻腻的被子,盖在他瘦骨嶙峋的胸前。风烛残年的广爷摇晃手,示意我坐下。我刚坐到炕边,广爷就开始剧烈咳嗽。燕儿倒了杯水,端到爷爷跟前。

"广爷,上回见的时候,您老身体还是很刚强啊,咋突然病成这样子?"我说,轻拍广爷的手背,"您老要养好身体,要好好活哩。"

广爷又咳了两声,有气无力地说:"人咋能活过时间嘛,爷不跟时间计较啦,爷把它饶恕啦。"又从枕头下抽出烟锅,装上烟,手伸到被窝里摸了半天。我赶忙从兜里拿出打火机,给他点上。

"您老咳得厉害,要少吃烟哩。"

广爷哗哗笑了,又咳了起来,边咳边说:"贱命,死了好哇,只是放不下燕儿。"

燕儿坐在小板凳上,满脸愁云,垂着脑袋抠手,仿佛是一个对世界无能为力的孩子。

燕儿送我到门口,我告诉她,好好放羊,照看好爷爷,饿了就去我家吃。燕儿嘿嘿笑着。我上了坡,回头看,燕儿远远地在后面了,走几步,回头看,燕儿变成了一个黑点,再走几步,回头看,燕儿已消失不见。

不承想,那竟是一次永别。

燕儿是失足摔死的。不知是谁给广爷说了个偏方,用将军山顶的土熬水喝,喝上十八回,咳就好了。在大晴天,日头暴晒一整天,赶在落山之际,需取山顶的土才行,这叫"仙土"。那时候神婆子贺碧凤早已被判处了,益庄怎么还会有神婆子呢?我想了想,得出了使自己满意的结论:益庄的神婆子不可能随着时间的推移和社会的发展而灭绝,一个"贺碧凤"被判决,就会有另一个"贺碧凤"被捧起,益庄的人们总是在欲望和信仰中安慰、顺服自己。

燕儿无意间听到了偏方,得知爷爷的病能痊愈,脸上的愁云瞬间消散了,她要去给爷爷取回仙土。自那件事后,燕儿便不再去门前沟放羊,她多走十多里路,到将军山下放。

日头一点点向对面的土梁下隐去。羊儿们吃饱了,卧在草堆,互相厮磨,等待小主人发号回家的命令。土崖半腰传来老鸹可怖的叫唤声，搁平常，老鸹一叫，燕儿就赶忙吆羊上坡了，她害怕这种啼血般的叫声。但现在，燕儿顾不了那么多，她紧了紧裤带，挽起胳膊，抓住坡上的藤蔓，从山底开始向上攀爬。她要赶在天黑前，取到仙土。燕儿的动作很快，已经爬到将军山半腰了，她仰起头，隐隐看到山顶泛着的光，脸上露出喜悦。天擦黑时，燕儿爬到了山顶，从兜里取出袋子，找了一块最干净的土，敲碎，装满袋子，又装满了自己的两个裤兜。燕儿背起袋子，甩着腿，一步一步朝山下走。

突然就踩空了。燕儿听到耳旁呼啸的风声，身体像石头疙瘩，连滚带摔冲下去，她感到脑子里已经浑成一团，似有什么东西溢了出来，然后就什么也不知道了。

燕儿睁开眼睛的时候，看到了我母亲泪水模糊的脸，又看到蹲在炕边抱头颤抖的爷爷。燕儿的嘴里又涌出一股血，眼睛突然就不动了，直直盯着屋顶。我母亲连喊，燕儿，燕儿……再也没有了回应。半响，我母亲伸出颤抖的手，从燕儿的额头缓缓地抚摸下去，燕儿的眼睛合上了。

得知燕儿死讯时，我正在北京出差，饭桌上刚敬完一圈。那时候，我还未认识我的未来岳父，还未被他安排进学校当老师。我在一家传媒公司担任销售，主要推销户外大屏的广告业务。我不胜酒力，但主管领导连连"劝诫"的声音，早已同大鱼大肉的油气，在包间里飘荡了许久。邢总严肃认真地对我说："这世上没有谁能喝谁不能喝，就看你会不会做人做事，是否知道上进。"我并不笨，我懂领导的意思。我端起酒杯，灼烧的酒顺着喉管流入体内，蠢蠢欲动地发酵，一种令人沉醉的朦胧感将我吞没。朦胧中，我接听了电话。母亲的声音颤抖着，像站在沟畔阴风口。得知消息，我的心突然像一块滚烫的铁被淬进了水里，滋啦一声冒了烟，短暂的麻木过后，疼痛感随即贯穿全身，整个人瞬间清醒了。在领导的谩骂和嘲笑声中，我向客户哈腰道歉赔笑，一口气喝完多半瓶白酒，然后冲出包间，在卫生间用手指催吐完，浑浑噩噩地跳进一辆出租车去机场，连夜赶回省城，又雇了辆出租车回益庄。

大雨滂沱，噼里啪啦，仿佛一个人的狂放、怒吼、哀伤、哭泣。

雨能有什么心思呢？大雨肆虐了田野。残颓的益庄，模糊了原有的轮廓。车子在雨中艰难前行。进村时，隔着雨帘，隐隐看到屋檐下，坐在轮椅里的酒爷，愣愣地望着大门外。九爷嗜酒如命，村人便唤他酒爷。一次大醉，对妻拳打脚踢，妻连滚带爬到院外，他嘴里骂骂咧咧，踉踉跄跄去追，失足跌进地窖里，下肢瘫痪，成了废人。妻儿躲嫌他，搬到城里租房住，只有九十多岁的老母亲，照看着七十多岁的酒爷。我突然想起，当年我和小树在涝池畔耍水，酒爷躺在一旁的柳树下，手里拎着酒瓶，灌一口酒，抬头望着蓝莹莹的天，叫响我们的名字，郑重其事地说：不管你们信不信，反正我信——时间叫人承受一切。

　　下了车，没走两步，隐约听到有声音传来，在喊我的名字。刚回头看，一个人影已闪现在我面前，无声地笑着，脸上的肥肉胡乱抖动，那情景使我的头皮一阵发麻。她没有打伞，头上顶着一个红色塑料袋，黝黑、松弛的皮肤，看上去仿佛套了一个更旧的塑料袋。完全是一张陌生的脸。我疑惑地看着她。她似是看出了我的尴尬，哗哗一笑，"怕是有二十来年不见喽，你晓得我不？"她说，把脸凑近了些，"我是你细婶，想起来了么？"我在心里咕哝，这身型，可是一点也不细啊。她又是哗哗一笑，说没想到我能回来，工作那么忙，又下这么大的雨，真是有心了。我笑了笑，没有说话。"妈呀，不跟你说啦！"她忽然大喊，慌忙跑开了，臃肿的后背溅满了泥点。我始终没有想起她是谁。

　　风不住地吹，带着田野潮润的气息。一些老人正在临时搭起的棚里围桌而坐，喝茶闲聊，他们看到我，都露出惊讶的神情。我突然感到，在这群穿着布衫布鞋的老头老太太当中，我这个穿西装皮鞋的，是那样地凿枘不投，甚至有些可耻。我难为情地点头回应。他们一边抽旱烟锅，一边扯着鸡零狗碎的闲话，也扯关于当下欧洲经济形势的话茬，几回为其中的你是我非而脸红筋胀。炉火有气无力地燃烧，好像随时都会熄灭。就像他们常说的，过日子就是靠着一口气，活一天就得硬撑一天。微弱的火光照在他们瘦骨嶙峋的身体上，造出许多影子，好像棚里的人也翻了倍。

　　雨声，风声，歌声，笑声，闲聊声，丝毫不能惊动燕儿。燕儿平静地躺在棺材上，神态安然，如一尊睡佛。短短的棺材，足以装得下她短短的人生。我的心口，仿佛被大石压住般堵得慌，两条腿沉得像注了铁，挪不动步。我吃力地前挺身子，望着她迟疑了一下，好像是要验证燕儿真的就走了，还是又是她平日里的恶作剧。我把头凑到她面前，确认她是真的走了。

看着燕儿的脸面，我不禁流泪了。说来奇怪，尽管，死亡是阻隔我与燕儿的茫茫大海，但我丝毫没有闻到死亡的气味，反而感受到了无尽的新生的气息。那时的燕儿，不再是平日里脏兮兮的模样，而是一脸的俊气。面颊上有淡淡红润，是化了妆，看上去，真像一个小新娘。红色的中式对襟衣裳，七个盘扣宛如梅花骨朵，湿漉漉的，含苞待放，羞答答地生在对襟处。燕儿偏瘦，但丝毫不显臃肿。印象中，那是她此生穿过最干净、最合身的衣裳了。有人走进来，几张嘴叽叽喳喳地扯着一些闲话，她仍充耳不闻，镇定如常。屋檐下，几只麻雀喳喳乱叫，嘻嘻闹闹着，好像世间一个人的突然消失，于它们并不会造成任何影响。半晌，我走出屋，重新跌进喧嚣里。

晚上回到家，浑身发困，躺在炕上，眨巴着眼睛，却怎么也睡不着。我给母亲说起白天遇到的那个胖女人，母亲说那是燕儿的妈，跑了二十多年了。外地的建筑队在益庄做活儿，燕儿父亲粉刷外墙，一脚踩空，从架板上摔了下去，头朝下砸进石头堆，面目全非被血淹没，当场断了气。事故处理完，燕儿母亲就不见了，听说跟着包工头跑了，再也没有回来过。庄里人传，那狗日的包工头，给架板做了手脚，害了人命，得了女人，赔偿金又回到了自己的口袋。后来，事情也便不了了之。没娘的孩子像棵草，从那时起，母亲于燕儿就成了一个莫须有的人。这次，燕儿的舅家不知从哪儿把人叫了回来，让送送亲闺女。

天快亮了，窗上微微泛出两团光晕，如同白昼的双眼。有晨风从半开的窗户吹进来，发出微弱的呼哨声。我盯着天窗，望着冒红的日头一点点升起。是晴天。不多会儿，院里便有了叽叽喳喳声，声音如阳光般灿烂。一只燕子从天窗缝隙飞进屋里，落在我头顶的电线上。

"燕儿，是你来了吗？"

第六章　麦浪与帆船

1

我在梦境中游荡。浑浊的梦，茫无端绪地游荡。没有自我本体，仅是作为一个旁观者，看梦境中发生的一切。我看到益庄那些死去的人，魂灵轻盈游荡而又不断变换形态，神奇的是，他们所有的情绪我都能感同身受。我看到了我自己，如一条水蛇游荡在水潭中。我的思绪跟随他游荡，往更深处探寻，场景迅速切换，可我仍留在原地——实际上我被剥离在世界之外——我只是与梦境中的自己感同身受，他并非属于我。我在梦境中告诉自己，那不是梦，事实就是如此。梦境没有尽头，如同人们的心思。

我始终看不透自己的心思。当初对秦怡薇到底是怎样一种情感呢？我现在很难回答。跨世纪的年轻一代，在那不断激变的几年里，理所应当地处于一种激动、敏感、忧愁、哀伤、浮躁，甚至浮夸的状态中。我的高中岁月是一幅不知名的书法，潦草，沉郁，却又饱含力量，一种贴地飞行的姿态，有着某种无法言说的心境和情感。与其说是时代，不如说是秦怡薇造就了那时的我，使我成为那样一个我。

上高中时，我常带小树去华莹的饭馆蹭饭，我喜欢吃华莹做的水煮肉片和臊子面。小树每回都难为情地说，实在不好意思去了，让我自己一个人去，我告诉小树，再去最后一回。但第二天又有下一回。华莹让我和小树每天都去吃饭，反正也要给彤彤做饭，三个孩子一起，才吃得香。吃完饭，小树总是垂着脑袋擦嘴巴，如坐针毡似的扭来扭去，像闯了祸的孩子脸红耳烧，急需逃离现场。

那时候的彤彤已开始了她整个学生时代的叛逆，这个从小就孤僻少言而极力追求个性自我彰显的女生，最大程度地表现出她对华莹的不满和对网络游戏的沉迷。华莹没有过多的时间和精力去管束彤彤，彤彤自小便习惯自己安排自己。华莹整日忙碌于餐馆的生意，她的无暇顾及使她的女儿在当时已名存实亡了。换个角度说，在一定程度上，在彤彤的心底里，如抛弃课本一样抛弃了华莹，使华莹成了一个没有女儿的母亲。

华莹经常让我去附近的萤火虫网吧找彤彤，我在烟气弥漫的角落看到"非主流"式打扮的彤彤，被暗紫色口红涂抹的嘴唇里吐出烟气。我不知道她从哪里模仿来的妆容和姿态，那时候后来风靡一时的"非主流现象"还未开始流行，我一度怀疑是彤彤发明且引领了年青一代推崇和模仿的"非主流"时尚——蓝、黑等阴暗色调的QQ头像，阴郁甚至绝望的个性签名，厚长的彩色刘海和杂乱的爆炸头，衣服上、脖子上的链子和耳朵上的大圆耳环……这种被后来人称为"杀马特""葬爱家族"的装扮形象，成为许多八〇、九〇后不可磨灭的甚至提起就会深感害臊的共同记忆。至少我是这样的。

"会玩不？你会玩什么游戏？"彤彤说，语速很快，手指在键盘上胡乱飞舞，深蓝色的眼影使她的目光也变为深蓝色，墨水一样浸染了我，"CS1.5还是红色警戒？流星蝴蝶剑还是侠盗飞车？"

那时，彤彤已不再玩她随华莹进城以后就开始学习的吉他了，也不再和那几位好友搞乐队玩音乐了。现在，我努力回想当时的彤彤究竟是被什么游戏吞噬了的，脑海中突然涌现的炫丽而凌乱的画面和飞舞的手指给予了我准确的回答，那个在高中时期火爆流行的名叫劲舞团的游戏，使彤彤和我的好朋友小树痴迷不已。而我至今也没有玩过一把彤彤当年说的那几种甚为流行的游戏——敲击键盘的噼里啪啦的杂乱声响，乌烟瘴气的昏暗灯光下传出的此起彼伏的叫喊声和大笑声，沉溺于虚拟世界的疯狂和激情，都使我感到烦躁和无力。我是那样地厌恶网吧——并非厌恶网吧本身，而是那里的环境和人文，每回从网吧出来,我都要躺在操场上仰望温暖而孤单的日头,或闪耀而遥远的星群,脑袋里起伏的眩晕感和肠胃里翻腾的作呕感才能得以缓解,从而心平气和地去面对自己格格不入的周围世界。

我想说,我根本没有听过那些游戏,但可恶的自尊心迫使我撒了个谎,我告诉彤彤:"我现在不想玩游戏。"

彤彤仿佛没有听到我的回答,或许我的回答在那时候压根也不重要,她兀自玩着,手指在键盘上飞舞的速度更快了。

"你别玩了,"我说,"我们回去吧,你妈让我叫你回家。"

彤彤突然停止了手指的飞舞,扭过头盯着我,目光中迸射出一种强烈的不满和不屑,使我瞬间感到不知所措。我赶忙躲开她的目光。

"她给了你什么好处?"彤彤说,目光中的火焰使我感到灼热,"你就是个叛徒。"彤彤关掉电脑,狠狠地剜了我一眼,起身走了。

我想解释,却支支吾吾说不出话,我赶忙追出去,却早已不见彤彤的踪影。

习惯在暑假晚睡晚起的彤彤,在进城后不久的那天拂晓,因突发高烧陷入了痛苦而无力的哭泣中,头晕目眩使她感到屋子在旋转,墙上明星的海报摇身变为怪物的模样,血盆大口里发出诡谲的笑声。肠胃的翻江倒海使我的妹妹喷出一枕头的呕吐物,她那无力而喑哑的咳嗽声并未惊动另一个房间里睡梦中的华莹,她在痛苦与悲伤中逐渐陷入了昏迷,在梦境中游荡寻求最后的帮助,梦境中的那个自己发出歇斯底里的求救呼喊声,而对于剥离梦境之外的人们却显得无济于事——那时的华莹刚刚醒来,准备起床洗漱,然后去市场买菜,她并未听到女儿发出的任何声音。

我的妹妹如孤魂野鬼游荡在梦境中,突然而生的浅薄细嫩的日光宛如跳蚤在窗帘上蹦跶,弄得窗帘痒痒的,浑身扭动起来,跳蚤趁机蹦到床上和彤彤的脸上,梦境中突然出现一片光亮,她觉得原来梦境只有自己的屋子那么大。那片光亮如一块巨大的石板,压向她的身体,她感到自己正在无休止地下沉。隐隐有一个遥远模糊的声音传来,石板停在了半空中,她却依旧在下沉,逐渐远离石板。那时候夏日清晨的阳光过早地睡醒,正在伸展胳膊准备开始它一整天的光芒照耀,许多小商贩或开着三轮车或拉着架子车或挑着担子,在阳光的滋润下开始了他们一整个上午的叫卖,喊声杂乱而热闹,使夏日的小城生气勃勃,使不断下沉的彤彤获得了短暂的拯救。我妹妹的呼喊声并未得到他们的回应,她的求救如沙滩上的一粒沙,瞬间被海水吞没。

华莹戴着长沿凉帽走到彤彤的屋前,她的脸上立刻出现了对女儿的不满,她使劲拍了一下门,嘴里喊道:"快起来背单词,趁早上好时光。"往常那时候听到母亲接二连三的喊声,彤彤总会气愤地回一句:"别喊了行不行? 好不容易放假,睡个懒觉都不得安宁。"但那天,彤彤只是感到自己下沉的身体突然变得轻盈,被一股风刮着往上升,她祈祷那股风可以刮久一些,使她的身体重回地面。然而,直到如往常一样碎碎念着离去,华莹也并未发觉女儿的反常,更别说看到从而拯救我那被痛苦即将吞噬掉的妹妹了。

彤彤在浑浊的梦境中分辨蜂拥而至的叫喊声,那时候窗外杂乱无章的声音并不像往日那般嘈杂了,也并未使她感到怒火中烧,产生想要打开窗户大骂一句的冲动。响亮而温暖的声音,温暖地飘进她的梦境中,她闻到了早市上包子豆腐脑的香味、瓜果蔬菜的清香和调料铺独特的令人着迷的香气,她第一次感受到人间烟火带给她的温暖和安宁。她在聆听和体悟中渐渐变得踏实与坦然,眩晕感也减少了。我的妹妹变成了一缕纱,在人声鼎沸的市场上空飘荡,最终轻盈细柔地化作一片云。

不知过了多久,一阵急促的拍门声将我的妹妹拽到了梦境的边缘,如一群飞虫贴在玻璃上,却难以进入屋内。一连串喊叫声和训斥声如光芒似的涌入屋内,彤彤感到了温暖和耀眼,她的眼眶不禁湿润了,她用尽全力最后一次向母亲发出内心的呼喊。

一个身影乘着光亮走来,使我的妹妹获得了永恒的拯救。华莹饭馆附近街道电路检修,停电一上午,华莹做好下午开门的准备工作,然后回家了。屋里的鸦雀无声使她感到反常,脑海里闪现的第一个念头是女儿出去了,但又觉得不会,因为桌上杯里的凉开水一口未喝。华莹拍了几下门,喊了几声,突然想到了什么,用抽屉里的备用钥匙，打开了女儿的屋门。当她看到床上的女儿微微晃动的脑袋和呼吸的微弱时，她意识到了事情的严重，那时的彤彤早已昏迷不醒，漫长的痛苦即将完全吞噬掉她那年轻而顽强的生命。

　　从医院回来以后，彤彤对华莹的怨恨如夏日的炎热更为深重了，她不愿多和母亲说一句话甚至多看一眼，她经常从饭馆柜台的钱盒里，理直气壮地拿走她认为自己应得的零花钱之外的那部分赔偿金——母亲对一个女儿的亏欠，使她绕着鬼门关走了一遭。在声声哀叹中，华莹徒劳地看着女儿彤彤走出玻璃门，奔向网吧，而不是吉他训练室——事实上，自医院回来后，吉他便被游戏莫名地取代了，华莹的自责和愧疚，使网吧成了彤彤假期与课后的栖身地，附近的小吃摊成了彤彤一日三餐的来源。彤彤坐在网吧的皮椅上，目光在烟气缭绕中显得朦胧而黯淡，我看到她停下飞舞的手指，指向电脑屏幕，扭过头若有所思地盯着我，缓缓说道："这里才是安放我心灵的地方。"

　　那样的日子不知过了多久，期间赵顾晚来过多次，都未能见到彤彤，我只记得在高二下半学期，我的精力全部转移到了那个名叫秦怡薇的女生身上，我带她和小树一起去华莹的餐馆吃饭，那时候我还不知道她是秦有才的女儿，只知道她的父母离婚了。有一天，我和秦怡薇还有小树，正在华莹的餐馆吃饭，彤彤突然走了进来，我看到她的肩膀上背着一把吉他。小树兴奋地问彤彤：

　　"多少级了现在？上回听你说，都到舞后级别了。"

　　彤彤没有扭头，走了几步，然后对着柜台说：

　　"不玩了。以后都不玩游戏了。"

　　在我们的惊讶和沉默中，彤彤放下吉他，走过去对着柜台说：

　　"妈，拿一下我的碗，我好饿。"

　　柜台里正在写单子的华莹，停下了手中的笔，怔愣片刻后，猛然抬起头，脸上涌现出兴奋的喜悦，一面扭头看我，像是在确认自己不是幻听，一面结结巴巴地喊：

　　"好好好，妈给你拿，多吃点，妈去做你最爱吃的宫保鸡丁。"

　　小树满脸疑惑地问彤彤："怎么不玩了？发生什么事啦？"

　　"不玩了就是不玩了，"彤彤说，夹起桌上的红烧茄子送进嘴里，

"不想玩了，没劲。"

我一边吃饭，一边在想到底发生了什么事，我听到彤彤自语似的说：

"这个时代变了，这个世界疯了，人们一点也没有觉察到。"

疑惑的气息在小树的脸上织起了网，一点一点地向我蔓延，我们在沉默中看着彤彤大口吃饭。

破天荒地，那天下午小树告诉我，他也不玩游戏了。我的好朋友从那以后再也不玩网络游戏了，原因不是受到彤彤的感染，也并非是"这个时代变了，这个世界疯了，人们一点也没有觉察到"这句话，而是因为秦怡薇，是秦怡薇使小树发了疯，这是我后来才知道的。先前，小树将石中发给的生活费全部用在了劲舞团游戏上，自己的一日三餐靠喝水充饥，以至于每堂课上，他都要举手告诉老师，他要去厕所。我每周会分给小树一部分生活费，叮嘱他一定要用来吃饭，但他很快便将我的叮嘱抛之脑后，用那些钱换得多几个小时的游戏机会。而今后，小树的生活费不单是生活费，是玫瑰花，是抹茶蛋糕，是麻辣烫，是生活中一切美梦与惊喜的来源，是月老手中的那条姻缘线……当然，这也是我后来才知道的。

彤彤一边上学一边继续练吉他，她告诉我，她以后要考艺校，主修吉他，做自己喜欢的音乐，并且一定能考上。我常在学校附近的商场开业典礼上、全民体育运动会的开幕式上、夏日纳凉晚会上，或是其他一些各种各样的文体活动中，都能看到彤彤和她的乐队成员的身影，麦浪乐队的名气如风吹麦浪般在街巷涌动，男女老少都能哼唱几句麦浪乐队的原创歌曲《麦浪与帆船》。

2

高二下半学期的一节体育课上，我的同桌鹰钩萧二百米冲刺时摔断了鼻梁骨，被送去手术治疗，她的家人为她请了一个半月的假，我便一个人趴一张桌子。她那宽大的有失协调的鼻子，仿佛摁上去的橡皮泥，鼻尖却尖细弯曲，悬在人中附近，好像一根随时要扎进嘴唇里的弯钩刺。她姓萧名咪，却没有猫一样的娇柔，而有着虎一样的凶悍，大家都叫她鹰钩萧。

鹰钩萧走后第二天，班上转来一位新同学，老师告诉我们，那位叫秦怡薇的同学，因身体原因休了一年学，现在分到我们班，并安排她和我坐一起。秦怡薇长了一双丹凤眼，眼角细长快要延伸到太阳穴了，仿佛用眉笔故意画上去似的，黑亮的眼眸隐在密长的睫毛下，两只眼睛远看好像两颗大头相对的油葵瓜子。她并不算很漂亮，但我还是一下子就喜欢上了这个特别的女生——人毕竟都是活在世俗里，有这样那样的俗气透过身体，从目光中流出，她却与众不同，仿佛从遥远的未知世界而来，带给大伙无限的想象和飘飘欲醉的魔力。她的身上有一股淡淡的清香，像是向日葵花的香气，那种香气有点来历不明，我不敢确认，我觉得那是她的体香。阳光温和地涂抹在她的脸上，白里滤过另一层白的奶白色肌肤，总是令我感到揪心，仿佛看见瓷器过于辉煌而忧心随时会破碎。班上的男生总是想方设法取悦她，但秦怡薇知道他们是无趣攀搭，就自顾着写作业，置若罔闻，哪怕看一眼、哪怕说一句拒绝的话也好，却连这些也都不肯给。看着他们失落、尴尬地离开，我的内心充满喜悦。

有一回晚自习，秦怡薇走上讲台，将厚厚一沓纸条交给了我们的班主任徐妍，徐老师愣怔了一阵，愤怒地站起身，拿着纸条逐一念名字，那天晚上班里大部分男生都被罚站了两节自习，有的男生的名字出现了四五回，就提前领取了第二天晚自习的罚站令。而我是为数不多的坐着上晚自习的男生中的一个，许是因总戴着帽子，整日寡言木讷，秦怡薇竟主动和我说话了，我看似沉默着，但身体内部却始终无法保持沉默，无数个躁动的细胞摩擦碰撞，燃起了火焰，烧得我难以忍受，快要窒息了。她浅浅的笑容蜜一样滋润了我，那时我才发现，她并不像外表那样给人一种冷漠、难相处的感觉，反而更多的是内心的孤单和忧愁，给我一种亲切感，一种想要呵护的冲动。她记下了我的QQ账号，在微机课上我通过了她的好友申请，我们偷偷聊了很多，之后我常在微机课时给她踩空间，每次留好多条言。那些天早读、晚自习，甚至课堂上，我和她常通过小纸条聊天，聊兴趣爱好，聊喜欢的明星，聊梦想和希望，聊人生和世界，聊可以聊的一切……课后我们一起去操场散步，一起去外头吃饭，许多同学的目光如他们的吵闹声一样落在我们身上，我在陷入不自在的同时，内心又有一种窃喜和骄傲，将帽檐往下拽了拽。我们一起去学校后的溪水河边玩耍，去萤火虫网吧旁边的小店拍大头贴，那时候空气里都是天真、烂漫、甜蜜的味道，我们似乎成了知己，或是恋人？我难以说清楚。那几张大头贴一直放在我的抽屉里，去年年根大扫除，妻子发现了它们，大闹了一场，将我对秦怡薇最后的那点念想丢进了火里。

　　他出现了。他的再一次出现，使我感到有种血液喷涌的冲动，我身体里的大火无休止地燃烧，一种特殊而熟悉的灼热和躁动令我着迷，就像身处桑拿房，沉重的身体突然变得轻盈了，如一缕雾气缓缓游荡；就像被鼻炎折磨的鼻子突然通畅了，你开始兴奋而贪婪地吞吐。事实上，我已经很久没有感知到他了，我以为他消失了，或是我感知他存在的能力消失了，我为此有过伤心和失落。我整日戴着帽子，头顶那只眼睛躲在厚厚的头发里，如一颗肉蛋，摸上去，圆滚滚的，光滑柔软的，有时会流出眼泪一样的液体，不痛不痒，不燥不酸，除此之外，它似乎并未给我带来什么危害，也从未向我提供什么优势和能力。于是，我大胆猜想，我对他的感知，仅仅是来自于自我本身的感知——我的内心和精神，思维和意识。这样的认知，有种恍然大悟的通透，使我感到兴奋，而这种兴奋远大于他的突然出现。之后，他常伴着我，在我的周围飘浮，带给我一种前所未有的体验和想象——他钻进徐老师的杯中，茶水立刻变成了深蓝色，我的惊讶使我差点喊出声，我捂着嘴，瞪大眼睛看着徐老师放下手中的红笔，拿起杯子喝了起来，我终于不禁喊出声，我瞠目结舌的表情使自己获得了站在讲台上罚站的后果；他伸长腿使前排正在奔跑的我讨厌的那个胖子摔了个狗吃屎，我的窃笑和胖子的摔倒几乎是同时的，胖子理所应当地认为是我在下黑手，结果我挨了胖子的一记重拳，帽子也被胖子扯掉，扔在地上踩扁了；他变成一股凉风钻进秦怡薇的低领口，我下意识地抻长脖子去看，微微起伏的松软感令我快要窒息了，有时他还钻进秦怡薇的裙子里，我的浮想联翩使我看上去极其心虚、不安，我从秦怡薇细长的余光中看到了惊讶和胆怯。有时，他还引导我横穿马路、乱扔垃圾，甚至从华莹饭馆柜台里的钱盒中偷钱⋯⋯我一度真切地感觉到，自己活在他的监视、掌控、怂恿和威胁中，那种感觉使我充满恐惧和忐忑。现在，当我在这条回忆之路上游荡时，我依然不知道，他是否真的存在，他究竟是什么？我常怀疑自己心里出了什么问题，被困于某个幻象中无法逃脱。这些年来，我仍未搞清他的行踪，他的出现和消失并无规律可循，我甚至怀疑，他其实就是我的心魔，我身体里的另一个自己，我渴望摆脱他，使自己进入一个清澈明朗的世界，可我无能为力。

现在，我猜想，我时常表现出的莫名其妙的行为，也许早被秦怡薇发现了，她对我的态度发生了变化，而我当时并不自知。那时，我常后悔自己不该带秦怡薇认识我最好的朋友小树，不该带他们一起去华莹的餐馆吃饭，然后一起在学校附近的市场里转悠。我并未多想，小树目光中早已消失的清澈与明亮为何蓦然出现了，原本沉闷的脸上为何跳跃着晴朗活泼的笑容？我那时只觉开心，我为自己那单纯而善良的小伙伴又回来了而开心。

我记得过了半学期吧，期中考试成绩刚公布的第二天，许多男生的家长不约而同地来到学校，找到我们的班主任徐妍，说在他们孩子的书包里发现了许多封信，都是写给一个名叫秦怡薇的女生，他们惊讶而愤怒地告诉徐老师，他们孩子成绩的一落千丈，定和那个姓秦的女生有关，他们的孩子一定不能早恋，他们一定要找她谈话。班上一些女生的家长也找到徐老师，说他们的女儿受了委屈，班上有一个很不检点的女同学，时常在教室里搔首弄姿，专门勾引男同学，严重影响了她们的学习成绩。

这件事情很快在学校传得沸沸扬扬，校领导非常重视，命徐老师首先在班级内息事宁人，从根源切断病毒的恶性传播。徐老师立即召开班会，对整件事情进行了东拉西扯的分析，最终，将事态发展到那样一个恶劣地步的原因归罪于秦怡薇的倨傲与妖娆，她的行为和动作中含有不检点的成分，正是那些不好的成分迫使班上原本单纯安分的男生们陷入情窦初开的囚牢,迫使那些为了维护班级形象和同学之间纯真友谊的女生们掉进烂漫天真的深渊。我记得很清楚,当时徐妍用了"囚牢""深渊"这两个词,"囚牢""深渊"和"成分"都使我感到心酸、委屈、愤怒,可我什么也不能做。那时候我的确什么也没有做,只是懦弱无力地低着头,任凭心绪缠绕、堵塞,然后自缢。

之后,秦怡薇恢复了先前的沉默寡言,她对我的态度发生了更为强烈的变化,她不再和我说话了,也不和任何人说话。我叫她一起去吃饭,她的脸上泛起不可捉摸的勉强的笑,对着黑板摇摇头,说她不饿。我到现在也没弄明白,秦怡薇突然对我的冷漠,源于我那些莫名其妙的行为,还是我没有在她被徐妍诋毁时做点什么,总之,那时我的心情糟糕透了,整日神情恍惚而又敏感多疑,觉得自己是天底下最可怜最委屈的人。

一天早上,我早于所有同学来到教室,无意间翻出秦怡薇抽屉课本中夹着的一封信,我小心翼翼做贼似的打开了它,贪婪而心虚地从头看到尾,我的好奇使我深陷一种强烈的窒息感中,脸红耳烧像被徐妍叫上了讲台罚站。那是秦怡薇写给小树的回信,暧昧的词语和妖娆的辞藻,使我一度认为秦怡薇的信中同样含有不检点的成分,这成分使我恼怒愤恨,将信偷偷拿走藏了起来。秦怡薇刚到座位就去拿她的信,结果什么也没找着,沮丧地趴到桌子上。我有点于心不忍了,将原本想要在放学后撕碎扔进厕所的信,悄悄塞进了秦怡薇的抽屉。第一节课铃声响起时,我的余光看到她的脸上流露出失而复得的开心和轻松,同时有一种疑惑、哀伤、失望的目光冰冰凉凉地落在我身上,我假装没有看见,低下头在抽屉里找书,心里却打了个寒战。

礼拜五下午,我按信上的时间、地址,提前来到学校后的漆水河畔,蛰伏在一块大石后,探头观察四周。一个来小时后,小树的身影出现在我的视野中,他的脸上洋溢着夏夜清凉般舒爽的笑,手捧一个四四方方的系着丝带的小盒。又过了十多分钟,身穿白色外套、头戴红色发卡的秦怡薇出现了,宛如墨色山林中飞入的一只朱鹮,给寂寥的后山添了生机和活力。我看到小树将礼物递给秦怡薇,秦怡薇欢喜地笑了,她的笑声如身旁的水流悦耳玲珑,使我身体一酥,脑袋差点撞到石头上。小树神气十足地拉起秦怡薇的手，他们玩闹嬉笑，哼哼着周杰伦的《简单爱》，顺着河流一直走下去，变成两只喜鹊消失在我的视野中。我想冲上去，告诉秦怡薇，那家伙只有一个睾丸，他是有缺陷的人，但一想到我自己，羞耻感便涌上心头。我拉低帽檐，失落地坐在地上，身后的大石如一块无边无际的屏障阻隔了我和世界，我的眼前突然一片黑暗，我感到自己正在不断下沉、下沉，强烈的坠落感使我意识到，自己要坠向梦境的深渊中了。那时候天色突然暗下去了，灰云渐渐布满天空，我祈祷一场大雨的降临，从而使这个背叛了我的世界接受一次精神的洗涤，奔涌的心酸与悲伤使我想要大哭一场。天色又突然放晴了，乌云急速散去，阳光慷慨地洒向树林和河流，我徒劳的心酸与悲伤并不能阻挡什么，我又一次回到了孤单当中，独自面对寂寥、纷扰的世界。最孤单的并非是一个人的时候，而是一个人想念一个人的时候，我那自以为是的、雁过留声般缥缈的爱情自此烟消云散了。

　　我不知道自己当初是怎样度过那漫长而痛苦的少半学期的，我的悲伤使我以为时间永远停留在了那个下午，我默默承受着他们带给我的一切，这承受也是我最后的自尊。我整日听着MP3里阿杜唱的《他一定很爱你》，陷入无限的遐想和悲伤中。

3

　　期末考试结束后，到了公布成绩的那天，徐老师组织我们开高二阶段最后一个班会。当我看到自己的成绩单时，内心只是泛起微澜，并未有过多的惊讶和失落。秦怡薇盯着她的成绩单，在短暂的愣怔后，脸上出现一种似笑非笑的尴尬神情，咳嗽似的轻哼了一声。她的神情和声音使讲台上的班主任皱起了眉，气愤的目光打在秦怡薇的身上，当着全班同学的面，将秦怡薇叫起来，大骂她的成绩简直没眼看，一落千丈都是她自己作死的结果，早恋、逃课、不团结同学、不尊重老师，完全就是一个标准的"问题学生"，是她从业以来带过最差的一个学生。我的同桌仍是一副置身事外的模样,脸上挂着使徐妍不知所措的笑。徐妍立刻变得怒不可遏,走下讲台,站在我跟前,指着秦怡薇大骂,说她不仅自己不学习了,还影响赵佳俊,整天搔首弄姿,祸害全班。徐老师的口水溅了我一脸,她的手指都快要戳到秦怡薇脸上了。她又重复了刚才的话,声音拉得更长更响亮——搔首弄姿,祸害全班。

我当时垂着脑袋,没有注意秦怡薇脸上神情的变化,我只是感受到她的身体在发抖。当我猛地侧眼去看时,秦怡薇手中的圆规已经戳向了徐老师的脸——我觉得目标是脸,但没准是眼,身体的抖动使她戳偏了。我下意识抬起胳膊去挡,不知为何当时我感觉秦怡薇会照着我的脸也戳一下。我先是听到了惨痛的叫声,然后通过胳膊间隙看到徐老师正蹲在我的脚下,她的双手捂着脸,鲜血从指缝间流了出来,滴在地上。我始终不敢扭头去看秦怡薇,我的余光看到带血的圆规掉在我面前的成绩单上,我在惊吓中悄悄挪动胳膊肘,压住了圆规。徐老师的叫声引来了其他老师,隔壁班身强力壮的男老师冲到我跟前,撑开胳膊,极有担当地挡在那里,一个女老师扶起徐妍,慌忙而逃了。很快,几个保安手持钢叉和防卫棍,气喘吁吁冲进教室,把秦怡薇带走了。秦怡薇留给我的最后一个神情使我终生难忘——她的脸上露出奇怪的笑容,两只丹凤眼犹如两块碎玻璃,明亮闪耀却令我感到刺骨地疼,我的脸上似乎扎满了碎玻璃。之后,班上乱作一团,嗡声四起,我能听到自己紧促的喘息声,却始终听不到他们在说什么。

那天以后,秦怡薇再也没有出现过。我从未见过的那位益庄人口中的坏女人——秦怡薇的母亲,来到学校,取走了她女儿的东西,她的脸上布满了岁月的印痕,完全是一副本分纯朴的农村妇女形象,丝毫看不出"坏女人"的特征。我不知道秦怡薇去了哪里,我千方百计地打听,去找秦有才、秦有钱,甚至混蛋秦有福,都未能得到一个准确的回答。同学们议论,说秦怡薇转学了,去外地了,至于真假,我至今不清楚。学校领导来教室了解情况,质问同学们尤其是我,"凶器"的下落,大伙一脸的茫然,随后惊讶地反问领导,真的是圆规吗?领导脸上的怒气使大伙闭上了嘴。我摇晃着脑袋,告诉领导,我当时也没看清楚，不知道它去哪儿了，也许被我的同桌带走了。之后，我常去漆水河畔那块大石旁，小心翼翼地取出石缝中的东西，我的喜悦告诉我，秘密还是秘密，还未被人发现，那是我能为秦怡薇做的唯一事情了。高考结束后，我再次回到漆水河畔，那块大石不见了，秘密或许早已被公开，我吞咽着忐忑不安，度过了心惊胆战的暑假时光。有一天我恍然大悟，也许我精心守护的所谓的秘密，在旁人看来不过是秋日的落叶、夏夜的蝉鸣，再普通不过的事情了，没有人会在意路边是否少了一块石头，同样也没有人会关心一个锈迹斑斑的圆规背后的故事。

　　一个礼拜后，徐老师回到了课堂上，她的脸上贴着厚厚的纱布，两只眼睛肿得只留下一道缝，我不知道是伤口的影响，还是连续哭泣导致的结果。她呆呆地立在讲台上，我看不到她眼中昔日的严肃和冷峻，许是因肿胀的眼睛和厚厚的纱布，使她看上去悲凉而滑稽。她的声音中多了几分先前从未有过的慈祥和柔软，使每位同学的听讲都变得极其认真了。那份慈祥和柔软并未持续到我们毕业，徐老师在不久后调到了其他学校。

　　小树来学校找过我几次，周末要和我一起回益庄，我没有搭理他。那时候，我的冷漠使我最好的朋友意识到了问题的所在，他没有再说什么，失落地离开了，再也没有来学校或是去家里找过我，直到我得知他意外死去的消息，才遗憾那些年我们为何都没有坐下来心平气和地聊一回呢。每每想起我们小时候形影不离的时光，我就忍不住又想哭了，一想到小树最后那次失落离去的样子，我的心里就充满心酸和悲伤。生活是时间的艺术，时间推移我向前，使我来到现在。而现在的我，明白了当初的一切。我问自己是否有过后悔，深思熟虑后的我回答了自问，如果可以，我决心重来一遍，没有后悔，只有遗憾。

　　我将所有的时间和精力，用在了学习上，我开始日夜发疯似的学习，克制自己不再去想其他的一切，也暂时告别了MP3和阿杜。他还是会诱导我去做一些莫名其妙的事情，但令我惊讶的是，有时我会战胜他，我并非完全活在他的监视、掌控、怂恿和威胁中，渐渐地，他又悄无声息地离开了，我感知不到他的存在了。我成绩的直线提高获得了新来的那位名叫高雅的老师慈祥、柔软的关照和夸赞。

一天下午，我照常去华莹的饭馆蹭饭，正在练琴的彤彤突然说："你的好兄弟当兵去了，你怎么没去送呢？"我的脑袋一蒙，眼前闪过许多奇怪的画面。后来，我心里想过，也许石中发去找过在部队上当差的堂哥石中军，通过这层关系使小树走了后门，否则在我的认知里，天生就少一个睾丸的人是无法通过征兵体检的。

彤彤抬起头问我："怎么，你又开始梦游了？"我问她什么时候见小树去当兵了，她告诉我，她中午去吉他社，路过广场看到欢送新兵入伍的队伍，家长们泪流满面，拿手机为他们的孩子拍照，她瞥见一个熟悉的脸庞，独自站在人群中，胸前戴着鲜艳光荣的大红花，却没有人送他，石中发夫妇许是卖煤去了。我的心里很不是滋味，胸口一阵发闷，小树清澈明亮的笑容和他最后一次失落离去时的模样在我脑海中不断闪现，我捏着筷子，再也没有食欲了。

"你们闹掰了吗？"彤彤说，睁大眼睛盯着我，"我走过去和他说了几句话，他还问你最近怎么样，要我替他向你说一声对不起。"

我拿起水杯，喝了口水，脸上挤出一丝淡然的笑，故作镇定地说："你是怎么回答他的？"

彤彤没有再说什么，弹唱起她写的那首《麦浪与帆船》：

> 火红的六月
> 布谷鸟的歌声飘荡在旷野
> 遥远的场景渐渐浮现
> 孩童奔跑在麦田无忧嬉戏
> 麦浪涌动如你般美丽
> 我们乘着帆船滑翔在无边天际
> 火红的六月
> 我的梦想是金黄的四季
> 昨日的记忆温柔热烈
> 我将自己撒向辽阔的大地
> 等待镰刀收割命运的诗句

脸上的盐是我活在人间的意义
那时的时光年轻　充盈少年意气
我写下诗句
献给醉人的景色和遥远的你
我这流浪的诗人啊
永远不会忘记
当麦浪涌动时
这世界是如此美丽
你这远方的旅人啊
请你不要哭泣
当歌声响起时
这孤单也充满意义

4

　　大一那年暑假，我从省城坐火车回到益庄，最后一次见到了石中发夫妇，那时他们卖完煤刚进村，新换的五征牌五轮车行驶在新修的柏油路上，加宽的平坦道路，踩上去有种微微弹起的感觉，他们油黑消瘦的脸上涌动着明朗透彻的收获般的喜悦，李兰英头上的红包巾随风飘荡，艳丽而盎然，使我感到莫名忧伤的同时，又有一种淡淡的欣慰和幸福。我听到石中发问我，佳俊什么时候回来的？这是他第一次称呼我佳俊而不是女娇娥，我感动得快要流泪了。我和石中发进行了短暂的交流，他问我是否有和小树联系，小树心事重，在部队难免受委屈，常和他联系，多聊聊天。我微笑着点了点头。他说我看上去阳刚了不少，下巴上的胡楂已不像上回见面时那么青涩了，等下回再见时，要帅过唱《同一首歌》的蔡国庆了。遗憾的并非是我没有蔡国庆那样俊秀的面容，而是我和石中发阴阳相离，再也不会相遇了。

　　当石中发夫妇出事的消息，随着夏日清晨的舒风先一步刮进益庄时，人们这才看到跑来的吕万才，那时，吕万才刚从艳粉巷回来，脸上仍旧浮动着醉生梦死的气息，他胸前的浅绿色领带在晨风中微微飘荡宛如玉米苗般生机盎然，吕万才惊慌地告诉遇到的每一个人，石中发夫妇栽进槐树沟了，他拉着嗓子胡乱叫喊：

"卖炭石两口子飞进沟里去了，连人带车砸到了沟底，八成是车毁人亡了。"

人们脸上的麻木和厌倦并非是对消息本身的冷漠和无畏，而是源于对传播消息者的鄙视与反感——吕万才时常编造一些毫无根源的假消息，召集大伙去广场聆听他的演讲，牛头不对马嘴的逻辑使大伙的脸上布满一层灰蒙蒙的愁云，人们的疑惑和不耐烦，使戏台上的吕万才不知所措，结结巴巴说不出话来。这样过了几回，就再也没有人愿意去听他讲述热闹了，演说家吕万才自此退出了益庄历史的舞台。吕万才的诉苦和诌谀并未挽回失去的人心，他整日泡在艳粉巷来蒸发自己的沮丧和无力，当那些失足女问起他闷闷不乐的原因时，吕万才流下了委屈的眼泪，他声音颤抖地告诉她们，他被生活抛弃了，已经没有活下去的动力和意义了。

我母亲正在碾盘上择菜，吕万才的喊叫声使她着急忙慌地跑了出去，我跳下炕，紧随母亲出了院子，纳闷她怎么会突然相信失人心者的谎言呢。当我们来到那段急弯处时，却什么也没有看到，我们继续往前走，走到最宽阔最平坦处时，看到眼前的沟边围满了人。我母亲两腿一软，瘫倒在地，脸色苍白，急促喘息。

我挤进人群中，看到那辆新五轮车四蹄朝天栽在百十米深的沟底，石中发和李兰英平躺在沟底的五轮车旁。我跟随庄里的几个中年男人沿小路下往沟底。离沟底越近，内心越忐忑不安，走在前边的二伯两条腿在打抖。我看到石中发依旧身穿那身破烂、油黑的工装，脚上的黑布鞋尖隐隐顶穿一个洞，快要露出指头了；李兰英穿着花色上衣和黑色裤子，手上戴着发黑的自己织的浅蓝色手套，头上的红包巾仍旧扎得严严实实，只是不再随风飘荡了。她那双聪颖善良而时常充满忧虑的眼睛紧闭着，不再睁开。二伯把石中发搂在臂弯里，喊声断断续续，忽紧忽慢，忽高忽低，叫着他们的名字，却始终未应一声。阵阵回声凌乱而遥远，在山洼间幽灵一样叫唤。

事后，人们推测，石中发驾车经过了土桥，还未到急弯处，只是行驶在平平坦坦可以过大卡车的路面，既不是陡坡，也不窄狭，又没有会车让车，怎么就把五轮车开到沟里去呢？有人说，石中发车速太快，忘乎所以，出事地点竟没有刹车的痕迹，甚至在沟边的土坎上也没有车挂的印迹。也就是说，石中发的车在飞驶中只是稍稍偏了一下方向盘，便驶出车道，飞向沟里，砸向沟底。车飞到空中的一刹那，二人即被抛出车外，沿抛物线加自由落体的惯性，重重地摔在了沟底的荒草丛中。有人说，石中发定是睡着了，疲劳驾驶酿成灾祸。也有人说，石中发夫妇定是撞邪了，被不干净的东西牵引着，飞向了沟底。人群中顿时响起杂乱的议论声，众人对第一种说法表示认同，认为车速过快夺去了石中发夫妇的生命。有人对此做出了总结：急着去死，不死都不行，自找的嘛。

从生到死，由动到静，一个悲剧的诞生，只是弹指一挥间。吕万才也许亲眼目睹了车子飞向深沟的一幕，也许只是听到了一声轰响，看见一股龙卷风似的黄尘，才知晓事故的发生，我不得而知，也没有人会在意，那不是重点。吕万才并未如愿挽回遗失的人心，他极力抓住的最后的机会，回报他的依旧是沮丧和痛苦。我记得不久后，吕万才自缢而死的消息就传到了我的耳朵里。吕万才是在老鸹洼那棵老槐树上，用他胸前飘荡着的红色领带上吊自杀的。直到现在我也不清楚他自杀的原因，益庄人也说不清楚，人们猜测吕万才的确是中邪了。而我的眼前常会出现一张年轻的脸庞，在他的新婚妻子跟一个戴着领带的、体面的卖货郎跑了以后，他独自蜷缩在破烂堆里绝望不堪的场景。后来他的破烂生意渐渐起色，他的胸前第一次飘荡起鲜红的领带时，那张脸上绽放出神采奕奕的光芒。之后领带便从未离开过他的脖颈，领带在他的胸前飘荡了无数个春夏秋冬，陪他穿过无数条大街小巷，使一个体面的青年小伙渐渐变为一个体面的中年男人。

我的好朋友小树未能见上他的养父母一面，而我也并未见到小树从部队回到益庄为石中发夫妇送葬。事实上，小树的确没有回来。石中发夫妇永远也不会知道，他们的养子将在不久后踏上死亡之路。我记得在事后几年里，我母亲还常念叨李兰英，说李兰英活得干净，死后家里连件脏衣服也没有。

我最好的朋友，历经苦难却依然坚定无畏的李未树，在我大二那年夏天，当最强台风重创南方沿海城市时，他所在的部队立即派出一支由五十人组成的救援分队奉命向受灾地域快速驰援，小树首当其冲与战友们战斗在抗洪救灾的最前线。那场强大的自然灾害引发闽南多地成为灾区，天空像是被谁捅了一个大窟窿，雨仓里贮存的雨水一股脑地奔泻而下，凶猛无情的洪水和泥石流吞噬了许多男女老少的生命。我的眼前又一次出现了当时的情景，而我的想象和认知无法准确还原当时的凶险与恶劣。人民子弟兵的出现成为受灾群众最后的救命稻草，小树和他的战友们跳入湍急的水流中，艰难跋涉将被困于家里的老人、妇女和小孩一个接一个地背到救助安全点。小树那双坚定的眼睛和强有力的臂膀，使我又一次看到童年时期他的勇敢模样——面对几个欺负我的高年级同学，他撑开双臂挡在我面前，嘴里叫叫嚷嚷着，谁敢欺负他兄弟，他就跟谁拼命。那时的小树真像个大人。

小树跋涉在救援的往返中，当他返回山洼几户人家组成的小村落时，再一次返回到了死亡中。突发的泥石流使我的好朋友变成了将死之人。身为班长的小树眼疾手快，抓住了一根木桩，当死亡袭来时，他毫不犹豫地将木桩推向了身旁的两名战友，而自己则被泥石流冲下江中，他发出的唯一一声呼喊一瞬间就被呼啸奔涌的江水吞噬了，江水同时也吞噬了我最好的朋友。被救战友撕心裂肺的叫喊声，并未能从死神手中夺回他们年轻的班长，当面对部队领导的询问时，他们悲伤绝望的情绪已无法准确描述当时的情景了。

之后的一个多月里，战士们始终没有放弃，夜以继日地寻找班长李未树的踪影。李未树的失踪，不仅牵动着整个灾区百姓的心，更有亿万网友在关注、关心这名英雄的下落。我是在即将期末考试的那天清晨，从手机上看到了相关新闻报道：《二十岁人民子弟兵为抗洪下落不明　网友：不抛弃不放弃》。我点开链接，看到内文黑体加粗的标题：某军区二十岁人民子弟兵李未树为抗洪至今下落不明……李未树？哪个李未树？我的心猛然一抽，顿感脑袋发蒙，眼前蓦然黑了，并非被什么东西给遮挡了，仅仅是我的世界突然倾塌了。我颤抖的手指往下滑，一张身穿军装的证件照映入我的眼帘，黝黑消瘦的年轻的脸上挂着清澈明朗的笑容，眼睛里射出一种纯净、坚定而又充满力量的光。我将右手食指弯曲塞进嘴里，用牙狠狠地咬着，当我意识到那并不是梦境的同时，突然有一股强烈的坠落感使我从二层架子床上坠到地上，从五楼坠到一楼，一直朝地下坠，坠往一个无底的深渊，我的心力在无尽下坠中逐渐衰竭，我感到自己变成了一片纸，在茫茫黑暗中飘浮。我以为自己并不会难过，我对小树依旧心存怨恨，但悲伤的泪水在不觉间已浸湿了枕头。

我每天都在网上搜寻小树的相关消息，终于在第四十八天时，一则标题为《悲痛！因救灾而牺牲的二十岁人民子弟兵遗体被找到，六位将军为其送行》的新闻跳进我的主页。我最好朋友的遗体被一个老头发现了。之后，部队为李未树授予一等功，并追为烈士，在送行的那一天，政委以及军区副司令等六位将军来为他送行。当网民们知道这位年轻班长的父母和养父母都已离世时，纷纷留言：好让人心疼的小英雄；清澈的爱，一生为祖国，向英雄致敬……

益庄人在得到消息后，立刻陷入了乱糟糟的议论中，他们一边说着有关"悲痛""难过""伤心"的字眼，一边陷入无端的兴奋与激动当中，趾高气昂的样子使他们看上去不可理喻。他们叫叫嚷嚷着告诉身边的人，益庄要来国家领导人了，五湖四海的群众要来参观英雄的故里了，英雄的故里将会建起纪念馆，益庄很快就要发达啦。他们的"美梦"经过漫长的烈日暴晒，在那个夏日还未走完就蒸发了。他们失落地意识到，自己天真的想象只是黄粱一梦。他们不再提这件事了，自此也没有再提起过关于小树、李未树或石未树的任何事情。

此刻，我的心中又一次泛起淡淡忧伤，那张熟悉的脸庞再次出现在我的眼前，脸上纯真的笑使我心生暖意，他朝我挥手，告诉我，他现在一切都好，也希望我一切都好。时间并未在他的脸上留下印记，反而是我，比以前胖了、丑了、沧桑了，更自卑、更忧愁、更多疑、更爱做梦了。是啊，我们都已过三十岁了。三十岁的小树像孩童时一样嘿嘿笑着，朝我挥手告别，消失不见了。

第七章　自我与救赎

1

大学时期，我是一个透明的存在，上了一本线的高考成绩，在大学班级里仅位列中下，文体各方面都不出色的我，很快发现自己已被集体彻底遗忘。学校举办艺术节，寝室全体人员上台表演话剧，我被舍友们以"不许不合群，你也是寝室的一分子"的说教和理由强行支配，我的妥协使我获得了一个可有可无的位置，并且长久地持续下去。

失眠，无力，麻木，苦闷，忧愁，哀怨……在小树死后，全都一股脑地奔我而来，侵略者一样侵占了我。我被迫沉浸在纷乱混杂、众说纷扰的梦境空间里，我感到世界正处于水深火热中，使我惊惧不安的同时又有一种无法自拔的着迷感，如同观看恐怖电影，尽管如此，我切实地以为我的大学时光和我今后的生活都将毫无意义。我闭上眼就能看到小树，他面带笑容望着我，始终与我保持着十来米的距离，我怎么也追不上他。我的失眠变得更加严重，头疼欲裂使我想要大喊几声，我睁着血红的眼睛，撑着憔悴的脸面，在楼道和水房间来回走动，等待白昼的降临。我的行为使我的舍友们一度认为我中邪了，或是神经错乱了。第二天早上，他们惊恐的目光打在我身上，使我感到不知所措，却又故作镇定，脸上挤出一丝尴尬的笑，难为情地告诉他们，其实我从小就患有间歇性梦游症。走出寝室，无数双过往的目光望着我，正忙着挤进水房或走下楼的同学们，都突然静止了，疑惑与惊恐的气息在人群中穿梭，渐渐地充斥整个楼道。我垂下脑袋，耸着脖子，匆匆蹚过浑浊的气息，向楼下跑。就在我刚迈出楼门时，我终于又看到了他。

在我备战高考期间，他悄无声息地离开后，我再也没有感知到过他。而现在，我终于又一次感知到他。他的体积变得庞大、笨重，笨拙地趴在对面楼的大屏幕上，如一张巨大的网，呈现为墨色的黑。我感到有一双疲惫黯淡的眼睛正望着我，却并未诱导我做任何事情。我仍看不清他的样子，我强烈的感知告诉我，他如今看上去像一个孤独、忧郁、失落的失败者的形象。他的出现似乎转移了我的情绪，上一刻的难堪和尴尬暂时远离了我。我朝他笑了笑，向教室走去。那天，他在教室的窗户上趴了一天，木木呆呆地望着我，我不时扭头看他，某一瞬间竟觉得自己像在照镜子，玻璃上映出了我的模样。我的发现使我惊喜不已，就好像这世界上还存在着另一个我，正在经历着和我相同的喜怒哀乐。而我的情绪决定了他的情绪。我从那样的发现里，哦，不，应该是我从他那里，得到了一种神圣光荣的使命和心灵深处的安慰。我的心情好起来了，我惊讶地发现，校园中所有人的脸上都洋溢着生机勃勃的气息，如益庄田野里暖阳下的麦苗。我的舍友们和楼道中过往的目光，都变得平静柔软了，而他却如窗外的落日般沉没了，我感觉不到他的存在了。

我躺到床上，闭上眼睛，微笑着朝小树挥手，然后愧疚地望着梦境中的那个自己，面对我充满歉意的目光，他并未指责我，而是温柔、真诚地朝我笑了笑。我突然觉得，生活的多样性是自我意识的产物，我狭隘的自我意识使我以为整个世界糟糕透了，自我意识驱使我去看到和想到，而我的生活其实并非看到和想到的那么糟糕，我已经拥有了好多珍贵的东西，我的大学时光和今后的生活将会充满意义。

我从睡着的梦境醒来进入醒着的梦境，在梦境的交替中顺利毕业了。好运的眷顾使我在即将毕业时和班上的一位胖女生走到了一起，而我自己都没有想到，仍旧沉醉在梦境中。她的五官挺漂亮的，圆嘟嘟的脸蛋，四肢胖得可爱，第一眼看她便觉得挺顺眼，而我这样一个大千世界里再平凡不过的普通人，配她刚刚好。

因工作原因，我不得不剪去自己的长发。理发店的小哥并不明白我惊慌的神情中隐藏的秘密，他在疑惑和窃笑中完成任务，并为我洗了头——温水冲刷过空旷的两侧，他的双手在我头顶快速挠动、按摩，专业的手法使我有种昏昏欲睡的感觉。水流消失，双手离去，我清醒了。难道他没发现我头顶的眼睛？没道理呀。我用手去摸头顶，微微凸起的大拇指甲盖般大小的一块，软软的，粗糙的，不痛不痒，和头顶其他地方并无太大的差异。我在镜前假装梳理自上小学后从未有过的清爽的短发，微微低下头，拨开头顶的头发，我惊奇地发现，那个眼睛不见了，只剩下一个微红的小疙瘩，像脸上的一颗青春痘。兴奋的喜悦使我快要蹦起来了，我莫名其妙的举动使理发店的小哥和顾客们的脸上布满诧异，我赶忙致歉，说自己突然想起一件开心的事。付完钱，走出店门，小哥突然叫住了我，一本正经地说：

"你头上起了个痘儿，情绪可别那么激动，容易上火呀。"

我坐在运动公园的双杠上，仰面望着夏日热情的阳光，往事如耀眼的光芒在我眼前跳动，无数个画面电影般轮番上演，忧伤和耻辱的过往使我的心一阵抽疼，我在茫茫黑夜中看到了自己当初惊恐而绝望的眼神，始终等不到能有一个怀抱或是一个声音给予幼小心灵最真切的抚慰。我牵着小树的手奔跑在一望无际的麦田里，我们欢快的笑声萦绕在耳畔。我的心中顿时泛起一阵甜蜜的忧伤，像面对漫山遍野盛开的鲜花而担心它们终会凋谢，沟洼间欢快流动的小溪终会干涸，麦田里奔跑嬉戏的少年终会哀伤哭泣……莫名其妙的联想和比喻，使我自己扑哧一下笑出了声，我跳下双杠，坦然、轻松地走向我的工作岗位。

一切都很顺利、安稳，宛若上天的安排。我从事了自己学的广告设计专业——高考填报志愿时，稀里糊涂随心所愿，电视上正在播有关白领精英们的剧，他们高贵的气质和潇洒的生活诱导了我，使我填报了自己丝毫不懂却令人思潮起伏的专业。

一段时间后，从小不善言辞的我，竟破天荒地做起了广告推销业务，这源于我无意间听到营销部同事的一次闲聊，他们所说的那个奇妙的世界和丰厚的报酬使我浮想联翩，我被一股莫名的力量所支配，使自己在户外大屏广告的销售业务中取得了一些成绩——似乎发现了行业的某种生存之道和捷径技能，得到了卜总的赞赏。卜总拍着我的肩膀，夸我做得很不错，他很看好我，要我好好干，升职加薪是很快的事。后来的几次饭局，他都带着我，酒过三巡后和我称兄道弟、勾肩搭背，我对他有了一种难以言说的崇拜和敬仰。

那时候，我并不知道我的女朋友周菲的父亲竟是我们学校的教授，只知道她家就在学校附近，她的父亲是老师，母亲是公务员，周菲在她母亲的安排下进了一家报社，担任记者职务，时常上山下乡采访，她很活泛，对一切充满好奇，干得很开心。我赶回益庄参加完燕儿的葬礼，又回到省城，周菲带我见了她的父母，很快我接我母亲来省城，双方父母见面，敲定了我们的婚事。就是在那天，我才知道了周菲父亲的身份。当时老头喝得有点多，但思路很清晰，他当着我母亲的面，将我叫到他跟前，郑重其事地告诉我，他身为大学里一位德高望重的教授，他的爱人是政府的一名正县级干部，他的大女儿清华大学毕业后定居美国，大儿子交通大学毕业，在京城的研究所搞科研，小女儿进了报社，做着"政府的咽喉"的光荣职务。他的脸上泛出更多的红彤彤的光晕，骄傲与自豪使他的嘴角一直处于上扬的状态，脸上松垮的肉挤作一团，如一个枯槁的红苹果。他仰头又喝了一杯，然后告诉我，他对我的工作有意见，他认为所谓销售无非就是"见人说人话，遇鬼说鬼话"，满嘴的违心之言，阿谀献媚，卑躬屈膝地吃完几年青春饭，然后油头滑脑地游荡在同类人的长河中，一生没有目标，没有方向，没有追求，到头来就是个失败者，浑浑噩噩一事无成。他严肃而认真地强调，我的工作会令他在他的行业领域丢失颜面，他不允许自己如此优秀的家庭中有做销售工作的人……

"爸，你什么意思呀？"周菲突然开口说，用一种撒娇和抱怨的口气，"我们还年轻，做什么工作都会有出息的呀。"

周教授的脸上泛起不可捉摸的笑意，又喝了一杯酒。我看到我母亲耷拉着脑袋，一副极其难过的样子，不时用纸巾偷偷擦拭眼泪。我的心里很不是滋味，顿时深陷自责的沼泽中，感觉自己已经是一个失败者了，还连累母亲跟着我受委屈。当我的余光又看到周教授那副趾高气昂的样子时，心中突然燃起熊熊大火，一股直冲头顶的力量驱使我跳起来反驳周教授。屁股刚离开凳子，我听到周教授又说话了。他突然咧嘴笑了，露出满口白亮闪烁的烤瓷牙，我垂下脑袋压住心中的火焰，听到周教授说，他来联系附属中学，让我去那里教书，他的学生在那里当校长，不敢不给他面子。我想说我专业不符，不去什么学校教什么书，我不想干也干不了，但我母亲抢先一步，突然站起身，对周教授恭恭敬敬地鞠了一躬，说太感谢周教授了，教师是最高尚的职业，若他的儿子能当教师，那简直是光宗耀祖的事情。我在悲伤愤怒中望着桌上所有的人陷入一种愉快幸福的欢乐气氛里，而我只能独自吞咽内心的屈辱和不甘。

我极其难为情地走进领导的办公室，羞愧不安地递上辞职报告，在卜总半张着嘴的惊讶中，小心翼翼地说明我的来意，并因自己上回和邢总在北京出差时半途离开的行为表示歉意，因个人原因，很遗憾地提出辞职。我看到卜总半张着的嘴巴渐渐合上了，他面带微笑看着我，接过我的辞职信，如《赌神》中周润发似的大背头在窗外阳光的涂抹下油光闪亮，一副沉稳洒脱的气派。我满怀歉意地笑了笑。我以为他会签字，没想到他微笑着将我的辞职信从中间撕开，对折后又连撕几下，扔进了他面前的烟灰缸里。我在惊诧中看到，他脸上的笑容晨雾般消散了，突然起身使肥胖肚子上下摇晃，桌子被顶得前移，他指着我的脸，歇斯底里地怒吼：

"你知道吗？你就是个垃圾，简直给销售行业丢脸，我他娘的看好你？我可没眼瞎，都是糊弄孙子呢！想走就赶紧滚！"

我感到自己像被卜肥猪从肩膀突然砍了一刀，几乎快要瘫掉了，喉管似乎一下子被掐断，整个人陷入失语状态。我拖着歪扭的身子晃出他的办公室，走到纷杂喧闹的大街上，仍感自己深陷梦魇中无法醒来。我飘进杂乱、匆忙的人群中，宛若海上行舟，遁入虚空的境界中。

我回到自己租的小屋，拉上窗帘，使整个房间看起来如同黑夜。我蜷缩在黑夜的角落里，像只倒挂着的蝙蝠。我紧闭双眼，聆听梦境中另一个自己撕心裂肺般的呐喊。我的人生到底是哪里出了差错，是最初那个大雨滂沱的夜晚吗？为何总要接二连三地承受苦痛和绝望？一直在用心做自己，在努力上进，按照规规矩矩的法则去面对、敬畏生活，可黑云为何总偏偏将我笼罩？我想知道这一切究竟是为什么，可这世上说不清的玩意儿太多了——世上的人干世上的事，恐怕都有他自己的理由。终究还是没有想出答案，没能得到一个顺服自己的合理回答。真不知道这世界到底是怎么了。但我心里明白，也没有理由不去相信，那些看似不合理的、难以解释的事情，却一直在潜移默化地改变着我对世界、对生活、对自己所理解的全部意义。我打开灯，面对镜子站立，镜中浮动的黑云迅速聚拢，吞没了那个身影，也就吞没了我的一切。

　　我没有了个性。在我的身上只剩下令人吃惊的呆板和木讷。我在岳父大人周教授的安排下，顺理成章地进入附属中学教语文，一个跑销售的人摇身一变，成了一名中学教师——同属耍嘴皮子的行当，但前者更多的是售卖自己，首先使自己成为一件好产品，后者则是专业知识的积累和传道授业解惑的本领与经验。很快我就发现，一所学校也是一个小社会，不仅需要专业知识技能，更需要"站队""为人"和"处世"——我的到来似乎为同事们创造了新鲜而丰富的话题，我走进办公室，看到同事们坐在一块，议论着什么，他们看见了我，就潮水般迅速退散了。他们的举动使我瞬间变得敏感，如同一个近视的人突然拥有了眼镜，看到眼前清晰的世界，同时也看到了瑕疵和丑陋。我大概可以猜出，我凭关系走后门进学校的事实已被他们知晓。火苗一旦点燃，便会肆无忌惮地往上蹿，燎得人坐立不安，非常难受。中午吃饭，当我走进饭堂时，又看到同事们一副奇奇怪怪的表情，故意躲开我的目光。我忐忑不安地坐在靠窗户的位置，开始吃饭。突然隐约听到有人喊我的名字，回头一看，原来是办公室和我年龄一样大的张贺涛，他比我早来学校一个月，是从其他学校调来的。他说话声音很小，像隔着窗户。他端着饭，坐到我旁边，左看看右瞅瞅，似乎想说什么，又不知如何开口。我笑着问他怎么了，有什么事吗？他一副很难为情的样子，抿着嘴，犹豫片刻，小声对我说：

"你可能不清楚这里的规矩，凡是新来的同事，都要请其他老同事吃饭，要不然大伙儿都会觉得你不合群，不懂为人处世之道，我刚来的时候和你一样，后来我原先学校的同事告诉了我，我第二天就赶忙请客了，大伙儿对我的态度发生了一百八十度大转变，热情似火呢。"

我突然意识到，我正在经历华莹当初一样的遭遇，相反的是我并未感到气愤，只觉滑稽，不禁想笑。张贺涛突然端起碗，小声告诉我，他要去前边桌和同事们一起吃，然后匆匆离开了。

那天晚上，我请办公室的同事们吃了顿火锅，他们的脸上溢满蓬勃热烈的笑容，如锅中沸腾的红汤，使我感到油腻和胆怯，突如其来的此起彼伏的关心和夸张的语调，令我极不自在。我想，华莹当初在经历同样的场景时，心里在想些什么呢？我不得而知。她与我不同。

一切都很顺利、安稳，宛若上天的安排。我和周菲结了婚，住在周教授的楼下，他送给我们的房子里。周教授只有一个要求，我和周菲每天都要去楼上他家一趟，坐一坐，喝杯茶，说会儿话，他不允许我叫他爸，称呼周教授显得更合适、更舒服些。

我开着周教授送的车，往返于学校和家中。不知为何，我常会想起和文顺，我感到自己正走在他当年走过的路上。我在梦境里总会看到年轻模样的和文顺，他骑着一辆自行车，往返于学校和家中，我却看不清他的面容，朦朦胧胧如隔一层纱，我隐隐看到他那双疲惫的含着一丝忧伤的眼睛平静地望着我，我刚走近，他就如烟消散了。

我和周菲遇到了最棘手的问题，尽管我们做了各种尝试和努力，结果一样令我们崩溃绝望。我们的感情，在绝望和崩溃的气氛渲染下，变得脆若薄冰，时刻面临掉进深渊的危险。她总是莫名其妙地大发脾气，又在我的沉默无言中失声哭泣。那段漫长的光景，我常感到有种呼啸声围绕着我，世界一片喧嚣。失眠加耳鸣，魔鬼一样折磨着我，我的脑袋里仿佛住着一辆无休止的碎路机，时刻发出连贯的咣当声。一个人在沙发上辗转至凌晨三四点才闭眼，假寐似的，片刻，又从噩梦中拼命逃离出来。自从这种症状愈发强烈后，我对躺下睡觉产生了一种莫名的恐惧感，总是得找点事情来做，促使那漫漫长夜尽可能地走快一些，轻松一些——我在客厅来回走动，在阳台一遍又一遍地浇花，在小卧室一把又一把地喂鱼，在厨房清洗油烟机，将大米和绿豆搅在一起，然后蹲到地上分拣……周菲在卧室里看剧、看书、哭泣、喊叫，他的父亲周教授和母亲曹局长，每晚跑下来三五趟，指着我的鼻子，狠狠地训斥我："你住着我们的房子，还叫我们的宝贝女儿受气，你真不是个男人！"

的确，在他们的眼里，甚至在周菲的眼里，我不是个男人，我空有男人的外表却没有男人的能力。他们的眼神使我一度怀疑真的是我的原因，是我的"无能"造就了如此的局面——一个成年男人最崩溃、最伤痛、最耻辱的时刻莫过于此。

2

我母亲一个人在益庄孤零零地生活着。母亲在我结完婚后的第二天早上就回去了，她老说放不下家里的庄稼，还有陪伴她的六只鸡和一只狗，其实我知道，母亲只是住不惯这里的房子，尤其是我这样的房子。周教授和曹局长脸上毫无规律地突然显露的灰云和急雨，使我母亲极不自在的同时又深感自己的多余。她走时拉着我的手，什么也没说，满眼的心疼，叫我很是难受。

前不久，母亲突然打来电话，说她近来总梦到小时候的我，独自蹲在戏台角落里哭泣，总觉我发生了什么事情，她似乎从我的语气中觉察出了我的苦闷和哀伤，末了，说她要到省城办一些事情，顺道来我家里转转。她告诉我，她去见一个多年前的故人，她们约好在省城会面。其实，她哪有什么事情要办，更没有什么故人知己，只是放心不下她的儿子而已，儿子受委屈时最需要的就是母亲的安慰和陪伴。

进一次省城就像进了迷宫一样慌乱，拿着我给的地址，四处打听地方，找公交站牌。不知母亲费了多大工夫才摸到来我家的路，进门放下手里提着的大包小包，满脸歉意地说自己真笨，真是老了，没有一点记性了，来过一回竟完全记不住路。没等喝完一杯水，母亲就张罗着给我和周菲做饭。她要做我最爱吃的萝卜豆腐馅饺子，食材都是从家里带来的。饺子很香，是熟悉的味道，我吃了七十个，是这半年吃得最多最香的一次。而周菲却一个也没吃，她从卧室出来转了一圈，递给我母亲一个冰冷的眼神，然后又回屋了——这并非第一次，也并非无心、无意，而是成心、刻意，每回见到我母亲，原本嬉笑的脸就突然变得冷漠了。我母亲尴尬地笑了笑，垂下脑袋，搓着自己粗糙的枯手。

　　洗刷完碗筷，母亲开始打扫家里的角角落落，沙发、电视柜、茶几，又被她用抹布擦得湿漉漉的。上回为这事儿，周菲还甩过我脸色，说皮沙发都被我母亲用湿抹布擦坏了，真是帮倒忙，我让她小声一点，她反而扯着脖子大喊，弄得我母亲不知所措。不多会儿，我母亲突然木木地定在原地，缓缓抬起脑袋，满脸困惑地对我说，她忘记自己刚才是否擦过沙发、电视柜、茶几了。母亲的困惑使我浮想联翩，我突然意识到了一个可怕的问题，我好像忘记自己是否真的活过了。我用一种无奈的目光看着母亲，像在忍受窗外突如其来的乌云和阴雨。不，其实倒也不是忍受，只是不知道该说些什么，怎样说才合适，总觉得对不起母亲。那种感觉挥之不去，不可名状的烦闷生发出来，令我痛苦绝望。

　　直到窗外漆黑一片，母亲才停歇，坐到沙发上，靠在我身边，捏捏我的胳膊，说我最近瘦了好多，要好好吃饭，这生活本来就不是那么容易过的，越不容易才越深刻，但不论如何，都别糟践自己的身体。母亲从背来的大包里掏出一大瓶可乐，悄悄塞给我，附耳小心翼翼地告诉我，那是她求来的配方熬好的药，直接可以喝，每天三次，每次一大口，喝完准能怀上，又朝卧室努努嘴，说尽量让周菲也喝，两个人同时喝，见效更快、更好。母亲脸上的愁闷和疲惫散尽了，代之的是一种如释重负的轻松和劳有所获的自豪，使我感到无奈的同时，又有一股温暖的忧伤涌上心头。

　　我和母亲坐在沙发里，说了一整晚的话，那些不堪回首的往事，在母亲的讲述中反倒显得轻松、淡然，像发生在别家、别人身上的事情，或仅是道听途说来的热闹。天快亮时，母亲斜靠在沙发上闭眼假寐，不多会儿，又赶忙睁眼，去厨房烙梅菜饼，熬红豆粥，为我和周菲做好早饭，自己没吃一口，就说该走了，要回益庄了。怎么也劝不住，我只好开车送母亲到车站，下楼前我喊了一声，周菲始终没有出来。送母亲上了回益城的长途大巴，我给她买了一瓶水和一块面包，她怪我乱花钱，怎么也不肯拿，非要我带回去给周菲吃。临走时，母亲打开车窗玻璃，探出脑袋，突然叫住我，对我说：

"妈知道你心里苦，妈无能，给你帮不上什么忙，这日子的苦，还得你担，日子的罪，还得你受，过日子就是吃苦受罪的过程，头上只要有天，脚下只要有地，就把眉眼打开，没有什么好愁的，熬过去，就好了。"

母亲微笑着关上了车窗，朝我摆手，然后矮下身去。隔着玻璃，我看到母亲双手掩面，身体颤抖不止。我突然不敢看她了，扭过头往停车场走。不远处的池塘边传来欢快的鸟鸣，秋风卷集着落叶，在凉气氤氲缭绕的水面上飞舞，仿佛在虚空中激起时间的波纹。我的内心五味杂陈，那一刻，我突然觉得，自己在拥有了一些丰富的东西的同时，又抛弃了一些珍贵的东西，二者无法兼得，如同夏日晚风的酥爽与冬日雪落的浪漫。我想年轻时的和文顺定是同样的感受。

周菲的情绪突然平缓了，安宁地听我说完话，她并没有吵闹嚷嚷，而是乐意和我一起服用母亲带来的偏方。她突然的改变让我感觉有点不真实，仿佛一切都是我的想象。现在我已记不清，那瓶药我一共喝了几大口，周菲又喝了几大口，也无法说明白，到底是因我们彻夜的努力，还是那瓶药的功效，在不久后，周菲竟奇迹般怀上了。

周菲将喜讯告诉了她的父母，周教授即刻表现出的手舞足蹈，使他看起来像一个精神异常的脑萎缩患者。周教授将我领进他的书房——这是我第一次走进他的书房，在他眼里，书房是神圣如同寺庙的地方。他的身上飘来一股浓烈的焚香味，在我第一次拜见他时，就闻到了那种气味。书桌上摆放着一尊镏金菩萨像，香烟袅袅，整个房间朦胧如云如雾，烛光跳动如两根火舌，贪婪地吞吐着香烟。他唤我坐下，递给我一根烟，示意我可以抽。我在困惑中接过烟，始终没有点燃。周教授没有说话，兀自把玩着手里的文玩，嘴里哼哼着错综杂乱的曲子，好像我根本就不存在。就那么极不自在地枯坐了半个多小时，燥热与晕眩驱使我站起身，小心翼翼地对周教授说，我想出去看看周菲。周教授没有抬头，右手轻轻上扬了一下。我就再也没有进去过。晚上，我将喜讯告诉我母亲，电话那头并未传来过多的惊讶和兴奋，反而是一种细雨飘扬般的淡雅和舒爽，母亲轻笑了一声，缓缓说道："秘方可不是虚的，都在我的意料当中呢。"破天荒地，坐在我身旁的周菲对着电话说了句："妈，谢谢你。"电话那头突然笑出了声，声音中充满惊讶和兴奋。

兴奋和喜悦总如春天般短暂，不经意间便被炎夏取代，而崩溃和绝望却比寒风刺骨的严冬还要漫长。当我又一次感知到他的出现时，我便意识到将会有事情发生了。那是一个月光挥舞的傍晚。周菲正在浴室洗澡，急促的水流声中夹杂着她断断续续的歌声。我正在阳台组装周教授为他的外孙买的摇摇床，阳台上挂满了刚刚清洗完的婴儿衣裳，使我的脸上洋溢起幸福又充实的笑，水滴掉到龟背竹的叶子上，发出滴滴答答的声音，我在动听的节奏中哼起了周华健的《亲亲我的宝贝》。我们的歌声中充满对未来美好生活的期待和赞美。

他就是在这时候出现的，如一只巨大的蝙蝠倒挂在客厅灯上，他的脸上带着一种诡谲的喜悦，眼神中却充满哀伤、疲惫，我仍旧看不清他的模样，他像一个反复出现的立体的梦。几乎是同时，我看到龟背竹的叶子被水滴砸断，我还未从惊讶中抽离出来，便听到浴室传出骨头碎裂的清脆的碰撞声响。那时候周菲刚洗完，裹好浴巾，准备出来，脚底一滑，就摔倒了。我冲进浴室，周菲哭喊肚子疼，我叫了救护车，拿被子裹住她，抱起就往楼下跑。

那次摔倒，导致周菲流产，我们失去了孩子，经历了无比黑暗痛苦的一段时光。周教授嚷嚷着要打死我，说我为什么不给浴室铺防滑垫，害死了他的宝贝外孙，说我是罪人，应该进监狱。从医院出来后，周教授和曹局长就接走了他们的女儿，自此，周菲住在楼上，我住在楼下。他们不允许我去看妻子，周教授对着门外的我大喊，要是再敢上来敲门,他就报警。

我向学校请了一个月的长假,那几天,我的生活一塌糊涂,整日喝得烂醉如泥,倒在沙发里,胡乱自语、叫喊、痛哭,任凭自己在黑暗的深渊里飘浮、游荡、下坠。我在浑浑噩噩中,看到他悬浮在我的头顶上方,他不再是轻盈的漂浮物,而是一整块黑色的天花板,来自于他沉重的压迫感使我喘不过气,我被困在他制造的梦魇中动弹不得。我听到自己沙哑的声音从喉管里挤出,我哭喊着嚷嚷:"你为什么总是缠着我不放,为什么非得置我于死地,我的生活已经够艰难够绝望了,你还要我怎样啊!"

我在崩溃中被他一下子拖拽进梦境里,我看到那条狭长的回忆之路,我站起身,朝那条路上走去。记忆找到了我。我看到他曾经出现过的所有场景,来到他第一次与我相遇的地方——我生命的源头,那个大雨如注的夜晚。我突然明白了,全然明白了,其实从我出生的那一刻,他就切实存在了,尽管我弄不清楚他到底是什么,但可以确定,他一直是与我共存的,只是我不懂,他常常出现在我恐慌、焦虑、困惑、迷茫、自卑……一切负面情绪时,而他的出现总会使我陷入更黑暗、更害怕的深渊里。当然,我也有战胜他的时候——我体内的修复机能突然生效,使我的内心豁然开朗,蓬勃涌动的正面情绪吞噬了负面情绪,他便悄无声息地离去了。

我放下酒瓶,洗了个热水澡,换了身干净的睡衣,躺到床上,打开手机音乐,随机播放歌曲。婉转悠扬的歌声从音响里传出,不紧不慢,讲故事般,叫人舒服、踏实。我闭上眼睛,沉醉在歌声里。"跋山涉水,看不见命如山,运似轻舟,世间沧海。"这句歌词一直萦绕在我的耳旁,仿佛一位云游诗人,泛轻舟,渡沧海,乘云烟,游世间,自在独行。我的心头升腾起莫名的自信,对自己,对周菲,对接下去的生活。我在歌声中安然睡去。现在,我常反复听这首《沧海轻舟》,在我的负面情绪将要冲破牢笼时,歌手李健梦幻般的声音拯救了我,使我在躁乱中变得安宁、踏实。

第二天早上,我刚睁开眼,就听到了急促的敲门声。周菲瘦了,脸上多了几道深深浅浅的细纹,我的鼻子一阵酸楚,赶忙拉着她的胳膊，扶她进屋，说准备一会儿就要去接她下来。周菲捏紧了我的手，站在原地，语气沉重地告诉我，老家来电话，我母亲出事了，怎么也打不通我的电话。我冲进卧室，在枕头旁拿起手机，这才发现不知什么时候已经关机了。我慌忙穿好衣服，跑出去对周菲说，我得回去一趟，然后就往楼下奔跑，身后传来周菲的喊声："别慌张，路上开车慢点，我等你电话。"

我在车上给手机充上电，没出城就接到了赵顾晚的电话。我的双手颤抖，总觉周身发冷，打开空调热风，并无多大作用，上了高速，猛踩油门，直奔益城市人民医院。

一别多日，我都快不认识益庄了，益庄在赵顾晚整日的忙碌中迎来了属于它的辉煌。赵顾晚带领益庄人脱贫致富奔小康，无暇顾及他的儿子和女儿，他们埋怨他，不愿见他，认为他是一个极不负责任的父亲。搞养殖，搞药材种植，开农家乐，建池塘养鱼，邀请省、市相关专家到益庄考察指导，家家户户提高了经济收入。赵顾晚认真学习上级政府的政策要求，紧盯"产业振兴、文化振兴、人才振兴"的目标，把美丽乡村建设作为益庄工作的重要任务，实现美丽乡村建设与经济高质量发展相得益彰。家家户户新修的农房墙体上，一幅幅富有乡村气息的精美画作令人耳目一新：丰收麦田、湿地蓝天、勤劳农民……让原本单调的墙面充满活力。每幅乡村振兴的美丽画卷上，都用通俗易懂的百姓话语，宣传上级政府关于乡村振兴的方针政策，传播积极向上的精神文化。益庄焕然一新，人们的生活在日益更替中欣欣向荣。

自从华莹将饭馆交给前台的姑娘打理后，自己不用那么忙碌了，一边处理一些必要的事情，一边照顾彤彤和军军。后来，彤彤考上了艺校，军军也住校了，华莹就开着车，时常回益庄转转。那几日，我母亲总对华莹说，自己的心里很不安，眼皮直跳，总觉远在省城的她的儿子发生了事情，梦到她的儿子患了大病，住进医院了，要动大手术。华莹告诉她，梦都是相反的，不会有什么事情的，让她别胡思乱想，多出去串门，打打花牌，拉拉家常。

那天，我母亲下地回来，华莹将一碗烩面片端到面前，然后出去洗锅了。我母亲洗了把脸,喝了杯凉茶,拿起筷子准备吃饭,忽地跌倒在地,没有了知觉,救护车拉到医院,抢救了几个小时,逐渐睁开了眼。医生说我母亲是突发脑溢血,送来还算及时,命暂时保住了,但恐怕说不了话,走路也不会像之前那样灵便了。

住了几天医院,母亲恢复得还算不错,能吃进去饭,但话音不真,像小孩子牙牙学语。她拉起我的手,两只眼睛如两个黑洞,空洞地望着我,声音像从水里发出来的,带着一股潮湿酸腐的气味。她结结巴巴地对我说,那几天她的心里七上八下的,总是莫名地感到惊慌,总觉发生了什么事,想给我打电话,又怕烦扰我和周菲。母亲仄过脸,低声哭泣起来。我告诉母亲,一切都好,没有发生任何不好的事情——我不想让她知道真相,甚至不想让自己承认失去了孩子这个事实,我宁愿相信是我的幻觉造就的结果。我让母亲好好养病,什么也别多想,等身体恢复了,去省城养老。华莹告诉我,她会照顾好我母亲,要我安心回去,安心过自己的日子,另外,倘若有时间,去看看彤彤。我说,我常和彤彤见面,一起吃饭,她也常来我家,她很好,不用担心。

我在家里待了五天,华莹的悉心照料,使我母亲的病情有了很大的好转。我告别母亲,告别益庄,回到省城。出发时,我在村口看到了坐在轮椅里的风烛残年的酒爷,酒爷看到我摇下车窗,歪斜的脑袋一下子端直了,摇晃着细瘦的胳膊,激动而又无力地朝我喊:

"我现在有医保啦。"

3

我时常记不清自己的衣服都放在什么地方,想穿哪一件了,它是什么款式、什么颜色,我只需简单描述,妻子就会很轻松地帮我拿出来。我的衣物都是她规整的,我常夸她在这方面很有天赋,她总是表现出一副骄傲的神情,乐此不疲地做着这些事情,尽管有时会抱怨,训斥我邋遢,不懂分类。坦白说,和已经习惯了的习惯告别,这是每个物种都不擅长的事情。有人共同生活时，家里再凌乱都是温馨的，妻子离开人世后，再整齐的房间都是冰冷的——像身处黑暗、寒冷的冰窖里。现在，整个房间都是乱的，我的思绪、我的生活也是乱的。完全乱套的日常生活，碎屑般混杂在一起，塞满了我的整个生命空间。

　　失去妻子之前，从益庄回来后，我变得莫名烦躁、不安，久违的失眠、无力、麻木、苦闷、忧愁、哀怨……又一次到访并侵占了我。我感到自己在飞速下坠，坠向梦境的深渊里。一想到母亲，我就充满愧疚和自责，总觉对不起母亲，她变成那样都是我造成的，没能让她享福，反而叫她为我操心，害她生了大病。这样的日子过了几天，我真切地意识到，自己已经无法把握喜怒哀乐的情绪了。同时，又一次感知到了他的出现。这次不同以往，他不再是单纯地望着我，而是制造出各种嘈杂的令人难以承受的噪音——压路机的轰鸣、切割机的咆哮、小孩尖厉的哭喊、喇叭里此起彼伏的促销、锣鼓队的隆声喧天……乱七八糟的声响如决斗的军队，誓要分出个胜负来。我无法摆脱他了。我的意识在混混沌沌中变得很轻、很轻，由一张纸片变为一粒尘埃，在无数粒尘埃中飘浮、飞扬、降落，我的身体已经不存在了，恍然认识到自己已经死去，火化为灰烬。

　　妻子并没有听周教授和曹局长的话，跟他们去楼上住，而是请了几天假，在家里陪我、照顾我。我那时候并不知道她在单位受了气，不但没有安慰她，反而让她受了更大的委屈——她要带我去看心理医生，我狠狠地训斥了她，说她是在侮辱我、嫌弃我，我没有病，只是心里发了潮，长了苔藓，她才有病，她爸妈都有病。

　　妻子去世以后，周教授和曹局长一下子病倒了，双双住进了医院。周教授哭闹着将我轰出病房，说再也不要看到我，否则打断我的狗腿。我请了两个陪护，负责照料他们。意外发生以后，我母亲就来省城看我了。华莹拧不过我母亲，又不放心她独自一人坐车，只得开车送她。坐了一会儿，华莹又开车回去了，说放心不下赵顾晚，他最近胃疼，吃不下饭。

　　自从到了我这儿，母亲总是忙忙碌碌的，要么跟跟跄跄收拾家务，要么变着花样给我做吃的，和患病前一样，闲不下来。她洗澡时，许是觉得踩着地上的加厚防滑垫有点难受，便用脚把它拨到了门外。当我看到后，不由得大发脾气，敲开洗澡间的门，扯着嗓子训她，说好端端的垫子为啥要拿掉，万一摔倒了怎么办！母亲干瘪枯瘠的乳房疲惫地垂挂在我眼前，她不知所措地笑笑，反而安慰我，让我不要担心，不会有事的，她身子骨硬朗着呢，病早都被她吓跑了。

傍晚，母亲做好饭菜，叫我出去吃，那时候我正蜷缩在椅子里，在书房电脑上看当年结婚时的视频——我只能听到自己脑袋里充斥着的噪音。母亲见我迟迟没有出去，于是端着一碗粥送了进来。不小心被书房里的防滑垫绊了一下，刚熬好的红豆粥连带碗勺飞了出去，黑红色的液体顺着书架贪婪地流淌下来，沾染了大面积的书籍，看上去宛若一幅泼墨艺术作品；又像是作为一枪爆头的背景，遭受了血与肉的洗礼。母亲双手捏着托盘，在我突然而起的撕心裂肺的怒吼声中愕然了，不知所措地愣在那里，肩膀带动胳膊和手猛然颤抖，沾到汤的大拇指瞬间变得通红。母亲赶忙走到我跟前，问有没有溅到身上，有没有被烫到？反复说，她老了，不中用了。母亲没有顾及自己被烫伤的手指，而是赶忙拿起旁边的抹布，开始擦书架。母亲的额头上铺满了一层盐粒般细碎的汗滴，在昏黄灯光的涂抹下，她的脸一瞬间变得苍老了，一副患病时的样子。我一下子心疼了，突然而生的悔意犹如洪水卷席，瞬间将我吞没。书架上黏稠的汤水，吧嗒吧嗒地滴落到垫子上，留下长长的尾巴，母亲赶忙用手去接，用抹布去擦。

"我来吧，妈。"我站起身，从母亲手里拿过抹布，开始清理。"对不起，妈，"我一边说，一边低声抽泣，"没事的，妈。"母亲扭过头偷偷地抹眼泪，然后拿了另一块抹布，和我一起收拾残局。我们把沾了汤水的书搬到阳台上，晾开，一页一页地擦。我们坐在地上，谁也没有说话。我听到母亲的喉头深处发出咣当当的吞咽声。时间之河寂静流淌，冰凉的月光把人的影子拉得很长，骨折般拆分到墙上。窗外的夜空看上去极度忧伤和沉郁，注定是个不眠之夜。

第二天早上，我悄悄给华莹打了电话，让她接走我母亲，她在我这儿太辛苦，受了不少委屈，我实在于心不忍。我母亲跟着华莹很不情愿地下了楼，不时回头望我，如被抛弃的孩子那般伤心、绝望，我看到母亲的眼皮像融化的蜡液一样垂下去，流着热腾腾的暗红色的血。渐渐地，她的面容变得模糊不清，但那颤抖的背影在我的目光中停留了很久、很久。

益庄的闲言碎语如夏夜蚊虫般蓬勃，飞舞在角角落落。他们以评论者的身份、拉家常的方式，来直面我母亲的悲伤。在他们的眼里，我母亲的命运如同桂荣，被自己的亲儿子赶出了家门，不久后将会获得桂荣一样凄惨的下场。我母亲常坐在碾盘上，什么也不说，什么也不做，空洞的瞳孔里只有暗淡，整个人像跌入到一种久远而朦胧的记忆里了。阳光照在她瘦小的身体上，地面映衬出颤抖的轮廓，华莹喊她，她也不理会。而我什么也做不了。

我成了他的囚徒，被囚禁在回忆的深渊中。现在，我更加确信，回忆是一种趋向自我毁灭的过程——益庄那些死去的亡灵总在我眼前飘浮，我看到了小树、小东、石中发、李兰英、李巨兴、白阿妹、桂荣奶奶，还有我祖母，还有无数张我不熟悉的男女老少的脸庞，他们朝我微笑、大笑、抽泣、大哭。他们的笑声和哭声令我毛骨悚然，随时要将我断送。燃烧着的赵顾早，面部狰狞扭曲，声音里充满愤怒，咬牙切齿地问我：

"你当初为什么要那样做？为什么要害我？我可是你爸啊！你个逆子！"

我失声尖叫，双手抱着脑袋，将脸长久地埋在沙发里。

我瘫在沙发里，视死如归地望着他，试图看清他。他的身影在天花板上歪歪斜斜地画着杂乱的弧，如一只黑蝴蝶，或一只蝙蝠，在翩然飞动。时间和生命流向窗外，我的徒劳使我感到眩晕，而他的形态和大小都发生了变化——圆柱体或圆形：一根梁柱，一个笔筒，一口水瓮，一支吸管，一个轱辘，一个呼啦圈，一面井盖……就在来回切换的短暂间隙中，我终于看清了他的形象碎片——并非我想象中的寡白或暗黑，而是蔚蓝，晴朗般的蔚蓝。又有一些细微的、时间划过的痕迹，微微闪动着金属般的光泽。这次的发现令我激动不已，他的形态与大小已不是我观察的重点，而是那短暂而神奇的蔚蓝。我如一只小鸟，翱翔在蔚蓝的天空中。我的心情变得舒畅，他和那些亡灵在我愉快的笑声中消失了。

我回归了正常的生活。开始下楼买菜，做饭，吃饭，看电视，玩手机。我坐在楼下小公园里，呼吸鲜嫩的空气，拥抱蔚蓝的广阔天空。我打开手机，拍了几张照片，慢悠悠地回家了。吃过饭，我点开手机上的直播平台，看到一个其貌不扬的年轻小伙正在直播，卖力地推广小米和大豆，而直播间来来回回仅有三五个人，到最后只剩下我一个，他仍在用心讲述，我实在不好意思退出，可又不需要他的货物，他的付出无法得到应有的回报。我放下手机，突然像是有了某种启发，对生活的意义和生命的价值。我听到地下暗涌的海水在不断地翻腾，向远方奔流而去。

我再次拿起手机，打开直播平台，却怎么也找不到那个年轻小伙。我取出一根烟，点燃，打开窗户，趴到窗台上朝外望，天色已暗，小区门口水果摊旁却依旧欣欣向荣，隔壁的摊主、往来的顾客、下班经过的路人，都围聚在那张老旧的小桌前，看着、听着水果摊主和那位老者下象棋。晚风吹来，窗帘招展如起舞的少女，一股大地上经久不衰的芳菲之气扑面而来，我闻到了生机盎然的生命意义。

4

华莹打来电话，着急忙慌地说，赵顾晚住进了医院，急需用钱，她给饭馆门上贴了紧急转让的告示，却迟迟未见有人联系，只得借钱。不到万不得已，我是不会动那张卡的，但现在，恐怕顾不了那么多了，我想妻子会理解的。在这件事上，我曾在心里和自己做了约定，那笔钱不能动。现在，我没别的办法了。那笔钱是报社赔偿给我的，我本想交给周教授和曹局长，却一直没有机会。

妻子原本是请了假的，打算在家陪我七天，到了第三天，我就催她尽快去上班，我没有病，不需要照顾，她那样反而让我觉得自己的确是一个病人。妻子只好提前回到工作岗位。大雨天，妻子接到下乡采访的任务，途中汽车不小心翻进了沟里。被人发现时，妻子早已没有了呼吸，而单位新来的司机小李幸而生还。报社似乎觉得他们已经足够仁至义尽，事情可以告一段落了，悲剧发生了，新闻部主任也受到了该有的处分，你还想怎样？虽未亲口给我说，但他们对待我的态度足以说明一切。除了妻子生前关系好的几位同事来过家里之外，报社的大领导始终没有出现过，也许去医院看望过周教授和曹局长，我不得而知。毫无意义。

我将卡里的钱全部转给了华莹，告诉她，我会尽快回去。晚上，华莹打来电话，说赵顾晚出院了，不用我回去。赵顾晚是在夜里加班整理山川秀美工程项目验收文件时，突然栽到地上，当即昏死过去的。市医院检查结果，初步认定为食道癌，建议转省医院治疗。打了几瓶点滴后，赵顾晚醒了过来，不顾华莹和大夫的劝说与阻拦，执意要出院，说给他三天时间，忙完手头的活儿，就去住院，做手术。在那次昏倒之前，赵顾晚已表现出了被死神抚过的症状，他常感浑身发冷，周身乏力，胸闷气喘，饭量明显下降，吞咽食物如有刀片在喉管里划过。他却总是摆出一副毫不在乎的样子，说只是没睡好，忙完休息两天就恢复了。

彤彤来我家，我说到了她的爸爸，她却恼火了，训我为什么要提那不负责任的人，说赵顾晚把家里的钱都用在竹柳庙的修缮上了，对家庭和儿女不管不顾，成天忙为人民服务的事，简直是天大的笑话。"他真是脑子有病！"彤彤愤愤地喊，"你以后别再提他，否则我再也不来了，再也不理你了。"她站起身，拉着脸，回学校了，没过几天，又笑盈盈地来了。

"他死了。就在刚刚。"

彤彤平静又淡然地说出了赵顾晚去世的消息，然后哼着那首《麦浪与帆船》下楼了。"他"若毫不相干的人，并未在彤彤心中激起微澜。我的脑袋里轰然一响，关上门，木木然地回到窗前。我看到那把花伞跑向了对面的商场门前，一辆黑色轿车里，走出一个挺着肥肚子的男人，他的脑袋藏在黑伞下，我看不到脸。彤彤收了自己的花伞，钻进黑伞下，抱着那个肥肚子，一起上了车。我长久地愣怔在那里，内心出现一块很大的空白。

不知过了多久，突然传来敲门声，将我从梦境中拽了出来。声音连贯却并不响亮，不是彤彤。我打开门，看到一位戴着口罩、身穿社区红色马甲的女人，她急匆匆地说，打了几遍电话，也没见我接，主要是通知一下，疫情又来了，有外来感染者进入市区，小区里有了密接者，半个小时后下楼做核酸。说完，上了楼，又跑下来，问我楼上那户怎么没人。我告诉她，那家老两口住院了。她在我的麻木中飞下了楼，漾起阵阵烟尘。

手机并未调成静音，可我丝毫没有听到响亮的铃声。有六个未接来电，其中两个是社区的座机，另外四个是华莹打来的。我不敢拨回华莹的电话，我害怕听到我母亲绝望的哭声和无尽的自责。

点开微信，我看到小区群里半个来小时前发的紧急通知：各位居民请注意，根据疫情防控形势，为有效管控传播扩散风险，切实保障广大人民群众生命安全和身体健康，疫情防控指挥部决定，将在全社区内开展全员核酸检测，全体人员按照"应检必检，不落一人"要求，完成此轮核酸检测……最后是两个戴口罩的黄脸奇怪表情和四个红色感叹号。

我换好衣服，戴好口罩，下楼去物业中心旁的小广场做核酸。低沉阴郁的氛围风刮一样蔓延，乌泱泱地笼罩了楼群小道，人们站在细雨中，纷纷抖落一身的叶子。也将篮球场和儿童乐园刮得空空荡荡，裸露出条条筋骨。寂寥萧瑟的气息，疫情一样蔓延，灌入骨缝，钻心地疼。

然而时间仍在走动，生活仍在继续，只是换了完全不同的节奏。这种既熟悉又陌生的感觉，叫人深感无力又充满哀伤。

半个多小时后，我做完核酸回到家。没有换拖鞋和睡衣，就那么年深久远地枯坐在沙发上，什么也不做，什么也不想，任凭自己掉进梦境的深渊，脑袋里浑浊如泥浆，不断吐出气泡又不断爆裂。我听到了湖水沸腾的声响。

我终于听到手机响亮的铃声了。我鼓起勇气接听。令我惊讶的是，华莹的声音沉稳而缓慢，如平静湖面上动而若静的一艘船，她很坦然地告诉了我，赵顾晚去世的消息——

赵顾晚的声音洪亮，激情饱满，全然不像一个病入膏肓之人。益庄的山川秀美工程项目大获好评，顺利通过上级领导的验收。赵顾晚长松了一口气，身体好像一下子瘫了，脸上遽然布满纵横杂乱的皱皱，如冬日里的荒草坡。他只觉肚子饿，嘴里寡淡，想吃一碗酸汤面。华莹正在擀面，听到坐在小桌上喝茶的丈夫突然说想吐，她赶忙取盆，还未跑出屋，就听到身后传来呕吐声。一口接一口的鲜血从嘴里吐了出来，赵顾晚的眼神顿时变得暗淡、呆滞，脸色黑青像凝了一层猪血。在她的怔愣和麻木中，赵顾晚的身子如一张纸片从小凳子上滑了下去……

我很坦然地嗯了一声，仿佛一声轻咳。我并未听到母亲的哭声，也没有听到益庄人的热闹与喧哗。其实，越是热闹，一切才显得正常，反而越是安静，我越觉得害怕。我突然想起祖母说的一句话，那时候她告诉我，她将要一个人离去了，去另一个世界，过另一种生活，要我不许伤心难过，她会去梦境中看我的。祖母抚摸着我的脑袋，和蔼地说，死亡只不过是精神的出游，她的魂灵早都飞走了，去寻找新的肉体了，就如同一个人离开一个地方去另一个地方生活，于是重新盖了一个房子，从旧房子搬进了新房子。

小区群里又有紧急通知：接社区通知，因疫情防控政策，对小区进行封控管理，下午十八点起关闭小区所有出口，医务工作者等特殊岗位人群持民政局开具证明和身份证方可出入。望大家相互理解，相互配合，谢谢。然后是一串握手的表情包。

群聊瞬间炸开了锅，各种声音和图文，开水一样沸沸腾腾。有人在抱怨食材不够，要是不让出小区，接下去该如何生活？有人张口漫骂，甩出十万个为什么，像是要把天下的疑难都在群里解决掉；有人说应该给那个害群之马判刑，搅得几百万人不得安宁，真想打死他；有人化身"正义之士"，说要挑战一下政策，"他们"不让干什么就偏要干，看看能把他怎么样……确凿的困境使世界再一次陷入麻烦中——世界的麻烦带给人们麻烦，却也使人们再次与世界对等了，世界并未抛弃、背叛人们。

我放弃了一切角色，无论是在群聊中还是在世界里。

夜深了。我打开家里所有的窗户，凉风呼啸如侵略者冲杀而来，我迎着风站在阳台窗前。对面楼群方方正正的相同光亮里，正在演绎着不同的悲欢离合，构成世界的悲欢离合。我的记忆深处痛苦地抽搐了一下，似有一个遥远的声音在召唤我。我探出身子，朝下望，面临黑漆漆的梦境的深渊，与深渊的眼睛对视。我踮起脚尖，使自己的身子最大程度地探出窗。我倒挂在窗户上，黑夜阒然无声，我却分明听到了士兵冲杀时的呐喊与咆哮之声——来自深渊的雄浑声息，激励我去做一个勇敢的人。

当我勇敢时，凉风变得柔软了，世界也变得柔软了。我在黑夜中俯冲。呐喊与咆哮之声轰轰烈烈，我体内的火焰顿时喷涌，燃烧黑夜，我看到自己如一只雄鹰直冲深渊。纵深并不长，和我的人生相比，它太短了。临近深渊，我的眼前浮现出遥远而真切的场景。我看到母亲坐在院里的碾盘上，双手轻抚着圆滚滚的孕育着新鲜生命的肚子，她用一种温润的目光看着我，我感到宛如春日蒙蒙细雨般滋润。她的身旁趴着一只弹簧青蛙，给我一种久别重逢的喜悦。我躺在母亲的子宫里，望着那只弹簧青蛙，在聆听她与即将出生的儿子的私语中渐入梦境。

那时的阳光蓬勃如初，我开始做一个旷日持久的梦。

2021 年 12 月 14 日动笔
2022 年 12 月 24 日初稿完成
2023 年 1 月 4 日修改一稿
2023 年 3 月 8 日修改二稿
2023 年 5 月 10 日修改三稿